悉达多

〔德〕赫尔曼·黑塞 著
张佩芬 译

時代文藝出版社

图书在版编目（CIP）数据

悉达多 /（德）赫尔曼 · 黑塞著；张佩芬译.
—长春：时代文艺出版社，2018.7（2023.9 重印）

ISBN 978-7-5387-5823-8

Ⅰ. ①悉… Ⅱ. ①赫… ②张… Ⅲ. ①中篇小说－
小说集－德国－现代 Ⅳ. ①I516.45

中国版本图书馆 CIP 数据核字（2018）第 109965 号

出 品 人　陈　琛
产品总监　郭力家
出版总监　宁德伟
策划编辑　王晓芹
责任编辑　田　野
装帧设计　仙境设计
排版制作　北京蚂蚁字坊文化有限公司

悉达多
〔德〕赫尔曼 · 黑塞 著　张佩芬 译

出版发行 / 时代文艺出版社
地址 / 长春市福祉大路5788号 龙腾国际大厦A座15层 时代文艺出版社
邮编 / 130118
总编办 / 0431-81629751 发行部 / 0431-81629755
官方微博 / weibo.com / tlapress
印刷 / 大地飞达（天津）印刷有限公司
开本 / 880mm × 1230mm　1 / 32　字数 / 286 千字　印张 / 11
版次 / 2018 年 7 月第 1 版　印次 / 2023 年 9 月第 8 次印刷　定价 / 37.00元

图书如有印装错误　请寄回印厂调换

译本序

赫尔曼·黑塞（1877-1962）是二十世纪的重要德语作家，也是一位热爱中国文化，在东西方间架设“魔术桥梁”的伟大西方人。在中国国内，20世纪80年代前，对他的作品翻译几近空白，仅于1936年出版了他的中篇小说《美丽青春》。此后二十多年，情况有了很大变化，他的主要小说、诗歌和散文都陆续有了中译本。据我所知，迄至2011年谢莹莹翻译的《黑塞之中国》问世，全国已出版黑塞著作不下二十种，较有影响的译本有：《在轮下》（张佑中译），《彼得·卡门青》（胡其鼎译），《纳尔齐斯与歌尔德蒙》（杨武能译），《荒原狼》（有赵登荣、倪诚恩和李世隆、刘泽珪两种译本），《黑塞抒情诗选》（钱春绮译），《黑塞小说散文选》（张佩芬、王克澄等译），《朝圣者之歌——黑塞诗歌散文集》（谢莹莹编）以及《堤契诺之歌》（窦维仪译）。我个人则出了三种：《黑塞小说散文选》（1986年），内收作者著名中篇《悉达多》（当时译为《席特哈尔塔》），《黑塞散文选》（1997年）和《玻璃球游戏》（1998年），并撰写了一本《黑塞研究》（2006年）。

其实黑塞的评论文字也很出色，而且数量巨大，超过了三千篇（德国学者弗克尔·米夏尔斯语），可惜国内介绍甚少。黑塞从童稚少年到八十五岁高龄去世前一日，终生从未中断阅读，可谓博览群书，而且善于把自己的读书经历化为文学，几乎篇篇都很重要，与他同时代的著名作家图柯尔斯基曾撰文评价他这方面的成就，说：“黑塞的评论性文字在德国目前并无人可与之相比拟。人们从黑塞的每一篇书评里都能够学到一些东西，甚至获益良多。”

本文试举几例。《世界文学的图书馆》自1929年问世以来始终受到德国创作界和学术界的关注，全文三万字左右，不仅概括了黑塞遍及古、今、东、西的阅读经历，还完整地阐释了书籍和人类生命意义之间的联系。翻开第一页，映入眼帘的就是两段劝人阅读世界文学的精辟言论：

> 真正的教育是不寻求任何目标的教育，如同任何寻求完美的努力，其意义就在努力本身。同样，我们追求强壮的体魄、熟练的技巧和美丽，并非最终目标，也不是为了让我们富裕、成名和有权力，其价值在自身之内，它提高了我们的生活情趣和自信心，使我们活得更愉快，更幸福，给予我们内心更安全、更健康的感觉。因此，我们追求'教育'——换句话就是精神完善——也同样不是为了达到任何有限目标而必得走的艰难道路，而是为了开阔我们的心胸，提高我们的悟性，丰富我们的生活内容，以及增加获得幸福的可能性。因此，真正的教育和真正的体育一样，永远同时给予我们满足与激励，永远时时处处都朝向目标，在任何地方都不停息；它是一场永无尽头的旅程，是在宇宙的节律中运行，是一种不受时空局限的生活。教育的目标不是训练提高单个人的技术和能力，而是帮助我们赋予人类的生命以意义，阐释过去，无畏地迎向未来。
>
> 达到这种真正教育的最重要途径之一，就是学习、研究世界文学。研读世界文学会让我们逐渐熟识、亲近许多民族历史上的诗人和思想家用其著作遗留下来的巨大珍贵财富——思想、经验、象征、梦幻和理想。这条路永无止境，任何时候、任何人都不可能走到终点，不可能完全认识、精通，即或只是某一个拥有伟大文明的民族的全部文学，更何况是全人类的文学呢。然而，每一深入读懂、领

悟任何一位一流思想家或者诗人的作品，就是一次令人幸福的经历——不是记住死知识，而是活生生的心领神会。我们不要人云亦云，以为多多益善，而应当自由挑选适合自己的杰出著作，以便我们在闲暇时刻潜心阅读，得以想象人类以往所思考、所追求的是何等宽广和丰富，得以对整个人类的生命总体在生气勃勃的共振关系中产生共鸣。这种阅读归根结底属于了解生命总体的意义，而并非仅仅服务于实用的需要。

《卡夫卡释》(1956 年）是黑塞晚年的著名论文，问世后几十年间经常被收入世界各国出版的散文或评论选集，其中涉及读者和作者关系的见解经常被人援引。文章通篇以卡夫卡读者的身份写成，这里也摘译两段：

试图用批判分析征服作品的欲望，大大损伤了他们全心全意观察和倾听作品的基本能力。一个人若是只满足于从一首诗或者一篇小说中提取出它在思想、政治倾向、教育或者教益上的含量成分，那么他就是只满足于小部分，而艺术的奥秘、真实以及作者的独特本质，却全都失落了。

谁若能够真正阅读一个诗人，也就是说，并不期待解决问题，并不企盼在智慧或道德上有所收获，而是单纯地乐意接受这位诗人所给予的，那么这些作品也就会以它们各自的语言给这个读者提供他所希望的任何回答了。

歌德曾嗤笑死读书的人说：“学究不体会诗人之本真性，而只研究其师承”(钱钟书译文)，黑塞也强调了这一点：“对于一个善于读书的人来说，阅读一本好书好似去结识一个陌生人的品性和思想方式，试着去了解他，让他成为自己的朋友。……一个人如果被一本书吸引住，开始去认识作者，去理解他，与书产生一种亲密的关系；这时，书才对他产生真正的影响。”

托马斯·曼[①]被称为黑塞的“精神兄弟”，第二次世界大战期间曾在美国电台发表过许多坚定追求、探索人生真谛的言论，其中也有关于书籍和文化的话，如：“艺术是什么？文化又是什么？它既非游戏，也非奢侈，谁眷恋于此，谁执着于此，谁就不会有怯懦之品性。它是世界上最严肃的事业，因为它得映射出某个时代的具有进步意义的信仰，它实际上是一种超越时代的使人类更加接近理想的努力，这理想便是人的人性化。”而黑塞用另一种语言说了同样的精神：“对我而言，一本书的价值同它的名声与受欢迎的程度毫不相干。书本的存在并不像体育新闻或抢劫谋杀案那样，为了在一段时间内让每个人读，成为一个流行话题，然后被遗忘。书本要被静静地读，认真地享受，还要被爱。这样它们才会展露它们最深处的美丽和力量。”（谢莹莹等译文）与此同时，黑塞也没忘记向读者提出忠告，说：“归根结底，优秀书籍与高尚欣赏趣味的敌人不是那些轻视书籍的人，而是那些滥读书的人。”“许多农妇一生只拥有一部《圣经》，也只读这一本书，却从中获得很多知识、安慰与欢乐，而一个随意购书的富翁从他那无比丰富的图书馆里却无法获得那么多。”

关于读书方法，黑塞对青年读者也有过指点：“漫不经心地、消遣式地读书恰似蒙着眼睛信步走过一处幽美的景色。我们也不应该为了逃避自己和琐碎的日常生活而读书，恰恰相反，我们读书是为了能够更成熟、更清醒地牢牢把握住自己的生活。我们也不应该像胆怯的小学生走近板着脸的老师那样走近书本，也不应该像酒鬼走向烧酒瓶，而应该像登山者攀登阿尔卑斯山，或者像战士冲入武器库，我们不逃避生活，我们迎向生活。”

---

① 托马斯·曼（1875—1955）：德国作家、文学家，1929年获诺贝尔文学奖，代表作《魔山》。

黑塞活了八十五岁。他出生时世界上还没有汽车，夜晚时房间里也只有煤油灯，当他逝世时，第一颗人造卫星早已环绕地球运行，然而他一生始终生活在多灾多难的时代：德意志第二帝国和第一次世界大战、魏玛共和国和世界性经济危机、希特勒的第三帝国和第二次世界大战，最后是两个并存的德国，他去世时两个德国已并存了十二年有余。他亲身体验的机械主义和物欲之破坏人性促使他大半辈子致力于让每个人的“私人生活向着从兽类到人类的道路迈进一步”，从本文所援引的少量文字也可“管中窥豹，时见一斑”了。

黑塞身后留下了“近四十部著作：长篇小说，中、短篇小说集，诗集和散文集，以及三千篇左右的评论文字。这些著作在几十年后并未被遗忘，恰恰相反，它们是以最重要和具有决定性意义的方式生气勃勃地留存世间的，也就是说，它们是受到广泛阅读而并非仅供研究的文学流传后世的。”（德国著名学者弗里顿塔尔语）黑塞一生曾获多种文学奖，并于 1946 年荣获诺贝尔文学奖。

本书所收三部中篇小说：《盖特露德》（1910 年）、《克诺尔普》（1915 年）和《悉达多》（1922 年）均属黑塞早期著作，不过前两篇和第三篇间隔了一场刚刚平息的世界大战，使作品具有了不同底色。《盖特露德》写两个音乐家的一场三角恋故事，两个性格对立的人物其实是作者的两个自我，而女主人公盖特露德则是“一种象征”。显然，婚姻在作家眼中并非单纯夫妇关系，而是艺术家应对世俗生活和艺术追求矛盾的难题，书中引用尼采的名言：“人类从音乐精神中获得再生”，暗示了小说的主题。男主人公恋爱失败，却促进了他的艺术创造。

《克诺尔普》被黑塞称为“我最喜爱的小说”，又说“对我而言，克诺尔普和故乡早已合二为一”。小说主人公是穷苦人家的孩子，人们为他安排的前途是工人或者手艺匠，他却满脑子哲理思考，诗句总是脱口而出，成为当地老百姓欢迎的“游吟诗人”，黑塞哀叹民间的天才往往遭到淹没。克诺尔普也没有逃脱这种悲剧命运。这部充满了感伤之情的小说展示了上世纪初德国南方小城卡尔卡夫的风俗图景，斯蒂芬·茨威格读后说："书里有一个德意志国家，是从来还没有人认识到的，就连我们德国人自己也不例外。"

《悉达多》始写于1919年，受战火震撼的黑塞越来越深信，"诗必须同时是信仰"，于是他总结自己的宗教观写成了一篇文章《我的信仰》。黑塞在文章里写道："我进行试验，把我的信仰写成了一篇小说，这本书就是《悉达多》。"作品叙述一个婆罗门贵族青年寻求人生真谛的一生，他从锦衣玉食到游学为僧，又从骄奢淫逸到摆渡济世，最终悟道成"佛"。黑塞试图通过文学寻找出"人类灵魂在没有时间性世界里的发展可能性"。诚如黑塞所自白的："我努力探索一切信仰和一切人类虔诚善行的共同之处，究竟有什么东西是超越一切民族差别之上，有什么东西可以为所有种族和每一个个人所信仰和尊敬。"《悉达多》成为作家产生世界性影响的成功"试验"之一。

黑塞曾说："我死后五十年，如果在这世界某处仍有人关心我的著作，不管哪一国人从我的作品中，选择适当的内容视为己有，我也无所谓，但经过五十年后，如果我的作品早已为世人所遗忘，那这些作品就可以不必存在于世了。"如今，黑塞已逝世五十年，而黑塞的作品在世界各地仍深受喜爱，事实证明他的作品属于经得起时代考验的经典。

译者

目　录

盖特露德

悉达多

第一章

倘若我从表面观察自己的生活之路，我似乎并不特别幸福。然而我尽管犯过许多错误，却也谈不上特别不幸。说到底，追究何谓幸福，何谓不幸，实在是愚蠢透顶，因为我常常感到，我对自己生活中不幸日子的眷念远远超过了那些快活的日子。也许一个人命中注定必须自觉地接受不可避免的事，必须备尝甜酸苦辣，必须克服潜藏于外表下的内在的、真正的、非偶然性的命运，这么说来我的生活实在是既不穷也不坏。大概我的外在命运也和多数人一样，是不可避免地由上帝安排的，这样我的内在命运实在也就是我自己的作品，我所获得的乐趣和苦恼全都得由我自己负责。

在我少年时，我经常幻想自己成为一个诗人。如果我真是一个诗人，我就绝不会抗拒这样的引诱：让我自己的生活躲进儿童时期的温柔阴影中，沉湎于我幼年备受亲切爱护的热流之中。因而这份财富对于我是极为珍贵和神圣的，我不能允许对它有丝毫破坏。关于我的童年，我只能说它是快活而绚丽多彩的；家里人听任我自由发展自己的爱好和才能，让我自己随意制造我内心的愉快和痛苦，从没有把未来看作自上而下的陌生压力，而是我自身力量的希望和利益所在。所以我得以在好几个学校出出进进，被公认为一个不可爱而且没有多少天分的孩子，尽管我比较安分守己，但也不能忍受任何强烈的约束，于是最后家里人就让我自由发展了。

在我六七岁时，便懂得了音乐具有一种看不见的力量，能够极其强烈地影响我、统治我。从那时起我就有了自己的世界，自己的潜藏之处和自己的天堂，这是任何人也夺不走或者能加以侵犯的，而且这也是我不愿和任何人分享的。我成了一个音乐家，虽然我在十二岁以前并不曾学过任何乐器，而且从未想到自己今后会以音乐作为挣钱糊口的职业。

此后的生活一直没有多大变化，因此我回溯自己的生活简直毫无色彩可言，而是从一开头就定下了基调，只有一条道路可走。在这种情况下，不管我的外表生活如何好坏，内在生活却是始终不变的。我久久地摸索前进，没有乐谱和乐器，可是一个旋律时时刻刻都在我的血液中和嘴唇上激荡，一个节奏和音韵始终存在于我的呼吸和生活中。我如饥似渴地试图从种种不同的道路探索到拯救、遗忘和解放自己的办法，我如此热切地追求上帝、知识与和平，可是最后却总是发现一切仅只存在于音乐之中。无论是贝多芬还是巴赫——总而言之，在这个世界里音乐有时候会把一个人的心震撼，那些和音能够穿越我们的心脏，对于我来说，音乐是一种深切的抚慰，并意味着是一切生命的表现。哦，音乐！你忽然想起了一个曲调，你不出声地在心中吟唱，为它所深深陶醉，它占有了你的一切力量和行动，就在这一瞬间，音乐活在你心中，它为你解决了一切偶然的、恶意的、粗鲁的以及悲哀的东西，音乐使世界产生共鸣，使困难变得轻松，使呆滞长出翅膀！一首民歌的曲调就有那么大的威力！当然最重要的是和声！每一种悦耳的和谐的音乐都是纯洁的声音，例如那悠扬的钟声能够满足人们优美的感情，每一下乐音的起伏，往往令人心情激动，得到极大的欢乐，绝非任何其他娱乐所能比拟的。

在我看来，人民和诗人所渴望的一切最圣洁的想象，永远是对神的乐声的最高尚和内在的想象。那里正是我思想最深切和最宝贵的驰骋之处——在那里可以听见宇宙的构成和一切生命总体的神秘而又和谐的声音。啊，生活怎能如此混乱、如此走调、如此虚假，好似人类之间只存在欺骗、恶意、嫉妒和憎恨，而每一支小小的歌曲、每一种细微的乐音，都清晰地演奏出纯洁、和谐和友爱，那明朗的声音打开了天堂的大门！我又怎能不自怨自艾呢：我满怀美好的愿望却不能为自己的生活谱出一首歌曲、一支纯粹的乐曲来！我觉得自己内心深处有一个不可逃避的债主，他迫切要求产生一种纯洁的、悦耳的，而且是圣洁的音乐；可是我的工作日里总是充满了偶然性和嘈杂之声，无论我如何转动，如何推敲，总也听不见值得一听的回响。

我要说明的话到此为止。我现在是在思考，我是为谁而写下这些文字的呢？谁对我有这么巨大的力量，能够督促我和打破我的孤独呢？现在我不得不提到一个可爱的妇女的名字，这个名字不仅包含了我很大部分的经历和命运，而且还是照耀着我的星星和一切事物的崇高象征。

第二章

最后一学期开始的时候，所有的同学都开始谈论未来的职业问题，我也开始考虑这方面的问题。以音乐为职业，为此而努力奋斗，对于我似乎是不大可能的事，但是我反复思考都想不出别的可以令我愉快的职业。我不愿意听从父亲的建议去经商和从事其他手艺，不是因为反对这些职业，而只是毫无兴趣而已。当我看到班上的同学对于自己选择的职业极其自豪，似乎给了我启发，觉得我的选择也是既好又准确的，总之，我也是满脑子自豪感，满心喜欢。条件对我是有利的，因为我从十二岁开始就由一位很好的老师教授小提琴，学习成绩比较好。尽管我父亲极力反对，不愿意自己的独生子去从事艺术这一最不可靠的行当，为此感到担忧，却因而更助长了我的反抗意志，何况教师也鼓励我，努力促成我的志愿。父亲最后让了步，寄希望于时间的考验，期待我在这一学年中会改变看法，而我的渴望在此期间却越发确定无疑了。

就在最后一学期时，我生平第一次爱上了一位漂亮的少女。我同她相处的时间不多，想见她的欲望也不强烈，只是像在梦中一般享受着自己初恋的甜蜜。这段时间里我深深地沉浸于音乐和爱情之中，常常由于兴奋而彻夜不眠，我生平第一次感到有两支乐曲的旋律在我心中回荡，我试图把它们写下来。创作使我心中充满了羞涩和迫切的快感，相形之下我那近似游戏的爱情烦恼几乎被完全淡忘了。这时听说我的爱人正在学习唱歌，我非常想去听一听。数月之后我的愿望终于得到了满足。就在我家举行的一次晚会上，这位漂亮小姐被邀请表演唱歌，她竭力推辞，最后还是没有推掉，我怀着迫切的心情等她表演。一位先生在我们家的小钢琴上替她伴奏，他弹奏了几个节拍，她就开始演唱。啊，她唱得不好，极其不好，而当她唱的时候，我的惊讶和痛苦逐渐转化为一种同情，甚而是一种幽默感，以致为自己热恋的未来感到担忧。

我是一个有耐心、并非不用功的学生，但是不能算是优秀学生，因而在最后一学期中我有点儿松懈了。原因不在于我懒惰，也不在于我的恋爱，而是一种青年人的耽于幻想和漫不经心，一种意识上和头脑中的迟钝，这种迟钝仅仅偶尔强烈地、突然地中断，那是由于我那早期的创作欲望像乙醚①似的占据了我的奇妙时刻。随后我感到自己被一种极其洁净清澈的空气所包围，在这种空气中不可能梦幻似的生活，一切感觉都变得敏锐了，潜伏着一种警觉性。但是在这些时刻中产生的旋律却很少，也许只有十个旋律和一些和音的开头；但是我永远也没有忘记这些时刻的空气，这种特别洁净清澈、几乎有点儿冰冷的空气，还有这种思想高度集中的气氛，为了正确地抓住一个旋律，不受任何偶然的动作和行为的影响。我并没有满足于这些小小的成绩，也不认为这些就是最美好的东西，但是我很明白，在我的一生中并没有比再度回到这些思维敏捷、渴望创作的时刻去更为我所追求和重要的了。

因此我也就过着这种消闲的日子，我沉迷于小提琴，陶醉于一闪而过的旋律和色彩缤纷的音调。不过我很快也就明白，这不是创作，而仅仅是我自己着力予以卫护的一种游戏和精神享受罢了。我觉察到，追求梦想，为此而耗费时光，和艰巨而明确地为追求音乐形式而进行斗争完全是另一回事。而且早在那时我也已多少理解到，真正的创造总是孤寂的，同时必然要求我们为此而放弃生活的种种乐趣。

---

① 乙醚：无色透明液体，有刺激性气味，易燃，人接触（呼吸）后会导致全身麻醉。

我终于自由了，结束了中学生活，辞别父母来到首都的音乐学院开始新的大学生活。这是我期待已久的事，我深信自己会成为一个音乐学院的优秀学生。事实上却完全事与愿违。我努力选修各门功课，却发现自己在必修的钢琴课上遭逢巨大的困难，同时看到我的全部课业好似一座无法攀越的大山横亘在我面前。我虽然决不打算放弃，心里却是失望和困惑的。我这才发现自己缺少艺术天赋，原先无疑是低估了通向艺术之途的艰巨和困难。作曲令我绝对厌恶，极其少量的作业就使我感到好似翻越大山，我对学习毫无信心，已弄不清自己是否还有学习能力，尽管用功却毫无乐趣。我觉得自己又渺小又可悲，只能到什么办事处当一个办事员，或者在普通学校随便学点儿什么。我不能诉苦，至少给家中的信里不能诉苦，只能悄悄地、失望地继续走那条已经开始了的路，我认为自己至少可以当一个普通的小提琴手。我练啊练，忍受着教师们的责备和嘲笑，我亲眼看到有一些我曾经轻视的同学，轻而易举地取得了进步，受到表扬，我只得把自己的理想深深地潜藏起来。把小提琴拉好也没有多大意思，除非成为艺术大师，否则就没有什么可夸耀的。事情清清楚楚，我在下过一番功夫，吃过一番苦头之后，会成为一个有用的手艺人的，我可以到任何一个小乐队充当一名默默无闻的谦逊的小提琴手，以此挣钱糊口。

因此我在这个时期中，极其渴望——简直什么都可以应允——脱离毫无乐趣的音乐枷锁，去过一种没有音响和节拍的普通生活。在我向往能找到欢乐、成就、荣誉和完美的地方，我却只见到了要求、规则、责任、困难和危险。我脑子里出现的一些音乐作品，它们要么庸俗无聊，要么显然违背艺术规律，因而都是毫无价值的。于是我收拾起自己的一切伟大的想法和希望。我是千百个大胆追求艺术、却又缺乏成为真正艺术家能力的青年人中的一个。

这种情况大概持续了三年左右。这时我已经二十出头，显然选错了职业，我只能羞愧地、完全出于责任感地走完这条已经开始的道路。我对音乐已经麻木不仁，只是单纯地运用指头，完成艰难的功课，在和声上错误百出而已。一个爱嘲笑人的教师指点我困难重重的钢琴课，他把我的一切努力看成仅仅是在浪费时间。

倘若不是原来的理想始终偷偷地在我脑中作怪，那么我在这几年中的日子一定会好过得多。我是一个行动自由的人，有许多朋友，是一个仪表堂堂、生气勃勃的年轻人，出身于富有的家庭。我原本可以享受一切，过一种吃喝玩乐的闲日子。但是我不愿这样，一句话，首先我觉得自己有责任，否则就难以使自己的青年时代过得快活。我没有料到，就在我毫无防备艺术生涯会遭逢灾星的时刻，思乡之情竟油然而生，我没有能力遏制和遗忘自己的失望。有一次我彻底达到了目的。

这是我愚蠢的青年时代中最愚蠢的一天。当时我正在追求著名歌唱家H教授的一个女学生。她的情况看来和我相似，她怀着巨大的希望来到学校，找到了严格的教师，却不习惯自己的功课，最后甚至认为自己连嗓子也是不行的。她便自暴自弃起来，整日和男同学们调情，和我们一起做一切蠢事。她具有一种极易消逝的火辣辣的、色彩鲜艳的美丽。

这位美貌的丽蒂小姐只要一看到我，便总是用她那种打情骂俏的态度把我捕获。我对她的爱也总是一晃即逝的，常常把她遗忘，但是只要我和她在一起的时候，迷恋之情总是再度向我袭来。她对待我如同对待其他男同学一样，她挑逗我们享受她的魅力，而她自己则怀着青春时期的好奇的性感参与其中。她是美丽的，但是这种美丽只在她说话和行动的时候，只在她用她那温柔而深沉的声音大笑的时候，只在她跳舞或者挑逗她的情人们互相妒忌的时候才显露出来。因而我常常在每次她也参加的社交活动后回到家里的时候，自己嘲笑自己，并向自己证明，像我这种类型的男人是不可能严肃地爱上这位可爱的玩世不恭的女子的。但是有时她又重新达到目的，她用一个手势，用一句喁喁细语强烈地打动我，使我又头脑发热，疯狂似的在她的寓所附近溜达逗留到半夜三更。

我在当时那一个短时期中的行为半是粗野，半是故意做作的放纵。经过一段日子的挫折和闷闷不乐的沉默之后，我的青春要求我有剧烈的行动和欢乐，于是我就和一伙同龄的朋友去寻欢作乐。我们成了一伙兴高采烈的、放纵的、甚而是危险的闹事者，在丽蒂和她那个小圈子里享有可疑的，然而却是甜蜜的英雄声誉。由于当时的种种景况，以及少年时期的放纵之举，早就超过了界限，因此那时的行为究竟有多少青春乐趣，究竟迷醉到何种程度，我今天已经不能作出判断。后来出了一场过分之举，我一想起它就感到悔恨莫及。事情发生在冬天的某一日，恰巧没有课，我们一起到郊外去，一共八个年轻人，也许是十个，其中有丽蒂和她的三个女朋友。我们还带上了那时专供孩子们游戏的雪橇，我们在城市周围的山包上寻找可供滑雪的道路和山坡。我清清楚楚地记得，那一天十分寒冷，太阳时隐时现，刺骨的寒风夹杂着雪花。姑娘们色彩鲜艳的衣服和头巾被白色背景衬得格外绚丽，呼呼的寒风吹得她们的衣裙猛烈地飘动。我们这个小团体洋溢着一片兴高采烈的喧闹，互相叫嚷嘲弄，互相抛掷雪球，引起了一场大战，直至大家满头大汗，浑身是雪，才停下来略事休憩，过一会儿又开始了新的战争。我们用雪堆成一座大碉堡，有的防御有的进攻，我们还不时乘着带来的雪橇从山坡上向下滑行。

中午时分大家都因为剧烈运动而饥饿万分，我们在一个村子里找到了一家挺好的饭馆，要他们烹煮、烧烤，还强占了他们的钢琴，又是唱歌，又是狂叫，还要了许多葡萄酒和格罗格酒[①]。菜肴上桌后便开始了欢乐的午宴，灌了无数葡萄酒之后，姑娘们饮咖啡，而我们则喝起了格罗格酒。小小的饭厅里一片觥筹交错的喧闹声，大家早已闹得晕头转向。我始终逗留在丽蒂身边，她今天情绪很好，对

---

① 格罗格酒：在朗姆酒里兑水，加果汁、肉桂等调料所调制成的一种酒。约18世纪早期，由英国皇家海军发明。

我特别殷勤。她在这种热闹有趣的气氛里显得特别娇美，那一双漂亮的眼睛时而大胆，时而又羞怯地闪烁着柔情蜜意。接着又玩了一种赌罚的游戏，主持游戏的人在钢琴旁模仿我们老师的动作让大家猜；不然就是要大家精确地数出一对亲吻着的人接吻的次数和形容出接吻的模样。

当我们吵吵闹闹离开饭馆，踏上归途时，还是下午时分，但天色却已经有点儿昏暗了。我们又像任性的孩子一般在雪地里放纵胡闹着，不慌不忙地在徐徐降临的暮色中返回城市。我陪伴丽蒂同走，为了充当她的骑士，我不惜和其他同伴发生冲突。我带她坐在我的雪橇上，保护她免受不断地朝她抛掷的雪球的袭击。最后人们终于放过了我们，每个姑娘都有了陪伴的人，只剩两位先生没有伴，露出好斗的样子在一旁冷嘲热讽。我从未像那时候这么疯狂激动过。丽蒂挽着我的手臂，在我们同行途中听任我轻轻地把她拖近我身边。丽蒂有时急促地在我耳边窃窃私语，有时候又愉快地沉默无语，让我觉得她有所期待地依傍着我。我心里像在燃烧一般，决心尽量不放过这个机会，至少是尽可能掌握这个亲密温存的时刻。快要进城时我建议走一条弯路，没有遭到任何反对，我们便转入了一条景致优美的山路，道路陡峭地环绕山谷向上蜿蜒，站在路上眺望，河流、山谷和城市尽收眼底，远处城市里一排排亮晶晶的路灯和万家灯火早就是一片通明了。

丽蒂仍然勾着我的胳臂，叫我同她说话，嘲笑我那种过火的兴奋激动，而她自己看上去也极其兴奋。当我轻轻使劲把她拉近身边，企图吻她时，她却松开手，跳到了一边。

“您瞧，”她喘息着说，“我们必须滑到下面的草地上去！您害怕了吧，您这位英雄？”

我往下一瞧，真是吓坏了，山坡十分陡峭，有一瞬间我简直毛骨悚然了。

“不行，”我脱口说道，“现在天色太黑了。”

她立即嘲讽而失望地瞪了我一眼，称我是胆小鬼，还赌咒说，我若不敢带她，她就单独滑下山去。

“我们肯定会摔倒的，”她微笑着说，“但这却是今天全部旅程中最最有趣的事啦！”

她如此刺激我，我决定滑一次了。

“丽蒂，”我低声说，“我们滑下去。倘若摔倒了，您可得用雪替我按摩，倘若平安到达，我也要得到报答的啊。”

她只是哈哈大笑，坐上了雪橇。我瞧瞧她那闪耀着亲切笑意的眼睛。接着便爬上前座，让她在后面抱着我往下滑去。我感觉她抱住了我，她的双手交叉在我胸前，当我再想同她讲些什么时，却什么话都不能讲了。山坡非常陡峭，使我感到自己好似从半空中掉了下来。我立刻将两个脚跟着地，企图停住雪橇，或者顶多摔一跤，因为我突然担心丽蒂会发生危险。然而太迟了。雪橇不可控制地向下滑去。我只感到一阵冰冷的雪片打在脸上，犹如刀割般的疼痛，接着便听见丽蒂发出一声恐怖的尖叫，然后就什么也不知道了。当时我觉得头上好似被锤子沉重地敲了一下，身上某个地方也好像有一种被割裂似的疼痛。最后感到的便是一阵寒冷。

我的有趣而又愚蠢的青年时代随着这次快活而短促的雪橇旅行而告终。当然还有其他种种事情，包括我对丽蒂的爱也都随之而消失殆尽。

出了这场乐极生悲的大灾祸后，我倒是摆脱了一切，而对于其他人则是极为可怕的时刻。他们听见了丽蒂的尖叫声，就在山上朝着下面黑暗处哈哈大笑和冷嘲热讽起来，最后终于明白出了事时，才好不容易地爬下山坡，其间还耽搁了许多时间，因为还要等他们从放纵喧哗转到冷静思考。丽蒂脸色苍白，处于半昏迷状态，事实上她完全没有受伤，只是手套被撕破了，使她那双细嫩的手擦破了一点儿皮，流了一些血而已。他们认为我已经死了，便把我抬走了。我在滑行时撞到了苹果树或者梨树上，骨头撞裂了，后来我千方百计治疗都未能痊愈。

大家都以为我得了脑震荡，事实上并没有这么严重。头部和脑子确实受了伤，我昏迷了许久才在医院里苏醒过来，头上的伤口后来完全愈合了，脑子也恢复了健康，只是左腿上好几处伤口未能完好如初。我从此便成了一个残疾人，只能蹀行，再也不能大步行走，更谈不上奔跑和跳舞了。从此我的青年时代便猝然落进了一个寂寞的境地，我只能忍受屈辱，无可奈何地顺从命运的摆布。可是我仍然常常想起这次黄昏时分的滑雪，想到它的后果绝不是我命中注定的。

我确实很少考虑我这条断裂的腿，倒是常常考虑到这次不幸事故的其他一些后果，它们倒是很有好处、很可喜的。在黑暗中担惊受怕的光景固然不幸，而后来几个月的静卧和长期沉思默想，对于我却是极有益的疗养。

在我长期静卧的第一个阶段，也就是受伤后第一周的情况，我已完全记不清了。我曾昏迷很久，恢复知觉后也极虚弱和迟钝。我母亲每天来医院，整日忠实地守在我床边。当我看着她，向她说几个字时，她就很高兴，几乎是喜笑颜开了，尽管她极其替我担忧，但并不是担心我的身体，而是担心我的智力，这是我后来才知道的。我们常常在宁静而又明亮的病房里作长时间的交谈。我们以往关系并不十分融洽，我总是更多地倾向父亲。现在由于她的关怀和我的感恩，我们达成了和解，其实我们两人抱着互谅的期望已久，却安于现状，现在居然通过对话促进了信任。我们谅解地互相凝视着，不谈这些往事。在我生病时能精心照料我，她又是我的母亲了。我又怀着孩提时代的感情注视她，暂时忘却了其他的一切。后来我们的关系当然又回到了过去的样子，我们两人都避免谈起医院里这段日子，免得互相觉得尴尬。

我逐渐不再重视自己眼前的处境，也比较安心了，因为我的高烧已退，医生也不必再设法向我保密，因为事实上这次摔跤给我留下了永久纪念。我看到自己的青年时代，尚不曾有意识地享受到什么，却被骤然割断，变得衰弱了，我得为这次事件付出全部时间，至少也得在病床上躺卧三四个月。

我也曾急切地企图想出一个办法来改变现状，描绘一幅未来的图景，结果总是徒然。很多想法还没有考虑妥当，我就疲倦了，沉入了睡梦，以避免遭逢恐惧和失望，我被迫从憩息中取得安静。我的不幸始终纠缠着我，无时无刻直至半夜三更，我想不出丝毫可以安慰我的事。

一天夜里，我迷迷糊糊地睡了几个钟点后醒了过来。我觉得自己似乎梦到了什么美好的东西，便尽力回忆，却什么也想不起来。它显然使我好受多了，并且能够随意设想自己已经克服一切不愉快的事情，把它们都抛之脑后。当我躺着默默沉思时，我感觉有一种复原和解脱的热流轻轻流过全身，一个旋律来到我唇边，我几乎不出声地哼了起来，持续不断地哼着，音乐突然又像一颗新出现的明星般照耀着我，我对音乐早就荒疏了，现在我的心又和着音乐的节拍跳动起来，我的全部生命之花又重新开放，我尽情呼吸着纯净的新鲜空气。我迷迷糊糊地躺着，周围一片寂静，远处好似有轻轻的合唱声向我传来。

我带着这种内在的新鲜感觉又重新入睡了。第二天早晨醒来时我变得许久不曾有过的愉快和轻松。母亲察觉后便问我，为什么这么高兴。我沉思了片刻后告诉她，我已经很长时间没有想到我的小提琴，现在它又闯入了我的心田，我为此而高兴。

“可是你总还要有很长时间不能拉小提琴呀。”她有点儿担忧地说。

“这没有关系，即使我完全不能演奏也没有关系。”

她不理解我，而我也没法向她解释清楚。不过她注意到我的精神状况正在好转，并且在这种无缘无故的快活后面并没有潜藏着任何精神上的敌人。过了几天之后她又小心翼翼地重新问起这件事。

“亲爱的，你到底对于音乐有什么打算？我们几乎可以肯定，是音乐害了你，你父亲已经和你的老师们谈过了。我们不想三番五次劝说你，至少目前情况下不想如此——不过我们认为，你对音乐如果曾失望过，并想放弃过，那么你还是放弃的好，不要由于固执和羞愧而维持原状。你意下如何？”

我重又想起了自己那一段对音乐冷漠和失望的漫长时期。我试图向母亲解释那一段时期的情形，她似乎明白了。但是我表示，还是稳当为好，无论如何我不愿半途而废，我要念完音乐学院。事情就暂时这样决定了。这位妇女未能看透我的灵魂深处充满了音乐。我演奏小提琴是幸运还是不幸不必管它，我重又听见了世界上美妙的艺术品的声音，我明白，治愈我的病除了音乐并无他药。我的现状使我不能再拉小提琴，将来也许只能改行从事别的职业，可能当一个商人；但是这一切都无关紧要，当商人也好，从事别的和音乐无关的工作也好，我仍然要在音乐中生活和呼吸的。我又要开始作曲了！事实上使我快乐的并非像我对母亲说的拉小提琴，而是作曲，创造音乐，创作让我感到手在颤抖。有时候我重又感到清新空气的微微颤动，又像过去最健康的时期那样感到思维敏捷冷静了，同时，在我看来，我这条跛腿和其他毛病也变得无足轻重了。

我从此成了胜利者，不时让自己的愿望驰骋于健康的、富于青春情趣的领域之中，当我常常由于残疾而痛苦、愤怒和羞愧，想要发泄憎恨和诅咒时，音乐总能减轻这种痛苦的势头，因为音乐里总有使我获得安慰和焕发精神的东西。

偶尔父亲旅行到这里来探望母亲和我。后来有一天，他发现我的病情已有所好转，便把母亲接回家去了。开头几天我感到有些孤单，一想起自己简直没有向母亲说什么知心话，对她的关心和照顾也太少，便感到愧疚。充溢我身心的是那种不一般的感情，它远远超过了一切善意的抚慰和同情。

有一个人出乎意外地来探望我，我母亲在时她不敢来。这个人就是丽蒂。我十分惊讶地望着她。最初的片刻间我简直想不起自己曾和她是多么地接近，我又是何等地爱她。她战战兢兢地来看我，既怕我母亲，还怕上法庭，她自以为对我的不幸负有罪责，后来才逐渐地了解到情况并非她想象的那么可怕，她也根本没有责任。她这才舒了口气，然而心里还多少有点儿迷惑不解。这个姑娘虽然心术不正，但是，在这件事的整个过程中却表现出妇女的善良本性，内心充溢了感人的对不幸的同情。她甚至多次用上了“悲剧”这个字眼，对此我几乎忍不住笑出声来。她主要是不理解我竟能如此快活，居然对自己的不幸毫不重视。她诚心诚意请我原谅，请我允许她做我的情人以为补偿。这令人感动的一幕确实又重新激起了我内心胜利的喜悦。

对于我这么一个愚蠢的孩子，很容易如释重负，我极为满意，一切责难和指控全都烟消云散。而她显然对这种轻松不大高兴，便越来越感到心安理得，恐惧感也逐渐消失了，于是对我的态度也越来越平静和冷淡。事后我想起自己对她的伤害一定不小，因为我如此低估她在整个事件中的作用，几乎忘记了她；因为我克制自己的同情和歉意，导致她演出了探病的漂亮一幕；还因为我虽然对她十分殷勤有礼，却已经完全不爱她了，而这一点也是最严重的。她要我即使失掉手脚，仍然是她的崇拜者，尽管她既不爱我，也不祝福我；我对她的痴情越深，她从中获得的满足也越大。现在呢，她十分清楚地明白，我什么痴情也没有，于是她漂亮的脸蛋上探望病者的同情和温暖的神色也越见消失和淡漠。最后她客客气气告辞而去了，虽然满口许诺下次再来探望，却没有再来。

我早年的爱情落到这等可笑、可怜的下场，在我是十分痛苦的，我几乎失掉了自信，但是这次探望对我还是有好处的。我很惊奇自己居然破天荒不用热情的有色眼镜去看待这位美丽可敬的小姐，俨然一副和她素不相识的样子。好像有人给我一个玩具娃娃，我就像一个三岁的儿童似的抱着它，爱抚它，我一周前还如此热爱的姑娘，现在却成了陌生人，怎能叫我不为这种感情的疏远和变化而感到惊讶呢。

在那个冬日里的星期天同去郊游的人中，有两个伙伴来看望了我几次，然而我们互相却无话可谈，我觉得他们看到我已大大好转就深深出了一口气，我请他们以后不必再为我浪费时间。后来大家果然没有再见面。这件事显然给了我一个特别痛苦的印象：一切都离我而去，一切都是陌生的、和我无关的，而这一切在青春年代中本该是属于我的生活的。我突然看到自己在这段时间里的生活是何等的错误和可悲，爱情、朋友、习惯和欢乐都在这一年离我而去，就像脱去了一件破旧的衣服，毫无痛苦地和我脱离了关系，剩下的只有惊奇，奇怪它们怎能在我身上停留如此长久，或者怎能和我生存在一起。

另一次访问尤其让我吃惊，完全出乎我意料。有一天我那位严厉而好嘲弄人的音乐教师来看我了。他拄着拐杖，双手戴着手套，说起话来还是那么尖酸刻薄，把那次不幸事件称为“替女人赶马车”，听他的口气，我那场灾难全然是咎由自取。尽管如此，我觉察出他说这话只是脱口而出，而且尽管他说话的口气和过去一模一样，但并不怀有恶意，只是让我明白，他虽然来探病，却仍旧认为我是一个反应迟钝、成绩平庸的学生，并告诉我，他的同事，小提琴教师也是这个看法，他们只是希望我早日恢复健康，让他们高兴高兴。这番话虽则像是替过去的粗暴行为表示抱歉，而那尖刻的语调却和从前毫无二致，但在我听来还是一场慈爱的表白。我向这位不讨人喜欢的教师伸出手去表示感谢，为了表明自己对他的信任，我试着解释这一年来自己的发展，而现在又如何复苏了自己往日对音乐的感情。

这位教师摇摇头，嘲弄似的吹了一声口哨，然后问我：“啊，您想当作曲家？”

“可能。”我不高兴地回答。

“噢，我祝您成功。我本来想您也许会重新加紧练琴的，倘若您是想当作曲家，那当然就不需要练习了。”

“您认为我不合适吗？”

“是的，为什么呢？您得明白，一个音乐学院的学生若是不用功，不能胜任功课，总是想到去作曲的。每个人都可以这么做，不过每个人也总明白天才是怎么回事。”

“我当然不是天才。这么说我该去练习钢琴？”

“不，亲爱的先生，您恐怕也不行。您可以继续学习小提琴。”

“是的。我也愿意学的。”

“希望您认真学习。我不能多留了，先生，祝您早日康复，再见吧！”

他走了，把惊愕留给了我。在这之前，我还很少去想返校学习的事。然而现在又害怕自己重返学校会重新遭逢困难和不幸，一切情况最终又会变得和过去一模一样。不过我并没有耽于这些问题，我明白这位啰唆教师的来访完全出于一番好意，是对我表示关怀。

我现在已可以作疗养旅行，但我犹豫不决，想等到学期终了放假时再去，目前宁可多用用功。我现在第一次感到休息有一种惊人的力量，也就是一种强制性的影响。我怀着疑惧的心情又开始我的课业和练习，一切却都比从前进行得好些。我当然看得很清楚，我决不会成为一名表演艺术家；然而我在目前的情况下对此也不感到有什么痛楚。别的方面都进展得很顺利，尤其是乐理、和声和作曲，在长期休养之后就好似从黝黯的灌木林转入开阔明朗的花园。我觉得我练习时的想法和尝试不再徘徊于一切音乐的规律和法则之外，而是在严格的学生守则之内，正沿着一条狭窄的，然而又是清晰可辨的道路，朝自由的境界迈进。事实上，当然还有无数的钟点、无数的白天和黑夜好似一道带刺的篱笆横在我面前，我得用自己受伤的脑子克服种种矛盾和困难；不过绝望的情绪早已离我而去，道路尽管狭窄，却清晰地展现在我眼前。

学期结束时，我们的理论教师在假日前的告别会上讲了一番叫我大吃一惊的话："你是本届学生中唯一对音乐真正有所了解的学生。倘若你有创作，我很乐意看看。"

这句安慰人的话陪伴我度过了整个假期。我已有很长时间没有回家，现在搭车回归故乡，这不仅激起了我心头的爱，还唤起了对于儿童时期和少年时期的几近忘却的记忆。父亲到车站来接我，我们坐了一辆马车回家。第二天清早我就忍不住到古旧的街道上去漫步溜达。青年时代的业已消逝的悲思第一次涌上了我的心头。我支着手杖一瘸一拐地穿过大街小巷，所到之处都引起我对童年时的游戏和失去的欢乐的回忆，这于我实在是一件痛苦的事。我心情沉重地回到了老家，当我看到熟悉的人，听到熟悉的声音时，便想入非非，一切都使我痛苦地想起以往的年代和目前的残疾。同时我也联想到，母亲对我所选的职业虽然从未公开表示反对，却实在不大赞成。一个健美的翩翩少年想当音乐家、演奏家或者潇洒的指挥家，她多少还能理解，但是一个资质平庸并且胆小怯懦的跛子要当小提琴手，她实在不能理解。她这种观点又得到我们一个远房亲戚——一个老太太的支持。我父亲曾一度禁止这位老太太来我们家，这使她大为生气，但是她们并未中断来往，总是趁我父亲处理账目事务的时候来看望我母亲。从我童年时代起，母亲就很少和我交换意见，对于我所选择的职业，她认为是一种令人惋惜的堕落的标志，对于我的不幸，她看作是我命里注定的公开的惩罚和警告。

为了让我高兴高兴，父亲和市音乐协会联系妥当，要我在一次音乐会上独奏小提琴。可是我不能，我拒绝了，整天躲在从儿时起就居住的小房间里。最叫我害怕的是那些问不完的问题和说不完的话，所以我几乎不大出门。我只是时时怀着不幸的妒忌从窗口眺望街上的生活，注视着小学生们，特别是年轻的姑娘们。

我反复想着，我多么希望今后再能向一位姑娘表达爱情啊！我将永远被抛弃在一边，例如在舞会上，我只能旁观而已，倘若一位姑娘向我表示友好，肯定也只是同情而已！啊，这种同情我早已餍足到极点了。

这种情况下我不能再在家乡逗留下去了。我的双亲也很难容忍我那种容易冲动的忧郁症，因而当我提出筹划已久的旅行方案时，他们几乎没有反对意见，其实父亲早就许诺我去旅行了。我的残疾不仅破坏了我的身体，从此以后还永远破坏了我衷心向往的志愿和希冀。我的弱点和残疾从未像那时候那样令我烦躁和痛苦，每一个健康的青年男子和每一个漂亮妇女的眼光都使我感到屈辱和痛苦。我慢慢地习惯于支着拐杖行走，不再感到有所不便时，我就明白自己受辱和苦恼的年代已经过去，可以顺心而有趣地打发日子了。

幸而我有能力单独旅行，不需要任何人帮助照料。任何人的陪伴都会打扰我，破坏我内心的平静。当我坐在火车里，没有任何人打量我，向我表示同情，我便会觉得浑身轻松。我白天黑夜不停歇地赶路，第二天傍晚，当我透过浑浊的玻璃窗眺望高耸的山峰时，心里真有一种逃亡的感觉，不由得长出了一口气。黄昏时分我到了终点站，我疲倦而愉快地穿过格劳宾登①一座小城镇的黝黯街道，径直走向第一家旅馆，喝过一杯深红葡萄酒后我就沉入了睡乡，整整十个小时的睡眠不仅恢复了旅途的疲劳，还解除了大部分由来已久的烦恼。

第二天清晨我登上了一辆小小的登山火车，火车沿着翻滚着白沫的山溪穿越过狭窄的山谷，抵达一座孤零零的小火车站，中午时分我就来到了这个国家最高的小山村之一的村子里了。

我在这寂静、贫困的村子里的一家独一无二的小旅舍里安下身来，秋天来临之前，我成了这里唯一的客人。我原来打算在这里作短期休息，然后再到瑞士各处旅游，观赏一下异国的风貌。可是高原上微风习习，空气清新，芬芳四溢，我再也舍不得离开了。我所

① 格劳宾登：瑞士东南部一个州的州名，是瑞士著名的旅游之地。

在山谷的一面全是松树林，几乎从山脚布满到山顶，另一面却是光秃秃的石岩。我就在这里打发着日子，有时坐在棕色的岩石上晒太阳，有时坐在小溪边倾听着潺潺的流水声，每到夜晚，叮咚的音乐声便响彻整个村子。最初的日子里，我像饮啜一杯清凉饮料似的享受着这里的寂静，没有人注意我，没有人好奇地或者同情地朝我指指点点，我是自由自在的，像一只孤独的鸟儿飞翔在高原上，很快就忘却了自己的痛苦和那种病态的妒意。偶尔，我一想起自己还未能去过别的山上，未能拜访更多的山谷和阿尔卑斯山峰以及未能攀登那些危险的山径时，便感到难过。然而，总的说来我是愉快的，经历了几个月的烦恼激动之后，孤独的寂静包围着我，使我好似处身于一座坚固的城堡之中，我重又找回了曾被扰乱的平静的心灵，并且认识到自己身上那些弱点，倘若没有愉快开朗的心情，那么就会使自己变得灰心绝望。

山上度过的那几周几乎是我一生中最美好的日子。我呼吸着清新纯净的空气，饮啜着冰凉的溪水，凝视着在陡峭的山坡上照看着羊群吃草的牧人，他们头发乌黑，举止梦幻般的恬静。我还不时听到暴风雨掠过山谷的声音，感到雾气和云块拂过自己的脸颊。在岩石的缝隙中，我看到了小小的、柔嫩的、色彩斑斓的繁花世界以及茂盛可爱的翠绿苔藓。每当明朗的晴日，我喜欢攀登山峰，一直爬到对面的山顶，眺望那蓝天下的美丽如画的群山景色和白雪皑皑、好似披着耀眼的银装的田野。在山中小径的某一处，有一条小泉潺潺流过，形成了一个浅浅的水潭。我发现，凡是阳光灿烂的晴日，总有一群成百上千的蓝色小蝴蝶在这里憩息饮水，它们从不惧怕我，我若是打扰了它们，它们便挥动着薄绸般的小翅膀，围着我翩翩飞舞。自从我结识它们之后，我只在阳光明媚的日子走这条小路，每次看见这密密麻麻的蓝色蝶群，就觉得它们好似在举行什么庆祝盛典。

我记得清清楚楚，那时候当然也不全是湛蓝的晴天和充满节日气氛的日子。在我的记忆中，那里不仅有雾天和雨天，还有大雪和严寒，甚至还有暴风雨和恶劣的气候。

我后来不习惯孤单寂寞了，随着最初的休憩和享受过去之后，我感到不时有烦恼来侵袭我，并且又常常突然觉得恐怖正在降临。寒夜里，我常常独自坐在自己的小房间里，膝上盖着旅行毛毯，疲倦得无法抵御各种纷然而至的思想。我所向往的一切都是一个热血青年所渴望和追求的：热闹的宴会和欢乐的舞会，妇女的爱情和种种冒险，事业和爱情的成功。然而这一切却都在大洋的彼岸，永远和我无缘，永远是可望而不可即。甚至在那放肆胡闹的年代，那次半带强迫的游戏，其结局是我的雪橇失事，尽管如此，在我的记忆中也还是美丽动人而且具有天堂乐园的色彩，好似一个失落了的欢乐的天堂，它们的回声一再地从远处迷迷糊糊地传来。有时候夜里暴风大作，冰冷而持续不断的暴雨倾泻而下，毁坏了松树林，发出可怕的声响，并且猛烈地撞击着破旧的屋顶，在这不眠的夏夜发出成千种无可形容的怪声，而我则躺在床上做着热烈而又毫无希望的梦，梦着生活和爱情，满腹的愤怒并且怨天尤人，我把自己看成是一个可怜的诗人和梦想者，他美丽的梦想仅仅是一个稀薄的彩色肥皂泡，与此同时，世界上其他成千上万的人却正为他们的年富力强而沾沾自喜，正向生命的一切顶峰伸出双手高声欢呼。

然而我仍然陶醉于群山和其他一切神圣的美景之中，它们似乎在透过一层面纱向我窥视，都从一个奇怪的远方在向我说话，于是我感到在我和那常使我痛苦不堪的烦恼之间隔着一道薄膜和一种令人微感陌生的东西。很快地这一切又变得如此遥远，不过我这颗尚未破碎的心还能够听到那好似来自另一世界的声音，听到那白天的欢腾和夜晚的悲叹。我看见并感到自己成了天空中飘浮的云块，成了田野里奋斗的人群，不论是欢乐和享受，还是不幸和痛苦，它们两者发出的声响都是明朗而清晰的，从我的心灵深处逸出，又从外面进入我的心灵，汇成一片和谐的音阶，闯进我的睡梦，不管我愿意不愿意，就占有了我。

一个寂静的傍晚，我从山岩上回转家中，我第一次清楚地感觉到上述的一切，而当我反复思考之后，觉得自己本身就是一个谜。突然间我想出这一切意味着什么了，这是我早年就已尝到过的那种莫名其妙的、迷乱时刻的再现。伴随着这一回忆同时而来的是另一种愉快的开朗，一种近似玻璃般晶莹和透明的感情，没有丝毫伪装，也不存在任何痛苦或幸福，只意味着力量、音响和激流。从我膨胀的感情中产生的活力、光彩和奋斗精神，最终升华为音乐。

如今我在自己充满光明的日子里看到的是阳光、森林、棕色的山岩和远方的银色山峰，对于幸福、美、灵感有着加倍的感受。而在阴暗的时刻，我感到自己病态的心中有加倍的激情在膨胀扩大，我简直分不清快活和痛苦，而是这一种相等于另一种，两者都令我痛苦，两者都为我所珍爱。我内心不论是欢畅还是痛苦，我总是尽力静静地凝视着、认识着互相密不可分的光明和黑暗，它们的痛苦和宁静都是伟大音乐的节拍、力量和一个部分。

我没法描述这种音乐，在我的眼里，它是陌生的，也是无止境的。但是我能够听见它，我能够把这个世界作为一个整体来予以感受。我也能够把握它的一部分，那是很小的一部分，是它的反响、缩小和移译。我就这么思考着，整日间不断地汲取着，我感觉这一切必须用两只小提琴来加以表现，于是我便开始像一只刚学飞的鸟儿般勇敢地凌空翱翔，我完全纯真地写下了我第一首奏鸣曲。

有一天清晨我在自己的房间里试奏了第一乐章，我确实感到自己有许多弱点，感到不熟练和无把握，然而每一节拍都引起了我内心的颤动。我不知道音乐是否动听，但是我知道这是我自己创造的，是过去从未听见过的。

楼下客厅里坐着旅馆老板的父亲，他整年整年一动不动地坐在那里，满头冰柱似的白发。这是一个八十多岁的老人，从来不说一句话，只是用安详的眼睛关注着四周。他这种庄严的沉默真是一个谜。他这样坐着，究竟是因为他具有超人的智慧和安详的心灵，还是因为他的心力已经枯竭了呢。我每天早晨都夹了小提琴走到这个老头旁边去，因为我注意到，他总是十分注意倾听我的演奏和每一个乐曲。每当我见他独自一人坐在那里，我就走到他面前，给小提琴定好调后就为他奏第一乐章。这个耄耋老人静静地闭上他那黄眼白、红眼眶的眼睛，倾听着我的演奏，每当我停下来思考某一段音乐时，他也抬起木然的脸用那对平静的眼睛注视着我。我演奏完毕，向他点头致意时，他也狡黠地向我眨眨眼睛，似乎听懂了一切，用那对黄色的眼睛答复我的目光，接着便转过身子，微微低下脑袋，重又恢复了原来木然不动的状态。

山上的秋天来得格外早，一天清晨我动身离开那里时，已是浓雾密布，淫雨霏霏，寒气袭人了。然而，我脑子里还是阳光明媚的晴日，而且除了有益的记忆外，还携带着对前途的愉快的勇气。

第三章

❖

我在音乐学院的最后一个学期里认识了歌唱家莫特，他当时在城里已经有些名气了。四年前他刚从音乐学院毕业就被聘为皇家歌剧院演员，有一段时期他只是担任一般角色，和那些受观众宠爱的老资格的同行在一起，使他不能崭露头角，但是很多人都肯定，他是未来的明星，下一步就会获得盛誉。他所扮演的一些角色给我留下了强烈的印象，虽然还算不上尽善尽美。

我们就这样相识了。我回学校后，又到了那位待我极友好的老师家中，把我的小提琴奏鸣曲和新作的两首歌曲拿给他看。他许诺我细细看完这些作品，并把意见告诉我。打那以后我等了很长一段时间，其间我常常遇见他，注意到他对我有点儿犹豫不决。有一天他终于把我叫到他身边，把乐谱还给了我。

"你把作品拿回去吧，"他有点儿拘束地说，"希望你对它们不要抱太多的希望！毫无疑问，里面是有点儿东西的，你肯定有能力创作。不过坦率地说，我原本认为你会更成熟、更稳重的，现在看来不然，这主要是由于你的天性并非十分热情。我原来期望曲子比较委婉动听，这当然是需要技巧，经得起别人在技巧上加以评判的。而现在你的作品在技巧上却是失败的，因而我没有很多话可说，这只是一次大胆的尝试，我不给予评价，作为你的老师我不愿加以赞誉。你的作品有的地方少了什么，有的地方又多了什么，完全出乎我意料，因而使我很为难。我是十分讲究作曲规范的，不能顾及什么风格特点，你的作品越出了常规，这首先就使我不能很好地判断。

可是我很愿意再看到你的其他作品，而且预祝它们成功。尽管我说了你这么多的不足，但我认为你还是可以继续搞创作的。”

于是我就拿着乐谱离开了，不知道今后该怎么重新开头。其实我认为看一个人的工作有无发展前途，得看他是出于游戏和消遣呢，还是由于需要和发自内心。我把这些乐谱放在一边，决定暂时丢开一个时期，以便在这最后几个月的求学阶段好好用功一番。

有一次我应邀到一个十分爱好音乐的家庭去做客，他们是我父母的朋友，我有责任每年去拜访一两次。这是一次普通的社交晚会，只是有几位歌剧院的名演员在场，都是我熟悉的演员。歌唱家莫特也在，我对他一向是很感兴趣的，却还是第一次这么近看见他。他是个高个儿，仪表堂堂，黝黑的皮肤给人以深刻的印象，他举止稳重，也许带有一点儿过分讲究的风度，很明显是一个讨女人喜欢的男人。他脸上的神情既非傲慢，也不是沾沾自喜，在他的目光和面部表情中充溢着一种探索和不满足的神态。当我被介绍给他时，他只是简单生硬地向我点点头，并没有和我说话。过了一会儿，他突然走到我面前问道：“您是叫柯恩吧？那么我有点儿知道您了。S 教授曾把您的作品拿给我看过。请您别生他的气，他不是一个轻率的人。不过我来得正好，我想要他给我看过的那首歌谱呢。”

我很惊讶，也很狼狈。“您为什么说这些话？”我问道，“我想，S 教授不喜欢这首歌。”

“您不高兴吗？其实我倒是很喜欢这首歌。只要有人伴奏，我就能唱它。请允许我唱您这支曲子。”

“您喜欢吗？这支曲子能唱吗？”

“当然可以唱，不过并非在一切音乐会上。我真的很喜欢这支歌曲，愿意在自己家里唱它。”

“我很愿意抄一份给您。但是您为什么要它呢？”

“因为我很感兴趣。它是真正的音乐，这首歌，大概连您自己也不清楚！”

他凝视着我，我受不了他这种咄咄逼人的目光，眼睛望向其他人。他一个劲儿地盯着我的脸，毫无顾忌地打量着我，眼光里充满了好奇。

“您真年轻，比我想象的还要年轻。您一定经历了许多痛苦。”

“是的，”我说，“不过我对此难以启齿。”

“您也用不着讲，我不想盘问您。”

他的目光使我不知所措，他到底是一个名人，而我只是一个学生，因此我只能顺从，拘谨地坐在一边，尽管我很不喜欢这种盘问。他并不高傲，但是总有什么地方使我感到自惭形秽，好在我对他也没有什么反感，所以并未予以任何反抗。我有一种感觉，感到他是很不幸的。他有一种强人所难的态度，好似他为了取悦自己，必须狠狠地制胜别人不可。他那乌黑深邃的眼睛显得既无礼又悲哀，他的脸容比他的实际年龄显得苍老。

片刻之后，当我还在考虑他所说的话时，却看到他已彬彬有礼地在和主人的女儿高兴地聊天了，她聚精会神地倾听着，好像注视一个奇迹似的盯着他。

自遭逢不幸以来，我的生活一直很孤单，因而这次相逢害我整整考虑了一天，心情很不平静。当时我自己也无法控制自己不去惧怕这位出众的人物，同时我又非常寂寞和需要安慰，无法不去迎合他的亲近。最后我想：他早已把我和他在那个晚上的任性而为忘得干干净净。然而他却出乎我意料地到我的住所里来了。

那是十二月的一个傍晚，天色已经完全昏黑。歌唱家敲敲门就进来了，好像他不是来做客似的，也用不着别人感到惊奇。他一句客套话也没有，直截了当就说明了来意。我必须把他要的歌谱给他。他看见房间里那架租来的钢琴时，便立即想唱歌。我只得坐下为他伴奏，于是我生平第一回听见了自己歌曲的真正演唱。这是一首悲哀的歌曲，他没有按歌唱的规定唱，只是轻轻地哼着，像是在唱给自己听，这就使我的注意力更加集中了。歌词是去年我在杂志上读到后抄录的。内容如下：

燥热风吹来的时刻，
山上传来雪崩的巨响，
轰隆轰隆令人恐怖，
难道是上帝的旨意？
我不向任何人致意，
独自漫游在人间，
漂泊在异乡客地，
难道是上帝的安排？
眼睁睁见我心灵受伤，
难道听任我痛苦烦恼？
啊，天上不存在上帝！
——我又该如何生存？

我听着他唱，逐渐明白，他是很喜欢这首歌的。

我们沉默了片刻，然后我问他，他能否提提意见，哪些地方还可以修改一下。

莫特用他那乌黑而专注的眼睛凝视着我，摇了摇头。

“没有什么可修改的，”他说，“作曲如何我说不上，这方面我根本不懂。在这首歌里既有经历又有心灵，因为我自己既不作曲也不写词，我很高兴居然有机会找到自己有同感的作品，我很高兴唱它。”

“歌词并不是我写的。”我插嘴说。

“不是你写的？噢，那也一样，歌词也不是主要的。对这些内容你一定深有体会，否则你也写不出曲子来。”

我把几天前就已经抄好的歌谱递给他。他把纸张卷起来放进了大衣口袋。

“倘若您愿意，欢迎您也到我家里去，”他边说边伸出手和我握别，“您喜欢独居，我不愿来打扰您。不过无论何时何地人们总是喜欢结交有教养的规矩人的。”

他走了，而他的最后一句话和笑容却留了下来，就像他唱的歌声萦绕在我耳边，总之，我迄今对他所知的一切都已铭记在心中。我越是长久地牵挂和思考这一切，他的情况在我心里也就越发清楚，最后我完全理解了他。我明白他为什么来看我，为什么喜欢我的歌，为什么盯住我不放，并且对我的态度半是羞怯，半是放肆。他承受着沉重的痛苦，孤独得像一只饿狼。这个不幸的人骄傲而孤独地探索着一切，却不能忍受这一切，他潜伏在一边期待着人们一道善意的目光，一声理解的叹息，并且随时准备为此而献出他自己。当时我就是这么想的。

我对海因利希·莫特的感觉其实并不清楚明了。我感觉到了他的要求和不幸，同时在这个出众而严峻的人面前又觉得害怕，他会利用我，也会抛弃我的。我太年轻，太没有人生经验了，不能理解和衡量他那令人惊讶的直率和羞涩的痛苦。然而我也看到，这是一个热情而内向的人。我无意之中还听到不少有关莫特的传说，这都是学生们模糊而又微带恐惧的流言蜚语，它们的色调却牢牢地印在了我的记忆中。他们讲给我听的都是些有关他荒诞的艳史和冒险史，虽然常常说得不清不楚，我却相信自己听见了一些带血腥气的事，他似乎还曾卷入某件谋杀或自杀的案件之中。

我很快就克服了恐惧之感，向一些同行打听事实真相，这才明白他是完全无辜的。莫特和上流社会的一位青年女子有过恋爱关系，这位女子两年前自杀了，人们只是小心翼翼地暗示，不敢多谈歌唱家莫特在这件事情上所起的作用。我猜想：他那独特的个性和令人略感不安的为人，一定在他周围形成了一种恐怖气氛。当然他肯定是经历了一场很不愉快的爱情。

我始终鼓不起勇气到他那里去。我不能隐讳：海因利希·莫特是一个忧郁的，而且似乎有些绝望的人，他了解我，渴望接近我，所以我时常觉得应该迎合他的要求，倘若不这么做，我便成了一个捉弄人的人了。但是我到底还是没有去，因为另一种感情阻碍了我。莫特在我身上所寻找的，我并不能给他，我和他完全属于不同类型的人。即使我也在某些方面与众不同，并且不为众人所了解，或许我确实和众人不一般，由于命运，由于天资而和众人合不来，我也绝不愿意因此而废弃一切。歌唱家必须是一个具有魔力的人，而我却不是，在我的内心也绝无出风头和出人头地的欲望。我对于莫特变化多端的举止很厌恶、很反感，我认为他是一个舞台上的人物，一个冒险家，也许他是命中注定要在自己的生活中遭逢不幸和坎坷的。而我却相反，喜欢过清静日子，表情呆板，不爱发表慷慨激昂的言论，这大概也是我命中注定的。我正在苦苦思索如何求得安宁。有一个人，他敲我的房门，这使我为难，因为我得对他尽到责任，可是我需要安静，不想让他进来。我急躁地专心工作，但折磨人的景况并未就此终结，有一个人总在我背后找麻烦。

我不理他，但他不肯就此罢休。于是我便收到了莫特的一封信，信中得意扬扬地写道：

亲爱的先生：

一月十日特邀几位朋友在舍间庆祝生日。不知先生肯否光临？如蒙先生允许演奏大作小提琴奏鸣曲，更是荣幸之至。特发此函征求意见。先生能与演奏者同来么，或者由我代邀一人？斯特凡·克朗采已允充任演奏。高兴地期待先生光临。

海因利希·莫特

这封来信出乎我的意料。我将在内行人面前表演迄今尚无人知道的我自己的音乐作品，而且是和克朗采共同演出！我含羞带愧地答谢了邀请，两天之后把克朗采要的乐谱寄给了他。几天后克朗采又邀请了我。这位受爱戴的提琴家还很年轻，一副艺术家的派头，身材细长，面色苍白。

“噢，”他一见我进门就说，“你就是莫特的朋友。好，我们即刻开始吧。我们来试一试，奏它两遍、三遍。”

他边说边让我坐在一把椅子上，帮我定好第二个琴音，他调好节拍后立即轻松而又灵活地舞动起琴弓来，我在一旁完全惊呆了。

“不要这样拘谨！”他对着我喊，并没有中断演奏。于是我们便完整地演奏了一遍。

“好，就这样！”他说，“可惜，您没有好一点儿的琴。不过没有关系。我们奏快板时速度稍稍快些，别让人觉得像丧礼进行曲。开始吧！”

就这样，我在这位艺术家身旁很有信心地演奏了我的乐曲，我的蹩脚小提琴伴随着他那名贵提琴的声音，居然会如此合拍，我也没料到这位外表特别的先生竟如此温和随便，简直有点儿天真烂漫了。他使我感到温暖，也有了勇气，我便犹豫不决地询问他对我这乐曲的意见。

“这得去问别人，亲爱的先生，这方面我懂得不多。乐曲肯定有些特别的地方，不过会有人喜欢的。既然莫特喜欢，总有一定道理，他不是什么都喜欢的。”

克朗采从技巧上向我指点了好几处我在演奏时变了调的地方。然后我们约定明日再继续排练，接着我便告辞了。

这位小提琴家如此质朴和诚恳，使我感到有所慰藉。倘若他是莫特的朋友，那么在莫特家我也是可以对付的。当然他是一个有成就的艺术家，而我只是一名并无多大前途的新手。让我感到痛苦的是没有人肯公开评论我的作品。我宁愿听取最严厉的批评也不要温和的敷衍话，谈了等于没说。

那些日子气候严寒，几乎没法使自己暖和起来。我的同学们都忙于滑雪。这时离我和丽蒂那次滑雪已整整一年了。对于我，这一年的日子真不好过，我喜欢在莫特家度过黄昏，并不是因为能多听听他对作品的意见，而是因为我已有很长时间没有朋友，没有看见人们欢笑了。一月十一日的前一天深夜，我被一种不寻常的声音所惊醒，天气突然转暖了。我下了床走到窗前，惊讶万分，寒冷已经消失殆尽。猛地刮来一阵南风，充盈着潮气和热气，天上凝聚着一堆堆乌云，只有一条狭长的缝隙间闪烁着几颗星星，显得特别大，特别明亮。屋顶上已露出黑色斑块。当我早晨出门时所有的雪都已融化了。街道和四周的景色看去变化很大，处处都显示出春天提前来临的气息。

那一天，我走来走去觉得到处都热烘烘的，一部分原因是南风和热空气，另一部分原因是我极其兴奋地等待着傍晚来临。我好几次拿起自己的奏鸣曲来演奏，但随即又放下了。我一会儿觉得作品十分优美，心里沾沾自喜，一会儿突然又觉得它们渺小、支离破碎，而且不明朗。我简直不能忍受这种烦躁和激动了。最后我自己也弄不清，对于那即将来临的夜晚是喜还是惧了。

黄昏终于来临了，我穿上外套，提着我的琴盒去找寻莫特的寓所。房子位于城郊一条不为人知的冷落的街道上，在昏暗中，我好不容易才找到这所房子，它孤零零坐落在一所大花园中，花园看上去又荒凉又凋零，敞开的花园门后有一条高大的狗，它朝我看看，又回头朝一扇窗子狂吠了一阵，然后咕噜咕噜地陪伴我走进了大门。一个矮小、神情胆怯的老妇人迎上来，她接过我的大衣，引我穿过一条灯光明亮的过道走进屋里去。

提琴家克朗采住的地方很豪华，我以为莫特一定也住得很讲究，他很富有，可以弄得很有气派。现在我确实看见了高大、宽敞的房间，对于一个年轻人说来简直是过于宽敞了，尤其因为他很少在家。但是其他一切都很简陋，或者不能说简陋，而是杂乱无章。一部分家具是旧的，显然是房东的旧物，中间夹杂着新家具，都像不加选择地买来后漫不经心地放在那里的。照亮房间的只有烛光。没有煤气灯，而是大量的插在样式简单却又十分美丽的锡烛台上的白蜡烛。大客厅里吊着枝形灯架，简单的黄铜圈里插满了蜡烛。房内的主要装饰品是一架华丽的大钢琴。

我进去的那间客厅里有好几位先生正围站在一起聊天。我放下琴盒，向大家打了招呼，有几个人朝我点点头后又转过身子自顾自说话去了。我是这里的生客。终于克朗采过来了，他先和大家在一起，没有注意到我，过了一会儿才走过来和我握手，并把我介绍给他的朋友，说道："这位是我们的新小提琴家。你把小提琴带来了吗？"随后又向隔壁叫道，"喂，莫特，他把奏鸣曲带来了。"

现在莫特进来了，十分亲热地和我打了招呼，把我领到钢琴室去，那里又华丽又暖和，一位穿着白衣服的漂亮女子递给我一杯雪利酒。她是一位宫廷剧院的演员，令我吃惊的是客人中并没有主人的同事，只有她是独一无二的女客，既是客人又是同事。

当我在潮湿的夜间散过步，想暖和暖和自己而犹犹豫豫地拿起杯子一饮而尽时，她立即又给我斟了一杯，我根本来不及推辞："请喝吧，没有关系的。我们一般都在音乐节目结束之后才吃东西。小提琴和奏鸣曲的乐谱都带来了吧？"

我回答时非常拘束，不清楚她和莫特之间的关系。她是以主妇身份出现的，外表又极为美丽。日后我才发现我这位新朋友只和这种典型的美女打交道。

这时大家都已聚到音乐室里，莫特支好乐谱架，大家坐定后，我和克朗采当即便开始奏了起来。我演奏着，毫无步入困境之感，只有类似暴风雨般的闪电连续不断地掠过我的脑际，每时每刻都在告诫自己，现在正同克朗采一起演奏，是一次我所期待的盛会，是一次音乐行家和专家的小小集会，演奏的是我的奏鸣曲。直至演奏回旋曲时我才开始听清，克朗采演奏得极美，而我仍然很拘束，还不时荒腔走调，因为我脑子里不断开小差，我突然想起自己还忘了向莫特祝贺生日。

奏鸣曲奏完了，美丽的夫人站起身向我和克朗采伸出手来道贺，接着打开隔壁小房间的门，里面是一张铺好的餐桌，点缀着鲜花和酒瓶。

“总算吃饭了！”一位先生嚷道，“我早就饿了。”

夫人当即发表意见：“您真是讨厌。音乐家还没有说话呢！”

“什么音乐家，他在哪儿？”

她指指我：“那边坐着的就是。”

他看看我笑了：“你们早该告诉我的。说真的，音乐可真美。唉，人们肚子饿的时候……”

我们开始吃饭，汤还没有端走，白葡萄酒已经斟好了，克朗采建议大家为主人的生日干一杯。莫特立即站起来和大家碰杯：“亲爱的克朗采，倘若你猜想我会即席发表演说，那你就错了。我请求你们免了我这场演说。我认为有一件事不可避免，我得感谢我们的青年朋友和他的奏鸣曲，我认为它真了不起。我们的克朗采可能很高兴，因为他得以演奏这个作品，他是奏鸣曲的真正行家。我为作曲家和我们良好的友谊干一杯。”

大家互相碰杯，大笑，拿我寻开心，几杯酒下肚之后，我那久已消逝的欢乐又升腾起来了。我已经很长时间没有这般愉快和轻松了，至少已经整整一年了。现在的欢笑和美酒、碰杯和错落的喊声，以及那位美女讨人欢喜的目光，打开了通往欢乐的大门，我自然而然地加入了轻松愉快、开朗活泼的谈话，变得满脸春风了。

大家早已用完晚餐，回到了音乐室，房间的每个角落里都摆着酒和烟。一位沉默寡言的先生，我并不知道他的名字，他走到我面前，以亲切的口气谈起了我的奏鸣曲，我这时已几乎完全把它忘怀了。接着那位女演员也过来和我攀谈，莫特也坐到了我们中间。我们又一次为我们的友谊而干了杯，突然莫特乌黑的眼睛里闪着笑意说道：“我现在知道您的事情了，”接着转身对那美女说，“他为了讨好一个漂亮姑娘，滑雪的时候摔断了骨头，”然后又对我说道，“正当爱情最最美妙，还没有任何阴影的时刻从山上一头栽下来，这实在是很美的。够一条健康的腿的价值。”他大笑着喝完了手中的酒，随即又目光深沉、若有所思地凝视着我，问道：“你怎么想到要作曲的呢？”

我便叙述了自己如何自幼便爱好音乐，讲了去年夏天如何出逃而隐居在山里，讲了那首歌曲和那首奏鸣曲。

“是的，”他慢声细语地说道，“那么是什么让您乐于作曲的呢？人们不会为了摆脱痛苦才把它写在纸上的。”

“我当然也不是，”我说，“除了身体虚弱和行动不便，我并无任何负担。我乐意体会来自同一源泉的痛苦和欢乐，体会运动就是力量，节奏就是音乐，都是美好而不可缺少的。”

“伙计，”莫特激动地喊道，“您还丢了一条腿呢！难道您忘了把它也写在音乐里？”

“不，怎么会忘记呢？我只是力不从心罢了。”

“您难道没有因此而伤心绝望吗？”

“我不快活，这您知道，但是我希望自己永远也不会丧失信心。”

“那么您真是幸福。我没料到您失去一条腿还能如此幸福。这么说，您的音乐就是这样产生的吗？瞧，玛丽昂，这就是艺术的魔力，书本里也已有无数的记载了。”

我气愤地嚷嚷道：“您怎能说这种话！您自己也不是单纯为了薪水唱歌的，而是为了从中获取乐趣和安慰！您为什么要嘲弄我和您自己呢？我认为您这么说是没有道理的。”

“好了，好了！”玛丽昂插嘴说，“他会发火的。”

莫特注视着我：“我不会发火。他说得完全正确。摔断一条腿显然不是十分糟糕的事，否则您怎能从音乐创作中获取安慰呢。您是一个知足的人，因而不论发生什么情况，您都能够满足现状。而我却做不到。”

他突然又跳起来，真的发火了："可是这并不是事实！您还写了雪崩之歌，这首歌里却没有任何慰藉和满足，只有悲观失望。请你自己听一听！"

他猛然走向大钢琴，这时房间里更肃静了。他开始弹奏，因为心烦意乱，忘了前奏就高唱起来。他和上次在我家里唱得完全不一样，我看得出，从那天之后他肯定练唱过很多遍。这次他是竭尽全力放声唱的，是我在剧院里听熟了的洪亮的男中音，歌声的气势和奔放的激情完全遮盖了他歌唱中不很明显的生硬之处。

"他就是这样一个人，如他自己所说的为满意而写作的人。他不知道什么是绝望，对于自己的命运无限地满足！"他叫嚷起来，还用手指指着我，我由于羞惭和气愤已是满眼泪水，像隔着面纱似的看见人们都在移动，站了起来，打算结束晚会和告别了。

这时一只纤细然而有力的手抓住了我，把我推回到软椅上，它温柔地轻轻抚摩着我的头发，使我心头涌起一阵热浪，我闭上眼睛，勉强抑制住夺眶而出的眼泪。我抬头看见海因利希·莫特站在我面前，其他人似乎没有看见我的举动和全部过程，他们喝着酒，互相笑着聊得正起劲。

"您真是个孩子！"莫特轻声说，"一个人写了这样的歌曲，应该是有所作为的了。请原谅我说这些话。一个人喜欢一个人，却不能经常和他在一起。这就是冲突的原因。"

"好了，"我拘谨地说，"现在我得走了，我们今天过得美极了！"

"好吧，我不硬留您。我想其他人大概还得喝一会儿酒。祝您晚安，您能把玛丽昂送回家么？她住在内格拉本，您回家是顺路。"

这位美女用审视的目光看了他片刻，"啊，您肯送吗？"接着转向我问道。我当即站起身子。我们只向莫特告别，在前厅的一个侍者帮我们穿上大衣，然后这个睡眼蒙眬的小老太端着一盏油灯领我们穿过花园来到门口。风仍然很温热，一朵朵乌云连绵不断地在光秃秃的树顶上飘过。

我不敢向玛丽昂伸出胳臂，她却问也不问就挽住了我，一边微微扬着头呼吸着夜晚的空气，一边用怀疑而亲密的目光审视着我。我觉得她的一只手始终在轻抚着我的头发。她走得很慢，似乎在给我带路。

“那边有马车。”我说，因为她想使我的跛脚合上她的步伐，而我跛行在这位温暖、健康、苗条的女子身旁实在是痛苦极了。

“不要坐车，”她反对道，“我们再往下走一条街。”她为了适应我的情况，更加小心翼翼地放慢了步子，以致我们两人贴得更紧了。我因而也更为痛苦和生气，便猛地挣脱了她的手臂，当她吃惊地瞧着我时，我说：“这样不好走，我还是一个人走的好，对不起。”于是她便谨慎而又同情地走在我身边，而我就只顾全神贯注于笔直的道路和保持身体的平衡，其结果是我实际所为和我嘴上说的恰恰相反。我变得沉默和生硬，否则眼泪又会毫无办法地来到眼眶里，除了盼望她再用手安抚我的头发外别无他法。我只求快快逃进隔壁一条小街里去。我不愿她放慢步伐走路，做出那种保护我、同情我的姿态。

“您还在生他的气？”她终于问道。

“不。我实在是蠢。我还很不了解他。”

“我很遗憾，他竟是这种脾气。有时候他真让人害怕。”

“您也怕他？”

“我最怕他。他发起脾气来没有人劝得住。他常常因此而恨自己。”

“啊，他最能自得其乐啦！”

“你说什么？”她惊奇地叫起来。

“因为他是一个喜剧演员。他为什么要嘲笑自己和别人呢？他为什么要揭露和讥讽一个陌生人的经历和隐私呢！这个爱诽谤人的人！”

我的火气又重新冒上来，他捉弄我、刺伤我，我也要辱骂他、贬低他。但是我的火气被这位夫人压了下来，她维护他，公开为他辩护。难道她作为独一无二的女人参加青年男人们饮酒作乐的晚会是什么好事吗？我对这种事情很不习惯，我虽然渴望美女，对这位美女却感到羞愧，我宁可同她激烈争吵，也比受她这般怜悯强得多。我希望她觉得我粗鲁，赶快离开我，这样也较之她现在这么待在我身边抚慰我要好得多。

她仍然把手搭在我胳臂上，温和地说："住口吧！"她的声音不由得打动了我，"快别再讲了！您究竟要干什么？您被莫特的两句话刺伤了，那是因为您不够机灵、不够勇敢，没法挡住他的话，现在您走开了，却向我说他的坏话啦！我得走了，您一个人回家吧！"

"请便。我只是说了我想说的话。"

"您没有撒谎，您接受了他的邀请，在他家里演奏音乐，亲眼见到他何等喜爱您的音乐，何等乐意它们能被演出，而您就因为他的一句话不能忍受了，大为生气了。您不该这样，我倒宁可太太平平消化那些美酒。"

这时她似乎突然发觉我并没有喝醉，她便立即改变了口气，滔滔不绝地说了起来，不容我回答。我在她面前简直招架不住了。

"您还不了解莫特，"她接着说，"您不是听见他唱歌了吗？他就是这样强大和冷酷，不过多半针对他自己。他是一个可怜的、脾气暴躁的人，做事精力过剩而又盲目。他每时每刻准备吞下全世界，而做起事来永远只是一点一滴。他饮酒，却从不酩酊大醉，他有女人，却从未感到幸福，他歌唱得极美，却从不想成为艺术家。他喜欢某一个人，却使那人感到痛苦，他装出轻视一切讨好别人的姿态，但他憎恨的只是他自己，因为他永远得不到满足。他就是这样的人。他对您表示了好感，已经达到他过去从未有过的程度。"

我固执地沉默着。

"您也许不需要他，"她又接着说，"您有别的朋友。可是我们看到有人为痛苦和烦恼所淹没时，我们总该原谅他，对待他好些。"

是的，我想为人应该如此。深夜走在街上，寒气袭人，我觉得自己的伤口似乎又裂开了，十分疼痛，真想叫出声来，然而我也越来越感到，必须认真思考玛丽昂这番劝告，以及自己在今天夜晚所干的蠢事，我把自己看作一只可怜的狗，只能在暗中偷偷道歉。我开始清醒了，因为酒意业已消逝，我尽力和一种不舒服的感觉斗争着，并不和身边这位十分激动地走在灯光黯淡的马路上的美女多说话，在这一片死寂、漆黑的马路上，突然从潮湿的路面上反射出一道明亮的灯光。

我想起自己的小提琴遗忘在莫特家里了，随即又涌起对于一切的惊讶和恐惧感。这个夜晚真是变化多端。这个海因利希·莫特和小提琴手克朗采，还有美貌的玛丽昂，她扮演了从舞台上下来的女王。在她崇高的宴席上入座的不是神道和圣人，而是一些可怜的凡人，有的矮小、滑稽，有的颓废、自命不凡，莫特痛苦而狂热地陷于愚蠢的自我折磨之中。这个高大的美女毫不诙谐地把一个瘦小可怜的人看作是一个狂热地追求享乐的情人，其实他是一个心地既平静又善良，而且还充满痛苦的人。我发觉自己仿佛也变了，不再是一个单纯的人，而是一个忍受得了一切痛苦、能看到事物每一种友善的因素和敌对的因素的人，我不能喜新厌旧，见异思迁，而要为自己的无知感到羞愧，我在自己轻松的青年时代第一次清楚地感到，自己看待生活和人们不能过于简单，憎恨和热爱、尊敬和轻蔑要永远相结合，不能加以分隔和对立，尽管往往是被分开的和有区别的。我瞥了一眼身边的这个女子，她现在也沉默无语了，好似她心里也有所触动，不同于她自己方才所表示和讲述的神情了。

我们终于到了她家的门口，她向我伸出手，我轻轻托起吻了一下。“祝您晚安！”她亲切地说，脸上却没有笑容。

我也同样回敬了她。我到家中立即上了床，我也弄不懂自己竟然立即睡着了，而且第二天早晨还比平时多睡了一会儿。然后我像盒子里的小人儿似的跳了起来，先做体操，再盥洗，再穿衣服。这时才发现外套搭在椅子上，提琴盒却不知去向了，脑子里又出现了昨天夜里的情景。我已经睡够，想法同昨夜也有了改变，甚至已经记不清昨晚的想法；想起的只是一些奇怪的小事情，留在我心里的仅是一些内心的真实体验，我甚至惊讶自己依然故我，毫无改变。

我想练琴，可是小提琴不在。我走出门外，先还犹疑不定，终于还是朝昨日走过的方向走去了，来到莫特的寓所。我在花园门外就已听见他在唱歌。大狗向我猛扑过来，幸而老妇人迅速赶来，好不容易才把它赶走。她请我进去，我告诉她只要取走提琴，请她不要打扰主人。我的提琴盒在前厅里，提琴在盒子里，乐谱也在旁边搁着。这一定是莫特干的，他总是想到我。莫特在隔壁大声练唱，我听见他轻轻的来回踱步声，好似穿着软底鞋，他不时在钢琴上敲击出一个乐音。他的声音比我经常在舞台上听到的更清新、洪亮和娴熟，他正在表演一个我不熟悉的角色，一再地重复，还急速地在房间里来回走动着。

我已拿着提琴打算离开。我心里很平静，对于昨晚的记忆几乎无动于衷。然而我很好奇，想看一看莫特，不知他有无改变，我走近房门，不知不觉握住了门把手，往下一压便站在打开的门前了。

莫特唱着歌向我转过身子。他只穿着一件雪白精致的长衬衫，像是刚洗完澡似的容光焕发。我把他吓了一跳，这使我自己也很吃惊，想躲开已经晚了。对于我的不请自入他似乎倒也不在乎，就像他根本没有注意自己只穿着衬衫一样。他所能做的只是向我伸出手来，问道："您吃过早饭了吗？"当我回答已吃过时，他便在钢琴旁坐了下来。

"我将演出这个角色，您方才听到咏叹调了吧，真是新鲜玩意儿！即将在宫廷剧院首演，布特纳、杜艾丽和我同台演出。您大概不会感兴趣的，我也一样。感觉怎么样？睡得好么？您的模样看上去比昨天还糟。还在生我的气。好啦，我们以后不再开这种愚蠢的玩笑啦！"

我还没有来得及说什么，他马上又说道：“您知道克朗采这个人多无聊吧，他不想演奏您的奏鸣曲。”

“他昨天不是演奏了吗！”

“我是说在正式音乐会上。我要他把您的作品排上去，而他不肯。倘若能把它排进这个冬季的早场演出的计划，那一定很好。克朗采并不笨，就是懒。他总是演奏那些老掉牙的东西，从来不爱学习新的东西。”

“我不认为，”我开始发表意见，“也从未想到我的奏鸣曲能在音乐会上演出。它在技巧上还差得很。”

“这没有关系。只要有艺术家的良心就行！我们可不是学校教师，无疑，他们是不爱演奏比较次的作品，克朗采就是如此。而我却懂得别的东西。您必须把您的歌曲给我，您很快又会写出新作品的！明年春天我要离开这儿，我已经宣布要度长假。休假期间我将举行几场音乐会，将要演出一些新节目，不是舒伯特、沃尔夫和罗维①等等人们每晚都听到的东西，而是全新的、人们完全不熟悉的东西，至少有一些像《雪崩之歌》这样的作品。您认为怎么样？”

莫特公开演唱我的歌曲对我来说无疑是打开了通向未来的大门，我已透过门缝看见光明灿烂的前途。正因如此我必须小心翼翼，既不滥用莫特的友谊，也不让自己过分成为他的负担。我觉得他并没有把他的意志强加于我，甚至恰恰相反，因此我也漫不经心。

“我想想，”我说道，“您待我很好，这我看到了，但是我什么也不能答应您。我的学业快结束了，不得不考虑一张优秀的成绩单。我也许会成为一个作曲家，这可说不定，目前我是小提琴手，必须考虑及时谋取一个职业。”

“啊，一切您都能够做到的。因此您必须再写出一首这样的歌曲，您也一定会给我的，是不是？”

① 罗维：即卡尔·罗维（1796—1869），德国作曲家、著名音乐教授。

“是的，当然会的。我确实不明白您为什么待我这么好。”

“您害怕我了吧？我只是喜欢您的音乐而已，我愿意演唱您的歌曲，请答应我的要求。我纯粹出于自私的目的。”

“是的，您为什么总是这样和我说话呢，我的意思是像昨天晚上那样。”

“噢，您还在生气？我昨天究竟说了些什么？我完全记不清了。总而言之，我不想欺侮您，我一直是这么做的。我可以向您保证！人应该按他的本来面目说话和行动，人们必须相互尊重。”

“我也抱同样看法，但是您的作为恰恰相反，您激怒我，我说的话您毫不尊重。我自己不愿意想的事情，属于我私人秘密的东西，您毫不留情地加以揭露，予以责难，您甚至还嘲笑我的跛脚！”

莫特接过我的话头缓缓地说：“是的，是的，人和人不同。有人说老实话却惹得另一人大发脾气，可是又有人受不了任何空话。您生我的气，因为我没有拿您当剧场经理款待，而我生您的气，因为您在我面前遮遮掩掩！还企图用什么关于艺术的格言来束缚我。”

“我早说过我的意愿。我不习惯谈论这些事。关于其他的事情我也不愿意谈论。在我看来，不论我是否悲伤或者绝望，不论我的腿有什么残疾，全都是我自己的事，不愿让别人加以评论和嘲弄。”

他站了起来。

“我还什么也没有穿，我得赶快穿好衣服。您是一个有教养的人，可惜我不是。我们以后绝不谈这些事了。难道您丝毫没有觉察我很喜欢您吗？请您稍等片刻，您在钢琴旁坐一会儿，我穿好衣服马上来。您不唱歌吗？——啊，不唱。嗯，顶多六分钟就够了。”

他确实穿得很快，立即从邻室走回来了。

“现在我们进城去一起吃早饭。”他轻松愉快地说，根本不问我是否愿意。他说了一声“走吧”，于是我们就走了。他这种态度真惹我生气，他总是让我感到他是强者。与此同时，他在说话和行动中又处处表现出一种反复无常的孩子气，经常很讨人喜欢，又和他本人非常调和。

从那时起我常常见到莫特。他经常送给我歌剧院的票子，有时候邀我到他家去练琴。当我有些事情使他不快时，他也很少表现出不满。我们之间就这样建立了友谊，他是我当时唯一的朋友，要是没有他，我简直不知道该怎么打发日子了。正如他自己所宣称的，他为人坦率，尽管有时不免要做出一些努力和妥协。他有时向我暗示，秋天时他也许会应聘去某一家大剧院，事先却要保密。当时春天刚刚来临。

有一天我应邀参加莫特举办的一次男子交际晚会，我们为重逢和未来频频举杯，在座的没有女士。莫特送我们出花园门时已是晨光熹微了，他连连向我们招手，在晨雾中打着哆嗦回转到自己几乎空荡荡的寓所去，大狗吠叫着、跳跃着陪伴在他身边。这时我感到自己的生活和心灵中似乎失落了什么。我深信自己对莫特颇为了解，确信他很快就会把我们大家都忘记的。我今天才完全察觉自己非常喜欢这个皮肤黝黑、脾气暴躁而又傲慢的男人。

这期间我也要离开了。下一步我要到那些给我留下美好印象的人和地点去告别。我甚至还要到那块高地去，往下俯瞰那一辈子也忘不了的斜坡。

我动身回家了，去面对一个不可知的、并且肯定是乏味的前途。我没有职业，不能独立举办音乐会，我只能静候在家乡，令我胆怯的是有几个学生要求我教授小提琴。父母亲当然对我期望甚殷，他们很富足，我不必为他们的生活担忧，他们对我温文尔雅，关怀体贴，没有强我所难，硬要我做出未来的打算。不过我从一开头就明白自己不会久留老家的。

我在家里闲了十个月，只给三个学生教授小提琴，虽然绝无不幸之事，却想不出有什么值得一谈的事。这里居住着许多人，每天总要发生一些事情，不过我和所有的人都彬彬有礼，对一切都漫不经心。没有任何人、任何事打动我的心。我只是静静地生活，整天沉溺于奇异的音乐之中，连整个生命都沉浸于其中，甚而忘记了自己，只剩下对音乐的渴求，这种感觉在我讲授小提琴课时常常令我痛苦得难以忍受，使我变成了一个很恶劣的教师。后来每当我必须履行义务，或者为了打发授课时间而欺骗自己时，我就让自己沉浸于美丽而不现实的幻想中，梦想建造独特的音乐巨厦，登临最瑰丽的空中楼阁，在幽深的穹顶下，演奏美妙的音乐，让它们像肥皂泡似的飘飘然地飞上天空。

我在这种迷醉和陌生的环境中徘徊，疏远了所有已往的熟人，使我父母因此而担忧，但是我却比前一年更为起劲地攀登那泉源业已枯竭的山峰；我在这些业已流逝的年代里的梦想和努力表面上是有成效的，而实际上只是一次接一次不易察觉的悄悄的失败，包围着我的芳香和光辉对于我只是一种近似痛苦的财富，我只能犹豫不决、满心怀疑地予以汲取。开始时是一支歌曲，接着是一首小提琴幻想曲，随后又是一首弦乐四重奏，后来的几个月中是几支歌曲和一些交响乐的草稿。所有这些作品我都看成是一个开端和尝试。我心里向往的是一部大交响乐，而在最狂妄的时候甚至是一出歌剧！在此期间我还不时给乐队指挥和剧院写一些低声下气的信，还附上老师的介绍信，并且提到我最近主动放弃了一个较好的小提琴手的职位。我有时收到简短而客气的复信，称我为“尊敬的先生”，但是有时候杳无音信，一无所获。于是我集中一两天工夫蜗居室内，一面用心自修，一面又写几封新的求助信。有时候我脑子里又突然充满了音乐，几乎又是从头开始，于是一切书信、剧院、乐队、指挥以及可尊敬的先生们统统不在话下，我听任自己自由自在，忙于自己的工作，心里非常满足。

喏，这些都是回忆，同大多数人一样，全是无法讲清的。正像一个人的毕生经历，诸如他的成长、病灾、死亡等等，都是无法讲清楚的。劳动者的生活令人乏味，而一无所事者的生活经历和命运却引人注目。当时我脑子里满是这种念头，对它们也没有什么可讲的，因为我是处于人类和社交生活以外的人。可是我又一度和某个人接近了，我不能忘记他。他就是洛埃老师。

深秋时节的一天我外出散步。我知道在城市南端新建了一片简朴的、有小小庭园的廉价住宅楼，住在那里的没有富人，都是些小有积蓄的和领养老金的平民。一个有才华的青年建筑师把这些住宅设计得很漂亮，使我也想去参观一番。

那是一个温暖的下午，晚胡桃都已收完，小小的花园和新屋沐浴在阳光下，让人看了赏心悦目。我很喜欢这些朴素而又漂亮的建筑物，怀着极大的兴趣浏览了一番，年轻人总是爱想入非非，其实房屋、故园、家庭、休息和夜间团聚对于他们实在是遥远的事。宁静的街道给人以可爱的舒适之感，我悠闲地踱着步，看到花园的门上挂着一块块小小的亮晶晶的铜牌，我饶有兴趣地逐一读着房主的名字。

有一块铜牌上写着“康拉德·洛埃”，我边读边觉得这名字很熟。我站停了，思索着，想起他就是我中学里的一位老师。一瞬间过去的年代都浮现在眼前，令我惊奇，像一股温暖的热流一直涌到我的脸上，我想起了所有的老师和同学，所有的绰号和逸闻。正当我微微含笑站在那里看着黄名牌时，旁边醋栗树丛后面站起来一个人，他原先蹲在那里摆弄着什么。他向我走近，直视着我的脸。

“您要找我吗？”他问，这个人正是洛埃，我的老师洛埃，那时候我们背后叫他罗恩格林[①]的。

“原来不是来找您的，”我回答，一边脱下帽子，“我不知道您住在这里。我曾经是您的学生。”

他定睛看着我，从头一直看到手杖，想了一想，叫出我的名字。他并不认识我的脸，却知道我那僵直的腿，看样子肯定知道我的不幸事故。他当即请我进去。

---

① 罗恩格林：德国古代传说中的英雄，瓦格纳的著名歌剧《罗恩格林》中的男主人公也为罗恩格林。

他只穿着衬衫，围一条绿色的工作围裙，脸上丝毫不见老，倒是一副容光焕发的样子，和当年相比，没多大变化。我们在小巧洁净的庭园里漫步片刻，然后他带我来到一座露天阳台上，两人在那儿坐了下来。

“真的，我都认不出您了，”他直率地说，“大概您还记得我过去的事。”

“也记不清了，”我微笑着回答，“有一次您曾为一件小事惩罚我，硬说我的保证是撒谎。那是在我四年级的时候。”

他忧虑地望着我：“您没有见怪吧，我也很抱歉。老师们总是用心良善，但难免处置不当，做出不公正的判决。我知道还有更坏的情况。我退职的一部分原因正在于此。”

“啊，您已退职了？”

“已经很久了。我病了一场，当我痊愈时，发现自己的观点改变很大，所以就辞职了。我曾经努力想当一个好教师，可是办不到。这必然也是天生的。于是我辞职了，从此我也就无病无灾了。”

这一点从他的外表上可以看得清清楚楚。我想继续询问，但他却要听听我的情况，我当即讲述了一遍。听说我要当音乐家，他不大赞成，对我的不幸则显示出了友好和温柔的同情，尽量使我不痛苦。他小心翼翼地设法安慰我，对我那躲躲闪闪的答复表示不满。他以神秘莫测的态度，期期艾艾、转弯抹角地告诉我，他知道一种安慰人的办法，这是一种完善的聪明办法，是每一个诚恳的探索者都可以求得的。

“我知道啦，”我说，“您指的是《圣经》。”

洛埃老师狡黠地笑了：“《圣经》是一部好书。它是一条通向知识的路。可是它本身并不是知识。”

“那么什么东西才是知识呢？”

“只要您肯找，这东西是不难找到的。我借几本书给您看看，其中就有基本原理。您听说过羯磨[①]学说吗？”

“羯磨？没有听说过，这是什么？”

“我拿给您看，请等一下！”他跑开了，我等了好些时候，我不知所措地傻等着，一面眺望下边的小花园，那里整整齐齐排列着一行行矮矮的果树。洛埃急急忙忙跑了回来。他目光炯炯地望着我，把一本小书塞在我手里，小书的封面上印着富于神秘色彩的构图案，正中是书名《通神学教义入门》。

“拿去吧！”他嘱咐说，“就放在您那里，倘若您还想深入研究，我可以再借几本给您。这本书只是入门。我很感谢这门学说，它使我的身心重获健康，希望您也取得同样的效果。”

我接过小书，放进口袋里。洛埃陪我穿过小花园来到街上，高高兴兴地和我告别，叮嘱我日后再来看他。我瞧着他的脸，神情开朗愉快，这使我感到学他的样探索一下这条幸福之路倒也不坏。我口袋里装着小书回家了，极其好奇地要走出跨向幸福之途的第一步。

事实上我在数天之后才跨出这第一步。因为回家途中音符又攫住了我，我又沉湎于音乐之中了，成天写作和演奏曲子，直至这次冲动消失才清醒过来，回到了正常生活之中。我当即感到需要研究这门新学说，便拿出小书认真研读起来，自认为不久就能彻底掌握它。

事情并不如此轻易。尽管书不离我手，却始终也没有战胜它。书本一开头是一篇美丽而有吸引力的导言，论述了许多通往知识的道路，对于每个人都会有教益的。而关于通神学的兄弟学说，那是自由地追求知识和内心完美的人都努力以求的，它的每一信仰都很圣洁，每一条小径都通往光明。接着是宇宙起源学，这我完全不懂，它阐述世界是由许多块不同的“平原”所组成，而历史是由许多重

① 羯磨：梵语karma的音译，也译为羯摩。意译作“业”。业：行为；思想。佛教中认为一个人生命中的自然与必然事件，由前世的作为（业）所决定。

要的、我完全陌生的时期所形成，其中连阿脱兰底斯[1]的沉没也是一件大事。我曾一度略过这些章节，翻到另外一些章节上，我阅读有关人类再生的学说，我觉得这章比较容易理解。可是我始终不明白，是否世间万物都渴求一种神话学、诗意的寓言或者文学的真理，我始终未能弄懂，也就放弃在一边。现在读到羯磨学说了。它向我显示了一种宗教上的对因果关系规律的尊敬，对此我并无反感。于是我继续往下读去。看到后来我很快便完全明白了，整个学说只是一种安慰和财富，要求人们尽可能地身体力行，并且由衷地信仰。倘若有人像我一样把它的一部分看成是美的象征；一部分是混杂的象征，是试图用神话解释世界，他肯定能够从中得到教益，加以尊敬，不过就是不能获得生命和力量。人们也可以成为精神和职务上的通神者，但是其所得的安慰最终只能是没有多少精神内容的单纯信仰而已。目前对于我实在是毫无用处。

然而我还是到老师家去了许多次，十二年前他曾因希腊语课惩罚我和他自己，现在他试图换一种办法进行教育，然而也同样没有效果，我的老师和指导者完全白费力气。我们没有成为朋友，但是我很乐意到他家去。有些时候他是我能够与之讨论自己生活中重要问题的独一无二的朋友。我心里当然明白这种谈话毫无价值，充其量不过是冷冷地把教会和宗教知识留给了我，使我成为具有这种信仰的人，而他自己后半辈子也就是在一种潜心揣摩宗教的安宁和庄严的研究中度过的，令人感动到近乎尊敬的地步。

而我呢，虽则竭尽全力，但这条路至今仍未走通，因为我太虔诚，对所有坚定和知足的人具有惊人的信赖癖，而他们并不能给予我回答。

---

① 阿脱兰底斯：似是亚特兰蒂斯，传说中的一个神秘洲名或国名，在一次大洪水中被毁灭。

第四章

❖

在我经常访问那位虔诚的通神者和园艺师的短暂期间，有一次我忽然收到了一小笔汇款，我猜不出它的来源。汇款者是德国北部的一位著名音乐会演出公司的经理人，我并没有给他们干过什么事。关于这个问题的答案是：这笔钱是受海因利希·莫特先生的委托而汇出的，莫特在他的六次音乐会中演唱了我作的一首歌曲，这是给我的报酬。

于是我给莫特写了一封致谢信，并请他复信。首先我很想知道歌曲怎么会被音乐会录取的。我确实早已听说莫特的旅行音乐会的事，还有一两次在报上读到过关于音乐会的简短报道，却从没有提起我的歌曲。信中我向他详细述说了自己近来生活的孤寂，以及工作的情况，还附去新创作的一首歌曲。随后的三四个星期中我等待他的回信，却是音讯杳然，后来我也就把整个事情淡忘了。我始终天天埋头于音乐创作之中，灵感好似从梦中涌现的一般，源源不绝。但是每逢休息时间我却垂头丧气、闷闷不乐。我对于宗教课感到负担沉重，觉得自己绝不可能长期坚持的。

当莫特的回信终于来到时，我深感自己好似从一种魔力中获得了解救。信的内容是这样的：

亲爱的柯恩先生：

我不擅写信，因而将回信耽搁至今，我实在不知道如何答复才好。目前仅能向阁下提出一个切实的建议。我现今正在R歌剧院任职，先生倘若也来，当为美事。您可先担任第二小提琴手，乐队指挥尽管性格粗暴，却是一个开朗直爽的人。我相信您很快便有机会演出您自己的作品，我们的室内乐很好。关于您的歌曲我也要说上几句，这里有一个出版商愿意要您的歌曲。信中述说未免冗长，盼您能来此地！请速做决定。来前请先发一电报。

您的

莫特

来信骤然打破了我的隐居和无所事事的状况，重新把我驱入了生活的激流之中，使我又惊又喜，半是希望，半是忧惧。我自己倒无所谓，我的双亲却极为高兴，认为我走上了正路，马上就要跨出进入人生的决定性一步。我即刻回了电报，三天后我就已经到了R地和莫特在一起了。

我下榻在一家旅馆里，去拜访他时扑了空。而他却意外地来到旅馆出现在我面前。他和我握手后，什么也不说，也不问，没有丝毫的激动样子。他已习惯于忙乱，不是迫在眉睫决不着急。他根本不给我换衣服的机会，直接带我去见乐队指挥罗斯勒先生。

“这位是柯恩先生。”他介绍说。

罗斯勒点了点头，说道：“欢迎光临，您有什么要求吗？”

“啊，”莫特叫起来，“这位就是新来的小提琴手。”

乐队指挥吃惊地看看我，又转向歌唱家，粗暴地喊道：“您可从来没有告诉我这位先生是个跛子。我只录用四肢健全的人。”

我满面通红，而莫特仍很镇静。他只是笑笑说：“罗斯勒，难道您要他跳舞么？我推荐他是拉小提琴。倘若他不行，我们可以让他走。不过我们总要先让他试一试。”

“好啦，算了。柯恩先生，请您明天早晨九点过后到我这里来。就在这儿。您走路方便么？对了，莫特也许从前和我说起过这件事。

嗯，我们先试试吧，再见。”

回家途中我为此而责备莫特。他耸耸肩说，倘若他一开始就说出我有残疾，乐队指挥便很难同意录用我。现在我人已经到此，只要罗斯勒勉强同意用我，我很快就会让他看到我的长处的。

“但是您究竟是怎么推荐我的呢？”我问道，“您完全不清楚我会干什么。”

“嗯，这是您的事。我只是想，该这么做，事实正是这样。您是一只胆小的兔子，不让您经常碰点钉子，您是绝不会干出什么成绩来的。机会来啦，您蹒跚着往前走吧！用不着害怕，您的前任并没有多少才能。”

我们到他的寓所去消磨夜晚时光。他在这里也租着几个房间，附有花园，非常安静，他那只大狗跳着向他迎来，我们刚刚坐定便觉得全身暖和。他摇摇铃，立即进来了一位十分漂亮、身材高大的女子，她参加了我们的谈话。周围的气氛和前次一模一样，他的情人又是一位雍容华贵的夫人。看来莫特很能应付漂亮女人。我带着同情和抱有成见的眼光瞧着这位新女伴，我在可爱的妇女身边常常会产生这种感觉，免不了有点儿妒忌，因为我的跛脚，这辈子是不能指望有顺顺当当的爱情了。

和前几次一样，这回在莫特家也过得很快活，喝了很多酒。他仍以那种特有的粗暴和带有神秘色彩的阴郁欢乐招待我们，夺走我们的注意力。他歌唱得极美，这次也唱了我作的一支歌，我们三个人友好相处，感到很温暖，紧紧靠拢在一起，坦率地互相凝视着，我们坐着坐着感情越来越炽热。这位芳名叫绿蒂的高个儿妇人以她的一片柔情吸引了我。上述情况的发生已不是第一次，曾有一位美丽可爱的女子以同情和奇特的信任态度对待我，这次也同样使我感到痛楚，因为我现在已多少懂得这些事儿，并不敢认真对待。一个迷人的女子对我特别亲切，这种情况我已遇到过多次。她们认为我无能为力，正如爱情或者妒忌对我并不起作用，因而她们多半对我抱着慈母般的关切态度。

可惜我在这么多次关系中并无一次切实的体验，也即是从未能亲身体味爱情的幸福，连我自己也不知道，我是否真愿意有一次这样的体验。我的欢乐因而受到一定程度的限制，不过和一位美丽温柔的女子以及一位热情强壮、有点儿粗暴的男子共度的晚上还是美好的。这个男人喜欢我，关心我，然而他向我表示的情谊和他对女人表示的那种又粗暴又乖张的感情又有什么不同呢。

我们告别前最后一次碰杯时，他对我点点头说："现在我待您亲如兄弟，是不是？我愿意这样。不过还是任其自然发展吧。您知道我从前对自己看上的人立即就以你相称，可是这并不好，至少在同事们面前如此。我曾因此同别人发生多次争执。"

我这次没有陪伴朋友的情人回家，未享到又苦又甜的幸福。她在那儿留了下来，我宁可如此。旅程，访问乐队指挥，早晨的紧张，和莫特的新交往，一切都对我大有好处。我现在才看到，在那孤独地期待着的漫长一年中，我被遗忘、疏远与隔绝的程度是何等地严重，现在终于又重新感受愉快和舒适的紧张，又在人群中频繁地活动，属于人类世界的一员了。

第二天早晨我准时来到乐队指挥罗斯勒家。我发现他还穿着睡袍，还没有梳洗，不过他却高声欢迎我，态度比昨天友好得多。他请我当即演奏，把抄好的乐谱放在我前面，自己就在钢琴前坐了下来。我尽力演奏得好些，但那字迹潦草的乐谱实在难认。我们演奏完毕后他又默不作声地翻了一页乐谱，要我独奏，接着又加上了第三页。

"很好，"他说，"您还需要多多练习阅读手抄谱，乐谱并不都是印的。今天晚上请到剧场来，我给您安排好位置，您可以同旁边的人对对声部，时间局促，这个位置只是临时安排的，恐怕要挤一点儿。您事先好好看看乐谱，今天不练习了。我给您一张条子，您十一点后去剧院凭它领取乐谱。"

我还不清楚该怎么办，但是看得出来，这是个不喜欢别人提问题的人，于是我便走了。在剧院里，没有人告诉我怎么取乐谱，也没有人肯听我说话，我完全不习惯那种忙忙碌碌的环境，变得手足无措起来。后来我托人去寻找莫特，他一来事情便迎刃而解。当晚我生平第一次在剧场里正式演出，乐队指挥始终紧盯着我。第二天我被正式录用了。

人就是这么奇怪，我进入了新生活的行列，愿望也实现了，却时时还怀着隐隐的、好似隔着一重薄雾似的怀旧之情，奇怪地思念那种孤独、沉闷、空虚的日子。故乡的往事在我面前一一重现，就连那次不幸事故，我也怀着感激之情，似乎其中也有一些值得想念的东西，当然对两年前在山上度过的时刻我是真实怀念的。我相信自己体会到的绝不是生活中顺利和幸福的一面，而是种种弱点和失败，没有这些阴影和牺牲，我的创作源泉必然贫乏可怜。事实上，平静的时刻和创造性的工作并不重要。当我事事顺利，生活富裕时，却常常听见自己内心深处有一股暗流在潺潺流动。

我在管弦乐队充当小提琴手，熟读了大量的总谱，怀着走向世界的欲望朝前探索。我渐渐地认识了过去只是在理论上和从远处观望的东西，对一些乐器的种类、音色和意义都有了彻底的了解，我观摩和学习舞台音乐的同时，始终热切地期待着有朝一日上演自己的歌剧。

我和莫特的亲密交往——他已在歌剧院取得了首要人物之一的位置——使我很快便能接近一切乐器，这给我带来了很多方便。但是我和同事们，也即管弦乐队的演员们却相处得不和睦，没能如我所希望的那样建立诚挚友好的关系。只有第一小提琴手台塞尔和我建立了友谊，他是奥地利施蒂利亚人，比我年长十岁，是一个质朴直爽的人，有一张细嫩红润的脸，音乐感惊人，具有罕见的精细、敏锐的听觉。他是少数几个以艺术享受为满足的人，并不在乎有无声誉。他不是名家，没有写过曲子，只满足于演奏小提琴，并且真正出自内心。他的技巧是完美无缺的，任何序曲几乎都不需要指挥便可演奏自如，能够体味每一细腻之处和华丽之处，能够突出每一乐器的优美和独特之处，全剧院中无人可和他相比拟。他几乎会演奏一切乐器，因而我每天都跟他学习，向他讨教。

整整一个月里我们只讨论演奏技巧，没讲一句别的事，可是我喜欢他，而他也看到我确实诚心学习，我们间便达成了默契，其中也不乏友谊。后来我终于告诉他我写了一首小提琴协奏曲，并请他和我一起演奏。他欣然应允并决定了哪一天来我寓所。我为讨他喜欢还特地准备了他家乡的美酒，我们喝了一杯后，我就摊开乐谱，然后我们开始演奏了。他演奏得非常出色，但是突然中止，放下了琴弓。

"喂，柯恩，"他说，"音乐写得真美，我一下子拉不下来，得先熟悉熟悉。我把谱子带回家去，行不行？"

当然行。他再度来临时，我们排练了两次，演奏完毕后，他拍拍我的肩膀叫道："您这家伙真行！平时不声不响像个小伙计，却偷偷摸摸写出了这么好的东西！我不愿讲很多，我不是教授，可写得真是美极了！"

这是第一次有人如此称赞我的作品，而这个人又是我所真心信任的。我把全部作品都拿给他看，包括那些已在印刷中、不久将出版的小歌曲。但是对于自己大胆妄想写作一部歌剧的事，还不敢告诉他。

在这段美好的时期中，只有一件小事令我吃惊，使我永远不能忘怀。我经常去拜访莫特，却有一些日子不曾看见美丽的绿蒂。我丝毫也不想掺和到莫特的风流韵事中去，宁可根本就不知道她。因此我从来不打听她，而莫特也从没有和我谈起过这方面的事情。

一天下午我坐在自己的小房间里研究一份管弦乐总谱。我的黑猫躺在窗子边睡着了，整座楼房静悄悄的。突然大门外进来一个人，和女房东打过招呼，停顿了一下后径直朝我的房间走来，敲敲门。

我走过去打开房门，来者是一个个儿高大、衣着华丽的女子，脸上罩着面纱，她走进来反手关上房门。她朝房间中央走了几步，喘了一口气，取下面纱。来人是绿蒂。她看上去很激动。我也十分惊慌，猜不出她来干什么。我请她坐下。她向我伸出手，却什么话也不说。她看到我惊慌的样子，便尽力镇定自己，好似害怕我会立即把她撵走。

“为海因利希·莫特的事吧？”我终于开口问道。

她点点头：“您已经听说了？”

“我什么也不知道，只是猜想而已。”

她瞧着我的脸，像一个面对医生的病人，默默地慢慢脱下手套。忽然她站了起来，双手搁在我的肩上，睁大眼睛凝视着我。

“我该怎么办呢？他老不在家，从不给我写信，也不看我给他的信！我已经整整三个星期没机会同他说话了。昨天我去了，我知道他在家，但是他不开门。那条狗撕破了我的衣服，他也不出来呵斥一声，他简直就不想再认我。”

“您同他吵架了？”我问道，完全是为了免得她傻坐在一边。

她笑了：“吵架？啊，我们可真是吵够了，从开头就吵。对此我也已经习惯。不，在最近一段时期里，他简直客气得很，我就讨厌这种客气。有一次他和我约好了，自己却不在家，有一次告诉我来我家，却又没有来。最后有一次居然用您来称呼我。他还想再打我呢！”

我吓了一跳：“打您？……”

她又笑了：“您不知道这些？噢，他常常打我，不过现在已有好长时间没打了。他已变得彬彬有礼，用您称呼我，打算不再认我。他一定有了别的女人，我敢肯定。我就为打听这事而来。请您告诉我她是谁，我求求您！他肯定又有了人，您知道的，您肯定知道的！”

在我躲开她之前，她已经紧紧抓住了我的双手，我呆若木鸡，急于躲开她，要让这一幕戏早早收场。总算还好，她压根儿不给我说话的机会，否则我真不知道说什么好。

她见我在听她说话，觉得满意了，满怀希望和悲伤地向我滔滔不绝地诉说她的种种辛酸。我看着这张布满泪水的成熟而美丽的脸容，脑子里只有一个念头：“他打她！”我仿佛看见了他的拳头，我既怕他，也怕她，觉得他们除了殴打、辱骂和互相攻击之外，似乎没有其他想法和愿望了，对他而言，岂不是又回到了那条陈腐的凌辱人的老路上去了？

浪潮终于平息。绿蒂说话的速度逐渐放慢，显得有点儿局促不安，似乎明白了自己的处境，沉默下来，同时也放开了我的手。

“他并没有别人，”我轻轻地说，“至少我没有听说，而且我也不相信。”

她感激地看着我。

“可是我不能帮您的忙，”我赶紧又说道，“我从未和他谈起过这方面的事。”

我们沉默了片刻。我不得不想起玛丽昂，那位美丽的玛丽昂以及那个夜晚，我和她挽着胳臂走在燥热风里，知道她会如何勇敢地卫护自己的情人。难道他也打她吗？她直至今日还在追求他吗？

“您为什么来找我？”我问。

“我也不知道，只知道必须做点儿什么。您认为他现在还会想到我吗？您是一个好人，请您帮帮我！您不妨试一试，问问他，就说我……”

“不行，这我不能做。倘若他还爱您，他自己会重新来找您的。否则的话，那就……”

“就怎么样？”

“那您就随他去。他不该得到您如此低声下气的屈从。”

这时她突然笑了。

“噢，看您说的！您知道什么叫爱情吗！”

她说得对，我想，然而心里仍有点儿刺痛。爱情不会降临到我身上，即使我和它近在咫尺，我干吗还要信任和帮助别人呢？我同情这个女人，但我更多的是看不起她。这算什么爱情呢，一会儿是暴行，一会儿又是侮辱，倒还不如没有爱情呢。

“我不愿意吵架，”我冷冷地说，“我不懂得这样的爱情。”

绿蒂又戴上了她的面纱。

“好吧，我就走。”

现在我又为她难过了，可我也不愿意再看见那可厌的一幕，于是我默默打开了门。她朝门走去。我陪着她走过好奇的女房东面前，一直走到楼梯边，向她鞠了一躬。她一句话也不说，头也不回，径直离开了。

我悲哀地望着她，久久地凝视着。难道我和玛丽昂、绿蒂以及莫特真是完全不同的人吗？难道这真的是爱情吗？我看所有这些为情欲淹没的人，被暴风雨吹得东摇西晃，不知要飘向何处，今天贪求不已，明天又餍足得恶心，暧昧地相爱，又残暴地分手，没有稳定的意旨，没有欢快的爱情，女人们被吸引、受侮辱、遭殴打，最后被抛弃，却仍然像忠心的狗一般追随着他，遭受着妒忌和被爱情遗弃的折磨。那天我哭了，很长时间以来这是第一回。我流着不愿流的、气愤的眼泪，为这些人，为我的朋友莫特，为生活和爱情，我偷偷地、神秘地流着眼泪，还为我自己，因为我生活在大家中间，却像是生活在另一星球上，不能理解他们的生活，我渴求爱情，却又害怕爱情。

我已经很久没有去海因利希·莫特的家了。这段时间里他正欢庆演唱瓦格纳歌剧的胜利，开始成为一位“明星”。我在这段时间里也开始小有名气。我的歌曲出版后受到好评，有两首室内乐还为音乐会所演出。这是朋友们中间一种静悄悄的鼓励性的赞许行动，没有人给予我批评，或者只是先把我当作一个初学者姑息一番而已。

我经常和台塞尔在一起，他很喜欢我，用一种友好愉快的口吻赞誉我的工作，预言我必然会有巨大成就并准备随时和我联合演奏。然而我总感到有些欠缺。莫特对我也很注意，但是我尽量避免见他。我再也没有听到绿蒂的任何消息。为什么我总感到不满足呢？我责备自己，和忠实而有才华的台塞尔在一起总不满足。然而和他在一起我确实感到有些欠缺。他在我面前又坦率又开朗，对我十分满意，心里也毫无城府。对莫特他却没有讲过一句好话。有时听见莫特在剧院练唱，他就瞧瞧我，悄悄说道："看，又在那里瞎卖弄了！这个纵情声色的人！他从不演唱莫扎特的作品，他自己心里明白为什么。"我不得不随声附和，心里却不高兴，我对莫特还是有好感的，却不愿意为他辩护。莫特身上有些东西是台塞尔所没有的，而台塞尔也没有认识到联系了我和莫特的是什么东西。那就是永恒的向往、追求和不满足。它们驱使我努力学习和工作，让我了解在我面前一掠而过的一切人物，例如像莫特这样一个以另一种方式忍受着同一种痛苦和刺激的人。音乐将是我永远从事的工作，我自己很明白，但是我希望有朝一日终会以幸福、满溢的才华和永恒的欢乐来进行创作，以代替内心的向往和欠缺。啊，我为什么不能凭借我自己所有的东西，凭借我的音乐来使我获得幸福呢？而莫特又为什么不能凭借他那种放荡不羁的精力以及为他所占有的女人来获得幸福呢？

台塞尔是幸福的人，从来没有为了追求不可企及的东西而感到痛苦。艺术给予他细腻和忘我的欢乐，除了欢乐，他对艺术别无所求。除了艺术之外，他是一个容易满足的人，他只需要几个友好的朋友，偶尔喝一杯好酒，假期里去风景区游玩，因为他是一个天性喜爱户外活动的人。按照通神学说而论，这个人几乎可说是一个完人，因为他心地善良，内心的偏激和不满甚少。但是我仍然希望我自己，好像我早就说过，不要成为他那样的人。我不愿意自己成为任何其他人，宁可待在自己的皮壳里，尽管时常感到它过于狭小。自从我的作品在社会上小有影响，我便开始觉察到自己的力量，我慢慢懂得了自豪。我必须寻求沟通人和人之间的桥梁，我必须和他们在任何情况下都能够共同生活，不要做一个永远处于被动地位的人。现在除了我的音乐之外，大概已不存在任何其他道路。倘若人们不愿意喜欢我本人，那么也一定要他们喜欢我的作品。

我始终没有摆脱这一愚蠢的思想。其实只要有人要我，只要有人真正了解我，我早就准备放弃自己、贡献出自己了。难道音乐不是世界上的神秘法则吗？难道大地和星星运转得不和谐了吗？难道我应该孤独生存，而不去发现人们和我能够纯洁而美好地发出共鸣吗？

在这个陌生城市里我已经度过了一年。在最初一段时期里，除了莫特、台塞尔和乐队指挥罗斯勒以外，我很少和人交往，下半年时我参加了较大的社交活动，其实这对我是无关痛痒的。由于演出了我的一些室内乐作品，不仅本剧院的人，市里一些音乐家也知道了我，我开始在音乐界这一小圈子里轻而易举地享有切实而合适的声誉，我察觉人们认识我、注意我。荣誉真是最甜蜜的东西，尤其是在还没有巨大的成就、并不突出和还不曾招致妒忌的时候。我到处都觉得自己受到重视、肯定和赞誉，人们对我笑脸相迎，点头称许，较年轻的人更是尊敬崇拜，而且人们总是暗暗相信，我还会有更好的作品，就像一切年轻人一样，直至他们看到最好的作品方才罢休。最使我感情受到伤害的是人们在对我的肯定中总是带有同情的成分。我甚至常常这样想：人们称许我、怜悯我，因为我是一个可怜的人，一个残疾者，人们乐于向这种人施以恩惠。

在一次音乐会上，在演奏完我的小提琴二重奏后，朋友们介绍我认识了富有的工厂主依姆多先生，他是一个热心的音乐爱好者，天才青年的靠山。依姆多先生矮小、文静，头发已经花白，从外表看不出他极有钱，也看不出他酷爱艺术。从他和我的言谈中我切实觉察到，他对音乐颇是精通，从不胡乱赞美一气，而总是平静地、实事求是地表示赞赏，这样做才更有价值。他告诉我，他早就从别处听说过我，他家里有时候举行音乐晚会，演奏古典的和新的音乐。

他邀请了我，最后又告诉我："我们家有您的歌曲，我们都很喜欢它们，连我的女儿也很喜欢。"

我正打算去拜访一次，却收到了他的请柬。依姆多先生请我允许把我的降E大调三重奏在他的家庭音乐会上演出。一个小提琴手、一个大提琴手已经邀定，都是有才气的音乐爱好者，倘若我有兴趣参加演出，第一小提琴便由我担任。我知道依姆多常常付给在他家演出的职业音乐家很高的报酬。这我是不乐意接受的，然而我不知道拒绝邀请的结果会怎么样。最后我还是接受了邀请，那两位合作者来我这儿调好了音，大家一起练习了几回。其间我去了依姆多家一次，却没有碰见任何人。就这样，约定的那个晚上来到了。

依姆多先生是个鳏夫，住在一幢古老、简朴而华丽的住宅里，它那古老的花园是当今日益扩大的城市中未受到损害的仅存的少数园林之一。我晚上去的时候看见花园里树木不多，只有短短一排高大的梧桐树，灯光下，树干上闪烁着一片片明亮的斑点，其间还矗立着几座古旧得变黑了的石像。高大的树木后面便是那幢又宽又矮的古老住宅，进了大门就是走廊，然后是楼梯，所有房间的墙上都密密地挂着古老的镜框，有许多是家庭照片，也有颜色发黑的风景画，都是些老式的景物画和动物画。我和其他许多客人同时到达，一个女仆招呼大家进屋。

这次宴会规模不大，但是客人们集中在这不很宽敞的房间里显得有点儿拥挤，连通向音乐厅的房门也统统打开了。音乐厅很宽敞，一切陈设都是崭新的：大钢琴、乐谱柜、落地灯、靠背椅，只有墙上挂着的画像是旧的。

我的伴奏者都已到齐，我们对着灯光支好乐谱架，开始调音。这时客厅后面的一扇门打开了，一位穿着浅色衣裳的女子穿过半明半暗的房间向我们走来。有两位先生彬彬有礼地同她打招呼，我看出来了，她就是依姆多先生的女儿。她审视地望了我一眼，没等介绍就向我伸出手来说："我知道您，您就是柯恩先生吧？欢迎欢迎！"

这位漂亮小姐一进门就给了我深刻的印象。她的声音又如此清脆悦耳，我真心诚意地和她握手，愉快地望着那双亲热友好地向我问候的眼睛。

“我很喜欢三重奏。”她微笑着说，似乎早就期待我今天的驾临了，并因此而感到满意。

“我也一样。”我接着说，压根儿不知道自己在说些什么，我又朝她看看。她点了点头，然后转身又走出了客厅，我望着她的背影。片刻后她搀着父亲的手又走回来了，背后跟着客人们。我们三个人已坐在乐谱架前准备演奏。客人们各自找好座位，有几个熟人向我点头致意，主人过来和我握了握手，当大家全都就座后，电灯便熄灭了，只剩高高的烛台照亮着我们的乐谱。

我几乎忘了我的乐曲。我的目光在客厅里搜寻盖特露德小姐，她在朦胧光线下斜倚在一个书橱旁。她深黄色的头发看上去近似于黑色，只是看不见她的眼睛。现在我嘴里轻轻数着拍子，点点头，我们开始挥舞琴弓，定了缓慢的常步调。

在演奏的时候我感到快活，内心舒畅，我权衡着节奏，演奏自如地和着音乐的激流，我感到一切都是全新的，并且都是在这一瞬间发现的。我对音乐的思想和我对盖特露德的思想纯洁而毫无干扰地交融在一起，我凭着内心的灵感，挥舞着琴弓，音乐美妙而源源不断地奔泻而出，把我带往通向盖特露德的黄金之路，我现在已看不见她，也完全不想看见她。我已把我的音乐、我的呼吸、我的思想和我的脉搏统统贡献给了她，如同一个清晨的流浪者对着黎明时的碧绿和清新的草原，毫无顾虑而又忘我地献出自己的身体。这时随着一种舒适的感觉和一种不断增长的音响，我感觉自己被一种奇妙的幸福所淹没，我极其突然地懂得了什么是爱情。它完全不是什么新的感情，只是一种古老的情感的明朗化和现实化，是一种回返故乡的感情。

第一乐章演奏完毕，我只休息了一分钟。悠扬的乐声中，小提琴的声音给人以柔和的感觉，我的目光越过许多紧张的、不时点头称许的脸庞，瞥向她那乌金色的头，看了一眼那细嫩发亮的额头以及那淡红色的严肃的嘴唇。然后我敲敲我的乐谱架，开始了第二乐章。第二乐章是很动听的。乐曲使演奏者们心里温暖，乐声中一种向上的渴望增长了演奏者心中不安的震动，使他们在不满足的飞翔中向上盘旋升腾，在悲苦忧虑中探索和失却自己。大提琴奏出深沉而温柔的旋律，突然升高为强烈而急促的声音，继而又逐渐减弱，化成新的、模糊的音调，紧接着又转变成半是愤怒的低音而绝望地消逝了。

这第二乐章是我的忏悔，是我的渴求和不满现状的自白。第三乐章将是解脱和愿望实现。但是自从这个晚会以后，我知道第三乐章什么也不是，我把它当作业已过时之物漫不经心地演奏完毕。因为我现在明确地知道，它必须自由奔放，必须冲破狂风暴雨似的乐音的束缚。闪烁出宁静光彩，必须从浓密的云雾中放射出光芒。这一切在第三乐章中是完全没有的，第三乐章只是逐渐发展的不谐和音的一种缓和的解决，只是一种企图把古老的基本旋律稍稍加以净化和提高的尝试。在第三乐章中，那些目前照耀着我，为我所歌唱的声音和光彩是丝毫不存在的。我很惊奇，竟然没有人注意到这些。

三重奏表演完毕。我向伴奏者点头道谢，把小提琴搁在一边。灯光重又亮了起来，客人们纷纷走动起来，有几个人走过来向我表示了通常的肯定、称赞和一点小建议，以显示他们都是行家，却没有一个人向我提出作品的主要缺点。

宾客们现在分散到各个房间里，随意享用着茶、酒和点心。主人还给男士们准备了吸烟室。一个小时过去了，又过了一个小时。事情终于发生了，盖特露德出乎意料地忽然来到我面前，还向我伸出了手。

“您喜欢吗？”我问。

“是的，很好听。”她点头赞许。但是我看出她还懂得更多些。

于是我问道："您指的是第二乐章吧，其余两章简直不值一谈。"

这时她又好奇地直视着我，带着好似一个成熟女子的明智态度优雅地说道："您自己肯定很清楚。第一乐章当然是好音乐。第二乐章高尚而辽阔，因此对第三乐章的要求就更高。人们从你们演奏时就发现，有些地方您确实是做到了，而有些地方则不然。"

我很乐意听这些话，因为她那双明澈善良的眼睛注视着我。就在我们相识的第一个晚上我便已想到，倘若在这双美丽正直眼睛的目光下度过整整一生，肯定是又美好又幸福的，绝不可能做出或者想出什么糟糕的事。从这个晚上起，我心里明白，不论何时何地，我只是寻找这种统一和最细腻的和谐，我也知道世界上活着一个人，对于这个人的目光、这个人的每一脉搏和每一呼吸的声音，我都得给以纯洁和发自内心的答复。

她也立即感觉到我对于她本质的纯真反响极为友好，因而从一开始便建立了平静的信赖，使她能够对我十分坦率，不必害怕产生误会和不信任。她很快便和我十分亲密，只有年轻人以及比较天真无邪的人才可能这样迅速和毫无顾忌地友爱。以往我也确实恋爱过，而自从我摔伤成为跛脚之后，往往怀有一种胆怯、渴望和不稳定的感觉。如今爱情已经替代幻想降临于我，我感觉自己眼前好似出现了一道精致、灰色的纱幕，世界露出了其本来的、神圣的光芒，如同孩子们眼中所见，如同我们在幻梦中所见一样。

盖特露德那时还不到二十岁，像一棵娇嫩的小树一般苗条而健康，远远超脱了一般女性的种种矫揉造作，她那独特的大方品格奏出了一种稳步向前的旋律。在这个并不完美的世界上居然还存活着这么一个生物，我不禁由衷地欢欣，不可能不想到如何捕获她，把她据为己有。我为自己可以同她共享美丽的青春时代，并从一开始就得到她的友谊而感到高兴。

自从这个晚会以后我夜里常常失眠。我并没有发烧，也没有心神不宁，我头脑清醒，不想睡觉，因为我感觉自己的春天已经来临，我的心在经历了漫长的歧途和寒冬季节之后渴望走上正路。在我的斗室里流动着苍白的夜光；所有生活和艺术的目标都历历在目，好似刮着燥热风的阿尔卑斯山峰近在眼前，我时常察觉到的我生活中已经完全失落的声音和种种神秘的节奏，连同传奇故事般的童年时代都回来了。而当我企图掌握这种梦幻般的明朗以及满溢的感情，并试图加以浓缩和命名时，我就给它取名盖特露德。我想着这个名字入睡，一直睡到天亮，清晨我神清气爽地起床，仿佛自己沉睡了好长时间。

这时我想起了最近一个时期的种种阴郁以及傲慢的思想，同时我也看到了自己的缺陷所在。今天并无任何东西让我痛苦、不快和烦恼，我耳中又响起了伟大的和谐之音，又重新沉入了充满外界声响的青春之梦。我又让自己的行动、思想和呼吸重新追随那一个神秘的旋律，生命又有了一种意义，而在遥远的东方已微露金色的阳光。没有人注意到我的变化，我也没有让任何人接近自己。只有台塞尔这个家伙在剧场里排练时推推我，开玩笑地说："您昨晚睡得很好吧，是不是？"我心中暗自思忖，我得讨讨他的好，于是隔了一会儿问他道："台塞尔，今年夏天您打算到哪里去休假？"他笑了，羞得满脸通红，好像他是刚刚结婚的新娘，接着告诉我："我的天哪，到夏天还早着呢！不过您看，我已经买好一张车票啦。"他拍了拍胸前的口袋，"我这回是从博登湖出发，经过莱茵河地区、列支敦士登公国到瑞士的库尔、阿尔布拉河、上加丁、马洛耶、贝格尔以及意大利的科摩湖。至于回来的路程我现在自己也不知道。"

他重新拿起小提琴，用他那双灰蓝色孩子般的眼睛机灵而又欢欣地匆匆瞥了我一眼，看样子这双眼睛从没有见过世界上的种种肮脏和不幸。我感觉自己和他成了莫逆之交，体会他如何自由自在、无忧无虑地和阳光、空气、大地打交道，于是我也感觉到了生活的种种乐趣，好似我的生活正面临着新生的太阳，而我也以明亮的眼睛和纯洁的心灵诚实地迎着它走去。

今天，当我回忆往事时，一切都变得极其遥远，远得好似在东方的天边，但那时的光芒还多多少少照亮着我目前的道路，虽则已经不再青春焕发、不再光辉灿烂了，并且仍像当时那样是我的安慰，使我在感到压抑的时刻感觉舒适，拂去了我灵魂里的尘土，当我唤出盖特露德的名字，想到她的时候，脑子里的她仍是当年在她父亲的音乐厅里向我走来的模样，轻巧得像鸟儿，亲切得像密友。

我又去看莫特了。自从美貌的绿蒂那次痛苦的自白后，我就尽可能地躲着他。他察觉到了这点，采取如我所知的既骄傲又冷漠的态度，懒得为我费心。因而我们已有几个月不曾单独相聚了。现在我对生活充满了新的信念，充满了美好的理想，我自以为有必要重新接近久已疏远的朋友。这也是我新写的一首歌曲给我的启示，我决定把它献给莫特。这首歌有点儿像他喜欢的《雪崩之歌》，歌词是这样的：

我熄灭了房里的蜡烛，
夜色涌进敞开的窗户，
它温柔地把我拥抱，
要我们成为朋友和兄弟。
我们同样病于乡思之痛，
我们同样夜夜魂牵梦萦，
就在我们父亲的老屋，
我们悄悄谈论着逝去的年华。

我另外干干净净地抄出一份，上面题了："献给我的朋友海因利希·莫特。"

我带着歌曲，挑了一个我断定他必然在家的时刻到他的住所去。他果然在家，他的歌声向我袭来。他正在自己那间富丽堂皇的房间里踱来踱去，一边练着歌喉。他冷冷地让我进屋。

“啊，是柯恩先生！我还以为您永远不到这里来了呢。”

“瞧您说的，”我赶紧表白，“我这不是来了吗。您好吗？”

“总是老样子。真的，您怎么又敢到我这里来了。”

“嗯，我最近一个时期有点儿不守信用……”

“事情很清楚。我也知道为什么。”

“我倒是不清楚。”

“我清楚。绿蒂到过你家里，是不是？”

“嗯，我不愿意谈她的事。”

“是没有这个必要。那么您又来干什么。”

“我带了点儿东西来。”

我把乐谱递给他。

“噢，一首新歌！很好啊，我早就害怕您会陷在沉闷的弦乐里出不来。瞧，还有献词！献给我的？是真心诚意的吗？”

我惊讶于他的欣喜之情，我原以为他会揶揄我的礼物。

“我真的很喜欢，”他坦率地说，“高尚的人看重我，我总是很高兴的，尤其是您。我已暗暗把您列在死者名单上了。”

“您有这种名单？”

“噢，是的，倘若一个人有许多朋友，或者有过许多朋友，像我这样……便可能开出一份很可观的名单来。我一直最尊重有道德的人，而偏偏总是他们离我而去。和流氓无赖天天都可以交朋友，可是和理想主义者、正经的市民却很难相处，尤其当这个人声名狼藉的时候。您可算是这种时刻里独一无二的人。事情正是如此——人们在最最困难的时候所得到的，总是人们最珍爱的。难道您不是这样吗？这种时候我向来只看重朋友，偏偏只有女人来这儿。”

“这些事您自己也要负一部分责任的，莫特先生。”

“为什么？”

“您对待所有的人，同您对待妇女一样，都是这种态度。朋友之间是不可以这样的，所以大家都溜开了。您是一个利己主义者。”

“感谢上帝，我竟是这种人。而您也好不到哪里。可怕的绿蒂到您家里去倾诉苦恼，您丝毫不肯帮助她。您没有利用这个机会来改变对我的看法，我还是很感谢的。您是怕管闲事惹麻烦，所以就远远躲开了。”

“是啊，我现在又来了。您说得对，我本该应允绿蒂的。但是我不懂这种事。您就曾经讥笑我对恋爱一窍不通。”

“嗯，那么您就勇敢地捍卫友谊吧！它也是一个美丽的领域。不过现在您先坐下来替我伴奏，我们先来练一练这首歌。哦，您还记得您的第一首歌吗？我认为您已经渐渐成为一个名人啦。”

“我们开始吧，我无论如何不可能和您相比的。”

“蠢家伙。您是一个作曲家，一个创造者，一个小天主。名誉对您有什么用？像我们这类人成名易如反掌，只要本人自己愿意。我们歌唱家和走钢丝演员，如同女人一样，但凡毛皮还美丽而有光泽时，就必须拿到市场上去展销。荣誉唾手可得，要多少有多少，还有金钱、美女和美酒！报纸杂志上会刊登照片，还有荣耀的桂冠！可是您瞧，倘若今天我遭逢不幸，或者仅只是一场小小的肺炎，那么我明天便完蛋了，一切荣誉、桂冠以及全部活动便全部告吹。”

“嗯，那么您就等着吧。”

“啊，您知道，我对于老年实在是好奇之至。青年人最容易受骗，报纸杂志上全是骗人的东西！说什么青年时期是人生最美好的时期！老年人在我心目中始终有极为满意的印象。青年时期其实是人生中最困难的时期。举个例子说吧，高龄人中几乎就没有自杀事件。”

我开始伴奏，他也转向歌谱，很快就掌握了旋律，他一边用胳臂肘做了一个手势，一边给我指点出一处需要更动的地方，他很有意思地把一个小音阶转变为大音阶。

傍晚我回家后收到依姆多先生一封短信，正如我所惧怕的，信中只有几句客套和一笔远远超过正常报酬的酬金。我把钱退了回去，简短回复说，我很富足，只希望以后还能作为朋友去他家里拜访。后来我再碰见他时，他邀请我有空就去他家，并说：“我后来想了一想，就这么办吧。盖特露德认为我不需要送您什么，可是我想还是先送送试试。”

从此我就成了依姆多先生家的常客。曾多次在他们的家庭音乐会上担任第一小提琴手，经常在那里演出新的音乐作品，有我自己的，也有别人的。我的小型作品大多总是先在他们家里试演。

春天的一个下午我发现盖特露德单独和一个女朋友在家。天下着雨，我向前廊走去，她却不让我走。我们讨论音乐，起初我有点儿不愿意，因为我们一开始就谈到了我在瑞士格劳宾登时期的事，我就是在那里写下的第一首歌曲。然而我变得困惑和不知所措，在一个姑娘面前把这些和盘托出是否合宜。后来盖特露德怯生生地告诉我：“我得向您坦白一些事情，请您务必不要生气。我改写了您的两首歌曲，还学会了演唱。”

“啊，您会唱歌？”我惊讶地叫起来。当即回想起自己早年恋爱故事中的一段滑稽经历，我那爱人唱得多么差劲。

盖特露德微微一笑，点点头答道：“噢，是的，我爱唱歌，虽然只给自己和少数几个朋友唱。您若是肯伴奏，我很高兴唱几支歌曲给您听听。”

我们走到大钢琴旁边，她把乐谱递给我，这是她纤细的手重抄过的，笔迹秀丽。我开始轻轻地伴奏，以便听清她的歌声。她唱了一首，接着又唱第二首，我坐着、倾听着，听到自己的歌曲变得具有魔力了。她的歌声高昂、轻快、带着迷人的颤音，是我生平所听到的最美的歌声。让我感到好似南方的热风刮进了白雪皑皑的山谷中，每一声都拨动着我的心弦，当我听得入迷，心神震荡时，我不得不竭力抑制着自己，因为泪水几乎夺眶而出，使我连歌谱都看不清楚了。

我认为我懂得了爱情，我可以凭借新眼光观察世界而获得安慰，感觉自己对生活的一切领域都已更接近、联系得更密切。现在一切都不同了，不再存在明朗、安慰和欢畅，而是风暴和火焰，我的心儿在欢呼和颤抖，不再想理解生活，只愿在生活的烈焰中焚毁自己。现在倘若有人问我，爱情是什么，我自信是很清楚的，我会回答说：就是玄之又玄和熊熊燃烧的东西。

这时候盖特露德轻快而迷人的歌声又高了起来，好似在向我欢呼，要激起我的欢乐，而我只觉得自己业已飞到遥远的高处，到了那无法抵达、几乎是完全陌生的地方。

啊，我终于明白了事实真相。她喜欢唱歌，喜欢与人为善，喜欢待我友好，可是这一切都不是我所渴望的。倘若她不是全部地、永远地属于我，属于我一个人，那么我的生命便是空虚的，一切好意、温柔和亲密对我是毫无意义的。

我觉得一只手搁在我肩上，吃了一惊，转过身子，目光正好对着她的脸。那双明亮的眼睛是严肃的，我朝她瞠目而视，她这才慢慢地露出笑容，泛出红晕。

我只能向她表示感谢。她手足无措，不知道如何回答我，只是感觉到而且懂得，我是了解她的。于是我们便自然而然地同往常一样愉快而自由自在地闲谈起来。我坐了一会儿就告辞了。

我没有回家。我不知道天上是否还下着雨。我拄着手杖穿过街道，可是我并不在走路，街道也不成其为街道了，我驾着乌云穿越过咆哮轰鸣的天空，我和暴风雨对话，我自己就是暴风雨，我听见从遥远的地方传来的一种迷惑人的声音，这是一种明朗、高昂、轻轻颤动着的女子的声音，这声音好像纯粹是出自人类的思想和激情，而在它的核心深处却具有人类热情的一切狂野的甜蜜。

当天傍晚我没有点灯，独自一人坐在房间里。当我实在忍不住时，夜已经很深了，我朝莫特家走去，看到他的窗户一片漆黑，只得又转身返回。我在黑夜中转悠了很久，终于疲乏之极，好像从梦中惊醒似的，发现自己站在依姆多家的花园前。古老的树木在住宅周围被风刮得飒飒作响，屋子毫无声息，也没有一丝亮光。时隐时现的星星从云端露出闪闪烁烁的微光。

过了好几天我才敢到盖特露德家去。这期间我收到一位我曾为他的诗歌谱曲的诗人的来信。两年来我们并无交往，他不时写些奇怪的信给我，我就把自己的作品寄给他，他又把他的诗寄给我。这回他信中写道：

尊敬的先生：

您已经很久没有听到我的消息了。我一直埋头创作。自从我获得您的作品，并且理解它们之后，脑子里一直想着为您写点儿歌词，却总是写不出来。现在有了，已经全部完成，是一出歌剧，您必须为它谱曲。您大概不是一个很幸福的人，这从您的音乐中可以知道。至于我自己我也不想谈；但是这些词是为您而写的。因为我们这类人并无其他欢乐的事情，我们愿意为人们表演一些美好的东西，也能让那些厚皮动物的脑子清醒片刻，认识到生活并不都是表面的东西。因为我们自己也并不确切认识自己，折磨自己是为了让别人察觉到这种无用的力量。

您的

汉斯·H.

这封信好似一点火星落进了一桶火药里。我写了回信，仍然心急如焚，于是撕掉信稿又改打了电报。一个星期以后稿子寄到了，是一出用韵文写的炽热的小型爱情歌剧，还有些不足之处，而当时对我已绰绰有余了。我读过后反复记忆着诗韵，日日夜夜吟唱着、演奏着，很快就跑到盖特露德跟前和她商量此事。

“您一定要帮助我，”我叫嚷着说，“我谱了一出歌剧。一共三幕，完全符合您的嗓音。您想看看吗？能不能唱给我听听？”

她很乐意，她读了，浏览了乐谱后答应尽快学会它。一个热烈而美满的时期来临了。我沉醉于爱情和音乐之中，其他一切都不在话下，因为盖特露德是唯一知道我秘密的人。我指点她学习乐谱，她唱给我听；我征询她的意见，为她演奏全剧。她对我的作品极其热情，努力学习和练唱，向我提建议并帮我修改，这出歌剧成了我们两人共同的作品，对于它的秘密和形成她显示出炽烈的兴趣。不需要任何指点和暗示，她就理解和掌握了最初未能立即懂得的地方，最后她用一手秀丽的字体帮我抄写和修改原稿。我为此向剧院请了病假。

在我和盖特露德之间不存在任何障碍，我们汇进了同一条激流，努力做同一件工作，她和我一样在工作上注入了自己全部业已成熟的青春活力，这件工作是幸福且具有魔力的，为此我愿意献出自己毕生的激情。在她看来，我和我的作品已经融汇一体了，她喜欢我们，她也成了我们中的一员，而我呢，对爱情和工作、音乐和生活也已不能再加以区分了。我时常惊讶而钦佩地望着这位美丽的姑娘，她也直视着我的目光，每当我来到和离别时，她以我所敢于给予的同样的亲热和力量来和我握手。在这些温暖的春日，当我穿过花园走进这座古老的宅邸时，我自己也弄不清，驱使和驾驭我的究竟是我的作品，还是我的爱情？

这种日子持续不久。我们的工作快要告一段落了，盲目的爱情的希望之火又一次点燃了我心中的火焰，当时我坐在她的大钢琴旁，她唱着歌剧的最后一幕，她的女高音角色快要演完了。她唱得惊人的美，我想着这些光辉灿烂的日子，已经感到它的光彩终将消退，这当儿，盖特露德的兴趣正是高涨的时候，而我已感到另一种比较凄凉的日子不可避免地就要来临。这时她正微笑着向我俯下身子，看我面前的乐谱，她注意到了我悲哀的眼神，便疑问地凝视着我。我沉默不语，站起身来小心翼翼地用双手捧住她的脸庞，在她的额头和唇上各吻了一下，然后又重新坐下。她平静地、几乎是庄重地听任这一切情况的发生和消逝，毫无疏远和不满的表示，当她看到我眼中满含泪水时，便用她那光洁的手慰藉地抚摩着我的头发、额头和肩膀。

后来我们继续往下排练，她又唱了起来。接吻和动人心弦的时刻，这完全是出乎意外的，而我们将把它作为我们之间最后的秘密永远保留在记忆之中。

然而不能总是只有我们两个人工作，歌剧需要其他演员和合作者。第一个人选就是莫特，我已考虑让他担任男主角，这个主人公的性格暴烈而又极端热情，简直同莫特本人的歌声和性格完全相符。不过我还是犹豫地考虑了一段时间。因为我的作品是我和盖特露德之间的联盟，属于她和我两个人，给我们带来同样的忧虑和欢乐，它是一座不为别人所知的花园，或者是我们两人单独乘坐的驶往大海的船只。

当她察觉自己再也无法帮助我时，她主动问道。

“谁来演唱男主角呢？”

“海因利希・莫特。”

她似乎大吃一惊。“噢，”她说，“这话当真么？我不喜欢他。”

“他是我的朋友，盖特露德小姐，这角色很适合他。”

“好吧。”

于是我们之间有了第三者。

第五章

❖

那时我没有考虑到莫特的休假以及他对旅行的兴趣正浓。他为我的歌剧感到高兴，答应竭尽全力加以协助，只可惜旅行计划已定，因而只应诺到秋天时再一起研究他的角色。我把他那个角色的乐谱另行抄出一份给了他。他带走了那份乐谱，之后，按他向来的习惯，一连几个月音信俱无。

于是在这段时间里我们又得以待在一起。盖特露德和我已经建立了深厚的友谊。我相信，自从在钢琴边的那个时刻起，她肯定了解我内心的感情了，但她却没有说一个字，对我的态度也毫无异样。她不仅爱我的音乐，她也喜欢我本人，和我一样，她也感觉到，在我们两人之间有一种自然的协调，这一个人对另一个人的情感变化总是理解和有同感的。就这样，她同我和睦一致、友好相处，却没有狂热。有时候我对在她身边度过的这种宁静、有价值的日子感到很满足。这期间我总想，热情最终总会来临吧，因为她的每一种友情对于我只不过是一种施舍，我为此感到痛苦，爱情和渴望的风暴时时震撼着我，使友情变得陌生和冷淡。我常常极其迷惑，企图自己说服自己，而她恰好又是一个稳重、开朗、生性平静的人。但是我的感觉告诉我，这是一种假象，盖特露德完全能够懂得，爱情必然也会给她带来风暴和危险。我后来常常回想起这件事，我觉得，倘若我当时全力向她进攻，捕获她，想尽办法把她拉到自己身边，她肯定会顺从我，永远跟我走的。但是我对她的开朗性格忧心忡忡，她对我表示的温柔和好感全都是令人难堪的同情而已。我不能摆脱这样的思想，她若能找到另一个健康而仪表堂堂的男子，而她也像喜欢我一样地喜欢他，那么她便不可能如此长久地维持我们这种平静的友谊。后来，这种思想一再地在我脑海里出现：为换取一条笔直的腿和一个讨人喜欢的外表，我情愿放弃我的音乐和我生活中的一切。

就在这个时期台塞尔又重新和我接近了。他是我工作中不可缺少的人，因而他是第一个得知我的秘密、知道我的歌剧内容和计划的人，他谨慎地把我的作品拿到家里去进行研究。当他再来看我时，他那有着金黄胡子的娃娃脸由于满意和音乐引起的激情而红通通的。

“您的歌剧真棒！”他兴奋地对我嚷道，“我已经把序曲在钢琴上练过一遍了！现在我们去好好喝一杯，我说，您如果不介意的话，我要为我们的友谊开怀畅饮一番。当然我并不想难为您。”

我欣然接受，于是我们度过了一个愉快的夜晚。台塞尔第一次把我带到他家里去。他最近刚刚把一个妹妹接到家里住，她在母亲死后成了孤身一人。台塞尔在长期单身生活后觉得新的家庭生活十分舒适，简直不知道如何夸奖他妹妹才好。他妹妹是一个单纯质朴、无忧无虑的姑娘，和他很像，也有一双明亮、孩子气、善良而又愉快的眼睛，她的名字叫布里琪苔。她给我们端来点心和浅绿色的奥地利葡萄酒，还有装着长长的弗吉尼亚雪茄烟的烟盒。于是我们为她的健康干了第一杯，为我们的友谊干了第二杯，当我们吃着点心，喝着酒，抽着烟的时候，善良的台塞尔怀着满心喜欢在房间里走来走去，一会儿坐在钢琴旁，一会儿抱着吉他靠在长沙发上，一会儿又坐在桌子角上奏起小提琴来，一边还随意唱着美妙的歌曲，他那双快活的眼睛闪闪发光，所有这一切都是为了向我，向我的歌剧致敬。事实证明他妹妹和他有同样的热情，对莫扎特的信仰也毫无逊色。小小的寓所里飞扬着《魔笛》[①]的咏叹调和《唐·吉奥万尼》的歌词，杯酒言欢时时中断，取而代之的是提琴、钢琴和吉他声，或者只有哥哥准确而美妙无比的口哨声伴奏。

我在短暂的夏季演出季节中还担任着乐队的小提琴手，到秋天时便辞去了这个职务，因为我的作品需要我投入全部时间和兴趣。乐队指挥对我的离去不大高兴，最后甚至对我特别粗暴，幸而台塞尔勇敢地从中斡旋，微笑着把他挡了回去。

在台塞尔的忠诚维护下，我完成了歌剧音乐中乐器部分的乐谱。他认真地体察我的思想，不讲情面地指出我在管弦乐处理中的一切过错。他也常常暴跳如雷，像粗暴的指挥一般训斥我，直到某一处他认为不行、而我却认为可以、并顽固地坚持的地方，按照他的意见删除或修改后才肯罢休。他总是在我怀疑和不清楚的时候给我举例做出说明。当我有点儿丧失信心或者缺乏勇气时，他就拿出总谱来给我讲解，向我介绍莫扎特或者洛特金[②]的成功经验，把我的种种犹豫、懦怯和顽固不化骂作“笨牛”。我们互相咆哮、争吵和责备，要是事情发生在台塞尔寓所，那么布里琪苔便凝神听着，不时给我们拿来酒和烟，惋惜地抚摩着那些揉皱的乐谱散页，小心翼翼地把它们重新弄平。她因为爱她的哥哥，便连带也爱了我，把我看成了一个音乐大师。每逢星期日我总要到台塞尔家去吃饭，只要天气晴朗，饭后便一起坐电车出去。我们到山上和林中漫步，一面闲谈，一面唱歌，兄妹俩不用我请求便一再地吟唱着他们家乡的种种民间小调。

有一次我们在一家乡村酒店吃点心，从窗外传来一种乡村舞曲，我们吃完点心便到花园里坐着，饮啜着苹果汁略事休憩，布里琪苔却偷偷朝房子那边溜去，等到我们察觉，朝窗外望去时，她正跳着舞经过窗下，看去就像夏日的清晨一般，清新而又令人心情舒畅。

---

① 《魔笛》：著名作曲家莫扎特于1780年创作的歌剧。

② 洛特金（1801—1851）：全名阿尔贝特·洛特金，德国歌剧作家。

当她回来时，台塞尔便用手指威胁她，说她也应该邀请他。她满脸通红，显得很尴尬，一边向他表示婉拒，一边望着我。

“怎么啦？”她哥哥询问道。

“没什么。”她简单地回答道。可是我无意中发现，她在用目光朝他哥哥使眼色，要他注意我。于是台塞尔就说：“就这样吧。”

我当时什么也没有说，不过总觉得奇怪，为什么她当着我的面跳舞，有点儿尴尬。直到后来我才想到，倘若没有我这个碍事的伙伴，他们的旅游也许会走得更快、更远，情况也会完全不同的。从此以后我就很少参加他们的星期日郊游了。

歌剧中女高音角色排练结束之际，盖特露德就已发觉，再经常去看望她，和她亲密地在钢琴边消磨时刻，使我感到为难，而我也肯定羞于寻找借口以继续这种来往。她令我吃惊地向我建议，定期到她家为她练唱伴奏，因而我每周要在她家度过两三个下午。老先生很高兴看到我和她友好相处，何况这位早年丧母的姑娘向来就是家庭的女主人，一切全由她自己做主。

花园里已经充满初夏的华丽景色，在寂静的住宅周围，到处都是花儿和叽叽喳喳的鸟儿，每当我从街上走进花园，穿过两旁排列着黝黯的古老石像的林荫道，走近淹没在绿树丛中的房子时，都有进入圣地的感觉，在这里，外面的声音听起来很微弱，外界的事物也很难渗入。蜜蜂在窗前盛开的花丛间嗡嗡嗡地飞舞，阳光透过茂密的树叶照入房内，我坐在大钢琴边听盖特露德唱歌，倾听着她那既轻松高昂，又活泼婉转的歌声，我们唱完一支歌曲相视而笑，两人之间如此和谐信赖，就像是一对同胞兄妹。好几次我曾想到，我只要伸出手去便可以轻而易举地获得我永恒的幸福，然而我却始终没有这样做，因为我愿意等待，直到她终于也表示出有这种要求和渴望。可是盖特露德看起来很满足于这种纯洁的友情，丝毫没有其他要求的表示，我甚至常常觉得，她在请求我不要动摇这种宁静的和谐，不要破坏我们的春天。

我为此而失望，唯一使我欣慰的是她如此深深地喜欢我的音乐，如此了解我并为我而骄傲。

这种情况一直持续到六月，接着盖特露德便和她父亲一起到山上度假去了，我没有去。每当我经过她家门口，总看见梧桐树后面冷冷清清的，大门锁着。我的痛苦又开始了，越到深夜，这种痛苦便越深重。

于是我总在黄昏时分带着乐谱到台塞尔家里去，参加他们那种安分而愉快的生活，喝着奥地利葡萄酒，一起演奏莫扎特的音乐。然后在柔和的夜风中漫步回家，一路上看见对对情侣在公园里散步；回到家，我精疲力竭地往床上一躺，却总是久久不能入眠。直到现在我也不明白，为什么我能够同盖特露德如此友好交往。我永远不可能抵制她的魅力，她吸引我、震撼我、征服了我。她时而穿浅蓝色衣服，时而着灰色衣服；时而活泼，时而严肃，我倾听着她的声音。后来我一直不能理解，我当时居然能够听着她唱歌而没有热血沸腾地向她求婚。我迷乱而兴奋地从床上起来，打开电灯开始工作，让歌声和乐器声错综交织在一起，在新的、狂热的旋律中重复思念之歌。但是安慰常常不肯降临，我焦躁不安地彻夜失眠，迷乱而毫无意义地念着盖特露德的名字，盖特露德却不在面前，抚慰和希望也就离我而去，只觉得前途一片昏暗，毫无希望。我呼唤上帝，责问他为什么这样戏弄我，为什么对我缄默无言，剥夺了我的连最穷困的人都可以享有的幸福，只给了我这种残酷的安慰，我的渴望一再被空洞的幻想所替代，成了我所探求的声音和可望而不可即的东西。

白天我还能够控制自己的感情。一大清早我就咬紧牙关从事工作，然后进行长距离散步以镇静自己，又用冷水淋浴来清醒头脑，黄昏时分我为逃避向我逼近的黑夜就到开朗的台塞尔兄妹身边去，在他们那里获得几小时的安宁，有时候甚至是欢乐。台塞尔肯定发现我病了，却归咎于我的创作，劝我好好保重身体，虽则他对这份工作也热情似火，对我的歌剧，他兴奋激动之情不亚于我自己。有时候我想单独和他在一起，便邀他出去，在一家酒店的阴凉花园里消磨一个黄昏，然而那一对对情侣，那湛蓝的夜空，那许许多多灯笼和焰火，还有那刺激情欲的香气，这城市的夏夜所常有的一切，都不能让我快活起来。

当台塞尔也为了陪伴布里琪苔去山里度假而离开时，我的情绪更糟了。他邀我同去，态度极为诚恳，但是我非常担心自己的行动不便会破坏他们的乐趣，因此我始终没有接受邀请。我孤零零留在城里整整两个星期，因失眠而疲惫不堪，工作进展甚微。

这时盖特露德给我寄来满满一盒产自瑞士华莱斯村的阿尔卑斯玫瑰，当我看到她的笔迹和那些业已凋谢的褐色花朵时，仿佛觉得盖特露德正以她那可爱的眼睛在注视着我，不禁为自己的粗野和猜疑感到羞愧。我认为，让她知道我的情况较为合宜，于是便在第二天早晨给她写了一封短信。我有点儿开玩笑似的告诉她，我因为想念她而久久失眠，我已经不再能够接受她的友谊，因为我爱她。写信的时候感情又重新攫住了我，所以这封信开头的语气很平静，并且几乎带有一点儿诙谐的口气，结尾时却是激烈而炽热的。

邮局几乎每天都送来台塞尔兄妹的问安信和明信片。他们绝不会料到他们所有的信件都给我带来失望，因为我期待着另一个人写来的信。

信件终于到达，一只灰色大信封上写着盖特露德秀丽飘逸的字迹，里面装着信纸。

亲爱的朋友：

您的来信使我陷于困境。我看您很痛苦，并且有病，否则我一定要斥责您为什么如此袭击我。您知道我非常喜欢您，可是我觉得目前的情况对我非常合宜，我丝毫也不想加以改变。倘若我看到有失去您的危险，我会想尽一切办法保住你的。但是对于您信中的热情我不能给予回答。在我们分手期间，您要暂时忍耐，等我们重又相见时，再一起商谈。那时候一切便会迎刃而解了。

您的

盖特露德

这封信虽然和我所期待的大相径庭，却也大大安慰了我。这是她对我的问候，她容忍了我，听任我向她求婚，没有拒绝我。这封信也给我带来了她的音容笑貌，以及她那近似冷漠的开朗明净气息。我渴望得到的她的照片，尽管没有，可她本人的形象却一再地在我的脑海里出现。我觉得她就在近旁，她的目光期待我信任她，于是我一下子既感到惭愧又感到得意起来，这种感情帮助我战胜消沉的伤感，克制急切的渴望。我获得的不是安慰，而是坚强和勇敢。我带着我的工作住进了一家乡村小旅馆里，旅馆离城约莫两小时路程。我常常坐在一棵花朵业已凋谢的丁香树荫下沉思默想，对于自己已往的生活觉得奇怪。我是何等孤独而拘谨地走着自己的路，不知道自己将要走向何方！我没有扎根之地，我没有家乡故土。我和双亲的关系只是表面上的来往，礼貌上的书信往来而已；为了追求那危险的创作幻想，我抛弃了我的职业，而我对创作永远也不满足。朋友们都不了解我，盖特露德是独一无二能够和我和睦相处并且完全了解我的人。我活着就是为了创作，也就是它给了我生活的意义，可是它多么像捕风捉影，多么像空中楼阁啊！它果真有意义吗？果真能实现和完成一个人的愿望吗？一行行音符的堆积，充满想象力的激情演奏，在最好的情况下，果真能够给予其他人一个小时的舒适享受吗？

后来我又重新发奋努力，终于在这个夏天完成了歌剧的核心部分，虽然表面上还有许多缺点，但不管怎么说，初稿至少是完工了。偶尔我又会自我陶醉，踌躇满志地想象着自己的作品如何赢得人们的拥护，诸如歌唱家、音乐家、乐队指挥和合唱队指挥等，他们全都得执行我的意愿，使我的作品对成千上万的人产生影响。另外一些时候我又变得忧郁而恐惧起来，认为所有的这些活动和努力只是一个孤独可怜的人为毫无作用的梦幻和空想白白耗尽精力，而让大家同情而已。有时候我也会丧失信心，企图找出根据说明我的作品是不可能上演的，全都是错误和夸张。不过这种情况较少，我基本上深信自己作品的生命和力量。我的作品也是诚实和炽热的，其中有我的亲身经历，流遍着我的热血，即使我今天不想再听见它们，并且正在创作完全不同的乐曲，那么这个歌剧仍然是我的整个青年时代，每当某些节拍和我重新相逢时，我的感觉就像是有一股从热情的青年时代的荒凉山谷吹来的温暖的强劲春风在向我袭来。当我想到，它的全部热情和力量都是出自一颗软弱、贫乏和渴望的心，于是我自己也不清楚，我在那一时期的整个生活是否也像现在一样，是高兴的，还是痛苦的。

夏季快要过去了，我在一个下着倾盆大雨的漆黑的夜晚写完了歌剧的序曲。次日清晨冰凉的雨点变小了，天空一片灰色，花园里露出了秋天的景色。我收拾好行李回城里去。

我所有的熟人中只有台塞尔兄妹已经回来。兄妹俩脸色黑里透红，容光焕发，看来旅途经历非常愉快，好似演出歌剧一般，活动丰富而又紧张。我们两人把序曲从头至尾审阅了一遍。当台塞尔把手搭在妹妹肩上，对她说“布里琪苔，你瞧着吧，这是一个大音乐家！”的时候，我的心几乎是像过节一样，乐滋滋的。

我急切而激动地期待着盖特露德来临，并且很有信心。我将把一件美妙的作品拿给她看，我知道她会像是自己的作品一般理解和欣赏它的。最令我焦急的是海因利希·莫特，我不能没有他的帮助，而他却几个月音讯俱无。

终于他出现了，并且还赶在盖特露德归来之前。有一天早晨他来到我的房间，久久地凝视着我的脸。

“您脸色真难看，”他摇摇头，“是啊，创作这事儿可不简单呢！”

“您看过您要扮演的角色那部分了吧？”

“看过？我已背诵如流，可以演唱了，您什么时候想听都成。这音乐真该死！”

“您这样认为吗？”

“您瞧着吧。现在正是您最美好的时光，您等着瞧吧！等歌剧一上演，您在阁楼上的太平日子就没有啦。嗯，这是您自己的事。我们什么时候表演？我有几处地方要提请您斟酌一下。还要多久才能全部完工呢？”

我把能拿出来的都拿给他看，他当即把我拉到他的寓所。于是我第一次听到他演唱男主人公，我总是根据自己的情感想象着他会如何表演这个角色，现在我感觉到了我的音乐和他的声音的力量。直到现在我才能在自己的脑子里看到舞台上演出的全景，直到现在我才感到自己点燃的火焰在向我涌来，熊熊地烧着我，它已经不再属于我，不再是我的作品，而具有它自己的生命，并以一种陌生的力量影响着我。我第一次感觉到一个作品和它的创作者脱离的滋味，这种脱离我今天都难以完全相信。我的作品开始形成、活动，并显示了它的生命力，它目前虽还在我手中，可是已经不再属于我了，就像一个孩子随父亲成长、生活，慢慢形成了自己的力量，后来便独立不羁地用陌生的眼光看着他父亲，尽管他还冠着父亲的姓氏，额头上还刻着父亲的印记。后来歌剧正式上演的时候，我也仍然常常怀有这可怕的分裂的感觉。

莫特十分胜任男高音角色，一些他认为需要更动的地方，我也欣然同意。后来他好奇地问起女高音人选，因为他只担任剧中的一半，所以想知道我是否已经聘定一位女歌星练唱。我不得不首次和他谈到盖特露德，我尽可能装出平静和漫不经心的样子。他知道她的名字，不过他和依姆多先生家没有往来，听说盖特露德已经学会演唱这个角色时，他惊讶极了。

“那么她一定有一副好嗓子，”他坦率地说，“唱得洪亮而又轻松。您能带我到她家去听一次吗？”

“我反正要去请她的。您总要听依姆多小姐唱几回的，肯定会有些地方需要作修改。等他们从山上一回到城里，我就去请她来。”

“您真是一个幸运的人，柯恩。您还请到了台塞尔协助您创作管弦乐部分。您瞧着吧，这个戏会一鸣惊人的。”

我什么也没有说，我对于未来，对于我这部歌剧的命运思想上还不能放松，必须等到全部大功告成才可松一口气。然而自从我听过莫特演唱之后，对作品的力量便有了信心。

我把这件事告诉台塞尔时，他却大为生气，叫道：“我当然早就相信，莫特是有一种非凡的力量，只要他不那么马马虎虎，吊儿郎当。可是他总是只照顾自己，从来不管音乐的。他是一个冒失鬼，到哪里都一样！”

那天，当我在树叶逐渐凋落的秋色中，穿过依姆多家的花园朝住宅走去，去探望终于归来的盖特露德时，心里怦怦直跳。她变得更美丽了，也更挺直了，脸容稍稍晒黑了一点。她微笑着朝我迎来，向我伸出了手，她那可爱的声音、明亮的目光，以及她那整个高贵潇洒的仪态又立即迷住了我，我的种种忧愁和欲望都给抛到一边，我为自己重又能在她纯洁的身旁而感到高兴。她要求我随便些，使我没有机会提到我的信件和请求，她也对此缄默不语，只是表示出一种姿态，不愿我们的友谊遭到任何损害或危险。她也并不想避开我，常常单独和我在一起，她对我表示信赖，相信我会尊重她的意愿，不再向她求婚，除非她自己鼓励我这么做。我们滔滔不绝地交谈着，谈我这几个月来的工作，我告诉她莫特担任了这出戏的男主角，还称赞了他。我请她允许我带莫特来见她，我认为两个主角在一起共同研究商讨是不可缺少的，她表示同意。

“我当然不十分乐意，”她说，“您当然也知道，过去我从不在陌生人面前唱歌，在莫特先生面前尤其会叫我难受。不仅由于他是一个著名的歌唱家。他身上还有些让我感到害怕的东西，至少在舞台上时如此。好吧，让我们试试看吧。”

我不敢为了不使她害怕莫特而替我的朋友掩饰和吹嘘。我深信她在第一次排练之后会乐意和他继续合作的。

几天后我和莫特一起坐车来到她家，我们等了一会儿主人才非常客气和冷静地出来接待。老人对于我的经常拜访以及我和盖特露德的莫逆关系丝毫未予反对，可是倘若有人企图要求他对此加以证实，他就会报以一笑。这次我带莫特来，他不大喜欢。莫特风度高贵，穿着端正，但是依姆多先生似乎并不看重他这两个优点。那位粗暴、傲慢而又声名狼藉的歌唱家却尽量显得彬彬有礼、富有教养的样子，不仅举止温文尔雅，而且谈吐也得体，极有分寸。

“我们要练唱吗？”休息片刻后盖特露德问道，大家便站起来走到音乐厅去。我坐到大钢琴边，简略地介绍了前奏曲和各幕的情况，随后就请盖特露德开始演唱。她唱得不熟，而且小心翼翼，没有放开嗓门唱。莫特和她相反，轮到他唱时，他毫不踌躇地放开嗓子唱了起来。他的歌声让我们两人都入了迷，现在连盖特露德也心悦诚服了。莫特在上流社会中和女士们应酬惯了，直到这时才注意到她，他和着她的声音唱着，诚恳地和她交谈起来，语气亲切，但丝毫也不过分。

从这时起，一切偏见都消失无踪，音乐把我们联在一起，使我们和谐一致。我的作品始终处于半死不活的半完成状态，使我越来越感到揪心了。现在我明白，只要改好主体就行，并不需要作任何本质性的更动，这样我心里会坦然些。我不能掩饰自己的高兴，我得用行动感谢我这两个朋友。我们兴高采烈地离开依姆多先生家，海因利希·莫特欣然邀我去一家他常去的餐馆吃饭。他一边喝着香槟，一边不寻常地用你称呼我，并一直这么称呼下去，我感到高兴，也就随他叫了。

“今天值得我们好好庆祝一番，”他笑着说，“我们事先练习一下，真是正确的，太妙了。以后情况就会不同。你现在进入了戏剧界的名流之列，年轻人，我们一定要为此干一杯，祝你不像多数人那样半途而废。”

很长一段时间里盖特露德在莫特面前都有点儿畏缩拘谨，只是在唱歌时才比较自由自在。他却表现得十分克制、十分体贴。渐渐地盖特露德乐意他来临，待他和待我一样了，每次临走时都毫不犹豫地请他再来。后来，我们三个人在一起的时候慢慢减少了。两个主要角色都已讨论和排练完毕，而依姆多家定期举办的冬季音乐晚会又开始了，莫特也常常来参加，就是不表演节目。

我有时确实感到盖特露德开始对我疏远，总有点儿想避开我的样子；不过我还是常常设法排除这种思想，并为自己的猜疑感到羞愧。我觉得盖特露德很适合担任一个社交家庭的主妇，看见她如此婀娜多姿，高贵，然而可爱地周旋于宾客之间，心里不免产生了一种愉快的感觉。

几个星期飞也似的消逝了。我坐下来安心工作，想尽可能在冬天完成我的歌剧，我和台塞尔约定，每天晚上到他和他妹妹那儿去。此外我还有许多书信往来和社交活动，因为各处各地都在演唱我的歌曲，在柏林演出了我全部的弦乐作品。质问和批评文章也纷然而至，并且突然之间似乎人人都知道了我在创作歌剧，尽管我除了盖特露德、台塞尔兄妹和莫特之外，并没有和其他任何人谈起过这件事。好在目前一切都无所谓了，主要因为我很喜欢这种种成功的象征，看来我终于早早地获得了光明的前途。

我已经整整一年没有在父母身边。于是我在圣诞节前回了老家。母亲待我很亲切，但是以往的偏见仍然存在，我们之间有一条互不了解的鸿沟，她不相信我会以艺术为职业，怀疑我勤奋努力的严肃性。她开始有声有色地描绘她听到和看到的关于我的消息，这比她表示信服更为令我高兴，但她基本上还是对我这些外表上的成就持怀疑态度，就像她怀疑我的全部艺术工作一样。她并不是不爱音乐，从前她也喜欢唱歌，可是在她眼里，以音乐为职业却是有点儿可怜，她也听过我的一些音乐作品，不是听不懂，就是评价很低。

父亲比较相信我。作为商人，他首先考虑的是我的生活。在经济上他一直毫无怨言地资助我，尤其是我脱离管弦乐队后要重新负担我的全部生活费用，现在看到我开始自己挣钱，有了前途，迟早能够独立谋生，他给我的财富便可以作为一种优裕生活的必需基金，心里当然很高兴。此外，我发现他竟躺在床上，原来在我到家的前一日，他摔了一跤，腿部受伤了。

我附和父亲的爱好和他谈论着比较浅近的哲学问题，这使我们的关系比过去任何时候都更为接近些，而且我也喜欢听他讲那套已被证明有效的实际人生哲学。我向父亲吐露了自己的一些不幸遭遇，这都是我从前羞于启齿的。叙述过程中我突然想起了莫特的一句名言，把它也告诉了父亲。莫特有一回向我表示过一种观点，尽管不是用认真的口气，他说，青年时期是人生最艰难的时期，老年人大都比年轻人更为开朗和满足。父亲笑了，沉思片刻后说道："我们老年人当然要说相反的话。不过你朋友说的也有点儿道理。我相信，人的一生中在青年时期和老年时期之间确实存在一道明显的界限。年轻人主张利己主义，老年人开始为别人而生活。我的意思是：年轻人的生活里有很多快乐，也有很多痛苦，因为他们只为自己生活。对于他们，每一个希望和想法都是重要的，他们尽情享受每一种欢乐，可是也同时尝着每一种痛苦，而其中有些人，他们看到自己的愿望不可能实现，便立刻捐弃了自己的生命。这就是青春年少。大多数人却不一样，他们由此过渡到更多地为他人而活着的时期，这并非出于德行，而完全是自然而然的。大多数人是因为有了家庭。当他们有了孩子的时候，他们便很少考虑自己以及自己的愿望。另外一些人献身于官职、政治、艺术或者科学而忘却了自我。青年人贪玩，老年人爱工作。没有人是为了要孩子而结婚的，可是当他有了孩子，孩子们便能改变他，最后他发现，自己所做的一切只是为了孩子们。和此相关联，青年人都很喜欢谈论死的问题，实际上却很少考虑到死。老年人则恰恰相反。年轻人想的是如何永远活下去，因此一切愿望和考虑总是围绕着自己转。而老年人则认为，结局就在前头，一个人为自己钻营，到头来终归是一场空，其结果是一无所有。因而他追求另一种永恒和信仰，他不愿意自己仅仅像一条虫似的活着。他为妻子、孩子、事业、职务和祖国而奋斗，他懂得自己为了谁而整日辛苦操劳，备受折磨。在这一点上你的朋友说得很对：一个人为他人而活，要比他只为自己而活要幸福些。只是老年人不热衷于表现英雄气概而已，事实上也如此。最优秀的老人也是从最勤奋的青年人长成的，不会从学生时代开始就像老祖父一般成熟。”

我在家里待了一星期，大部分时间消磨在我父亲床边，他不是一个有耐心的病人，除了脚部轻伤以外，身体的其他部位都很健康，精力也十分充沛。我向父亲表示歉意，自己没有像从前那样关心和体贴他。他却表示这是双方的事，倘若我们早早尝试达成相互谅解——实际上很难做到——倒是能够促进我们之间未来的友谊的。他谨慎而友好地劝告我，应该如何同女人相处。我不愿意谈盖特露德的事，而其他经历实在乏善可陈。

“你放心吧！”父亲微笑着说，“你会成为一个很好的丈夫，聪明女人很快就能看出来的。你不要去找极穷困的女人，她可能只考虑你的金钱。倘若你找不到自己合意的、喜欢的女人，那也并不是一切都完了。青年男女之间的爱情和一对白首偕老的夫妻大不相同。青年时期总是只想到自己，只为自己打算。一旦建立了家庭，便要操心其他东西。我也是过来人，你当然很清楚。我钟情于你妈妈，我们完全是为爱情而结婚的。但是这种情况只维持了一年或者两年，后来就中止了爱情，最后甚至消失得无影无踪。我们两人目瞪口呆不知如何才好。恰好孩子们出世了，先是你的两个姐姐，我们为她们操心，她们却早早夭折了。为了孩子，我们相互间要求对方的东西少了，隔阂又消失了，后来爱情又恢复了，当然不是旧的，而是完全不同的爱情。从此以后爱情稳固了，不需要修修补补，一直维持了三十多年。并非所有由爱情缔结成的婚姻都能够如此美满，甚至可以说是很少有如此美满的。”

我当然并不信奉这种观点，然而，却因而增进了同父亲之间的新的友好的关系，心里感到愉快，开始重新眷恋起自己的家乡，在这过去的几年中，我对老家几乎是淡忘了。当我动身离去时，后悔自己不曾拜访父老乡亲，决定以后要和老一辈人多多接触。

工作、旅行以及我的弦乐作品的演出，使我一度中断了去依姆多先生家的日常。当我重新再去时，发现莫特成了依姆多家常客，而过去他只在我的陪同下才去的。老依姆多对他仍然冷淡，甚至有点儿怠慢，而盖特露德和他看来已成了密友。对此我也很欢喜，我没有嫉妒的理由，我深信，像莫特和盖特露德这样两个完全不同的人会意气相投，可是不可能互相满足并且相爱；就是在我看见他和她一起唱歌，两人的声音美妙地混合在一起时，我也并不怀疑自己的看法。他们两人都长得好看，身材高大、风度翩翩；他黝黑而严肃，她白净而开朗。最近我不时发现她那天生的开朗性格变得有点儿闷闷不乐，有时甚至显得又疲倦又阴郁。她常常严肃地审视着我，带着一种好奇的神色，像一个受压抑而心情恐惧的人和我交流着目光。当我朝她点点头，报以愉快的一瞥时，她才慢慢舒展开紧张的面容，勉强地笑了笑，这使我心头隐隐作痛。

不过我很少做这样的观察，盖特露德在其他时候还同从前一样开朗并光彩照人，因而我把自己观察到的视为主观想象或者是一时的不舒服。不过有一次可真把我吓坏了。当时一位客人正在演奏贝多芬的作品，她退到后面，坐在一个黑暗的角落里，认为别人不会注意她。片刻之前，她在明亮的灯光下招待客人时看上去还是很愉快、开朗的模样。而现在呢，她退到后面，并且显然对音乐无动于衷，她侧着头，脸上的表情显得疲倦、恐惧和羞涩，简直就像一个孤苦无依的孩子。这种情况持续了好几分钟，我瞧着她，感到心脏都停止了跳动。她忍受着痛苦，烦躁不安地坐着，那模样已经够坏的了，但是她在我面前却还装出高兴的样子。对我也隐瞒着一切，这使我大为恐慌。演奏一结束，我就朝她走去，在她身边坐下，设法找些不相干的闲话同她谈。我说今年的冬天很不平静，连我也觉得有点儿不舒服，说的时候还尽量用了轻松愉快的口吻。最后我还谈起今年早春时节，我们曾在一起演奏、歌唱和讨论我的歌剧的初稿。

这时她才说："噢，那可真是美好的时光。"随后便又沉默了，可这句话倒是一个自白，而且用了一种不自觉的诚恳语气，使我心里涌起希望和对她的感激之情。

我极愿意向她叙述夏天的情形。她的个性有了变化，就是在我面前也不时显出拘谨和缺乏自信的畏怯，而我却把这些看成为对我有利的标志。我看到她因自己少女的自尊受到伤害而努力自卫时，心里十分感动。可我什么也不敢说，她不稳定的情绪使我痛苦，而我又认为自己必须保持沉默的诺言。我从来不懂得如何和女人周旋。我犯了同海因利希·莫特相反的错误：我像对待朋友一般对待女人。

我不能长期容忍自己遭受欺骗，对盖特露德性格的改变只了解一半，我就退缩了，我减少拜访她的次数，尽量避免作亲密的谈话。我愿意保护她，要让她不再有羞怯和畏惧的心理，因为她仍然显露出痛苦和心神不宁的样子。她已经发现了这一点，如我所知，她对我的退缩也并没有不高兴。我希望，随着冬天的消逝，一个宁静、美丽的时期会在活泼的交往中重新降临到我们身上，为此，我愿意苦苦等待。但是这位美丽的小姐经常让我痛苦，不禁使我渐渐地不安起来，嗅到了一点儿不妙的味道。

二月来到了，在这盼望已久的早春时节我仍处于紧张状态。现在莫特也很少来我这里，严冬时他忙于演唱歌剧，目前他正受到两家大剧院的重礼聘请，尚未做出抉择，因为他也没有遇到过这种新的情况。看来他还没有新情妇，至少和绿蒂闹翻后，我没有在他家见到任何别的女人。

不久前我们庆祝了他的生日，后来就没有再看见他。

一种需要驱使我去找他，由于我和盖特露德之间关系的改变，由于过度劳累，也由于漫长冬日的困乏，我单纯为了闲聊而寻找他。他请我坐下，端给我一杯樱桃酒，便开始谈起剧院来。他显得很疲乏，心不在焉，却又非常温和。我一边听，一边朝房间的四周打量着，正要问他近来可曾去依姆多家时，无意中却看见桌上有一封信，信封上是盖特露德的笔迹。我还来不及多作考虑，便有一种恐惧和痛苦向我袭来。这仅是一封客客气气的邀请信，但我却不这么想，我多么希望自己也能收到这样一封信啊。

我尽量保持镇静，不一会儿就告辞了。我知道事情业已违反自己的愿望。这仅是一份请柬，一件小事，一次偶然的巧合而已——可是我知道事实并非如此。在这一瞬间里，我看透了一切，明白了一切，知道最近一段时期所发生的事。我决心考验自己，并且冷静等待，但是所有这些想法不过是借口和逃避，其实我已被利箭刺伤，伤口在汩汩地流血。当我回到家，坐在自己的小屋里，可怕的真相便像冰冷的麻醉剂似的慢慢流过全身，我感觉自己的生命遭到了摧残，我的信念和希望都已破灭。

好多天我既不流泪也不痛苦。我想也不想就做出决定，不再继续活下去。确切地说，我刚放弃求生的意念，活下去的愿望便荡然无存了。我考虑着死亡就像在从事一项事业，是一件不可抗拒非做不可的事，不必去考虑它做起来是愉快的还是痛苦的。

事先我想有些事情还必须料理一番，首先要去拜访盖特露德一次——可以说是出于正常礼节——我的感情需要取得不可缺少的证明。我还想把她从莫特身边拉过来，虽然他看来比盖特露德的过失少些，我却不想去看他。我到盖特露德家，没有遇见她，第二天又去了，同她和依姆多先生闲谈了几分钟，直到他让我们两人单独在一起，他还以为我要和她一起练琴。

现在她一个人面对着我，我再度好奇地打量着她，她略略有了改变，但她的美貌和从前相比毫无逊色。

“请原谅我，盖特露德，”我坚决地说道，“我不得不又来打扰您。夏天时我曾给您写过一封信——我现在可以得到答复吗？我要出门旅行，可能离开很长时间，不过我会等待的，直到您自己……”

她顿时脸色苍白，惊讶地望着我，我为她解围地继续说道：“您是想说‘不’吧，是不是？我也已经料到了。我只是想证实一下而已。”

她悲哀地点点头。

“那么是海因利希吧？”

她又点点头，突然又显得很害怕，紧紧抓住了我的手。

“请原谅我！请您别对他干出什么事来！”

“我没有想对他干什么事，请您放心。”我说着，不禁微微一笑，因为想起了玛利昂和绿蒂，她们也很怕他，而他还打她们。也许他还会打盖特露德，那就会彻底毁了她那整个开朗高雅和充满自信的气质。

“盖特露德，”我又一次开口说道，“您还是再考虑考虑吧！不是因为我的缘故，我知道发生了什么事！可是莫特不会使您幸福的。再见了，盖特露德。”

我始终保持着冷静清醒的头脑。直到现在盖特露德用那样一种声调和我说话，和我曾从绿蒂处听到的一样。当时她用完全病态的目光凝视着我，并哀求道：“请您别这样就走了，您不该这么对待我！”这句话说得我心都碎了，我努力镇定自己。

我向她伸出手去，并且表白说：“我不愿意使您痛苦。我也不愿意伤害海因利希。但是您等着看吧，您能容忍他对您动粗吗！他会毁了一切他所爱的人。”

她摇摇头，松开了我的手。

“再见吧！”她轻轻地说，“我是无辜的。您从好的方面想着我吧，还有海因利希！”

事情就此结束了。我回到家里，像安排商业事务似的继续安排我的工作。痛苦梗塞了我的咽喉，简直无法摆脱这种痛苦的思绪。不管还剩余多少时日、钟点，不管在这些时间里生活得好还是坏，我全然无所谓。我整理了我那一大堆乐谱，包括那出已完成了一半的歌剧，然后写了一封信给台塞尔，请他无论如何要保存这部作品。完了以后我就努力思考该如何去死。我爱我的父母，却实在想不出什么好的死法可以使他们免受惊吓。最后我决定抛却一切顾虑用手枪自杀。所有其他问题在我看来都是虚无缥缈、模糊不清的。只有一个念头是坚定不移的，那就是我不再继续活下去。我已经预感到在我冰冷的决心后面，是我对生活的恐惧，它在用空洞的眼睛可怖地注视着我，比较之下，那昏暗的、几乎是冷漠的死亡也远远没有如此丑恶和恐怖。

第二天中午过后，我已把一切都考虑妥当。我还要到城里去一次，有几本书必须还给图书馆。我心里很平静，知道自己活不过今晚，我处在一个遭难者的半麻木状态之中，虽然想象到可怖的痛苦，却没有感到痛苦。我只是希望在真实的痛苦来临之前，尽可能毫无知觉地结束生命。这就是我的指望。我宁愿忍受真实的痛苦，也胜似受痛苦的威胁，我希望自己再度恢复清醒，可以一口饮下那一满杯置我于死地的毒酒。于是我急急忙忙赶路，赶紧办完事情便可回到家中。为了不经过盖特露德家，我不得不绕了一段弯路。我想象得出自己看见她的住宅会产生无法忍受的痛苦，面临垮台不如早早逃避。

我回到自己的寓所，喘了一口气，打开大门，不停顿地走上楼梯，这时心里才略觉安定。倘若现在还有痛苦追随在我身后，还有魔爪想攫取我，还有极端的痛苦绞痛我的心，那么我只需在我本人和解脱之间跨出一步，花上几秒钟便可以了。

一个穿制服的男人正从楼上下来，和我打了个照面。我闪开身子，急匆匆走过他身边，我害怕自己不得不停下步来。但是他脱下帽子并且叫出了我的名字。我摇摇晃晃地注视着他。我的名字、我的停留，使一种恐怖感一下子充满了我的全身，我突然感到浑身发软，觉得非倒下不可，似乎再也走不完那几步路，踏进自己的房间了。

这段时间里，我一直痛苦地瞪视着这个陌生的男人，后来便精疲力竭地一屁股坐在楼梯上了。他询问我是否病了，我摇摇头。他手里始终捏着什么东西，他想给我，我却不想去接，最后他硬把它塞在我手中。我拼命拒绝，说："我不要。"

他叫女房东，她恰好不在。于是他握住我的胳臂想把我拖起来，我一看无法摆脱，而他也不会让我一个人待着，我觉得他还在使劲拉我，便站起身子径直朝房间走去，他紧紧追随在后。我觉得他在用怀疑的目光打量着我，便指指我那跛脚，装出很痛的样子，他倒相信了。我找出钱包给了他一个马克①，他道谢后仍然把那东西硬塞在我手里，我这才发现，这个我不愿意要的东西原来是一封电报。

我软弱无力地站在桌边，陷于沉思之中。现在居然有人想阻拦我，想打破我的计划。这是什么？一封电报，谁发来的？不相干，对我毫无作用。目前给我发电报是一种粗暴行为。我已把一切都料理妥当，在最后一瞬间却来了一封电报。我再低头一看，桌上还有一封信。

我把信放进衣袋，信改变不了我。可是电报却让我不安心，使我牵肠挂肚，乱了我的方寸。我面对电报坐下，沉思起来，拿不定

---

① 马克：德国原货币单位，于2002年停止使用。

主意，看还是不看。它肯定会干涉我的自由，对此我是深信不疑的。不知道是什么人企图阻拦我。有人不让我逃避痛苦，有人要我被痛苦吞噬而死，避免留下任何伤口、裂痕和痉挛的迹象。

我真不明白，为什么一封电报叫我如此坐卧不安。我坐在桌边沉思良久，不敢拆开电报，预感到其中埋藏着一种力量，这股力量要强迫我容忍我们不能忍受的生活，要强行把我拉回到我所要逃避的地方去。最后我还是打开了电报，颤抖着拿在手里慢慢辨认着，好似在翻译一种自己不熟悉的外国语。电文的内容如下：“父病危，速归，妈妈。”我渐渐明白了电报的意义。昨天我还想着我的双亲，担心自己将给他们造成痛苦，当然这仅仅是极表面的担心。现在他们在行使自己的权利，他们提出抗议，要把我拉回到他们身边。圣诞节时我和父亲的谈话也立即出现在我脑海中。他说过，年轻人出于利己主义和独立的感情，他们会由于一个未遂的愿望而轻易捐生；但是谁会想到他的生命是和别的许多人的生活连在一起的呢，这些人是不允许他按照自己的欲望走得这么远的。如今我正是联结在这样一根纽带上！我的父亲快死了，母亲孤零零陪伴着他，她召唤着我。他的病危和她的苦恼在这一瞬间还不能抓住我的心，我还是相信自己痛苦欲绝的认识；不过在目前这种情况下，还把我自己的包袱扔给他们，不理睬他们的请求，自顾自逃避痛苦，是行不通的，这一点我倒是看得清清楚楚。

黄昏时分我穿戴整齐来到火车站，心里虽然不高兴，也只得按照需要购买了车票，把找回的零钱装进钱包，汇入站在月台上等候的长长的人群，登上了一节车厢。我找了一个角落坐下，等待着漫长的黑夜过去。一个青年人走进车厢，环顾四周之后便和我打了一个招呼，在我对面坐了下来。他问了我一些话，而我只是木然对着他看，我毫无所思，毫无所想，但求他不要打扰我。他咳嗽着站起身子，从口袋里掏出一块黄色的皮子，又另外找了一个位置。

列车盲目地、白痴般地在黑夜中奔驰，就像我一样愚笨、认真，生怕耽误了什么，又想挽救什么。几个钟点以后，当我手伸进口袋时，碰着了那封信。它居然还在，我心里想着，一边随手把它拆开了。

信是我的出版商写来的，提到了音乐会和报酬，他告诉我，一切都顺利，我可以继续写下去，慕尼黑一位大批评家还发表了评论文章，他向我道贺。信里还附有一份杂志的剪报，是一篇文章，以我和我作品的名字为标题，长篇大论地评述当代音乐现状，又讲了瓦格纳和勃拉姆斯①，接着就谈到了我的弦乐作品和我的歌曲，用了许多赞美的言辞。当我读着这一行行黑色字体时，心里逐渐明白，我会受到人们欢迎并且享誉世界的。一瞬间我禁不住哭了。

这封信和这篇文章让我睁开了眼睛，我回首这个世界，意外地发现自己并没有消失和沉沦，而是生活在世界之中，并且属于这个世界。我必须活下去，我必须愉快地活下去。我该怎么做呢？啊，五天以来所发生的一切都浮现在我眼前，我的感觉和想法都是郁闷的，一切都是那么可厌、苦涩和可鄙。这一切都成了一份死刑判决书，而我却没有执行它，现在也只能不执行它了。

列车在隆隆地前行。我打开窗户，看着向后移动的黑色景致：伸着黑色枝杈的可怜的光秃秃的树木、大屋顶下的庭园和远处起伏的山丘。所有这一切似乎都不乐意生存，似乎都很痛苦和反感。别人可能认为是美丽的一切，我眼中却是凄凉的。我想起了一首歌曲：《这是上帝的旨意吗？》

我就这样注视着窗外的树木、原野和屋顶，倾听着车轮有规律的节奏，不由得急切地想起了搅扰自己的一切，那些遥远的事物都毫不令人绝望地涌入我的脑海，当然这样是不能持久的。我几乎连父亲也没有想起。他倒下了，和树木、暮色一起被遗忘了。我的思想违背我自己的意志和愿望又回到了它不该去的地方。那里有一座

---

① 勃拉姆斯（1833—1897）：浪漫主义中期作曲家，维也纳的音乐领袖人物，代表作有《第四交响曲》等。

古树成行的花园，花园里有一幢邸宅，入口处种着棕榈树，邸宅的四壁挂有古老、发暗的画像，我走进去，登上楼梯，走过所有古老的画像，没有人瞧见我，我像个影子似的走进房内。一个苗条的女人背向着我，一头乌金色的秀发。我看见了他们两个人，她和他，紧紧拥抱在一起，我看见我的朋友海因利希·莫特在微笑，笑容显得既忧郁又狰狞，他一贯如此，好似他早已明白自己也可以欺负和虐待这位金发美女，好似除此之外便没有什么可做的了。让最美丽的女子落在这个可怜虫和破坏者手里真是愚蠢而且毫无意义，一切爱情和幸福都会化为乌有。这真是愚蠢而且毫无意义，但是事实就是如此。

当我从睡眠中，或者说从一种失去知觉的状态中醒来时，发现窗前已是晨光熹微，天色开始发亮了。我舒展了一下僵硬的四肢，胆怯和忧虑袭上心头，只见前面是一片颓败和荒凉的景色。这时我才想起了父亲和母亲。

清晨时分，当我看见故乡的小桥和屋宇渐渐靠近时，天色仍是灰蒙蒙的。火车站又脏又乱，这使我更觉得疲乏和恶心，简直不想下车了；但是我还是提起我那简单的行李，登上一辆行驶在光滑柏油路上的离我最近的车子，车子驶过略略冰冻的土地，驶过颠簸不平的石子路面，在我们家宽敞的大门口停下了，这扇大门在我的记忆中，是从不关闭上锁的。

可是现在，大门却关得严严的，我慌乱而惊恐地拉动门铃，没有人来开门，也没有任何回声。我抬头望望楼上，觉得自己像是在一场难堪的噩梦里，一切都是关闭上锁的。看来只好翻墙进去了。马车夫惊讶地望着我，呆呆地等着。我推开另外一道门，这些年我几乎没有来过这里。门开启了，一直走去便到了我父亲的账房，我走进去时，那些办事员和过去一样穿着灰色外套安静地坐在那里，看见我进去便都站起身来问安，因为我是唯一的继承人。簿记员克莱姆先生还和二十年前一样，毫无变化，他驼着背，悲哀而又疑虑地望着我。

“为什么把大门关了？”我问。

“前边没有人。”

“我父亲现在怎么样？”

“在医院里，太太也在那里。”

“他还活着吧？”

“今天上午还在，不过听说等不到……”

“啊，怎么样？”

“怎么样？嗯，还是脚的毛病。我们大家都认为是治疗错误。先生突然疼痛极了，叫嚷得真可怕。当即把他送进了医院。确诊是血中毒。昨天两点半我们给您发了电报。”

“噢，谢谢你们。请叫人给我送一份面包和一杯葡萄酒，再给我准备一辆马车，请快些！”

有人跑去吩咐了，周围重又一片寂静，不一会儿有人给我送来一盘面包和一杯酒，我吃喝完毕，登上一辆马车，立即到了医院，许多头戴白帽子的女护士，身着蓝条纹布罩衫的男看护在走廊里奔来奔去。有人拉着我的手把我引入一间病房，我看见母亲含着眼泪向我点头，我的父亲躺在一张低矮的铁床上，模样完全变了，显得干枯瘦小，他那短短的灰胡子一根根竖着，特别显眼。

父亲还活着，他睁开眼睛认出了我，虽然仍在发高烧。

“你还在搞音乐吗？”他轻声问，那声调和目光仍同从前一样善良而略带嘲讽。他疲乏地用一种带有讥诮的智慧的目光望望我，再也没有说别的话，我感到他的目光透进了我的心里，已经明白了一切。

“父亲。”我说。但他只是笑笑，再度用半带嘲讽的目光望望我，那目光却已经有点儿弥散了，然后又重新闭上了眼睛。

“你的脸色真难看！”母亲一面拥抱我，一面说，“你怎么瘦成这样？”

我没有什么可说的，这时进来了一个青年医生，紧接着又进来一位年老的医生，给垂危病人注射了一针吗啡，于是那双聪明的眼睛又得以无所不知地观察周围，可惜却再也睁不大了。

我们坐在他身边，看他躺着，逐渐平静下来，他的脸容已经变了，已到了弥留时刻。父亲又活了几个小时，黄昏时分才断了气。我只感到一种沉重的痛苦和极端的疲乏，瞪着干枯的眼睛坐在死者床边，天黑时终于昏昏沉沉地睡着了。

第六章

❖

生活并不是轻易的事，我过去也常常模模糊糊地感觉到。现在我又有了新的认识。迄至今天那种矛盾的感觉始终没有离开过我，早已在我的意识中根深蒂固了。我的生活既贫乏又艰难，而别人却认为我——有时候我自己也这么认为——过得既丰富又美好。人生在我看来像是深沉而悲哀的黑夜，倘若不是这里那里总有闪电的亮光，那简直就不堪忍受了。它们那突发的光芒竟能在几秒钟内消灭和解除许多年的黑暗，这确实是令人感到有所安慰并为之惊叹不已的。

黑暗是绝望的昏黑，是日常生活可怕的循环。人为什么要每天起床，吃饭，喝水，然后又再度躺下呢？孩子、野人、健康的年轻人，还有种种动物，都在这种乏味的事物和活动的循环中痛苦万分。谁也不会有这种思想，会去反对每天早晨起床、吃饭、喝水，相反，他从中得到满足，并不愿意有所改变。谁若丧失了这种当然的生活，就会在日常生活中竭力地探索，追求一瞬间的真实生活，这瞬间的闪光使他感到幸福，并且可以抹去一切集中了他全部意识和目标的思想中的时间感。人们把这一瞬间称为创造性的瞬间，因为从表面上看，它给创造者带来了和谐的感觉，还因为人们愿意接受这一瞬间带来的一切，即使是非常偶然的东西。这就是神秘主义者称之为和上帝相联系的东西。也许这一瞬间的光过于明亮，因而使其他一切显得特别黑暗，也许这一瞬间带来了自由、魔术般的轻松和欢乐，因而使人感到其他的生活特别沉重、低下和晦涩。我并不知道，我已把这一瞬间带到离思维和哲学不远的地方去了。不过我知道，如果存在极乐和乐园，就一定是这种瞬间的不受阻碍的持续；而如果人们能够通过痛苦所形成的烦恼和净化最后达到极乐，那么就没有人会逃避烦恼和痛苦。

我父亲下葬后的几天里——我始终处于麻木和精神恍惚的状态之中——我常常漫无目的地在一个市郊公园的小径上散步。那儿有一排小巧玲珑的房屋唤起我一阵模模糊糊的回忆，我顺着回忆探寻，走到了中学时代那位老教师的小花园和住宅前，几年前他曾引导我信仰通神学说。我走进去，老先生迎了出来，他认出了我，亲热地把我带进他的房间里，房间里满是书籍和花盆，洋溢着清淡而舒适的烟草香味。

“您好吗？”洛埃先生问，“哦，令尊刚刚去世！您还是愁容满面。很伤心吧？”

“不，”我说，“倘若我同父亲还很生疏，那么他的死将使我很伤心。可是我在上一次探亲时已经同他非常知心了，这也就解除了我痛苦的罪恶感，这是一个人对慈爱的父母必有的感情，因为人们从双亲处获得的爱远远超过了他所能偿还的。”

“您的话真让我高兴。”

“您的通神学说研究有何进展？我很愿意听听，因为我现在的景况很坏。”

“什么地方不舒服？”

“浑身都不好。活也活不了，死又死不掉。我觉得自己一无是处，糟透了。”

洛埃先生痛苦地扭歪着他那善良而心平气和的园丁脸。我不得不承认，这张善良的、略显肥胖的脸惹我恼火，我对他毫无期望，决不信他的智慧会给我任何安慰。我只想讲给他听，他的智慧将被证明为软弱无力的，而他的幸福感以及他的乐观的信仰将要受到惩罚。我并不是反对他或者反对任何别的人，我只是不想待人友好而已。

但是这个人完全不是一个自负的人，并且正如我所想的，他受他的教条支配。他慈爱地瞧着我的脸，带着真诚关心的神情忧愁地摇摇他那金黄头发的脑袋。

“您是病了，亲爱的先生，”他断然地说，“也许只是身体有病，那倒不要紧。您必须到乡下去，要干重活，不吃肉食。不过我估计，还有其他原因，您患的是忧郁症。”

“您是这么认为的？”

“是的，您是病了，患了一种时髦病，人们每天都可以碰到生这种病的聪明人。医生们对此简直毫无办法。这种情况是一种神经错乱变来的，人们也可以称之为个人主义或是假想的孤独感。当前的时髦书籍里讲的尽是这些事。您沉迷于自己的幻觉之中，您自以为孤独，没有人和您有关联，没有人了解你。情况是不是这样？”

“是的，大致如此。”我惊讶地回答说。

“您看。对于一个曾经患过病的人来说，几次失望经历就足以使他相信，在他和其他人之间不存在任何关系，至多也只是互相误解而已，于是这个人就变得绝对孤独，对其他人不能真正理解，和他们不存在共同的东西，并且毫无关系。情况往往是这样的，这个病人越来越傲慢，他和其他健康人之间倘若还可能存在互相理解和互相爱慕的感情的话，那也只是牲畜之间的关系。倘若这种毛病变得普遍化，那么人类也就要灭绝了。还好，这个毛病只发生在欧洲，只发生在较高层的社会人士之中。青年人患这种病完全可以治愈，它甚至属于发育时期年轻人的不可避免的毛病。

他这种略带嘲弄的教训使我有点儿生气。他脸上毫无笑容，没有一点儿替我辩护的表情，后来却又重新露出了十分关切的善良模样。

“请您原谅，”他友好地说，“您患的就是这种毛病。我并不是开玩笑。不过的确也有治愈它的良药。那种认为我和你之间并无桥梁沟通，认为人人都是孤独和不可理解的看法纯粹是一种狂想。恰恰相反，人类的共同之处，较之每个人为了他个人，因而和其他人相区别之处是更为多得多，并且也更为重要得多。”

“情况可能如此，”我回答道，“但是我知道这些又有什么用处呢？我又不是哲学家，而且我的痛苦并非由于找不到真理而产生的。我并不想成为圣人和思想家，我只希望能够过一种单纯的、比较满意和轻松的生活。”

“好，您试试吧！您不要再啃书本，不要钻研理论，不过您一定要信任医生，直至您痊愈为止。您愿意这么做吗？”

“我很愿意试一试。”

“这样就好。倘若您只是身体有病，医生就会向您建议，或是沐浴，或是服药，或是去海滨疗养，也许您不理解，为什么要这样干，这些办法会有帮助吗，不过您总应该先去试一试，看看结果如何。您现在就按我的建议去试试吧！您得下功夫学会遇事先想到别人，然后再想着自己！这是恢复健康的独一无二的道路。”

“我该怎么做才好呢？每个人总是首先想到他自己的。”

“您必须下决心克服。您必须对自己的舒适安逸抱一定的冷淡态度。您必须学会这么思考问题：事情全在我自己！目前您只有这个办法：您必须学会爱其他任何人，把他人的幸福看得比您自己的幸福更重要。我的意思可不是要您去谈恋爱！我的意思正好恰恰相反！”

“我懂。可是我该同谁去做试验呢？”

“您就从自己身边找对象，朋友也行，亲人也行。想一想您的母亲。她失去了依靠，现在很孤单，需要有人安慰。您去照顾她，替她着想，您要试着去做一些对她有益的事情。”

“我母亲和我互相不太了解，做起来恐怕有困难。”

“嗯，是的，倘若决心不够，当然是行不通的！就像俗话说的‘互不谅解’！您不能总是想她不了解您或者您不了解她，你们也许真的不大合拍。可是您要让自己首先尝试着去了解别人，让别人觉得愉快，让别人觉得合拍！您这就着手去做吧，就从您母亲开始！——您必须首先对自己说：生活并不使我快活，这方面或者那方面，那么我为什么不能设法去改变它呢！难道您已经对自己的生活失去了爱，再也不留恋生活，把它看成是一种负担，没有一点儿愉快了！”

“我要试一试的。您说的对，我无论怎么做都行。我为什么不按您所建议的去试一试呢？”

我理解他的话语中包藏的意义，使我惊讶的是这些话同我和父亲最后一次会见时父亲告诉我的处世哲学完全一致：活着要为了别人，不要把自己看得太重！这种说教和我的感情相抵触，它们总有点儿教义问答和宗教课程的味道，而我呢，像每个健康的青年人一样，对此道既厌恶，又敬畏。可是我最终没有把它们看成是一种理论或者是世界观，而纯粹是一种实践的经验，为了忍受沉重的生活，我愿意试一试。

我惊讶地看着这个男人，我过去从没有认真看待他，他现在却成了我的忠告者，甚至成了我的医生。但是他看来果真具有那种他向我推荐的爱。他似乎分担了我的痛苦，真诚地希望我好。毫无疑问，我的感觉告诉我，我需要一次特别加强的疗养，以便能像其他人一样生活和呼吸。我想去山上孤零零地住一阵子，或者去从事一种笨重的体力劳动，可是目前我得听从我的忠告者，因为我业已智穷力竭。

当我劝说母亲不要孤独自处，希望她能搬来与我同住时，她只是悲哀地摇了摇头。

“瞧你想的！”她拒绝我说，“事情没有那么简单。我有自己的老习惯，绝不可能重新开始别的生活方式，而你需要自由，不要让我成为你的负担。”

“我们可以先试一试，”我建议道，“也许会比你想的容易许多。”

我于是毫无顾忌、信心十足地干了起来。我们有一幢房子，是一家广泛从事贷款和债务的商号，堆着一摞摞账簿和账单，又有放债又有存款，问题在于所有这一切将怎么处理。我最初决定把一切都卖掉，可是进行得不顺利，母亲舍不得这幢老房子，还因为这是父亲的遗嘱，她千方百计要保住它。父亲的簿记员和一个公证人帮助我们料理种种事务，一天天一周周就在谈判、为了金钱事务书信往返、在无数计划和种种失望中过去了。我不堪忍受这一大堆账目和公文表格，让我的公证人又去请了一个律师，听任他们去解决这一团乱麻。

这段时间我母亲常来。我尽力让她的日子过得轻松些，我帮助她摆脱一切事务，我替她朗读书本，陪她散步。有时候我感到负担太重，生怕难以脱身，便想扔下一切不顾，然而羞愧之情油然而生，心里还有几分好奇，不知道自己往后退缩之后情况会变得怎样。

我母亲除了死者之外其他什么都不想，然而她的悲哀诚然是一种小妇人式的悲哀，我对此很不理解，还常常觉得很狭隘很浅薄。起初我进餐时坐在父亲原来坐的位置上，后来她发表意见说我坐在那里不合适，这个位置应该空着。有时候我和她谈论父亲谈得不够多，她就沉默不语，痛苦地望着我，于是我只得又开始谈论他。我最感缺乏的是音乐。我多次请求，允许我每天练习一小时提琴，可是好几个星期后她才许可我这么做，还伴随着许多叹息，让我感到这是一种冒犯行为。我并不愉快地尽可能在生活上接近她，并且争取她的友谊，但事与愿违，全都成了泡影。

我因为常常遭逢不快，简直想放弃了，可是我始终一再强迫自己习惯这种没有共鸣的日子。我的个人生活业已濒于绝境，偶然在梦中听见好似从遥远的黑暗处传来盖特露德的声音，或者在某一个空虚的时刻，脑海里浮现出我那歌剧中一些不合宜的旋律。我为了处理在R地的住所，收拾了自己的行李再度来到R地时，觉得远离那边的一切已有许多年。我只去拜访了台塞尔，他是真诚关心我的。我没敢向他问起盖特露德。

我母亲那种悲观冷漠的态度，让我很压抑，我不得不逐渐展开一种正当而隐蔽的斗争。我坦率地请她告诉我，她要求什么，对我有什么不满意见，她只是惨然一笑，抚摩着我的手说："算了，孩子！我已经是一个老太婆了。"于是我只能单枪匹马奋斗，就连簿记员和服务员提出的问题也不敢忽视。

这里有各种各样的杂事要处理，最主要的是我的母亲。我母亲在城里只有一个亲戚和女友，是她的堂姐妹，一个老小姐，不喜欢和人交往，却和我母亲维持着较亲密的关系。这个施尼佩尔小姐很不喜欢我的父亲，对我更表示出绝对厌恶，所以她近期内不到我家里来。我母亲早就答应过她，把她接到家里来住，除非她死在父亲前面，就是这一期望使她讨厌我留在家里不走。当我渐渐打听到这一切时，我就去拜访这个老小姐，尽力使她对我产生好感。这场戏惊人地成功，这个小小的诡计带给我全新的、几近满足的感觉。我居然做到让这个老小姐又到我们家来了，我还注意到母亲因而很感激我。她们两个人常常在一起商议，如何阻拦我出售这幢故居，并且真的达到了目的。这个老小姐的手腕也巩固了她在这所房子里的地位，得到了她久已向往的父亲的位置，而过去她一直是对她下禁令的。家里的房间足够我和这个老小姐居住，但她就是不愿意有男主人和她共住一幢楼房，因此拒绝搬到我们家来。不过她来得倒很勤，并经常给女朋友带些日常需用的小东西，对我采用的全是外交手腕，好似在对付一个危险的强权国家，此外她还以一种我不能和她争辩的手段硬是插手我们的家务事。

我那可怜的母亲既不干涉她，也不站在我一边。她疲倦了，变幻无常的生活使她深感痛苦。我逐渐发觉，她极其思念已故的父亲。有一回我偶然走进一间房间，不料碰见她正在翻检一口衣柜。她见我进去吓了一跳，我当即匆匆离开，却已十分确切地看到她正在察看已故者的衣服，她走出房门时两眼通红。

夏天来临时又开始了一场新的战斗。我并不想和母亲一同出去旅行，可是我们两人都需要好好休养，我还希望她通过这次旅行能够振奋精神，也使我得以对她施加较多的影响。她对旅行似乎不感兴趣，可是也不反对我的意见，施尼佩尔小姐却使劲劝说母亲留下不走，要我一人出门旅行。可是我丝毫不愿让步，对这次旅行我早就许下诺言了。在这所古老的房子里，我已经和我那可怜的、心神不宁而痛苦的母亲相处得很不愉快；我希望到外地去转转对母亲会有些好处，也可能会使我更好地控制自己的思想和情绪。

于是事情便决定下来，六月底我们便动身了。在短短的白昼旅程中，我们眺望康斯坦茨和苏黎世，我们越过布罗尼希驶向伯尔尼高原。我母亲的态度很平静，也显得很疲倦，看上去有点儿颓丧的模样，听任旅行对她的摆布。抵达因特拉肯时她开始抱怨了，说自己睡不着觉，不过我还是说服她和我一起去格林特尔森林，希望在那里好好休息一阵子。在这次愚蠢的、无穷尽的、毫无欢乐的旅行中，我清楚地看出要逃脱和消除自己的痛苦是不可能的。这里有许多美丽的碧波荡漾的湖泊，镜面似的湖水映出古老秀丽的城市，这里有许多蜿蜒上升的白色的和蓝色的山峦，青绿色的冰河在阳光下熠熠闪光。而我们两人只是默默地、不愉快地走过这一切，心里觉得很惭愧，因为我们面对这美景居然感到压抑和倦怠。我们在山间漫步，望着高高的群山，呼吸着清新、甜蜜的空气，倾听着阿尔卑斯高山牧场上传来的一阵阵牛铃声响，不禁喊道："真美啊！"我们简直不敢相信自己的眼睛。

我们在格林特尔森林待了一个星期。有一天清晨我母亲说道："我说，这真没意思，我们还是回去吧。我真想能好好睡一觉。要是我生病了，就可能会死去，我要死就死在家里。"

我只得默默收拾好行李，心里也认为她是对的。我们动身回家，比我们来时走得快，不一会儿就走完了全程。然而我的心情却不像重返家乡，而是像去进监狱，母亲也只是略为感到满意而已。

我们回到家后的第一个黄昏，我对母亲说："我想一个人出去旅行，你看怎么样？我想再到R地去。瞧，倘若我待在家里对你确有益处，那么我很愿意留在你身边。可是我们两个人都病了，丝毫也不愉快，还往往互相传染。你可以请女朋友住到家里来，她能比我更好地安慰你。"

她按照老习惯握住我的手轻轻抚摩着，点点头表示同意，同时看着我微笑了，这个笑容清楚地表示："好的，你尽管去吧！"

我的善心好意，我的一切努力都毫无所获，她和我一起受了几个月的罪，相互间反倒越来越疏远了。我们尽管生活在一起，却各顾各独自背着自己的包袱，谁也不愿意和另一个人分担，每个人只是深深地沉浸于自己的痛苦中，加剧了自己的病情。我的尝试既然没有收效，那么除了离开，就别无良策了，我只有退却，以便给施尼佩尔小姐腾出位置。

我立即采取行动，但是又想不出别的地方，便又回到了R地。启程时我开始明白，我从此没有故乡了。这个城市，我在此出生并度过童年的地方，也是埋葬我父亲的地方，已经和我毫不相干了，它对我毫无所求，我对它也毫无所赐，留存的只有记忆。当我向洛埃老师告别时什么也没有说，他的处世药方并不能帮助我。

我在R地原先租住的房间恰好还空着。它对我是一个象征，说明自己曾经想斩断同过去的联系，想逃避自己的命运，纯属徒劳无益。我又住进了同一幢楼房的同一个房间，在这同一个城市里，我又打开小提琴盒，重新开始了我的工作，我发现一切同过去一样，只有莫特去了慕尼黑，盖特露德已经是他的未婚妻。

我把我的歌剧乐谱拿在手里，好像它是自己过去生活的残余，我试图从中再为自己找出点儿什么东西来。当一个诗人为我所有的曲谱写了新歌词，音乐便又渐渐在我那业已麻木的心灵中开始苏醒并且活跃起来。在相当一段时间内，我经常在黄昏时分感到一种过去有过的不安情绪，我怀着羞耻和恍恍惚惚的心情向往着依姆多家的花园，写下了这样一首诗：

燥热风夜夜呼啸而过，
沉重地扑动着潮湿的翅膀。
麻鹬摇摇摆摆飞过天空；
万物从冬眠中醒来，
大地已经完全复苏，
这是春天的召唤。

这样的夜晚不能入眠。
我的心变得年轻，
从蓝色的记忆深处
升起我青春时代的热烈渴念，
我凑近看看自己的脸容，
吃了一惊，吓得倒退。

安静吧，安静吧，我的心！
我的心情如此激动
以致血液也凝缩、滞重，
引导你通向从前的道路——
不要按照青年时代
的老路走得太远。

这些诗句在我心中萦绕，重新唤起了音乐和生命。我长期以来抑制和忍受着的痛苦在节奏和音调中解除了，溶化成奔放的热流，我把歌曲抛在一边，在脑子里重又整理好那部久已遗忘的歌剧的思路，从久已荒芜的心灵里重又挖掘出深深潜藏着的奔流不息的泉源，直达感情的顶峰。在那里，痛苦和胜利已没有区别，心灵的一切热情和力量完整地倾注于这唯一的熊熊烈火之中。

在我写出新歌曲的当天就去台塞尔家拿给他看，黄昏时分我穿过栗树成荫的小道回家，新工作让我浑身充满了力量。但是过去几个月的光景好似一双透过假面具眼孔的眼睛，正以一种茫然若失的神色凝视着我。于是我的心因为渴望而急速地跳动，不愿意再了解为什么要逃避内心的痛苦。盖特露德的形象清晰地伫立在我眼前，在尘埃中显得格外美丽，我又无畏地直视着那一双明亮的眼睛，我的心又为所有的痛苦而开启。啊，为了她而遭受痛苦，把芒刺深深刺进伤口，也胜于离开她，离开真实生活而进入幽暗的阴森可怕之中！在那一大片栗树黑暗的树梢之间是深蓝色的天幕，上面缀满了星星，它们在遥远的天边，无忧无虑地闪烁着冷峻的金光。这些星星肆无忌惮地眺望那些满是花蕾、花朵和疤痕的树木，向它们显示出生命的喜悦和痛苦，向它们指出伟大的生命意愿。蜉蝣成群结队地迎接死亡，每一种生命都有自己的光彩和华美，我熟视片刻后就懂得了什么是美好，懂得了就连我的生活和痛苦都是美好的。

秋天尚未过去，我的歌剧便已大功告成。就在这一期间，我在一次音乐会上遇见了依姆多先生。他高兴地和我打招呼，并觉得有点儿意外，因为他完全不知道我住在城里。他只听说我父亲的去世，我最近一阵一直住在家乡。

“盖特露德小姐好吗？”我尽可能平静地询问道。

“哦，您自己来看看，便能知道一切。她的婚礼定在十一月初举行，我们当然要邀请您参加的。”

“谢谢，依姆多先生。您知道莫特的情况吗？”

“他很好。您知道，我不很赞成这门婚事。我早就想问问您有关莫特先生的情况。一般说来，打从我认识他以后，我对他也没有什么可责备的。不过我听说过关于他的一些事：他曾和许多女人有过纠葛。这方面的事您能和我谈谈吗？”

“不，依姆多先生。他肯定不愿意发生这些事。而且这些传闻恐怕也很难改变盖特露德的决心。莫特先生是我的朋友，倘若他能获得幸福，我真心替他高兴。”

“噢，是的，是的。您很快就会到我们家来吧？”

“我想是的。再见，依姆多先生。”

这还是不久以前的事，我为了阻止他们两人的结合，几乎想尽了一切办法，不是出于妒忌，也不是心存幻想，期望盖特露德还能继续喜欢我，而是因为我深深相信，并且早就预感到他们不会长久恩爱和谐的，因为我想到了莫特那种自我折磨式的忧郁症，想到他的暴戾性格和盖特露德的温柔和顺，还由于玛丽昂和绿蒂的情况还完整地存在我的记忆之中。

如今我的想法已经截然不同。我的全部生活的动荡、整整半年的内心孤独以及和青年时期的有意识的告别，已经大大改变了我。我现在的看法是：一个人为了另一个人的命运而伸出手去，这是愚蠢而危险的；我自己当然也没有理由伸手去援助他人，让自己成为一个乐于助人和通达人情的人，尤其当我在这方面的尝试全都遭受失败，而使我自己深感惭愧之际。现在我还强烈地怀疑人的能力及其生活，以及他能否有意识地教育和铸造其他任何人。人们可能挣钱，也可能争得荣誉和勋章，但是不能够争得幸福或者不幸，既不能为自己也不能为别人去争得。人们只能接受已经降临的事情，当然接受的方法可以完全各不相同。至于我自己的发展，我是不愿意再做任何强制性的尝试，硬让自己的生活转向光明面，而是接受适合于我的一定部分，按照自己的能力予以承担，并转向好的方面。

生活也就是从这种沉思冥想中独立出来，并且超越了它的，因而遗留下通常所说的决心和思想，正是一种心灵上的和平宁静，才有助于承担不可变更的现实。至少我是这么接受的，正如我事后所想看到的那样，自从我顺从天命之后，自从我对自己的私人生活采取听之任之的态度之后，生活便处于比较柔和的状况中了。

一切人们为之费尽心机而不能达到的事情，却时常出乎意料地自己降临了，这是我刚从母亲那里听到的经验。我每个月都给她写信，而已经有不少日子没有收到她的回信。也许她身体不佳，这样的话，根据以往的经验，不必多操心。我继续写我的信，向她简短叙述我的生活景况，每次信中都要附笔向施尼佩尔小姐致以亲切问候。

这种问候最近已停止表述。两位老太太觉得她们的日子好过了头，她们已经承受不了那种如愿以偿的愿望。尤其是施尼佩尔小姐简直到了她好日子的顶峰。我一动身她就立即以胜利姿态迁进了她的得胜之地，把她的居室搬到我们家的楼房里。从此她终于和自己的老朋友、堂姐妹住在一起了，她感到经历过一个长期艰难年代后所应得的幸福，应当让她像一个女主人似的把繁重的家务事处理得又温和又堂皇。这并非因为她早已习惯了那一套高贵的生活，并且安之若素——事实上她在艰难的生活条件和半贫困状况中生活已经很久。她从来没有穿过比较精致的衣服，也没有睡过比较细软的床铺；确切地说，她现在才开始过这种生活，同时真正开始俭省，因为确有可俭省之处，并且存在一些浪费现象。此外，她不愿意放弃任何权力和影响。两位女仆必须服从她胜过服从我母亲，连其他仆人、工匠，甚至邮差也得听从她指挥。她的热情并未由于心满意足而趋于熄灭，而是逐渐地把她的统治扩张到其他事情上，扩张到那些我母亲并不太乐意听从的事情上。她要参与我母亲和来访客人的所有会见，但凡有一次她没有在场，就会不高兴。一切信件，尤其是我的信件，她不愿意只听到摘要介绍，而必须亲自过目。最后她还发现，在我母亲的家中，有些事情的处理、照料和管理完全不像她认为的那样，是正确的。首先她觉得对仆役们的监督太不严格。以致某天黄昏一个女仆跑到屋外和另一个女仆以及那个邮差闲聊到很晚很晚。此外，女厨师还要求星期日放假，于是，她开始极严厉地批评我母亲的软弱随和的态度，长篇大论地指导她应当如何正确地料理家务。另外，她看到如此经常而严重地践踏节俭的法则，深感痛心。例如重复往家里运煤啦，那么多鸡蛋被女厨师从中揩油啦，等等。她认真而又激动地反对这反对那，就这样便开始了两位女朋友之间的不和。

如上所述，至此以前我母亲一直是很满意的，即或她并非一切都同意。后来，她女朋友所做的某些事情令她失望，而她考虑到她们的关系总往好处想。现在却不行了，以往古老而受尊敬的家庭生活习惯业已处于危机之中，家庭日常生活的安宁和舒适开始受到损害，她不能接受她的种种指摘，表示了对抗，当然她也就不可能和她的女朋友协调一致。于是就产生了争论和小小的友好的口角。直至女厨师宣布要辞工不干，我母亲费尽口舌，又应下许多许诺，几乎要赔礼道歉，才总算把她留住时，我们家的权力问题便开始真正处于争夺状态中了。

施尼佩尔小姐一向自豪于自己的学识、经验、节俭以及经济方面的才能，却未能看到别人对她所有这些才能全不知感恩。她还十分自信地认为有充分理由指责到目前为止的经济管理，她对我母亲的治家艺术多方责备，不加掩饰地对全家男女等人的习惯和特点予以怜悯的轻视。可是家里的女主人过去一直是在男主人的指示下，按照他要求的方式管理家务的，许多年来一贯如此，生活得很顺利。我父亲不喜欢小里小气地过分节俭，对待仆人一向宽容放任，最恨婆婆妈妈的口角和嘀嘀咕咕的事情。我母亲过去肯定也偶尔批评过他，即使她还按他说的治理家务，但是自从父亲过世后，父亲便变得神圣不可侵犯了。而施尼佩尔小姐却不能对此表示沉默，她认真地回想起自己早就对已故者有意见，并且早就发表过反对意见。她认为，现在时机终于成熟，正是纠正懒散作风，理智治家的时刻。她出于爱护自己的女友，不愿意触动女友对已故者的思念之情，但是这些事都又直接和死者有关系，因而必须让自己的女友承认，已故的老先生确实对家里存在的许多弊病负有责任。她不能理解，为什么现在仍然让自由放任的情况继续存在下去。

这无异是在我母亲脸上猛击一掌，使她终生难忘这位堂姊妹所给予她的这一打击。从前她常常和这位知己谈心，简直成了她的必须和享受，她向她诉苦，唠叨自己丈夫的种种差错。而现在她却不能容忍对他那神采奕奕的形象涂抹哪怕是一点点的黑影。她把屋子里目前开始的这场革命不仅看成是一种捣乱，而且是一种对那位神圣已故者的犯罪行为。

事情就这样发生了，我对这些都一无所知。现在我母亲才第一次写信告诉我这些鸟笼里的不和，虽然还尽可能小心翼翼地加以掩饰，生怕惹我嘲笑。我在下一封回信中就免除了对那位老小姐的问候，不过我从不曾暗示，也没有考虑过，这两个女人没有我在场可能会相处得更好些。何况在这段时间里又发生了其他事情，使我忙得不亦乐乎。

十月已经来临，盖特露德即将举行婚礼的事始终萦绕在我的脑海中。我没有再去她家，也没有再看见她本人。倘若她在婚后离开自己的家，我打算和她的父亲再恢复往来。我也希望我和她之间随着时间的推移会重新建立起友好的信赖关系；我们过去曾经如此接近，很难把过去一笔勾销。只是目前我还没有勇气和她见面，按我对她的了解，对于这样的会面，她是不会逃避的。

有一天，有人以一种我熟悉的方式敲我的房门。我怀着一种不祥的预感和迷乱的心情跳起来打开房门，门口站着海因利希·莫特，他朝我伸出手来。

“莫特！”我叫了起来，紧紧握住了他的手。我不能盯着他的眼睛看，其实我还完全没有想起发生的一切，还没有感到痛苦。我脑海中又浮现出他桌上的那只写着盖特露德之笔迹的信封，又浮现出和她告别的景象以及自己如何选择了自杀。而现在他站在我面前，试探地审视着我。他看上去略为消瘦，却仍然和从前一样英俊和傲慢。

“我没料到是你。”我轻声说。

“是吗？因为你已经不再去盖特露德家，我早就知道的。看在我的分上，让我们别再谈这些事了！我是专为看望你而来的，你生活得怎么样，正在进行什么工作。你的歌剧进展如何？”

“一切都好。你首先得告诉我，盖特露德好吗？”

“很好。我们很快就要结婚了。”

“我知道。”

“嗯，你不打算很快去看望她么？”

“以后再说吧。我只想知道她和你在一起是否会过得好。”

“嗯……”

“海因利希，请原谅我，可是我不得不常常想到绿蒂，你待她很坏，还揍过她。”

“别提绿蒂啦！她是自作自受。没有人愿意揍女人的。”

“那么好吧。我们谈谈歌剧。我现在还完全不知道应该把它送到哪里去。一定得找一个好剧院，可是人家肯不肯接受这个作品呢？”

“人家会接受的。我乐意和你谈谈这件事。你把歌剧送到慕尼黑去吧！他们肯定会高兴的，那里的人对你很感兴趣，万不得已时，我来承担角色。我很高兴能够在其他人之先演唱男主人公。”

他的建议对我很有帮助。我欣然赞同，并且答应立即抄一份副本给他。我们讨论了具体细节，又谈到今后出版事宜，好似这是刻不容缓的要事，当然我们都不愿意浪费时间，对于我们之间的鸿沟，大家都闭着眼睛装作看不见。莫特首先打破这一禁界。

“喂，”他说道，“你还记得当初带我去依姆多家的情景吗？已经是一年前的事了。”

“当然记得，”我回答说，“你不必想到我，你呀，还是走开吧！”

“不，我的朋友。这么说你是记得的。嗯，要是你当时就已爱上这位姑娘了，为什么不告诉我一声呢？你为什么不对我说：不要碰她，让她和你在一起！只要给我一点儿暗示就够了，我就会理解的。”

“我不能这么做。”

“不能？为什么不能？有谁监视你、封住你的口，以致事到如今难以挽回？”

“我不知道她是否爱我。而且，而且你也已经爱上了她，我还能有什么办法。”

“你真是个孩子！她和你在一起大概会更幸福的。当然每个人都有权利去征服一个女人。可是当初只要你对我说一个字，或者只是给我一个小小的暗示，我就会走开的。后来当然就太晚了。”

他这番话使我很痛苦。

“我和你的想法不一样，”我说，“这下子你满意了吧？请让我一个人清静清静！请代我问她好，我会来慕尼黑看你们的。”

“你不参加我们的婚礼吗？”

“不了，莫特，这没有意思。那么你们将在教堂举行婚礼啰？”

“当然，在大教堂。”

“我也喜欢你们在大教堂举行婚礼。那么我还有机会给你们写点儿什么，一首风琴序曲。不要担心，我写得尽量短些。”

“你真是个可爱的家伙！见鬼去吧，我可不想让你倒霉！”

“我觉得你很有运气，莫特。”

“好啦，我们不要争论了。我必须走了，我还得去采购点儿东西，天晓得还有什么事。你很快就会把歌剧乐谱给我寄来吧？是不是？你一寄到，我就拿给我们的头儿去看。嗯，在我结婚前我们两人总还应该再聚一聚的。也许就在明天？——好了，再见吧！”

于是我又陷入从前有过的危机之中，躺在床上思绪万千，不能入眠，痛苦极了。第二天我来到一个熟识的风琴师家中，请他应允在莫特的婚礼上演奏我的风琴序曲。下午我和台塞尔一起把歌剧序曲作了最后一次审阅。晚上我来到海因利希·莫特下榻的旅馆。

房间里炉火熊熊、烛光明亮，一切都已准备妥当，一张铺着白桌布的桌子上放着鲜花和银器，莫特早已在等候我的到来。

“好啊，年轻人，”他朝我叫道，“让我们庆祝离别，为你，更为了我。盖特露德要我代问你好。我们今天要为她的健康干一杯。”

我们倒满酒杯，沉默地干了一杯。

“怎么样，我们现在只管我们自己的事。青春易逝，亲爱的，你不是也感受到了吗？青春是人生最美好的时刻。我希望，它也像一切可爱的格言一样，是一场幻梦。当然，最美好的事情应该首先到来，否则我们就不屑于为以后的全部事情付出精力了。等你的歌剧上演时，我们再继续谈这个问题。”

我们舒适地吃着，喝干了一瓶烈性葡萄酒，然后又向后一靠，埋在沙发椅上抽雪茄烟和喝香槟酒。我想起了我和他从前在一起度过的那些日子，我们兴高采烈地畅谈着未来的计划，随便闲聊着，互相无忧无虑地、沉思地直视着对方的眼睛。海因利希在这种时刻里总比他在任何其他时刻都更为温和善良，他确实知道这样的欢乐时刻短暂易逝，为了使生动活泼的情趣维持长久，就要小心谨慎地把它牢牢地把握在爱护的手掌中。莫特含着笑容轻声谈论着慕尼黑，讲述着剧院里的一些小逸事，以简洁明了的话语描绘出他对古老优美的艺术、对人及其之间关系的种种看法。

他滔滔不绝地议论着他的乐队指挥、他的岳父以及其他许多人，虽然并无恶意，却带有嘲讽和尖刻的口吻，我举杯向他祝酒并问道：“嗯，那么你对我有何看法呢？你对别人也是用这种方式谈论我的吧。”

“哦，是的，”他泰然自若地点点头，那双黑眼睛直勾勾地凝视着我，“总而言之，你是艺术家的典型。一个艺术家在市侩们眼中不是一个快活的人，他随时抛出艺术作品纯粹是出于忘乎所以，可惜他们大都是些贫苦的可怜虫，他们在一堆无用的财富上挣扎，并且必须为此而贡献出自己。世上并没有幸福的艺术家之说，这些话纯属市侩们的胡说八道。兴高采烈的莫扎特用香槟酒使自己保持直立状态，因而短缺购买面包的钱；贝多芬为什么年富力强时不好好生活，而是写出了那么多壮丽的作品，这一点谁也说不清楚。一个正派的艺术家往往一辈子都是不幸的。当他饥饿不堪地打开自己的口袋时，里面总是只有晶莹的珍珠！”

“是的，每当人们渴望有一点点喜悦和温暖，并且享受生活的时候，那么有一打歌剧和三重奏以及其他诸如此类的东西来安慰这个人当然也不算多。”

“这我相信。和一个朋友——倘若他有这样一个朋友的话——一边喝酒消磨时光，一边舒适地闲聊着这种特别的生活，这当然是人生最美妙的事。事实就是这样，我们应当高兴，因为我们正过着这种生活。这种美妙的飞箭似的时光，一个可怜的人能享受多久呢，欢乐瞬息即逝！所以我们必须珍惜欢乐，珍惜灵魂的宁静和美好的心情，以便不断丰富我们的美妙时光。朋友，干一杯！”

我完全不同意他的人生哲学，然而我也不知道为什么。我觉得和这样一位朋友共度夜晚很愉快。我生怕失去这位朋友，而他对我早已是不可靠的了。我沉思地回顾过去的年代，一切似乎都近在眼前，却包含了我全部的青春年华，它的轻浮和无忧无虑，都已经一去不复返了。

我们及时结束了闲谈，莫特还要求陪同我一起去我的住所。然而我请他留步休息了。我知道他不喜欢和我一起走在街上，我慢腾腾的跛行会妨碍他，使他不耐烦。他是不愿意做出牺牲的，即使这样一种小小的牺牲也常常很难做到。

我很喜欢自己的小风琴曲。这是一首前奏曲，表达了我和自己的过去告别的心情，也是对这一对新人的感谢和祝福，同时也是我和她以及他的美好的友谊时光的回声。

举行婚礼那天，我早早赶到了教堂，躲藏在大风琴后面观看婚礼。当风琴师演奏我的作品时，盖特露德抬起眼睛看着新郎，向他点点头。我已经很长时间没有看见她了。她穿着白礼服显得比从前更高、更苗条了。她文雅庄重地从装饰得漂漂亮亮的狭窄小道上走向祭坛，她那位丈夫姿态高傲，腰板笔挺地大步走在她身边。倘若在这个位置上的是我，迈着歪斜的踱步走这条典礼之路，肯定就没有这么隆重庄严了。

第七章

我不能长久地考虑我朋友的婚事，也不能让自己的注意力和希望集中到这条自寻烦恼的道路上去，否则就会越发愁闷忧郁了。

这些日子里我很少想到我母亲。从她上一封信中我确切了解到在我们的老家里已不复存在和平安宁，可是我既无理由也没有兴趣卷进这两个妇女的争吵之中，反而带点儿幸灾乐祸的心情听任其自然发展，对于这种争吵，我的评判完全是多余的。此后我写去的信就再也没有回音，而那时我正忙于歌剧抄本的审阅修改，哪里还顾得上考虑施尼佩尔小姐的事呢。

后来我收到一封母亲的来信，信的内容异乎寻常地包罗万象，使我非常惊讶。信里有一大段极细致的指责她那位女伴的文字，从中我了解到，我母亲想维持家庭和平，她却违背我善良母亲的这些心愿，做了许多错事。母亲在信里给我描写这些，她心里一定很难受，尽管她写得小心谨慎，维持着尊严，但是这封信仍然是对于她和那位老朋友、堂姐妹之间关系的一份小小的自供状。母亲不仅认为我和我已故的父亲反对施尼佩尔小姐完全正确，而且她现在甚至还打算出售我们的祖居，只要我也愿意，她宁可搬迁到别处去居住，一切仅仅为了躲避施尼佩尔小姐。

“你若能亲自来一趟，也许更好。路茜肯定已经知道我所想的以及我计划要做的事，她早已观察得清清楚楚；但是我们两人之间的关系很紧张，我找不到合适的方式把这些必须做的事情告诉她。我暗示自己情愿再度一个人独居，并不需要她，可是她不愿意听懂，而我也不愿意公开吵翻。我知道，如果我直截了当要她走开的话，她会争吵和反抗的。你到这里来，把家务整顿一下，情况会好些的。我不愿意闹出什么丑闻来，而她又不肯善罢甘休，事实上必须把一切明确地向她说清楚不可。”

我早就做好去砍杀这条恶龙的思想准备，只欠母亲提出这个要求。我心情愉快地收拾好行装，动身回家了。我一踏进我们那所古老的住宅，立即发现有一种全新的精神统治着这里。也就是说，这座巨大的、原来很舒适的房子，如今显露出一种愁闷、压抑、枯燥和可怜的模样，一切都受到严密看管，要尽量地节省又节省。在古老坚实的镶木地板上铺着有黑色长条纹的、质地很差又极难看的所谓“狭长地毯”，说是为了保护地板，也为了减少洗涤。那架旧钢琴多少年来一直闲搁在客厅里，现在也同样给罩上了套子。尽管我母亲因为欢迎我回来早就准备了茶和点心，尽量让一切都弄得令人舒适些，我仍然闻到了一种老处女的可怜的、挥发出樟脑味的气息。进门后我一面笑着迎向来接我的母亲，一面皱起鼻子，她立即明白了我的意思。

我刚坐定，那个泼妇就进来了，从“狭长地毯”上向我奔跑而来，对我的行为毫不吝啬地加以赞誉。我细细询问了她的近况，抱歉地说，她现在居住的这幢古老房子也许不能使她处处都称心满意。她不理会我母亲在场，完全以主妇自居，张罗我喝茶，急促而又显然带点儿奉承地回答我的客套话，却同时越来越显露出恐惧和不安，因为我对她过分客气。她嗅出了不祥的味儿，可是必须装出委婉的声调，把她那套有点儿过了时的恭维话全都搬出来。我们在极其庄重和客气的气氛中交谈着，眼看天色逐渐昏暗，我们互致了衷心的问候，就像两个老派的外交官一般分了手。不过我相信，那个妖精虽然吃了甜面包，这个晚上肯定没有睡着，我却心满意足地安息了一夜，而我那位可怜的母亲也许在经历了无数个气恼和不安的夜晚之后，总算第一次又重新有了完全是这幢房子的主妇的感觉而安然憩睡了一夜。

第二天早晨用早餐时这同一套把戏又演了一场。前一天晚上我母亲只是一言不发，紧张地在一边旁听，现在也高高兴兴参加了谈话。我们如此温文尔雅地对待施尼佩尔，使她感到非常尴尬，甚至很悲哀，因为她很明白，我母亲说这些话并非出于本意。这位老小姐几乎惹得我非常烦恼，她出于害怕，尽量装出很卑微的样子，称颂一切，赞誉一切；其实我只要想到那个被开除了的女仆，想到那个由于母亲的宠爱才算勉强留下的满肚子不高兴的女厨师，再想到那架套上了罩子的大钢琴以及充盈屋内的阴沉而小气的味道，而从前这所祖传的房子里总是充满愉快气息的：想到这一切我的决心就坚强了。

早餐后我嘱咐母亲到卧室去躺一会儿，让我和那位亲戚单独谈谈。

“饭后您不休息一会儿吗？”我有礼貌地问道，“那么我就不打扰您啦。我想和您商量一些事情，当然并不一定非得马上就谈。”

“噢，请讲吧，我白天从不睡觉。我活了这么一把年纪从不在白天睡觉。我总是整天站着干活。”

“非常感谢，尊敬的施尼佩尔小姐。我要感谢您对待我母亲的情意。不是您的话，她在这所空荡荡的房子里会感到寂寞的。是的，现在情况完全不同了。”

“怎么？”她叫喊着跳了起来，“什么是完全不同了？”

“您还不知道吗？母亲终于决定实现我一贯的愿望，决定搬迁到我那里去住了。这样的话，我们当然不会让房子白白空着。我们要尽快把房子卖出去。”

这位老小姐惊慌失措地盯着我。

“是的，我的确很抱歉，”我继续客气地说，“这段时间里您费了不少劲。您对全家人都这么有情有义，细心照料，真是感激不尽。”

“可是我，我怎么办——我能上哪儿去呢——”

“嗯，这个好解决的。您只要再去找一个寓所就得了，当然不必如此着急。您一定很高兴，又能过清静日子了。”

她站起身来。说话的声调仍然客客气气，却流露出疑惑和尖刻。

“我不知道该怎么说才好，”她愤慨地叫嚷道，“你的母亲，先生，答应我在此长住。这是一个永久不变的协定；可是现在，我已经接管了整座房子的家务事，一切方面都是你母亲的帮手了，却要把我赶到大街上去！”

她开始抽泣，想要走开。我当即拉住她那瘦骨嶙峋的手，让她重新坐到靠椅上。

“事情哪有这样严重，”我微笑着说，“因为我母亲要从这里搬走，情况就有点儿改变。至于出售祖居并非她所决定，而是由我决定的，因为我是屋主。我们不会限定您非得在什么时间内找到新房子，而且我母亲总是首先考虑到要照顾您的。您一定会比从前过得更舒适，再说您毕竟还是她的客人呀。”

预料中的抗议终于来临了，傲慢、哭泣、想方设法地夸耀自己，最后这个不满的女人发现，从这里撤走才是最聪明的。于是她便回到自己的卧室去了，直到喝咖啡时也没有露面。我母亲对我说，我们应该把咖啡送到她房间里去，但是我在客气了那么半天之后想要报复报复，便听任施尼佩尔小姐负隅顽抗到黄昏时分，听任她一个人静静地怨天尤人，然而她在晚餐时准时出现了。

“可惜我明天就要回R地去了，”我在用餐时说，“只要你需要我，妈妈，我会立即赶回来的。”

我说的时候没有看我母亲，只是注意观察着她那位堂姐妹，我想她肯定明白我说这句话的用意何在。我在离开餐桌时和她打了一个招呼，在我这方面实在可算是热情的了。

“孩子，”母亲后来对我说，“这件事你做得很漂亮，我要谢谢你。你不想把你的歌剧演奏一部分给我听听吗？”

现在还不行，但是缺口已经打开，在我和老太太之间开始有了思想交流。这是最好的事情。她现在已经信任我，对此我很高兴，我当即便和她在家里开了一个小小的音乐会，叙述了自己长期浪迹的异乡之情。我得意扬扬地启程离家，还给那位老小姐留下了美好的问候。我回到R地后便开始到处寻找有无小巧舒适的出租房屋。台塞尔帮我很多忙，他的妹妹大都也在场，两兄妹都很喜欢我，并且希望这两个小家庭将来能够愉快地共处。

我的歌剧这时已经寄到慕尼黑去了。两个月之后，就在我母亲抵达之前，莫特写了一封信来，告诉我歌剧已被接受，只是在这个演出季节之内没时间让演员去熟习背诵。估计初冬时节便可开始上演。于是我向母亲报告了这个好消息，台塞尔听说此事后还特地为我举办了一场快乐的舞会。

我的母亲在迁进我们那座有花园的漂亮住宅时禁不住哭了，并说，像她这么大年纪还到异乡生根恐怕不是好事。我却认为是大好事。台塞尔兄妹也和我意见一致，布里琪苔挺热心，总来帮我母亲一手，真叫人高兴。这姑娘在城里没有什么熟人，当他哥哥去剧院上班时，她便一个人枯坐在家里，经常觉得挺无聊的。现在她经常来，不仅帮助我们打扫和收拾，而且还帮助我和我母亲寻求友好共度太平生活的艰难道路。当我需要安静，需要一个人独处时，她懂得如何向老太太做出解释。她还伸出手来帮助我，向我暗示我母亲的一些我自己从未猜想到、也是我母亲绝不会告诉我的要求和希望。就这样我们建立了一个小小的家园，这么一个和平的家园和我过去所想象的家园完全不一样，然而它却极为美好舒服，远远胜过我自己所能设想的。

现在我母亲也懂得我的音乐了。她并没有喜欢我的一切作品，对它们中的大部分她都保持缄默，不过她亲眼看到，也终于承认我的音乐并非消遣和嬉戏，而是我做的工作和一件严肃的事业。首先她惊讶地发现音乐家的生活像走钢丝般惊人地展现在她眼前，其繁忙辛勤的程度毫不逊于我已故的父亲当年工作时的情况。如今我们也能更好地谈论父亲了，渐渐地，我听到了关于父亲和母亲、祖父母和我自己童年的成百上千个小故事。使我越来越爱自己过去的年代和家庭，对此也越来越有兴趣，不再感到自己处身于这个圈子之外了。而我母亲则恰恰相反，她学会了让我自由发展，对我十分信任，即使当我工作时把自己锁起来或者疯狂激动时，她的态度也一样。她从前和父亲一向是十分融洽的，因而她经受了施尼佩尔小姐统治时期的严酷的考验；现在她又重新开始信任别人，因此也逐渐中止唠叨自己的日益衰老和孤独。

在所有这些愉快而有节制的幸福中，我的痛苦和不满——我曾长期生活于这种感情里——完全消失了。但是我并非沉浸于虚无缥缈的空间，而是深沉而安定地憩息在自己的心灵中，某些晚上我会睁大眼睛审视和坚守自己的这种权利。此外，我似乎越是沉湎于往事，我的爱情和烦恼的情景也就越是清晰地浮现在眼前，停留着不肯离开我，成为我的沉默的警告者。

有时候我认为自己是懂得爱情的。我还在少年时代就曾狂热地迷恋过漂亮轻佻的丽蒂，认为自己已经认识了爱情。后来我第一次看见盖特露德时，感觉爱情再度降临，觉得她就是能够解答我的问题的人，能够对我那些隐秘愿望给予安慰的人。但是痛苦又重新接踵而来，友谊和明朗变成了烦恼和阴暗，最后我终于失去了她。但是爱情仍停留不去，永远伴随着我，我明白，自从盖特露德停留在我心里之后，我再也不会怀着热情去追逐任何别的女人，再也不会渴求任何女人的亲吻了。

我偶尔去拜访她的父亲，看来他现在也知道我和她的关系了。他请我把那首前奏曲，也就是我为她的婚礼而写的曲子送给他，他向我展示了一种无声的友好。他肯定感到我很喜欢听说她的情况，然而很不喜欢问起她，他告诉我她来信中的许多情况，其中也常常谈到我，谈的当然是我的歌剧。她信中写到他们物色了一个很好的女歌手来演唱女主角，写她自己终于能够聆听这部她十分熟悉的作品的完整演出，是多么高兴。她听说我母亲搬来和我同住也很高兴。关于莫特她写了些什么，我就不得而知了。

我的生活过得平平静静，内心深处的激流已不再向上涌。我正忙于写弥撒曲[1]，脑子里业已想好一首圣乐，只欠歌词了。当我不得不考虑我的歌剧时，它对我已成为一个陌生的世界了。我的音乐要走新的道路，要变得更为单纯和冷静，要能够抚慰人，而不使人激动。

这段时间里台塞尔兄妹对我帮助很大。我们几乎天天在一起，一起读书、写作、散步，还一起过节和郊游。只是在夏季时，因为我不愿意拖累这些健壮的漫游者，才和他们分开了几个星期。台塞尔兄妹又到蒂罗尔和福拉尔贝格漫游，还给我寄来了一小盒薄雪草。我把母亲送到北德地区的一个亲戚家去住一阵子，他们多年来一直邀请她去玩，最后我自己则来到了北海之滨。我白天黑夜坐着谛听大海的古老音乐，在强劲的新鲜的海风中探寻着思想和旋律。从这时起，我才第一次敞开心胸给远在慕尼黑的盖特露德写信——不是给莫特太太，而是给我的女友盖特露德，向她述说我的音乐和我的梦想。我心里思忖，这些信也许会让她高兴，也许这样一种安慰和问好不会有害于她。然而我自己的心却怀疑我的朋友莫特，始终暗暗地为盖特露德担忧。我太了解他了，他是一个执拗的抑郁症患者，他习惯于让自己的生活随着情绪波动，无时无刻都为阴暗的欲望所控制并造成牺牲者，而在某些沉思时刻又把自己的生活看成是一场悲剧。如果说孤独和不为人理解真是一种毛病，就像洛埃老师向我描述的那样，那么莫特患这种病已经比任何人都严重。

可是我没有听到关于他的任何消息，他自己也没有写信给我，而盖特露德给我的回信总是只有简短的问候，请我准时在秋天去慕尼黑，因为演奏季节一开始，人们就要排练我的歌剧了。

---

① 弥撒曲：天主教进行弥撒时咏唱的歌曲，是宗教音乐中的一种重要体裁。

我们大家再度回到城里恢复正常生活时已是九月初了。有一天晚上他们想要看看我夏季写的作品，便又集合到我家里。我的主要成绩是一首由两把小提琴和钢琴合奏的抒情作品。我们演奏了一遍。布里琪苔弹钢琴，我的目光越过乐谱落在她那金发盘成了大发髻的脑袋上，发髻的边缘在烛光下闪烁着金光。她的哥哥站在她身边担任第一小提琴手。这是一首简单的、民歌般的小曲子，轻声地叙述着，慢慢地消逝在夏日的薄暮中，既不快乐，也不悲哀，却好似日落时分一朵逐渐暗淡的云彩飘移在昏黄的天空中。这首乐曲获得台塞尔兄妹，尤其是布里琪苔的喜爱，她向来很少对我的音乐作品发表意见，总是以一种少女的矜持态度保持沉默，只用赞叹的目光注视我，因为她把我看成一个音乐大师。今天她更是由衷地高兴，显示出她对这首曲子非常中意。她那双浅蓝色的明眸亲切地望着我，还不住地点着头，以致烛光在她的金发髻上闪闪跳动。她看上去十分漂亮，几乎是一个美人了。

为了让她高兴，我随着她的琴声用铅笔在乐谱上写下“献给我的女友布里琪苔·台塞尔”，然后又把乐谱还给她。

“这行字将永远留在这首曲子上。”我殷勤地说，一边还鞠了一躬。她读着这句献词，脸渐渐红了，向我伸出她那有力的小手，眼睛里也忽地充满了泪水。

“您是真心的吗？”她低声问。

“当然是的，”我笑了，“布里琪苔，我觉得这首小曲子非常适合您。”

她非常惊讶地凝视着我，眼睛里仍含着泪水，目光十分严肃而又温柔。可是我并没有多加注意，台塞尔这时已放下琴弓，我母亲明白他想要什么，立即斟了一杯酒递给他。谈话变得热烈起来，我们为一出新的小歌剧争论不休，这个歌剧是几周前刚刚开始公演的。直到晚上两兄妹告辞出门，布里琪苔用那种罕见的不安眼神望着我时，我才又想起我和布里琪苔之间发生的这个小小的事件。

这期间在慕尼黑剧院里人们已开始背诵我的作品了。男主人公这一角色莫特是完全有把握的，而盖特露德又称赞了新聘请的女高音，因而对于我来说，管弦乐和合唱成了主要的事情。我请朋友们代为照料母亲，自己便动身前往慕尼黑去了。

抵达后的第二天早晨，我便穿过宽阔美丽的街道来到许华宾区，莫特就住在这儿一幢幽静的房子里。我已经全然忘记了自己的歌剧，我只想着他，想着盖特露德，不知道她现在情况如何。马车驶进一条几乎像是乡村小街的支路，在一幢小小的楼房前停下了，房子周围全是树木，金黄色的槭树叶堆积在街道两边，呈现出一派秋天景象。我忐忑不安地走进大门，屋里看上去又舒适又堂皇，一个仆人接过我的大衣。

我被引进一个大房间，看见墙上挂着两幅我熟悉的古老油画，这是从依姆多先生家带来的。有一面墙上挂着一幅莫特的新画像，是在慕尼黑画的，正当我欣赏画像时，盖特露德进来了。

隔了这么久才又看到她，我的心不禁怦怦直跳。她的容貌已经变得更为严肃、更为成熟，完全是成年妇女的姿容了，然而她还是冲我微微笑着，像从前那样满心欢喜地向我伸出手来。

“您好吗？”她亲切地问，“您见老了，可是气色很好。我们等您很久了。”

她问起了所有的朋友，问起了她的父亲和我的母亲，她满心喜悦地迎接我，忘却了最初的腼腆，我看她又变得同过去一样了。我的拘束一下子消失得无影无踪，我和她像一对老朋友似的闲谈起来，我向她述说着夏季在海滨的日子，讲到我的工作，讲到台塞尔兄妹，最后甚至还讲起了可怜的施尼佩尔小姐。

“噢，”她高声说，“您的歌剧快要上演了！您一定很高兴吧。”

“是的，”我说，“不过最让我高兴的是又能听见您唱歌了。”

她朝我点点头说：“我也高兴的。我现在常常唱，不过几乎只唱给自己听。我们都喜欢唱您的歌曲，它们总是在我们的手边放着，保存得一尘不染。您在这儿吃饭吧，我丈夫很快就会回来，下午他就能陪您去见乐队指挥。”

我们便一起走进音乐室，我坐到钢琴前，她唱起了我从前的那些歌曲，我沉默着，极力让自己保持轻松快活。她的声音比从前更为成熟、更为坚定，却也和从前一样柔和轻快，把我的心带进了对我一生中最美好的日子的回忆之中，我着迷似的按着琴键，轻轻地奏出熟悉的音符，不时闭上眼睛悉心倾听，再也分辨不出她的现在和过去了。难道她不是属于我和我的生命么？难道我们不是亲近得像兄妹并且友好无间么？诚然，她和莫特在一起唱歌时情况就完全不同了。

我们后来又坐下来闲聊了一会儿。我们很快乐，相互间话却不多，因为我们觉得两人之间并无任何意见分歧。她的情况如何，她和她丈夫相处的情形又如何，此刻我没有加以考虑，我想以后总会看得到的。无论如何她不会越出自己的轨道，不会违背自己的本性，即使遭逢不幸，她自己也会镇定而坚强地忍受的。

一个小时以后莫特回家了。他已经听到我抵达的消息。他一到就谈起了歌剧，对于它，人人都比我自己看得更为重要。我问他在慕尼黑过得如何。

“到处都一样，”他一本正经地说，“观众不喜欢我，因为他们认为我并没有多大能耐。我很少一登台就受到欢迎的；每一回都要我首先抓住了观众，使他们激动着迷；我这才取得了成功，而并不是受人爱戴。有时候我确实唱得很差劲，这一点我自己也不得不承认。嗯，你的歌剧会取得成功的，你和我的指望不会落空。今天我们去看乐队指挥，倘若你愿意，明天我们就去邀请女高音歌手。明天一早管弦乐队要排练。我相信你会满意的。”

在餐桌上，我注意到他对盖特露德特别客气，我很不喜欢他这种态度。后来我在慕尼黑逗留的整段时期中，每天都看到他们夫妇俩。他们是非常漂亮的一对，无论到什么地方都给人留下深刻印象。但是这对夫妇之间的关系是冷淡的，我认为只是由于盖特露德的坚强和内在的优秀品德才得以使这种冷淡转化为如此客气、尊重的形式。看来她还没有从她长期对自己漂亮丈夫的热情中醒悟过来，而且还对已经丧失的热恋的复返怀抱希望。无论如何她认为他也需要表面上的和美。她太高尚、太善良，不愿意向朋友们显露她的失望和不解，不愿意向任何人披露自己隐秘的烦恼，尽管她连我也没能瞒过。我知道她不会容忍我向她投去任何同情的目光，任何理解或怜悯的表情，我们两人之间的谈话和交往就像他们夫妇间不存在丝毫阴影。

这种情况能够维持多久当然无法估计，而且完全由莫特决定，我总算第一次亲眼看见一个女人制服了他的变化无常的性格。我为他们两人感到难过，但是事情到如此地步，我却也不觉得十分奇怪。他们两人有过热恋，并且享受了这种爱情，如今他们不得不做出选择，要么学会自我牺牲，容忍自己只是悲伤地回忆美好的时光，要么开辟寻求新的幸福和新的爱情的道路。也许一个孩子会使他们重新结合在一起，不再去寻求那狂热爱情的乐趣，不过这就要求一种新的良好愿望，要求为了共同生活而互相适应。我知道盖特露德具备达到这一目标的力量和气魄。莫特是否也具备这种力量，我认为自己还是不予推论为好。使我痛苦的是，他们之间那种伟大、美好的初恋的狂热和愉快业已消逝；而他们两人现在的良好姿态却叫我高兴，这种姿态不仅表现在众人之前，而且在他们两人相互间也总是维持着体面和高贵。

莫特邀请我住在他家里，我没有接受，他也没有勉强。我天天都去他们家，我高兴地看到盖特露德很喜欢我去，高高兴兴地跟我谈天和演奏音乐，这说明在我们两人的相处中并非我一人得到乐趣。

我的歌剧已确定在十二月首演。我还要逗留两个星期，参加每一次管弦乐队的排练，不得不做一些修改和调整，整部作品这才总算定稿了。我惊讶地看到男主角、女主角、提琴手、吹笛手、乐队指挥和合唱队员们都忙得团团转，我自己反而成了局外人，好像这个有生命的歌剧已不再是我的作品了。

“等着瞧吧，”海因利希·莫特有时对我说，“如今你很快就要呼吸到受公众宠爱的空气。我倒宁愿祝你不要获得这种成就。很快就会有鼓噪的人群跟随在你身后，要求你签名留念，你就要受到追逐，你还会看到，鼓噪人群的崇敬之情是何等亲切可爱、趣味高超。现在人人都在谈论你的跛脚。连这个毛病也出了名啦！”

经过种种必需的练习和排练之后，我动身回家了，要等正式公演前几天再赶回来。台塞尔没完没了地向我提出关于演出的种种问题，他考虑到管弦乐中成百个细枝末节，这都是我所忽略了的。他非常兴奋和激动地看待这次演出，其心情远远超过我自己。当我邀请他带着妹妹一起去参加首演时，他高兴得跳了起来。相反，我母亲不愿意分享这种兴奋和冬季旅行，这并没有使我感到不适。我渐渐地觉察到自己情绪紧张，每夜需要喝一杯葡萄酒，否则便不能入眠。

一天清晨，台塞尔兄妹坐着马车来邀我动身，这已是初冬时分，我家的小屋已深深掩蔽在花园的积雪里。母亲从窗口向我们挥手示意，马车驶动了，台塞尔围着厚厚的围巾唱起了一首旅行之歌。在整个漫长的旅程中他都像一个正在度圣诞节假日的儿童，美丽的布里琪苔容光焕发心满意足地静静陪伴着他。我为有这样的旅伴而高兴，同时心里也很不平静。因为我已像一个受审判者似的面对着第二天即将来临的事情。

在车站上等候我们的莫特立即就觉察到我的心情，他高兴地嘲笑我说：“年轻人，你怯场啦。感谢上帝，你正好是一个音乐家而不是一个哲学家！”

看来他说得不错，因为我的心情一直到正式公演才平静下来，那几夜我都没有睡好。我们这几个人中只有莫特是平静的。台塞尔最焦躁不安，他参与每一次排练，没完没了地提出批评意见。排练时他坐在我身边专心倾听，逢到棘手的地方就用拳头重重地打着节拍，不是称赞，就是摇头。

“这里缺少一支笛子！”管弦乐队第一次排练时他就大声叫嚷着说，指挥不高兴地朝我们看看。

我笑着解释道：“我们已经把它删去了。”

“把笛子删了？啊，那是为什么？真是开玩笑！请注意，它会影响你的全部序曲的！”

我不得不笑着拦住他的话头，他不能这么随便乱说。不过当听到序曲中他最喜欢的一些段落中加进了中提琴和大提琴时，他往后一靠闭上了眼睛，一面紧紧握着我的手，一面又害羞地对我悄悄低语道：“嗳，这一段害得我掉眼泪了。真是美极了！”

我还没有听过女高音新演员的声音。现在第一次听到她那陌生的歌声，心里不由涌起一种奇怪和痛楚的感觉。女歌手唱得很好，我当即就向她表示了谢意，但是我心里想着的却是那个下午的事情，想起盖特露德演唱这些歌词的情景，心里有一种难以描述的悲哀的情感，好似有人偷走了我最宝贵的一笔财产，如今又第一次在陌生人手里看见了它。

这几天我很少见到盖特露德，她注意到我的焦急，微笑着劝我保持平静。我曾带着台塞尔兄妹去拜访过她，她热情亲切地接待了布里琪苔，而布里琪苔见到这位美丽高贵的太太时，简直是崇拜得五体投地。从此以后这位姑娘十分倾心于这位美丽的夫人，不断赞美她，而她的哥哥也总是同声附和。

正式公演前两天的光景我已无法回忆清楚，千头万绪的事情都在我头脑里旋转。其间发生了另外一些令人不快的事，一位男歌手感冒发烧了，另一个演员由于没让他演较重要的角色而恼火，在最后一次排练时态度极其恶劣，而乐队指挥又变得越来越谨慎而冷淡。应该说，我还亏得莫特的帮助，对于这种种骚乱他只是冷静地一笑置之，在这种境况里他比好心的台塞尔对我更有价值，台塞尔就像身上着了火似的来回乱窜，到处吹毛求疵。每当我们一起在旅馆里静静度过几个钟点时，大家几乎总是沮丧地默默相对而坐，布里琪苔只是敬仰地望着我，当然还带着点儿歉意的表情。

日子过得飞快，正式公演的晚上终于来到了。剧场里已经坐满观众，我站在舞台后面，已经无事可做，无话可说了。我把最后的希望寄托在莫特身上，他已化装完毕，正待在一个小房间里，以躲避喧哗声，他慢慢啜饮着香槟酒，已经喝空了半瓶。

“你想喝一杯吗？”他关心地问。

“不，”我说，“这对你没有刺激吗？”

“什么刺激我？外面的喧哗声吗？每次总是这样的。”

“我说的是酒。”

“噢，不！这玩意儿能使我平静。每当我要做什么事时，我总是先喝一两杯酒的。我得走了，时间到了。”

一个侍者把我领到包厢里去，我看见盖特露德、台塞尔兄妹，还有剧院的一位高级人员已经在座，那位先生笑着向我问好。

这时我听见了第二次铃声，盖特露德友好地看看我，向我点点头。坐在我身后的台塞尔抓住我的胳臂，握得紧紧的。大厅里暗下来了，我那序曲的乐声从台下庄严地向我传来。现在我平静多了。

眼下，在我面前萦绕和回响的音乐既熟悉又陌生，它已经有自己的生命，不再属于我了。对我来说，已往日子里的种种乐趣和努力都已经结束，那整个时期的种种希望和无数个不眠之夜再也不会有了，一切痛苦和渴望也都已经摆脱，并为现在这乐声所淹没。音乐自由而奔放地响彻大厅，让成千颗陌生的心在这神秘的时刻里激动万分。莫特出场了，他控制着自己的声音由弱而强，他唱着，用他那种深沉、自然的热情唱着，而女高音歌手以一种颤抖的、轻快的高音和着他唱，唱到后来一个段落时，我耳朵里清楚地回响起盖特露德有一次歌唱时的声音，这段音乐是对她的崇拜，是我对爱情的一次轻轻的自白。我转过脸去望着她那双宁静、纯洁的眼睛，她理解我的意思，亲切地回答我的目光，这一瞬间我感受到自己青春年代的全部意义，就像闻着一股成熟果子的清香似的。

我的心从此平静了下来。我像一个普通观众一样观赏着和倾听着。鼓掌声响了，男女演员们走到幕前鞠躬致谢，不断有人喊叫莫特的名字，他冷静地微笑着走入明亮的灯光下。人们也叫我站出来让大家看看；但是我觉得自己已经昏昏沉沉，而且也不想跛着脚从舒适的隐蔽处走出来。

台塞尔满脸笑容，像早晨的太阳，他紧紧拥抱着我，而那位高个儿的剧场领导也自动高举双手挥舞不停。

宴会早已准备就绪，大家原本以为这次演出也许会失败。我们乘上了马车，盖特露德和她的丈夫，我和台塞尔兄妹各乘一辆。在短短的路程中，布里琪苔最初一言不发，不一会儿却突然哭了起来。她开始还极力遏制自己，后来干脆用双手捂住了脸，听任泪水往下流淌。我没法儿安慰她，奇怪的是台塞尔也一言不发，也不询问她为何哭泣，他只是用胳臂搂着她，像哄一个孩子似的喃喃地抚慰着她。

后来，在一片鼓掌、道贺和祝酒词中，莫特用嘲讽的目光望望我。人们恳切地询问我下一个创作计划，当我说是一首圣乐时，他们感到大为失望。于是就有人提议为我的下一个歌剧干杯，可是直到今天我始终没有写出来。

大家分散回家休息时已是深夜了。我这才有机会询问台塞尔，他的妹妹有什么地方不舒服，为什么哭泣，这时布里琪苔早已回家去了。我的朋友审视地凝视着我，摇摇头，当我再一次问他时，他便吹了一声口哨。

“你真是一只瞎眼的鸡，”他停顿片刻后谴责地说，“难道你什么也没有觉察到？”

“没有。”我回答说，心里却渐渐地明白了原委。

“好吧，我就讲给你听。这丫头早就对你有好感。当然，她什么也没有告诉我，就像她什么也没有对你说一样，不过我早就发现这点了，坦白告诉你，倘若事情能够成功，我会很高兴的。”

“啊，”我很难过地叹息道，“可是今天晚上是怎么一回事呢？”

“你问她为什么大哭吧？你真是个孩子！你以为我们什么也没有看见吗？”

“看见什么？”

“啊，我的上帝！你用不着告诉我什么，你不这么做是对的；不过你不应该这么凝视莫特太太。我们直到现在才明白真相。”

我请台塞尔务必不要泄漏我的秘密，他应允了。他轻轻把手搁在我的肩膀上。

“我已经全盘想了一遍，亲爱的朋友，我懂得你这几年中吞咽下了什么，而且一直对我们保持沉默。我过去也有过类似的事情。我们现在要勇敢地合作，共同创作一些美丽的音乐作品，好不好？等着瞧吧，布里琪苔会高兴起来的。行啦，把手伸给我，事情会好的！我和妹妹明天一早就动身回家，我们在家里再见吧！”

我们就这样分了手，他走出几步后又跑到我跟前叮嘱说：“你听着，下次公演时一定还得把笛子放进去，行不行？”

快乐的一天就此结束，我们每个人都清醒地躺着，沉浸在兴奋之中，久久不能入眠。我想着布里琪苔。最近这段时期里她一直在我身边，而我对她只有、也只愿意有良好的友谊，就像盖特露德对我一样，当她猜到我的爱情属于别人时，在她身上发生了与我当时同样的情况，就像我在莫特处发现盖特露德的信件而想自杀一样。当时我心里非常难过，却不得不装出微笑的样子。

我在慕尼黑又住了一段日子，经常和莫特夫妇在一起。这期间没有再出现我们三个人在那天下午第一次相聚时一起演奏、一起唱歌的情景；不过我们都在默默地回想着当时的情景，当时的一些余晖仍在我们的脑际里萦绕。同时，在莫特和盖特露德之间也偶尔闪烁出一线光亮。当我最终和他们告别时，我还从街上对这座撒满冬天落叶的静静的住宅凝视了片刻，希望以后还能经常回来看看，我很乐意为屋里这一对夫妻重新和好并且永远相互帮助而奉献出我自己的一些快乐和幸福。

第八章

❖

我回家以后的感受正如海因利希·莫特所预言的：成就给我带来了许多不愉快，甚至是有些可笑的后果。我把歌剧事务委托给一个经纪人后，自己便轻松了些。但是仍然有无数人来访问，有记者、出版商，还有许多讨厌的信件，经过一段时间之后，我才习惯这种迅速成名后的小小负担，而且逐渐从最初的失望中恢复过来。人们当然有权利以任何形式吹捧一个业已成名的人物，至于他是不是神童、作曲家、诗人，抑或是杀人抢劫犯，那是无关紧要的。有人要他的照片，另一人要他的手迹，还有人向他要钱，每个年轻的同行都给他寄去自己的作品，向他献媚，要求他进行评价，倘若不理会或者干脆说出了自己的看法，那么这个崇拜者便会突然变得刻薄、粗暴，并且会寻求报复。各种杂志都想刊载成名者的照片，报纸上竞相介绍他的生活、出身以及外表。老同学们都纷纷撰写回忆，而那些远房亲戚都宣称自己早就预言他们的这位表亲总有一天会成名的。

所有这类信件总是使我受窘，带给我烦恼，其中就有施尼佩尔小姐的一封信，简直让我们发笑。还有一个我早已忘记的人给我来了信，那就是美丽的绿蒂，信里没有提到我们那次滑雪，完全是以一个忠实的老朋友的口吻写的。她已同她家乡的一个音乐教师结了婚，还把她家的住址给了我，我当即将我所有的乐曲题上美丽的诗句寄给了她。她回寄我一张照片，可是她那众所周知的外貌显然变老变粗了，我尽可能友好地给她回了信。

这些小事情终于消失得无影无踪了。而我的一切美好和丰硕的胜利成果，连同我和那些不仅嘴里而且心里也有音乐的高贵文雅人士的结识，都不属于我真正的生活，我的生活仍像从前一样保持着宁静，从那以后也没有什么变化。值得另外提一下的，仅仅只有我那些亲密朋友命运的变化。

老依姆多先生不再像盖特露德在时举办那么多社交晚会了。但是在他那挂着许多画像的住宅里每三星期总要举行一次精选的音乐晚会，我是每次必到的常客。有时候我也带台塞尔一起去参加。不过依姆多也乐意我在其他时间去看他。因而我往往在黄昏时就早早地去了，那是他最喜欢的时间，我们坐在他简朴的书房里，那儿的墙上挂着盖特露德的画像。我和老先生之间渐渐地建立了一种表面上冷淡，但实际上却是相互谅解和心灵相通的关系，我们常常谈论我们心里一直思念的事。我也常常谈到慕尼黑方面的事，对莫特夫妇间关系的印象我当然不会缄默。他总是点头赞同我的看法。

“但愿一切日益变好，”他叹着气说，“可是我们完全无能为力。我喜欢夏天来临，我女儿可以到我身边来住两个月。我很少到慕尼黑去看他们，我不高兴去，她表现得很勇敢，我不愿意打扰她，使她软弱下来。”

盖特露德的来信没有什么新鲜内容。复活节期间她来看望老父亲，也到我们家来了，她看上去面容消瘦，精神紧张。她对我们十分和蔼有礼，试图掩饰自己，我们却从她那变得严肃的眼神中看到一种从前没有过的绝望神色。我演奏自己的新作给她听，可是当我邀请她唱歌时，她却摇摇头，用拒绝的目光望着我。

“下一次再唱吧。”她含含糊糊地说。

我们大家都看得很清楚，她的情况不好，她的父亲后来向我承认，他曾建议她干脆回家来住，但是她没有接受。

“她爱他。”我说。

他耸耸肩膀，忧心忡忡地看着我说：“哎，我不知道怎么办才好。在这种痛苦的景况中谁还能认识自己呢！不过，她对我说过，她是为了他的缘故才留在他身边的，他如此摧残她，使她不幸，又如此需要她，远远超过他自己所能知道的。他没有对她说什么，但是一切都明明白白写在他的脸上。”

老人压低声音，羞愧地细声说：“她说他酗酒。”

“他一向是喝一点儿酒的，”我安慰地说，“可是我从未见他喝醉过。他很能自持。他是一个非常神经质的人，不注意小节，但是他的行为往往损害自己较之损害他人更甚。”

这一对漂亮人物如何痛苦地忍受着他们的缄默生活，我们大家全不知情。我不相信他们什么时候会停止互相热爱。可是他们的性格完全不一样，因而他们只能在感情兴奋以及在艺术灵感冲动的时刻才互相融洽。莫特永远不会懂得如何接受严肃而开朗的生活，永远不会知道让自己在洁净的生活中宁静地呼吸，而对于他的狂暴粗野，他的沉沦和再度发奋以及他那始终追求自我陶醉的愿望，盖特露德总是容忍和同情的，对他也永远不会变心，可也不会同化的。这一对情人就这样相互爱着，却又从不曾完全一致，每当他的希望落空时，便从盖特露德那里得到平静和舒适，她看到他的失望，心里感到痛苦，然而她的愿望和她的牺牲全都是枉费心机，以至于她既不能安慰他，也不能拯救自己。这一对情人秘密的梦想和渴求的希望都破碎了，他们完全依靠牺牲和爱护才共同生活在一起，而这是需要他们拿出勇敢精神的。

我直到夏天才又见到海因利希·莫特，他陪伴盖特露德到她父亲家来。他待她待我又细心又体贴，都是我过去从未见过的，我也确切地觉察到他生怕失去她，我也感觉到，如果那成为事实，他将不能忍受这种损失。而她却十分疲倦，只求清清静静过些日子以便重新找到自我、恢复体力、获得生活的平衡，此外便别无所求。大家在我家花园里度过了一个憩静的夜晚，盖特露德坐在我母亲和布里琪苔之间，还紧紧握着布里琪苔的手，海因利希在玫瑰花丛间悄悄地走来走去，我和台塞尔在阳台上演奏一首小提琴奏鸣曲。盖特露德如何静静地休息着，享受着安宁的时刻，布里琪苔如何尊敬地偎依在这位美丽而又怀有痛苦的太太身边，莫特又如何在阴影里轻轻地走动和悉心倾听，这一切都像一幅永不磨灭的画像铭刻在我的脑海里。后来海因利希对我轻声地开玩笑，不过他的目光里却含着悲哀神色，他说："瞧这三个坐在一起的女人！她们三人中只有你母亲看上去确实很幸福。但愿我们也像她一样享有高龄。"

这次相聚后，我们便分散了。莫特一个人去了拜罗伊特，盖特露德和她的父亲到了山区，台塞尔兄妹去了施蒂利亚，而我和母亲又来到了北海。我常常去海边倾听大海的涛声，脑子里只想着许多年前青春时代的事，怀着惊讶和恐惧想到悲哀、愚蠢而又纷乱的生活，爱情总是徒然无益，而那些自以为相处得很好的人，却让自己的命运附属于另一个人，每一个人都有他自己的、不可理解的命运，而且心甘情愿地想用自己的命运去帮助别人，想要彼此接近，却又像在毫无意义的恐怖的噩梦里一样不可能接近。我现在也常常想到莫特关于青年和老年的言论，心里感到疑惑，不知自己的生活是否也终会变得简朴和单纯。我一谈到这个话题，我母亲就笑，她看上去是真正心满意足的。她提醒我多想想我的朋友台塞尔，要我因此而感到羞愧：台塞尔还不老，然而生活阅历却十分丰富，他从孩提时代至今，嘴上总是轻快地吟唱着莫扎特的旋律。我看得很清楚，问题不在于年龄大小，也许我们的痛苦和无知仅仅是一种病态，也就是我的老师洛埃先生曾经讲过的那种病。可能连这位智者也和台塞尔一样是一个孩子。

不管情况怎样，我的思想和想法没有丝毫改变。当音乐震动我的灵魂时，我不需要任何话语便理解了一切，感觉到在全部生活的深处是纯粹的和谐，并且深信在一切现象后面都隐藏着某种意义和美好的法则。尽管这是一种幻觉，然而我却生活于其中，并且从中获得了乐趣。

也许盖特露德在这个夏天不离开自己的丈夫，情况会好些。起初她确实好好休息了一阵，当她秋天旅行回来时，我见她真的比较健康、结实了。但是我们把希望寄托在这种体力的恢复上完全是幻想。

盖特露德这几个月和父亲过得很好，她可以按照自己的愿望尽情休息，她每日听任自己处于宁静的环境中不再紧张地奋斗，就像一个劳累过度的人尽情睡觉，人们允许他睡多久，他就睡多久。但是事实上她已经彻底耗尽了自己的体力，这远远超过我们所认识到的，也胜过她自己所了解的。于是待到莫特不久来接她回家时，她却恐惧了，丧失了勇气，她失眠，还恳求父亲让她在家里再住一段时间。

老依姆多有些吃惊，因为他原本以为，盖特露德会高高兴兴地带着新的力量和新的愿望回到莫特身边去的；然而他并没有加以反对，反而小心翼翼地提醒她，让她考虑考虑，一种暂时的、比较长期地分居往往是日后夫妇离异的前导。而她却极为激动地反对这一看法。

“我是爱他的！”她激烈地喊道，“我永远不会对他不忠实。只是和他一起生活实在太艰难了！我只想稍稍休息休息，也许是休息几个月，直到我又重新有了足够的勇气。”

老依姆多尽力安慰她，当然他绝不反对自己的孩子在身边再住一段时间。他写了一封信给莫特，说盖特露德身体欠佳，希望在家里再休息一段时间。可是莫特不肯接受这个建议。他在这段夫妻分居的期间里，非常思念自己的妻子，他急切地盼望见到她，他业已下定决心要重新全部得到她，把她据为己有。

如今依姆多先生的信给他带来了很大的失望。他即刻回了一封措辞激烈的信，对于岳父充满了怀疑。他确定老人做了反对他的事，因为老人希望他们夫妇离异，他要求立即见到盖特露德，希望切实地重新获得她。老先生带着这封信来找我，我们考虑再三，想找出一个稳妥的解决办法。我们两人一致认为，让这对夫妇避免在目前这一段时间里立即见面是正确的，因为盖特露德现在的状况显然不能承受任何风暴。依姆多忧心忡忡，请求我亲自到莫特处去走一趟，说服他让盖特露德再静心休憩一段时间。我现在觉得这是我义不容辞的事。可我也顾虑重重，害怕我的朋友知道我是他岳父的心腹，了解他私生活中的种种情况，这是他自己绝不愿意透露给我的。因而我就拒绝了依姆多先生的请求，而他只能再写一封信，这当然是无济于事的。

不久莫特没有事先通知就赶来了，他那种对爱情毫无约束的热情以及他的猜疑之心把我们大家都吓坏了。盖特露德对莫特和父亲之间的两封通信全然不知，所以莫特这次突然的来访以及莫特几乎近似愤怒的激动简直使她惊讶至极。我还没有料想到这就是一种痛苦的开端。我只知道莫特在威胁盖特露德，要她随他回到慕尼黑去。她表示打算跟他回家，倘若没有其他办法，只是求他允许她还在父亲身边逗留一段时期，她疲倦了，需要安静休息。于是莫特责备她受到父亲的挑唆想要离开他，看到自己温和的劝告未能奏效，便极其愚蠢地大发雷霆，命令她立刻随他回家。这便触犯了她的自尊心，她保持着平静，却拒绝了他的要求，不再继续听从他，同时宣称无论如何都要留下来。这场吵架到第二天早晨才得到和解，莫特又羞愧又懊恼地宣布一切都顺从她的意愿。接着他便离开了，也没有到我家里来说一声。

当我听说这件事后，十分惊恐，知道我从一开始就害怕的灾难已经降临了。我心里思忖，丑恶而又愚蠢的争吵肯定会持续很长时间，直至她重又获得愉快和勇气再度回到他的身边。而他在这段时间内将会处于精神危机之中，会变得很粗野，而且尽管非常想念她，却会和她更为疏远。他一个人待在家里，短时间内会过得很好，可是不可能维持长久，他会失望，会酗酒，也许甚至会同别的女人相好，反正到处都有女人追逐他。

而他却静静地待了一段时间。他写信给盖特露德，再一次请她宽恕自己。她写了回信，十分亲切同情地劝告他暂且忍耐。这段时间里我很少看见她。我偶尔去拜访她，要求她唱歌，她却总是摇摇头。然而我好几次碰见她坐在钢琴边。

最为令我奇怪和不安的是，这位漂亮、骄傲、一贯充满活力、性格开朗而且内心平静的女子，如今却变得如此畏怯退缩，显然，她的感情深处正受到巨大震撼。她有时候来看我的母亲，客气地询问我们的起居情况，她坐在靠近我母亲身边的一张灰色沙发上，略事休憩；她试图和我们闲聊，我痛心地看到，她要费很大劲才能勉强展露笑容。这种现象一直存在着，不论是我还是任何别的人都不了解她的痛苦，或者只是把它看成是一种神经衰弱和表面的虚弱。因而我几乎没有能从她的眼中看到那种折磨着她的不和谐的痛苦，它如此明显地表现在她的脸上，我仍然一无所知。我们在一起谈天、生活和相互往来，好似一切都和从前一样，而且我们彼此还觉得羞愧，还总是互相回避！就在这种悲哀的混乱感觉中，突然有一个想法攫住了我，使我热血沸腾，我想到她的心已经不再属于她的丈夫，已经获得自由，因而现在将倾向于我，不会再度拒绝我，而是要获得我，而且面对一切风暴和痛苦要在我的心上获得庇护。于是我决心重新演奏我歌剧中热烈追求爱情的音乐，这是我忽然间又重新热爱并有了新的理解的音乐，我怀着渴求和期望度过了一个个炽热的夜晚，同时再一次燃起了青春年代的一切可笑的、业已克服的痛苦，还有那些没有满足的欲望，其程度绝不亚于当年，当初就是她点燃起我内心的火焰，而我又给了她唯一的难以忘怀的亲吻。如今它又在我唇上燃烧，在这片刻间，多年来的宁静化成了灰烬，舍弃了的念头又死灰复燃。

只是目睹盖特露德的现状后这种火焰才逐渐熄灭。我只有极其厚颜无耻并毫不顾及她的丈夫、我的朋友，才能追随自己的愿望，追逐她的心灵，我在这位待人热情、感情细腻、性格执拗、内心受着痛苦折磨的女人的目光下，不禁感到羞愧起来，我只能以同情和关心爱护的态度去对待她。而她呢，越是痛苦，甚至丧失了希望，却越发变得傲慢和不可接近。她以过去从未有过的严峻而高贵的态度挺直她那高高的身躯，昂起她那美丽的乌金色的脑袋，不允许我们任何人向她表示最细微的同情以接近她、帮助她。

这一连串冗长沉默的日子也许是我一生中心情最沉重的时刻。盖特露德在这里和我近在咫尺，但却无法接近，因为她愿意独自静处。而那边的布里琪苔呢，我明白她对我的爱，在一段较长时间的避免相见后，又心情紧张地有了一些无关紧要的交往。生活在我们中间的我那年迈的母亲看到了我们的痛苦，料想到了整个情况，却什么话也没说，因为我自己如此固执地保持沉默，对于自己的状况连一个字也不愿意吐露。最糟糕的情况是必须亲眼看见那些确凿的无可挽救的事实，眼看我那些最亲近的朋友自趋灭亡，尽管我并没有严密观察，我心里还是清清楚楚的。

盖特露德的父亲所忍受的痛苦看来最为严重。几年前我认识他时，他还是一个聪明、健壮、既平和又开朗的老先生，现在显然更老了，瘦多了，说话的声音也越来越轻，越来越不平静，他不再开玩笑，整日愁容满面，十分悲戚。十一月里的一天我去看他，一方面想听听有没有什么新情况，另一方面自以为会对他有所安慰，使他振作起来。

他在书房里接待我，递给我一支他最珍爱的雪茄烟，用一种彬彬有礼的语气开始轻声同我谈天，这种语调使他吃力，很快便中断了。他带着忧郁的微笑望着我说："您是想问问情况吧？很糟糕，亲爱的先生，糟糕极了。这孩子的精神负担肯定比我们所了解的还要严重，否则她的情况会好转的。我早就决定让她离婚，可是她连听也不愿意听。她爱他，至少她自己是这么说的，可是她又怕他！这就糟了。她患病了，这可怜的孩子，她闭上眼睛什么也不想看，还说什么，目前的情况已经好转了，于是大家只好等着，让她静静地待着。这当然是一种精神上的毛病，但是看来她病得很厉害。请您想一想，她说倘若自己再回到丈夫身边，怕他要虐待她！然而她又说自己爱他。”

他似乎不能理解她，因而面对现实无计可施。我很理解她的痛苦，懂得她内心正进行着一场爱情和自尊的斗争。她并不怕他打她，却怕自己不能再尊重他，她希望通过自己满怀恐惧的等待会重新获得力量。她曾经制服过他，把他约束在轨道内，但也因此而使自己精疲力竭，她已经不再相信自己还有力量这么继续做下去，这就是病根所在。现在她渴望回到他身边去，却害怕这次共同生活的新尝试万一失败，便会完全失去他。我现在看得清清楚楚，我那勇敢的爱情幻想是何等盲目和无望，盖特露德爱自己的丈夫，她决不会投向其他任何男人的。

老依姆多总是避免谈到莫特，他也知道我是莫特的老朋友。但是他恨他，不明白他是怎么蛊惑住盖特露德的，他一想到他便好似想到了一个邪恶的魔术师，这个魔术师捕捉住一个无辜的人后便永远也不肯放手。如今，热情已成为一个谜，它永远都无法解释，而最令人遗憾的现实是：生活最不怜惜它最美丽的孩子们，往往让这些最最体面的人陷于使他们灭亡的爱情之中。

就在这种阴郁的时刻里，我收到了莫特的一封短信，这使我如释重负。他写道：“亲爱的柯恩，你的歌剧现在各处都在上演，也许比这里演得更好。尽管如此，下一周你若能再度光临此地，仍然是极美妙的事，我将再度演出你歌剧中的男高音。你知道我太太病了，我现在是一个人独居，你可以毫无拘束地和我住在一起。千万不要带别的人一起来！衷心爱你的莫特。”

他这人难得写信，除非万不得已，因此我决定立即动身。他一定很需要我。有一瞬间我想到要去通知盖特露德一声。也许这是弥合裂痕的最好机会，也许她会托我捎一封信或者带上一句问好的话，也许会邀他来此地，或者甚至和我一起前去。但是这只是一闪而过的念头，我并没有去做，只是在启程前去看望了她的父亲。

我抵达慕尼黑时，气候非常恶劣，正是潮湿和风暴频繁的深秋季节。有时候，人们可以从慕尼黑眺望到附近被初雪覆盖着的山峦。整座城市黯淡无光，阴雨连绵，死气沉沉。我驱车直奔莫特家。一切都和一年前一样，还是原来的仆人、原来的房间，家具也都放在老地方，可是看起来却显得空荡荡无人居住的样子，以往那些盖特露德所珍爱的鲜花也不见了。莫特不在家，仆人带我走进为我准备的卧室，帮我打开行李；我换了衣服便走进音乐室。主人还没有回家，我站在双层玻璃窗后一边倾听树木在风中呼啸，一边回忆过去的事情。我又一会儿观赏墙上的画像，一会儿随意翻阅各种书籍；我觉得，越是坐得久，我的心也就越悲哀，仿佛这幢房子也无可挽救了。我满心不高兴地坐到大钢琴旁，为了让自己摆脱那种种无益的思想。我奏起了我的婚礼序曲，好似这样一来便能重新挽回过去年代的好东西似的。

终于传来了一阵沉重、急促的脚步声，海因利希·莫特进来了。他和我握手，神情疲倦地望着我。

“真对不起，”他说，“我在剧院里有点儿事。你知道我今晚要演出。我们现在去吃饭，行不行？”

他走在我前面，我发现他变了，变得心不在焉和漫不经心，他只谈论戏剧，似乎不愿意谈任何其他内容。直到午饭之后，当我们默默无言地、几乎有些尴尬地对坐在黄色的藤靠椅上时，他才冷不防地对我说：“你真好，来这里看我！今天晚上我要好好地招待你。”

“谢谢，”我说，“你今天气色不好。”

“是吗？嗯，我们别谈这些。我现在是个独身者，你知道吧！”

“是的。”他眼睛望着旁边。

“你没有关于盖特露德的任何消息？”

“没有什么特别情况。她还总有点儿神经衰弱，晚上睡不好——”

“噢，这没关系！她在你们身边会安然无恙的。”

他站起身，在房间里走着。他好似还有什么话要对我说，审视地凝视着我，但当他走到我面前时，又露出怀疑的神色。

接着他笑了笑，却没有把心里的话说出来。

“绿蒂又来过这里了。”他重新拾起话头说道。

“绿蒂？”

“是的，就是当年去你家控诉过我的绿蒂。她在这里，已经结婚了，看来她对我还有兴趣。她到过这里，是一次正式访问。”

他又狡猾地凝视我，然后笑了，因为他看见我被吓住了。

“你接待她了？”我犹豫地问。

“噢，这是你对我的估计！但是，没有，我让她走了。啊，请你原谅，我讲了这些蠢事。我累得要死，可是今晚又要演出。如果你不介意，我就到那边去睡一个小时。”

“好的，海因利希，你去休息吧，我想到城里去转一转。你能帮我雇一辆车来吗？”

我不想继续待在屋里当哑巴，呆呆地听着树林里的风声。我来到城里，毫无目的地漫步在慕尼黑的古代绘画陈列馆。我在灰暗的光线下欣赏着那些古老的绘画，才看了半小时，陈列馆就关门了，我别无他法，只好到一家咖啡馆去看报纸，坐在那里透过大玻璃窗凝望雨中的街道。我下定决心要不惜一切代价打破这种冷淡，我要真诚坦率地和海因利希彻底谈一谈。

但是当我回家时却见他笑嘻嘻的，情绪非常好。

“我只是睡眠不足，”他愉快地说，“现在我又神清气爽了。你必须给我演奏些作品，行不行？倘若你愿意的话，就演奏那首婚礼序曲。”

他的情绪改变得如此迅速，使我又惊又喜，我按他的意思做了，演奏完音乐之后，他又同从前一样以幽默讽刺的语气讲了许多趣闻。他口才横溢，又重新完全赢得了我的心。我不禁想起我们初交时的光景。晚上我们又一起出门时，我不由自主地问道：“你现在不养狗了？”

“不养了。——盖特露德不喜欢养狗。”

我们沉默无语地来到剧院。我向乐队指挥问了好，他让我在一个指定的座位上坐下。我又听见了那非常熟悉的音乐，但是一切都和上次完全不同。我一个人坐在包厢里，盖特露德不在了，在台上表演和歌唱的也就好像换了一个人。他唱得感情奔放、很有力量，观众似乎很喜欢他演这个角色，一开始场上的气氛就很活跃。我却觉得他热情得过火，声音也太高，简直过于粗野。第一次幕间休息时我下去找他。他又坐在他那间小屋里喝香槟酒，我们交谈了几句，我见他的眼神像一个喝醉酒的人似的恍惚不定。后来当莫特换衣服时，我便去看乐队指挥。

“请您告诉我，莫特是否病了？”我请求他说，“我觉得他全靠香槟酒在支撑自己。您知道吗，我是他的朋友。”

那个人怀疑地注视着我。

“他是否生病，这我不知道。不过他是在糟蹋自己，这一点我是很清楚的。他经常几乎喝醉了才登台，倘若他有一回不喝酒，他就演得很糟，唱得就更不行了。过去他常常在上场前喝一杯，而现在非喝整整一瓶不可。如果你能劝劝他——大概也不会有什么效果。这个莫特硬是要自己糟蹋自己。”

莫特把我带到附近一家饭馆去吃晚餐。他又像中午时那样无精打采、难以亲近了，他毫无节制地大喝红葡萄酒，否则他就不能睡觉。看来他愿意为自己的疲劳和瞌睡付出一切代价，好似除此之外并无其他更重要的事情了。

马车驶到中途时他清醒了片刻，笑着朝我嚷道：“啊，年轻人，若不是我在这里，你的歌剧就要搁浅啰，这个角色除我之外没有别的人能够唱好。”

第二天上午他起得很晚，起床后仍然很疲乏，神志萎靡，眼睛模糊，脸色灰白。早餐后我便开始规劝他。

“你是在作践自己，”我既难过又气愤地说，“你用香槟酒振作自己，将来必然会自食恶果。我能理解你为什么这样。要是你没有太太，我也就不来和你啰唆这些。你有责任让自己的身心都保持纯洁和勇敢。”

“是吗？”他微微一笑，似乎我的激动使他感到有趣，“那么她对我有什么责任呢？她的行为是勇敢的吗？她去和父亲住在一起而让我孤苦伶仃。为什么我要振作精神，而她就可以不这么做呢？大家都已经知道，我和她之间已经什么都不存在了，这一点你也知道。再说，我还要唱歌，给人们充当丑角，这却不是从空虚和厌恶中产生的，这是我从一切美好的东西、大部分是从艺术中得来的。”

“尽管如此，你必须再重新开始，莫特！倘若你还想得到幸福的话！当然你这样做会很艰苦的。要是你觉得演唱太多了，那么就去休假吧，越早去越好；你并不缺钱用，完全不必为了赚钱而演出。到山上去，或者到海滨去，到哪儿去都行，你会恢复健康的！别再愚蠢地酗酒啦！这不仅是愚蠢，而且还是怯懦，这一点你自己也知道得很清楚。”

他只是淡然一笑。“好吧！”他冷淡地说，“那么你也可以去试一试，你去跳一次华尔兹舞吧！请你相信，会对你有好处的！不要老是只想到你那倒霉的腿，这只不过是想象罢了！”

“住口！”我气得叫嚷道，“你完全懂得这是两码事。只要我办得到，我极愿意跳舞，可是我办不到。而你只要振作精神便能做到一切，你会变得很明智的。无论如何你首先得把酒戒掉。”

“无论如何！亲爱的柯恩，你简直让我发笑。我不可能改变，要我戒酒比要你跳舞更难。喝酒才让我多少还保留了一点儿生活情趣，你懂不懂？一个酗酒的人只有当他进了救世军或者在别的什么地方找到了更能改善自己生活和更为长久地满足自己需要的东西，才会放弃饮酒。而对我来说，只有女人才能做到这点。自从我有了自己的太太——可她又离开了我——我从没有接受任何别的女人，于是我……”

“她并没有离开你啊！她会回来的。她只是生了病需要休养而已。”

“我懂，你说的也正是她自己想说的。可是她并没有回来。倘若一艘船即将沉没，老鼠总是首先逃离的。它们当然并不知道船即将破裂。它们只是感到一种难以言喻的恐惧，于是就跑开了，当然想得倒还挺美的，觉得自己很快就会回来。”

“好了，快别这么说！你过去往往对生活持怀疑态度，这不是早就过去了吗？”

“是的。是早就过去了，因为我找到了一种安慰或者说是一种令我麻醉的东西。一度是女人，一度是朋友——是的，你也曾为我效劳！还有一度是音乐或者是剧场中的掌声。现在呢，所有这一切东西都已不再能令我快乐，于是我就喝上了酒。现在我不先喝几杯就不能演唱。不先喝几杯也就不能思想，不能说话和生活，简直不能忍受。我干脆告诉你——你千万别对我说教，这才是最好的做法。十二年前也有过类似的情况。也有一个人不放心我，为了一个姑娘的事不断教训我，他出于偶然成了我最好的朋友——”

“后来呢？”

“后来他迫使我不得不扔开他，于是我有很长一段时间没有朋友，直到你出现为止。”

“我明白了。”

“行了？”他温和地说，“现在你面临选择。我可得告诉你，倘若你现在也离我而去，那就太不够朋友了。我很喜欢你，而你呢，我考虑到你也很需要有快乐。”

“果真如此的话，又怎么样呢？”

“你瞧，你很喜欢我的太太——或者至少过去曾经喜欢过，我也很喜欢她，甚至喜欢极了。今天晚上让我们——只有你和我——为她的荣誉庆祝一番吧。另外，这里还有一个原因。我曾让人为她画像，今年春天她经常去那画家的家里，我也常常陪她一起去。这幅画快要完工时，她正好出门旅行。那个画家希望她再去坐一回，可是我却等得不耐烦了，就要求把画像照目前的样子定稿。这已经是一星期以前的事了，如今画像已经配好镜框，从昨天起就放在房间里了。我本来马上就可以带你去看的，不过我想还是先庆祝一下更好。当然不来点儿香槟酒是不行的，我怎能得到满足呢！你觉得合适吗？”

我觉得在他的玩笑话后面掩藏着一种感触，甚而是眼泪，因而尽管心里并不愿意，却同意了他的建议。我们准备好了为他太太举行的庆祝晚会，他看来已经完全失去她，就像我过去失去她一样。

“你还记得她的花吗？”他问我，“我不懂花，不知道它们都叫什么名字。她一直很喜欢那种白花和黄花，也喜欢红色的。你一点儿也不知道？”

“嗯，我知道一点儿的。干什么呢？”

“你得去买花。你去叫一辆车来，我也得进城去一次。我们要做得好像她就在这里一样。”

后来他又想起了一些事情，使我感到他是何等深刻而又持续地思念着盖特露德。这种迹象令我又悲又喜。为了她，他不再养狗，他一个人孤零零地生活着，而过去他绝不会长时间的没有女人。他定制了她的画像，他让我为她采购鲜花！于是我似乎看到他揭下了假面具，看见在他那自私冷酷的外表下隐藏着一张儿童的脸。

“不过，”我表示了不同意见，“我们还是现在去看画像为好，或者中午去看也行。画像在白天光线下看效果较好。”

“什么话，就是明天也有充分时间让你细看的。希望这是一幅好画，不过归根结底对我们来说，无论画像好坏全都一样，我们想看的仅只是她本人。”

饭后我们坐车进城去采购，首先是买花，买了一大把菊花，一篮玫瑰花和几枝白色的丁香花。买花的时候他又忽然想到要给 R 城的盖特露德寄一大盒花去。

“这可得挑特别漂亮的花，”他沉思着说，“我知道盖特露德爱花。我也喜欢花，只是不会细心侍弄它们。倘若太太不在，我身边总是杂乱无章，叫人感到不舒服。”

晚上我看见新画像蒙着一块绸子陈列在音乐室里。我们为了庆祝而畅饮一通，莫特首先急于要听我那首婚礼序曲。我演奏完毕后，他揭开画上的罩子，我们默默无言地在画像前伫立了片刻。这是一帧全身像。画像上的盖特露德穿着一身白色的夏装，她那一双清澈的眼睛信任地望着我们，过了相当一段时间后，我们两人才互相注视着向对方伸出手来。莫特斟满了两杯红葡萄酒，向画像点头致意，我们就一起为她干杯，两个人心里都想到了她。然后他小心翼翼地把画像夹在胳膊底下，走出了音乐室。

我请他随便唱一支歌，他却不愿意。

他微笑着对我说：“你还记得当年在我结婚前我们三人坐在一起度过的那个夜晚的情景吗？现在我又成了单身汉，让我们再一起来痛饮一杯，再高兴高兴吧。你的台塞尔也应该在座的，他比你我更懂得享受快乐。你回家后请好好替我向他问好。他不可能了解我的痛苦，但是尽管如此——”

他像往常一样珍惜自己的美好时刻，又开始以有节制的谨慎态度愉快地谈起话来，提醒我回忆往事，我很惊讶，因为所有的事，连那些极细微、极偶然、我认为他早已忘得干干净净的事，都仍然牢固地盘踞在他的记忆里。就连那个最初相聚的夜晚，我和他、玛丽昂、克朗采，还有其他一些人共度的晚会，甚至连我们当时的争吵他都记得清清楚楚。他就是不谈盖特露德；他始终没有提及自从盖特露德进入我们之间后的那个时期，我很喜欢他这样。

我为这个没有预料到的美好时刻感到高兴，听任他放怀畅饮，不加劝阻。我明白，这种心情对他是何等罕有、何等宝贵，难得有这种心情，美酒当然不可少。我也明白他这种心情不可能维持长久，到明天他又会变得厌烦、变得不可亲近。此刻我倾听着他那些聪明的、深思熟虑的言论，即或是矛盾百出，但仍然在我心里引起了一种温暖的、近似快活的心情。他一边说着，一边向我投来他只是在这种时刻才有的可爱的目光，好似一个刚从甜梦中觉醒的人的目光。

当他一度沉默下来，思考着什么的时候，我便开始向他叙述我那位通神论者关于孤独者的病态的言论。

“是吗？”他愉快地问，“你真的相信吗？你大概也有点儿想成为通神论者吧。”

“为什么不行呢？其实里面很有道理的。”

“当然。聪明的贤哲们总是随时随刻在求证，证实世间万物只是幻想而已。你知道吗，我过去常常读这类书籍的，我可以告诉你，其中一无所有，绝对的一无所有。这类哲学家所写的一切只是一种游戏而已，也许他们自己以此来获取安慰。有一个人发明了个人主义，因为他不愿自己的同时代人受苦，而另一个人发明了社会主义，因为他单独一个人不能忍受。人们可以说，孤独感是一种病态，此外便别无可说的了。梦游也是一种疾病，有一个小伙子梦游时真的站到了屋顶的檐沟里，有人朝他喊叫，他便摔下去折断了头颈。”

“嗯，情况还是不一样的。”

“悉听尊便，我不想争辩。我只是想，智慧对人们并无用处。世上只存在两种智慧，而在这两种智慧之间的东西全都是空谈。”

“你说的这两种智慧是什么呢？”

“嗯，正如佛教徒和基督教徒所说的，这个世界既丑恶又贫瘠。因此人们必须在肉体上清苦修行，放弃一切享受，我相信人们由此便能获得完全的满足。禁欲主义者并不像人们设想的那样，过着极艰苦的生活。也许，这个世界和人们的生活本来是又美好又合理的，因而人们只要参与生活，然后再静静地死去就行，因为他已完成了自己的使命……”

“你自己又相信什么呢？”

“没必要问这个问题。大多数人是两者都相信，就像相信天气一样，他们是健康的，不管他们口袋里有钱还是没有钱。而他们真正相信的是生活不过尔尔。这一点我也有同感。我其实相信的是佛，认为生活毫无价值。但是我仍然生活着，还要使我的感官舒适，好像这是重要任务似的。而这仅仅是让人愉快而已！”

我们谈完话后，时间还不晚。我们穿过亮着一盏孤零零电灯的邻室时，莫特拉住我的胳膊要我停一下，他开亮了所有的电灯，揭下靠在墙边的盖特露德画像上的绸罩子。我们又朝这张可爱的脸孔注视了片刻，然后他蒙上罩子，熄了电灯。他陪我到了卧室，将几本杂志放在我桌上，供我随意翻阅。然后向我伸出手来握别，轻声道：“晚安，亲爱的！”

我上了床，半小时里一直没有睡着，脑子里只是想着他。他如此真切地记得我们友谊中的一切细微的情节，使我又感动又惭愧。他对自己所爱朋友的感情之深挚远远超过我所想象的，然而要他表达友谊却是很困难的事。

后来我睡着了，睡梦中一会儿梦见莫特，一会儿梦见上演我的歌剧，一会儿又梦见洛埃先生。我醒来时，天还没有亮。我是在我那一无所获的梦中被吓醒的，看见窗子四周迷迷蒙蒙泛着白色，感到有一种痛苦压迫着心头，我从床上坐直身子，想让自己的头脑完全清醒过来。

这时有人在急促而猛力地敲我的房门，我猛然跳起打开房门，外面很冷，我也没来得及点灯。门外站着那个仆人，只穿着内衣，惊慌地呆呆瞪视着我，眼睛里充满了恐惧的神色。

“请您来一下！”他急促地喘息着说，“请您来一下！发生了不幸的事。”

我只来得及穿上挂在一边的睡袍，就匆忙跟着那个年轻人跑下了楼梯。他打开房门，退后几步让我进去。房间里一张小小的藤桌上有一盏灯，点着三支粗蜡烛，照亮了旁边一张凌乱的床铺，我的朋友莫特脸朝下趴在床上。

“我们得把他翻过来。”我轻声说。

那个仆人犹犹豫豫的不敢走近。

“医生马上就来。”他结结巴巴地说。

但是我逼着他和我一起把躺着的人翻了过来。我看看我那朋友的脸已经灰白而变了形，衬衫胸前全是鲜血，当我们让他平躺下去重新盖上被子时，他的嘴唇极轻微地动了一下，双目已经黯然无光了。

仆人开始急促地讲述什么，但是我什么也不想知道。医生到达时，莫特已经死了。清晨我给依姆多先生发了电报，又立即回到这座寂静的房子里，坐在死人的床边，倾听窗外从树林间刮过的风声，直到这时我才确切地知道自己曾何等喜爱这个可怜的人。我不能为他惋惜，因为他的死比他活着更为轻松。

黄昏时我站在车站月台上，看见依姆多先生走下火车，身后跟着一位身着黑色丧服的高个儿妇女，我把他们带到死者旁边，莫特已穿戴整齐入殓了，安眠在他昨天买回的鲜花中间，这时，盖特露德弯下身子吻他那苍白的嘴唇。

当我们站在墓穴边时，我看见一个满面泪痕的高大美丽的女人，手里捧着玫瑰花孤零零站在一边，我好奇地看了她一眼，原来是绿蒂。她向我点点头，我报以一笑。盖特露德却没有哭泣，她的脸消瘦苍白，眼睛机灵地注视着周围，神情严肃地迎着在风中飘洒的蒙蒙细雨，恰像是一棵深深植根于泥土中的挺直的小树。但是这一切仅只是自卫而已，两天后，当她回到家里，打开恰巧在这期间寄到的莫特给她的花盒时，她支持不住了，倒下了，很长一段时间里我们大家都没有看见她。

第九章

稍迟些时，我才像她那样陷于悲哀之中。事情就像通常所发生的，我无时无刻不想着自己对不起已故的朋友。事实上，最糟糕的是他总做损害自己的事，连同他的自杀都是如此。关于这件事，我想了很多，但是在他的遭遇中我所能找到的只是一些模糊不清和无法理解的东西，而且一切都是残酷且可笑的。而我自己的生活也并无不同，就连盖特露德以及其他许多人的都是一样。命运不佳，生活既可笑又残酷，在自然中并不存在善良和理智。可是在我们身上，在我们人的身上却存在着善良和理智，我们能够强于自然和命运，即或只是偶然的、只在某些时刻存在而已。我们能够互相接近，倘若发生不幸，彼此能够相互理解，能够彼此相爱，也能互相安慰着活下去。

有时候，由于陷于更深沉的黑暗而缄默无语时，我们能做的事就更多了。我们可能在瞬间成为神明，伸出统率的手去创造一切过去不曾有过的事物，而当事情已经解决时，让它们没有我们而仍然继续存在下去。我们能通过声音和语言，通过其他许多破碎而无价值的东西创造出艺术作品，创造出充满了意义、安慰和善良的作品和歌曲，这些作品和歌曲比命运和偶然性所创造的鲜艳耀目的生活现状更为美丽和不朽。我们能把上帝装在自己的心里。有时候，当我们内心存在上帝时，他便能通过我们的眼睛和我们的话语来观察世界，也可以和别的人交谈，这些人他并不认识或者根本不想认识。我们不能让我们的心脱离生活，而要能够对它加以训练和指导，这不能只考虑是偶然的事，而要始终不渝地把它看成是痛苦的事。

在海因利希·莫特下葬后的几年中，我就这样成千次地像真的似的和他重逢，还能同他比他生前更为亲切和聪慧地交谈。岁月就这样流逝着，我看到我的老母亲躺倒和消逝了，也看到美丽活泼的布里琪苔·台塞尔辞别人间，她经过多年的等待和让伤口愈合之后，便嫁给了一个音乐家，却在第一次分娩时死去了。

盖特露德已经克服了当时猛然将她击垮的痛苦，那一次，当她刚回到家里便收到我们的鲜花——一个死人向她表示的问好和追求。我虽然每天都见到她，却很少向她提起这件事。不过我相信，她回顾自己的春天就像回顾自己在一个遥远的、早年旅行时曾见过的山谷，而不是在一个业已失落的天堂里。她又恢复了体力和开朗的性格，她也重新唱歌了。但是自从她吻过自己死去的丈夫冰冷的嘴唇后，便没有再吻别的男人。每年中总有一两次，当我看到她那健康的体态，闻着那熟悉的微涩的花朵的香气时，我的思想便忍不住循着那条禁止通行的老路走到她身边，心里想：为什么不行呢？但是我内心深处早已暗暗明白答案将是什么，在我的和她的生活中再也没有什么可以改变的了。她是我的朋友，每当我度过了一段孤独的不平静的生活时，便想从寂静中走出去，每当我有了一支歌曲或者一首奏鸣曲时，总是首先想到它是属于我们共同所有的。莫特说得很正确，人们在老年时代会比青年时代易于满足，我因而不愿意诽谤青年时代，因为青春好似一首美丽的歌曲，鸣响在我的一切梦想中，到了今天，它已比当初实际存在的时期奏出更为纯洁、更为真诚的乐声了。

克诺尔普

——克诺尔普生平三故事

悉达多

早　春

❖

九十年代初期，我们的朋友克诺尔普不得不在医院里住了好几个星期，允许他出院时已是二月中旬，而且气候十分恶劣，因此他刚漫游了几天就感觉自己又开始发烧，于是只得考虑找一个落脚处。他的朋友一向很多，几乎在本地区任何小城镇都能轻而易举地找到一个乐意接待他的地方。倘若有一个朋友多少表示了以此为荣，那么他就会感到特别自豪。

这次他想到的是住在莱希斯推顿的维斯盖尔贝人艾密尔·路特福斯，他一想起这个人，当晚便在倾盆大雨和猛烈西风中敲响这幢住房已经紧闭的大门。盖尔贝人在二楼把百叶窗推开一条缝隙，朝下面漆黑的街道叫道："谁在外面？有什么要紧事，难道就等不到天亮？"

克诺尔普尽管已经精疲力竭，但一听见老朋友的声音，立即有了劲头。他想起几年前曾和艾密尔·路特福斯一起流浪了四个星期，想起那时写的一首小诗，便立即向楼上唱了起来：

有一个疲乏的流浪人，
休憩在一家酒馆，
他不是陌生的客人，
正是那个遗失的儿子。

盖尔贝人猛然推开窗户，朝外面探出身子。

“克诺尔普！是你吗？还是一个鬼魂？”

“是我！”克诺尔普喊道，“你想从楼梯上下来呢，还是从窗子里跳出来？”

那位朋友快活地冲下楼梯，打开大门，用一盏冒烟的小油灯照着客人的脸，照得他不断地眨眼睛。

“我们一起进去吧！”他激动地叫着，把自己的朋友拉进屋子。“你的事以后再和我说。我们还有点儿剩余的晚餐，对了，你还需要一张床铺。我的老天爷，瞧这鬼天气！嗯，你总该有双好靴子吧，是不是？”

克诺尔普听任主人不断发问，不断表示惊叹，只顾小心翼翼地照料着自己破碎的裤腿，以便稳稳当当地摸黑走上楼梯，他有四年未踏进这幢房子了。

上楼后，他在起居室前伫立了片刻，推开正邀请自己入内的盖尔贝人的手。

“喂，”他细声细气地问道，“你已经结婚了吧？”

“是的，当然。”

“果真如此。——我说你这人，你太太不认识我，她会不高兴的。我现在不能打扰你。”

“什么打扰不打扰！”路特福斯大笑着把房门开得大大的，将克诺尔普推进明亮的房间。一张巨大的餐桌上端用三根链条吊着一盏大煤油灯，袅袅的烟雾在空气里摇曳，渐渐化为一条薄薄的烟气，被吸入一根发烫的圆管内，急速向上消失得无影无踪。餐桌上放着一份报纸，还有一只装满烟叶的猪皮烟袋，年轻的女主人似乎刚从梦中被吵醒，睡眼惺忪地从屋角那张小巧狭窄的长躺椅上跳起身来。克诺尔普在耀眼的灯光下最初简直眼花缭乱，不知所措，随后他看着女主人淡灰色的眼睛，客气地同她握手问好。

“喏，这就是她，”主人笑着介绍说，“这就是克诺尔普，我的朋友克诺尔普，你知道他的，我们早就谈起过他。他当然是我们的客人，得替他准备一张床铺。伙计的房间现在正空着呢。不过我们先得一起喝一杯果子酒，再说克诺尔普也一定得吃些什么。我们还有点儿肝肠吧，是不是？”

女主人奔向室外，克诺尔普看着她的背影。

“她有点儿受惊了。”他轻声对主人说，可是路特福斯不肯承认。

“还没有孩子吧？”克诺尔普问。

此时女主人又走进房间，端着一只锡制托盘，盛着切好的肝肠和面包片，盘子中央是半只圆形的黑面包，女主人细心地从下面一剖为二，好让客人看见拱圆形面包上一圈凸现的文字：赐给我们每天的面包。

“丽丝，你知道克诺尔普刚才问我什么话吗？”

“别胡说！”女主人表示抗议。克诺尔普转身向女主人笑着解释道：“太太，我是信口胡说。”

但是路特福斯不肯罢休。

“他问我们有没有孩子。”

“噢。”她笑笑应了一声，立即又跑出了房间。

“她一直没有怀孕？”当她离开房间后，克诺尔普又问。

“没有，还没有。你知道吧，她想等一等，结婚头几年没有孩子更好些。请吃啊，请尝尝这个！”

这时女主人端来了装着果子酒的灰色和蓝色的陶壶，摆好三只玻璃杯后当即斟满了酒。她动作利落，克诺尔普看着她不禁微笑起来。

“为老朋友的健康干杯！”主人叫喊着把杯子伸到克诺尔普面前。而这位客人只是殷勤地说：“首先得问夫人好。请允许我向尊敬的女主人祝福！干一杯，老朋友！”

他们互相碰杯，喝酒，路特福斯高兴得容光焕发，频频向妻子眨眼示意，请她注意自己朋友那种吸引人的仪表。

其实她早就觉察到了。

“你瞧，”她说，“克诺尔普先生比你有礼貌得多，他懂得人情世故。”

“不敢当，”客人连忙说，“每个人只要肯学，都可以学会的。太太，承蒙夸奖，简直让我无地自容。您很会安排餐桌，比得上第一流的大饭馆。”

“够了，”主人大笑着说，“她确实也学过这一套。”

“噢，在哪儿学的？令尊大人是饭馆老板么？”

“不是的。老人家过世已经很久，我几乎没有见过他。我在奥克森饭店工作过几年，你一定是知道这家饭店的。”

“奥克森饭店？从前是莱希斯推顿地区最高级的大旅馆。”克诺尔普赞叹道。

“现在也仍然是。对吗，艾密尔？那时候旅馆里住的几乎都是些做生意的客商和旅游者。”

“我想，太太，那时您肯定学习很好，工作极其出色！不过管理自己的家政一定更出色，是不是？”

他慢悠悠地、兴味盎然地把软软的肝肠片放在面包上，把撕得干干净净的肠衣搁到碟子边上，呷一口金色的香醇苹果酒。主人怀着愉快而羡慕的心情注视客人如何用瘦削纤细的双手干净利落、玩耍似的干着这些日常生活琐事，女主人也同样感到十分有趣。

“你的脸色从来没有好看过，”艾密尔·路特福斯开始责备客人，于是克诺尔普只好承认自己最近又发过病，在医院里住了一阵子。对于一切悲惨景况却守口如瓶。主人问及了这方面的情形，并探听他今后的打算，还提议替他安排一个长期的糊口职业，这一切确实都是克诺尔普所期待的，也在他的预料之中，不过好似有一种畏怯感猛然袭击了他，他婉言道谢，避而不答，建议将这件事推延到次日再讨论。

“我们明天或者后天都可以谈的，”他漫不经心地说，“上帝保佑，每天的日子总归按时来临，无论如何我会在这里待些日子的。”

他不乐意为自己安排任何计划，不愿允诺作长期停留。倘若他不能自由支配自己未来的日子，他会感到难以忍受。

“如果我真的要在这里住一阵子，”他继续往下说道，“那么你一定要把我当作你的伙计介绍给别人。”

“有什么不行呢！”主人大声笑起来，“你就是我的伙计！此外你根本就不是维斯盖尔贝人。”

“没关系，难道你还不清楚么？我在盖尔贝一无所有，学手艺最合适，不过我干活没有什么才能。你知道，这样我就可以好好写一写我的流浪汉小说。我为付医药费花光了积蓄。”

“可以让我看看你的小说吗？”

克诺尔普从几乎是崭新的上装胸前口袋里掏出那东西，只见它干干净净地包在一块油布里。

盖尔贝人一面看，一面笑道：“你总是整整齐齐！人们会认为你是昨天清晨才告别母亲动身远游的。”

随后他将记录和种种邮戳研究了一番，深表钦佩地连连摇头：“啊呀呀，多么地井然有序！不用说，你的一切都是高贵的。”

这部流浪汉小书保存得如此妥善，的确是克诺尔普最称心的一件事。小书呈现出优雅的想象，或者说是诗意，却是无懈可击的，对他那一系列光荣纯净、既令人尊敬又富于成果的生活，都正确无误地做了记录，其中尤以这位浪游人极其频繁地变更地点之事惹人注目。克诺尔普写诗歌颂自己获得官方通行证的生活，千方百计地维持这种常常遭逢威胁的生活，事实上他极少干违禁的事，他只是一个没有职业的流浪汉，过着一种没有规律而又受人歧视的生活。他若能不受打扰地不断写他的美丽诗歌，无疑是一件幸事，可惜并非所有的警察都对他友好。他们有时候尽可能听任这个性格开朗、逗人开心的流浪汉随意写作，尊重他精神上的优势和偶尔表露的严肃态度。他几乎没有受过任何刑事处分，事实证明他从没有偷窃过，也没有乞讨过，他到处都有许多受人敬重的朋友；于是大家也就随他自由自在，好似在一幢住宅里允许有一只可爱小猫共同生活一样，大家都对他非常宽宏大量，听任他无忧无虑地在勤劳繁忙、忧心忡忡的人们之间穿行，过着一种无所操心、高贵文雅、色彩绚丽的无所事事的绅士生活。

“我不来打扰的话，她现在早该上床安息了。”克诺尔普大声说，同时把那些纸张收拢到一起。他站起身子向女主人问安告别。

“来吧，路特福斯，我睡在什么地方。”

主人端着油灯带他登上狭窄的楼梯上了顶层，他睡在从前伙计住的房间里。靠墙是一张铁架小床，上面空荡荡的，紧挨着的是一张木架床，被褥之类的都已铺放端正。

“想要一瓶睡前酒吗？”主人亲切地问。

“正缺这个呢，”克诺尔普笑着回答，“我们的主人有如此娇小美丽的太太做伴侣，当然不需要这个东西。”

“嗨，瞧你说的，”路特福斯激烈地反驳道，“你现在虽说要爬顶楼，睡冰冷的伙计床铺，可有些时候你睡的地方更为糟糕，有时候甚至什么也没有，只能睡在草堆上。而我们这里有房子，又有活儿，还有一位好心的太太。说真的，只要你肯干，你大概早已经是师傅，而且大大超过了我。”

克诺尔普却只顾飞速地脱下衣服，一下子钻进冰凉的被窝里。

“还有很多话吗？”他问，“我已经躺好，正洗耳恭听呢。”

“我是很认真的，克诺尔普。”

“我也同样认真，路特福斯。请你别以为结婚是你的一大发明。祝你晚安！”

第二天克诺尔普整日都躺在床上。他觉得身体还是有点儿虚弱，天气也依然那样恶劣，自己根本就不可能离开这幢房子。上午盖尔贝人来看望他时，他请求主人让他静静躺着休息，只要给他一盘汤当午饭就行。

他宁静而满意地在这间幽暗的顶楼里躺了整整一天，感觉寒冷和流浪的疲劳在逐渐消失，沉湎于温暖的安全感所引起的生活乐趣中。他倾听着密集的雨点敲打着屋顶的声音，还有那不平静的风声，听它时而柔和，时而又狂吼，变幻无常。他时而熟睡时而清醒地躺着，有时候只要光线还充足，他就阅读自己流浪汉图书馆的藏书，这个小小图书馆的内容有：他自己撰写的诗歌和格言，一小捆剪报。其中还有几张图片，这是他从一些画报里剪下的。有两幅图片是他的爱物，由于经常拿出来欣赏，已经破碎缺损。一幅是女演员艾蕾诺拉·都塞，另一幅是一艘暴风中高高掀起在浪尖上的帆船。

克诺尔普自童年起就强烈渴望北方和大海，曾多次启程走上去北方海边的路，有一回竟然走到了勃朗许维格。但是这只候鸟总是只走到半路，而且不论在哪儿都待不长，总有一种奇特的忧虑和思乡之情促使他最终又急匆匆迈步走上回转德国南部的归程。也许是因为到了一处讲不同方言、有不同风俗的环境里的缘故，他会变得忧心忡忡起来，再说周围又全是陌生人，常常让他感到为难，所以他无法按常规继续写作他的流浪汉小书。

中午时分盖尔贝人给他端来了汤和面包。他蹑手蹑脚地上了楼，说话也不敢放开声音，以为克诺尔普正在患病，他自己从童年起除了因病而卧床外，还从来不曾大白天躺在床上。克诺尔普感觉十分舒服，却懒得多费唇舌进行解释，只是向主人保证说，他明天定能起床，恢复健康。

黄昏时分有人轻轻敲克诺尔普的房门，而他正在轻轻打呼噜，没有应声，女主人小心翼翼走进来，收起空汤碟，换了一杯牛奶咖啡放在床边的木板上。

克诺尔普其实听见了有人进房的声音，却由于浑身疲乏，或者心情不佳，仍然双目紧闭，躺卧不动，不让别人觉察他醒着。女主人手里拿着空碟子，朝睡着的人看了一眼，客人的头枕在胳臂上，半个胳臂露在蓝格衬衫的袖子外面。她的目光掠过他那纤细的乌发和无忧无虑的脸庞，只见他脸上几乎有一种孩子般的美，她不由得凝视了片刻。望着眼前这位漂亮的小伙子，她想起了丈夫告诉她的关于这个人的许多惊险故事。从紧闭的双目再向上看，细腻、开朗的额头上有一对浓密的眉毛；还有被太阳晒成棕色的狭窄的脸颊，殷红俊俏的嘴巴和细长的脖颈，这一切都引起她的好感，使她回忆起自己在奥克森当侍者的那些日子，在春天的喧哗中总是有这么一个漂亮的陌生小伙子让她着迷。

她沉浸于梦幻中，微微有些激动，为了看清他的整个面容，她稍稍弯下身子，以至于锡汤勺滑出盘子，跌落到了地板上，可怕的砰的一声打破了房间里寂静和惑人的神秘气息。

于是克诺尔普迷迷糊糊地慢慢睁开眼睛，好似他方才睡得很熟。他转过脑袋，用手揉了揉眼睛，随后微笑道："啊，原来是太太！给我送来一杯咖啡！一杯香喷喷、热腾腾的咖啡恰巧是我现在梦寐以求的东西。噢，谢谢您，路特福斯太太！现在是什么时候啦？"

"四点钟，"她迅速回答说，"您现在趁热喝吧，待会儿我来取餐具。"

她说完便急急忙忙跑出房间，好像忙得一分钟闲工夫也没有。克诺尔普望着她的背影，倾听着楼梯上急匆匆的脚步声渐渐消失。他若有所思地沉吟了片刻，接连摇了几次头，随即轻轻发出一声鸟鸣般的口哨声，转身端起了咖啡。

天色暗下来一个小时以后，克诺尔普开始觉得无聊，他觉得已经睡足了，恢复了精神，并有兴趣再回到人群里去。他舒展了一下身子起了床，穿好衣服，在昏暗的暮色中好像一只貂似的轻轻滑下楼梯，神不知鬼不觉地溜出了住所。风仍然刮得很猛烈，吹来西南方的潮气，雨倒是停了，天空上停留着一大片一大片明亮清晰的云块。

克诺尔普一路探听、一路闲逛，穿过暮色沉沉的大街小巷，走过荒凉的市场广场，在一家敞开的铁匠铺大门前站住了。他看见学徒们正在清扫铺子，他和一个伙计聊上了，一面把冰冷的双手搁在快要熄灭的锻铁炉上取暖，一面漫不经心地询问着城里一些熟人的消息，探听着婚丧喜事，让别人觉得他也是个铁匠师傅，因为他对所有手工艺行当的语言和情况都十分熟悉。

这时候路特福斯太太正在准备晚餐，铁锅在小小的炉灶上叮当作响，接着是削土豆，当一切都准备就绪，晚餐汤也稳稳当当在小火上温着时，她便端着厨房灯走进起居室，站在镜子前端详自己。她看见的正是自己期望的东西：一张丰满的、鲜艳的脸庞上有一双蓝灰色的眼睛，看来头发得稍作改善，便迅速地用灵巧的手指梳理整齐。她在围裙上又擦了擦洗得干干净净的手，然后拿起小灯，急急忙忙登上顶楼。

她轻轻敲了敲伙计房间的门，接着又比较重地敲了第二下，但是仍旧没有回音，于是她把灯搁在地上，用双手轻轻打开房门，尽量不让门发出声音。她踮着脚向里走，走进去一步后便摸索到了床边的椅子。

“您还睡着吗？”她压低嗓子问。接着又问了一遍：“您还睡着吗？我只是来取餐具。”

房间里毫无动静，连呼吸声也听不见，她把双手伸向床铺，但是脑子里闪过一个恐惧的念头，立即缩回了手，转身去取油灯。于是她发现房间是空的，床铺已经细心整理过，枕头和羽绒被都一丝不苟地叠好放好。她头脑昏乱地回到厨房，心里又是害怕又是失望。

半小时后，盖尔贝人上楼来用晚餐。女主人摆好餐具，想谈一谈自己的疑问，却没有勇气告诉盖尔贝人自己曾去顶楼的事。这时楼下大门口传来轻轻的脚步声，有人走过石块路面，走上了弯曲的楼梯，不一会儿克诺尔普出现在门边，他取下头上漂亮的棕色皮帽，向主人道晚安。

“嗨，你上哪儿去了？”主人吃惊地大声叫道，“生着病还在夜里跑出去！你想找死吗。”

“正是如此，”克诺尔普回答，“感谢上帝，路特福斯太太，我回来得正是时候。我在市场广场就闻到您那好汤的香味，它把我身边的死神赶跑了。”

大家坐下来用餐。主人十分健谈，对于自己的家政和手艺极为自豪。他先是嘲笑自己的客人，然后又严肃地劝说克诺尔普，他应该放弃自己永恒的浪游和无所事事的习性。克诺尔普只是倾听，没有答话。女主人也不吱一声。她很生自己丈夫的气，和漂亮而又风度翩翩的克诺尔普比较，自己的丈夫显得很粗俗，她请客人对她的家务提出意见。钟敲十点时，克诺尔普向主人们道过晚安，又向盖尔贝人借了剃须刀。

“你真爱干净，”路特福斯夸奖说，一面把剃须刀递给他，“小心别为胡子而割伤了下巴。好吧，晚安，祝你早日恢复健康！”

克诺尔普在走进自己的卧室之前，先斜靠在楼梯口的小窗户前待了一会儿，想再眺望周围景色，看看天气情况。风几乎已完全停息，鳞次栉比的屋顶上是一片漆黑的天空，湿润而明澈的星星在夜空中熠熠闪烁。

正当他打算缩回脑袋、关闭窗户的时候，对面楼房里突然有一扇小窗户亮了。他看见一间和自己这间一模一样的低矮又狭窄的小房间，一个年轻女仆走进了房间，右手端着一架黄铜烛台，左手提着一只大水罐，进门后就把水罐放在地上。随后，她用蜡烛照照自己那张狭小的单人床铺，床上铺着红色的粗棉布床罩，简朴而又洁净。她把烛台搁在一个他看不见的地方，接着就在一只漆着绿颜色的小提箱上坐下身来，这种小箱子每个女仆都有。

克诺尔普在对面房间还未开始难以预料的戏剧性表演以前，赶紧吹熄了自己的蜡烛，免得被对方发现，他静静地站着不动，从自己的小窗口弯腰窥伺着对方。

对面窗口的小女仆正是他所喜欢的那种类型。她大概十八九岁，中等身材，似乎还没有长足，有一张姣好的棕色脸蛋，一双棕色眼睛和浓密的黑发。这张讨人欢喜的恬静脸蛋看上去很不快活，坐在硬邦邦的绿提箱上的整个身躯几乎缩成一团，一副可怜巴巴的样儿，于是颇为了解世界和姑娘的克诺尔普立即猜到，这个年轻的小东西带着她的箱子来到陌生地方还不太长久，正在想家呢。她把细瘦的棕色小手放在怀里，上床休息之前她要在自己小小的财产上坐一会儿，思念一下故乡的小房间，借以获取短暂的安慰。

克诺尔普和她一样呆若木鸡地站在窗框跟前，怀着一种奇怪的紧张心情凝望着陌生的小姑娘，烛光下，那小东西在她那间美丽小屋里显得天真无邪，根本想不到还有旁观者。他看见那双温顺的棕色眼睛时而睁得大大的，时而又被长长的睫毛所遮没，红色的烛光在她那孩子气的棕色脸颊上轻轻跳动，克诺尔普看见那双年轻细瘦的手业已十分疲乏，它们憩息在蓝黑色的棉袄上，迟迟不去完成自己最后一件小小的工作——脱去衣服。

最后，年轻姑娘长长叹息一声，抬起了把长辫子盘成鸟窠似的沉重脑袋，心事重重地望着空荡荡的房间，接着便深深弯下腰去，开始解鞋带。

克诺尔普不愿意立刻走开，但是再凝望可怜的姑娘脱衣服未免不妥当，也近乎野蛮。他很希望现在就和她打一个招呼，同她谈谈心，再对她讲一些逗趣的话，让她上床前可以稍稍高兴些。但是他不敢这样，怕吓着她，他这里一喊叫，她那边会立即熄灯的。

他没有和她打招呼，而是想出了他许多小花招中的一个花招。他站直身子，吹起了美妙的口哨，口哨声温柔动听，好像从远处传来似的，他吹的歌曲是《在一处阴凉的地方，转动着磨坊水车轮》，哨声如此温柔动听，以致成功地吸引住了那位小姑娘，她倾听了很长时间，弄不清是什么声音，待克诺尔普吹到第三遍时才慢慢坐直身子，站了起来，倾听着走向窗口。

她把头伸出窗外，细细谛听，克诺尔普仍然不停地轻轻吹着。她的头随着音乐晃动了几个节拍，猛然抬起脑袋，她辨清了口哨声的方向。

“谁在对面？”她压低嗓音问道。

“一个盖尔贝人，”答话的声音同样很低，“我不想扰乱小姐安息。我只是有点儿怀念家乡，吹一个歌曲消遣消遣。你不是本地人吧，小姑娘？”

“我是从黑森林[①]来的。”

“噢，从黑森林来的！我也是黑森林人，那么我们是同乡了。你喜欢莱希斯推顿吗？我可不喜欢。”

“噢，我说不上来，我到这里才八天。不过我也不大喜欢。您来此地很久了吧？”

“不，才三天。我们同乡人不必客气，用你称呼吧，好不好？”

“啊，我想不合适，我们互相还不认识呢。”

“这有什么，我们会认识的。山和谷不会碰到一起，而人则不同。你老家在什么地方，小姐？”

“您一定不会知道的。”

“不会知道？或者这是一个秘密吧？”

“阿赫特霍生。只是一个小村庄。”

“一个美丽的小村庄，对不对？村庄前面拐角上有一所小礼拜堂，还有一座磨坊，好像还有一家锯木场，你们村还养着一只黄色的伯恩哈德狗[②]。我说的对不对？”

“是贝罗，一点儿不错！”

她发现他熟悉自己的家乡，也许确实在那里待过，于是对他的怀疑和戒心顿时消除了许多，立即变得十分热情。

“您认识安德莱斯·弗里克吗？”她急切地问。

“不，我不认识那里的任何人。我想，他是你的父亲吧？”

“嗯。”

---

① 黑森林：德国西南部的一个地区。

② 伯恩哈德狗：即圣伯纳犬，是一种瑞士雪山搜救犬，因最早饲养于阿尔卑斯山的圣伯纳修道院而得名。

“噢，噢，那么您就是弗里克小姐，倘若我现在还能知道您的芳名，我下次再途经阿赫特霍生时，便可以寄一张明信片给您。”

“您就要动身离开这儿吗？”

“不，不会就走的，不过我想知道您的芳名，弗里克小姐。”

“啊，我也还不知道尊姓大名呢。”

“抱歉得很，不过情况立刻便可改变。我叫卡尔·埃贝哈德，如果我们在白天又能遇见，您就知道怎么和我招呼。我怎么称呼您呢？”

“芭芭拉。”

“很好，非常感谢。您的名字发音很难。我简直想打一个赌，我敢说在您的家乡大家都叫您芭贝蕾。”

“大家是这么叫的。既然您什么都知道，为什么还老问我？不过我们现在该休息了。晚安，盖尔贝人。”

“晚安，芭贝蕾小姐。睡觉是好事，为了祝您好，我现在再吹一首曲子。别走开，没有关系的。”

于是他坐下来，吹起了一首技巧复杂的变声的歌曲，采用了双重音和颤音，美妙得就像是舞蹈音乐。她满怀惊奇地听着这场颇有技巧的表演，当周围一片寂静时，她轻轻关上了窗户，在里面闩得紧紧的。这时克诺尔普仍坐在没有点灯的房间里。

清晨来临，克诺尔普这次是及时起床的，用盖尔贝人的剃须刀剃了胡子。盖尔贝人大概已留了好多年的大胡子，因此剃须刀钝得不行，克诺尔普不得不在自己的背带上足足磨了半个钟点，这才剃下了胡子。一切收拾妥当后，他穿好上装，手里提着靴子，下楼走进厨房，厨房里很暖和，散发着咖啡的香气。

他向女主人借用鞋刷和鞋油，想擦擦靴子。

“什么话！”她嚷道，“这不是男子汉干的活儿。让我帮您擦。”

但是他不肯让步，最后她只好挂着尴尬的笑容把刷鞋用具递给他。于是他开始干这件活计，鞋子刷得极地道、极干净，很像一个男人偶然有机会，又有兴趣干一件手艺活时那么兴致勃勃，他认真而又快乐地擦着，不一会儿便完成了这项手工活。

“您的活计干得真漂亮！”女主人眼睛注视着他夸奖说，“瞧您全身一尘不染，好像正要去会见心爱的人似的。”

“噢，这正是我最喜欢做的事。”

“我相信这话。您一定有一个美人的。”她笑笑后又追问道，“也许甚至有好几个美人吧？”

“嗨，这样可不妙，”克诺尔普活泼地反驳说，“我还可以给您看看她的画像。”

她好奇地走近他身边，看着他从胸前摸出一只油布小包，打里面掏出心上人的画像。她饶有兴趣地注视着这张画像。

“一个极雅致的美人，”她开始小心翼翼地加以赞誉，“她几乎像一个真正的贵夫人。不过我要说她看上去瘦了一点儿。她身体很健康吗？”

“据我知道，她很健康。行了，我们现在应该去看看老头子了，我听见他在起居室里。”

他走过去，向盖尔贝人道过早安。起居室打扫得干干净净，由于四周明亮的护壁板、挂钟、镜子，以及墙上挂着的许多照片，使整个房间显得亲切而又舒适。克诺尔普心里暗自思忖，如此整洁的起居室，冬天住着真不赖，但是为此而必须结婚，代价未免太大。女主人向他表示的殷勤热忱，丝毫也不令他高兴。

喝完牛奶咖啡后，他让路特福斯陪伴着参观场院、棚屋，走遍了盖尔贝人的全部领地。几乎每一项手艺他都非常熟悉，提出了一些非常内行的问题，使他的朋友惊讶万分。

“你从哪里学会这些行当的？”他兴致勃勃地问，“人们可以认为你真是我的伙计，或者过去曾经当过伙计。”

“一个人流浪在外时，什么都可以学到，”克诺尔普庄重地回答说，“此外，你这位维斯盖尔贝人所干的行当，是你自己教会我的，你一点儿也记不起来了？六年或者七年以前，当我们一起出外流浪时，你曾把一切都讲述给我听的。”

“于是你牢牢记到现在？”

“记住了一部分，路特福斯。不过现在我不想打扰你了。真抱歉，其实我极愿意帮你点儿忙的，但是楼下实在太潮湿、空气太闷人，而我又咳嗽得很厉害。那么再见了，老头子，我进城去稍稍走一走，只要像现在似的不下雨，我就多走走。”

当他离开住宅，慢悠悠地顺着盖尔贝人家门外的小胡同朝城里徐步走去时，路特福斯走到门边目送他那略略往后斜戴着棕色皮帽的身影远去，看着他轻松自在而自得其乐地往前走着，见他浑身洗刷得干干净净，小心翼翼地躲着雨水积成的小水潭。

“他真的恢复健康了。”主人带着点儿妒意地暗自想道。当他回到自己的小洞穴时，思考起自己这位朋友和怪人的问题来。这个人对生活毫无欲求，就像一个生活的局外人，他不知道自己对这些应该加以苛求呢，还是予以容忍。一个勤奋工作的人，不断上进的人，当然会大大改善自己的生活，但是他不可能有一双如此细巧美丽的双手，不可能如此轻捷灵巧地走来走去。是的，克诺尔普是对的。他所做的一切都依照他本人本能的需要，这方面没有多少人能和他相比拟，他像一个儿童似的和别人随意攀谈，赢得了所有人的欢心，他为姑娘们和妇女们讲述种种趣闻逸事，让每一天过得都像节假日。人们必须听任他随意来往，倘若他病了，需要找一个栖身之处，那么接待他住宿便是一桩令人愉快的光荣任务，人们几乎还应该为此而感谢不尽，因为他会给整座住宅带来欢乐和笑声。

这时候路特福斯的客人正好奇而满意地在小城里转悠，从牙缝里吹出一首军队进行曲，开始不慌不忙地寻访一些他过去熟悉的地方和人。他首先游荡到陡然向上高起的市郊，他认识那里一个可怜的补衣匠，他为这补衣匠遗憾，因为除了补缀破裤子外，还从来没有人请他做过一套新服装，他这方面多少有点儿才干，因而曾经希望到一个较好的裁缝作坊去工作。但是他结婚过早，并且立即有了一堆孩子，而他的太太又缺少持家的能力。

为寻访裁缝施洛特尔贝克，克诺尔普来到郊区一幢背街房屋的三层楼上。这个小小的作坊好像是悬在高空中的一只鸟窠，因为楼房恰好筑在山谷边缘，人们如果从窗口垂直朝下眺望，看见的不仅是身下的三层楼房，而且是令人眩晕地向下延伸的山峰，山峰上点缀着一座座歪斜的可怜小花园和一片片草坡，远处一大片突出的楼房后墙、鸡棚、山羊厩和兔栏显得杂乱无章，只是依稀可辨，从靠得最近的那些楼房的屋顶向下看去，发现它们都坐落在狭小的深谷里，在这片荒芜地带的对面。这座裁缝作坊因而光线明亮、空气新鲜。勤劳的施洛特尔贝克正弯腰俯身在临窗的宽大工作台上，高瞻远瞩地俯视着世界，就像是一个灯塔看守人。

“敬礼，施洛特尔贝克。”克诺尔普一进门就打招呼，而裁缝师傅被光线照花了眼，只是朝房门眨着眼睛。

“啊，是克诺尔普！”他高兴得叫起来，朝客人伸出双手，“又回老家来了？你爬得老高到我这里，想必有什么事要我做？”

克诺尔普拉过一把三条腿的椅子，坐了下来。

“给我一根针和一段线，要棕色的细线，我检查检查有没有需要缝补的地方。”

他随即脱下外衣和背心，找了一段合适的线，穿进缝衣针，然后用审视的目光检查整件衣服。上衣很好，几乎像是全新的，他用灵巧的手指迅速将每一可疑之处，每一道不太牢固的缝边，每一颗半松动的纽扣都修理得妥妥帖帖。

“你究竟过得怎么样？”施洛特尔贝克问道，“这个季节没有什么可夸奖的。但是归根结底，只要身体健康，无家无室……”

克诺尔普故意咳嗽了下，打断他的话头。

“是啊，是啊，”他随随便便地反驳说，“天主让雨水淋着正直的人和不正直的人，唯有裁缝浑身干净地坐着。你还总是不停地抱怨吗，施洛特尔贝克？”

“唉，克诺尔普，我没有什么可说的。你听见孩子们在隔壁叫嚷吵闹吧。现在已经是五个了。我整日坐着干活直到黑夜，钱却永远不够用。而你整日游荡，无所事事！”

“错了，老伙计。我在诺伊施塔特的医院里住了四五个星期，他们是不挽留病人的；再说只要那个人病情不太严重了，事实上也不肯在医院里久留。一个男子汉的道路是奇妙的，老朋友施洛特尔贝克。”

“啊，够了，别吹牛了！”

“难道你从来不心平气和？我倒是愿意如此，所以我来到你这里。你意下如何，我的老裁缝？”

“别拿什么心平气和来打扰我！你说你住了医院？我真替你难过。”

“请别这样，事情已经过去了。现在让我们来谈谈那本关于西拉的书和启示录的问题吧？你知道，我住医院时有许多空闲时间，床边又正好有一部《圣经》，我细细读了又读，现在可以好好跟人讨论讨论了。这是一部稀奇古怪的书，这部《圣经》。”

“你说得对。一部稀奇古怪的书，而且一半篇幅是骗人的谎话，因为并没有另一部和它相当的书。你也许懂得比较多些，因为你曾经上过拉丁学校。”

“可是我差不多全忘了。”

“你瞧，克诺尔普——”裁缝从窗口朝外面深不可测的谷底吐了一口唾沫，睁大眼睛、怒形于色地朝下面望了望说，“请看吧，克诺尔普，这与心平气和无关。完全没关系，我就这么朝下面吹口哨，我对你说。我就这么吹口哨！”

流浪汉若有所思地望着他。

“是的，是的。我们已经说得很多了，老伙计。我认为，《圣经》里记载着极其智慧的事情。”

“是的，当你不断翻阅一本书时，会发现到处都有相对立的东西。是的，我是完了，彻底完了。”

克诺尔普站起身来，伸手握住一把熨斗。

“你给我添几块煤吧。”他请求裁缝。

“又要做什么？”

“我想把背心稍稍熨一熨，这顶帽子淋了好几场雨，也需要整理整理。”

“老是这么讲派头！”施洛特尔贝克有点儿恼怒地叫起来，“你干吗像个伯爵似的打扮得这么雅致，你也知道你不过是个穷光蛋？”

克诺尔普平静地一笑：“别人看着像样些，我自己心里也高兴，倘若你不愿意心平气和地帮助我，那么你就单纯为了友情和对一个老朋友的爱而做这件事吧，行不行？”

裁缝起身走出房门，立即拿着热熨斗走了回来。

“这才对了么，”克诺尔普称赞说，“非常感谢！”

他开始小心翼翼地烫皮帽的帽檐，他干这件事远不及缝补时那么熟练灵巧，他的朋友从他手里接过熨斗，亲自动手帮他干。

“我简直太高兴了，”克诺尔普道谢说，“它又是一顶过节戴的帽子啦。可是，你瞧，朋友，你对《圣经》未免要求过高。照我的看法，什么是真理，什么才算是建立了真正的生活，需要每一个人自己去思考，这是不可能从任何书本里学到的。《圣经》已经十分古老，而对于某些事情，今天人们都已经认识和了解了，过去的人却并不认识；尽管如此，《圣经》里还是记载着许多美丽和勇敢的故事，其中有许多讲的完全是真理。某些部分给我的印象竟像是一本美丽的画册，你明白我的意思吧。关于那个小姑娘，那个露丝穿过田野拾麦穗的故事，写得多动人，人们简直像是进入了这个极美丽的温暖夏日，或者感到救世主就和这个小姑娘坐在一起，人们会想：她比所有傲慢的老头子加在一起都可爱得多！我发现，《圣经》说得很对，人们能从中学到东西。”

“是的，是这样，”施洛特尔贝克表示同意，然而又想证明他并不完全正确，“不过事情很简单，因为这是别人的孩子，如果哪个人自己有五个孩子，而且还没有掌握喂饱他们的好办法时，就另当别论了。”

他又重新怒气冲冲，待客人苛刻起来，克诺尔普不愿看见这种情况，想在他告辞之前再给主人讲些高兴的事情。克诺尔普略略沉思片刻。随后对着裁缝弯腰俯身，用自己那双明亮的眼睛严肃地凑近对方的脸凝视着，并轻轻地问：“难道你现在不爱你的孩子了，嗯？”

裁缝一下子吃惊地睁大了眼睛：“当然爱的，你想到哪里去了！我当然很爱他们，尤其是那个大的。”

克诺尔普极其庄重地点点头。

“我现在得走了，施洛特尔贝克，我得向你深表谢意。这件背心如今已具有双重意义。——至于你呢，你必须爱自己的孩子，并且心情要愉快，孩子们都不小了。请千万注意，我给你讲一些别人不知道的事，你以后也不必告诉别人。”

裁缝惊讶地凝望着对方那双清澈的眼睛，它们已变得十分严肃。克诺尔普非常小声地讲述起来，裁缝师傅好不容易才听清他说的话。

“请望着我！你羡慕我，你不断在想：他生活得多轻松啊，没有家室之累，无牵无挂！事实并非如此。我有一个孩子，一个两岁的小男孩儿，由一个陌生家庭抚养着，因为他们并不认识孩子的父亲，因为孩子的母亲死在产床上。你不必打听这个城市在什么地方。但是我知道那地方，每当我经过那里，我总要悄悄在那幢房子周围转悠，站在篱笆旁，我期待着，运气好的时候，我见到那小家伙，而我既不能亲他，又不能拉他的小手，至多吹着口哨在他身边走过而已。——嗯，就是这些，现在再见吧，你应该很高兴，因为你有孩子！”

克诺尔普继续在城里漫游，他在一个车床工人工棚的窗口前逗留了一阵，一面闲谈，一面凝望着拳曲的木屑飞速转动而出的情景，半路上他又和一个很和善的值班警察客客气气打了招呼，那人还拿出自己桦木盒里的鼻烟请他吸。他所到之处，总有人告诉他许多家庭和手艺人生活中大大小小的事情，他听说了会计师的老婆过早逝世和市长的儿子极不成器的消息，同时他也回报以其他地方的新鲜逸闻，这些软弱而又好讽刺挖苦的人都把他当作自己的熟人、朋友和分享秘密的知情人，到处都把他和他们自己品行端正的定居生活联系在一起，使克诺尔普十分愉快。那天正是周末，他在一家酿酒厂大门入口处的通道上，从一个箍桶匠口中知道，当天晚上和第二天，这里都有舞会。

舞会经常有，但最妙的是地点，从盖特奋根的洛恩到路特福斯家只有半小时的路程。于是他决定带邻居家的小芭芭拉去跳舞。

很快到了中午时刻，当克诺尔普登上路特福斯家楼梯的时候，一股诱人食欲的浓烈香气从厨房里向他迎面扑来。他站定身子，孩子气十足地张大鼻孔猛吸着这股沁人心脾的香味。但是尽管他轻手轻脚，他们仍然听见了他的脚步声。女主人走出厨房，满面笑容地站在明亮的门框前，浑身都裹在食物的香气里。

“感谢上帝，克诺尔普先生，”她亲热地说，“好极了，您回来得正是时候。我们今天中午吃烤肝，倘若您爱吃，我想，我也许可以特地替您烤一块最好的。您爱吃吗？”

克诺尔普摸摸胡子，随后做了一个骑士式的答谢动作。

“啊，为什么对我特殊照顾呢，只要给我一盘汤喝，我就很快活了。”

“何必客气，一个人大病初愈，应该受到细心照料，否则哪能恢复体力呢？不过也许您不吃肝脏？是有人不爱吃肝的。”

他客气地笑着道谢。

“噢，我不是这种人，给我盛满满一碟烤肝吧，这可算得上是星期日的美味佳肴，在我有生之年，如果每个星期日都有烤肝吃，我可真心满意足了。”

“您和我们在一起什么也不会缺少的。想想我们曾在什么地方学过烹调手艺吧！现在您只要知道，这块肝是我特意挑出来给您留下的。它对您的身体有好处。”

她走近他，活泼地望着他的脸微笑着。他理解她对自己的好感，而且这个娇小的妇人也几乎可以算很标致，但是他做出什么也没看见什么也不知道的样子。他手里摆弄着那个可怜裁缝刚刚给他熨整齐的漂亮的皮帽子，眼睛望着别处。

“谢谢，太太，非常感谢您的好意。但是我最爱吃麻雀！我在你们家过的简直是娇生惯养的日子。”

她哈哈大笑，用食指做出威胁的姿势。

“您用不着装出胆小腼腆的样子，我很了解您。嗯，烧麻雀！是和洋葱一起烧的吧？”

“我想是这样烧的。”

她回转厨房料理饭菜，克诺尔普坐在已经铺好桌布的起居室里。他翻阅着旧画报，直到主人走进房间，汤也端上桌子。大家吃过饭，三个人又一起玩了一刻钟纸牌，玩牌时克诺尔普又耍了一系列精巧大胆的新花样，使女主人大为惊讶。他懂得如何懒洋洋满不在乎地把纸牌搞乱，又一下子闪电般地排列整齐，然后文质彬彬地把牌扔到桌上，有时又让大拇指嗖的一声滑过一摞纸牌边缘。主人以惊奇和宽容的态度望着他，像一般工人和市民看待不能挣钱的艺术一样。女主人却是以行家的眼光观察着这一说明客人擅长社交的标志。她的目光平静地、十分注意地停留在克诺尔普那双修长而没有被沉重劳动磨损变形的纤细的手上。

一道微弱的时隐时现的阳光透过小小的玻璃窗照进房间，照在桌子上、纸牌上，那微弱的光线无力地在地板上嬉戏，在粉刷着蓝色的天花板上颤动，旋转不停。克诺尔普那双闪光的眼睛把一切都切切实实看在眼里：二月阳光的嬉戏，住宅里恬静的和平气息，老朋友那张手工艺匠人勤恳严肃的脸，还有漂亮的女主人那种躲躲闪闪的目光。这种目光使他不快，这对他并不意味着目标和幸福。他暗自思忖，等我身体康复，等夏日来临时，我决不在此多待一个钟点。

当路特福斯把纸牌收拢叠齐，又望望钟时，克诺尔普说："我想到阳光下去散散步。"他和主人一起走下楼梯，看着主人走进干净的仓库和那些兽皮待在一起，便继续往前走，消失在荒草丛生的狭长的花园里，花园中间有一个用槲树皮鞣革的大坑，花园一直延伸到一条小河边。盖尔贝人在河面上架了一座木板小桥，以便漂洗他的毛皮。克诺尔普坐在小桥上，双脚悬在平静而又急速流逝的水面上，饶有兴趣地望着从身下悠然自得飞快游动的黑色鱼儿，后来他又开始好奇地研究周围环境，因为他一直在找机会和对面那个年轻女仆好好谈谈。

花园被一道钉得歪歪斜斜的木板篱笆一隔为二，而在河水里，一座座木桩早已朽烂，有的业已消失，人们可以毫无阻拦地踩着一个个残根到达彼岸。毗邻的花园看上去照料得颇为细致周到，远远胜过维斯盖尔贝人这片荒芜的草地。人们可以看见那里有四排花床，经历了严冬之后它们长满了野草，并且有点儿下陷。莴苣和越冬菠菜稀稀落落地生长在两行长形花坪上，玫瑰花丛弯弯地伸出地面，好似一顶皇冠埋在地里。再远些有几棵美丽的云杉树，遮没了主人的房屋。

克诺尔普仔细地观察了毗邻的花园，看清了云杉树间那幢房子，厨房就在房屋的后面，随后便悄悄地走近住宅，没等多久，便看见那个年轻女仆高高挽着袖子在操持家务。女主人也在厨房里，她不断地发号施令，指点教导，这是一个典型的泼辣女人，没有一个女学徒愿意为此付出代价，这些每年都要更换的女学徒后来离开那里时，也绝不会道谢。主妇教导和指责的声音现在已较为缓和，不带恶意，而那个小姑娘似乎也早已对此习以为常，因此她脸色平静，不受干扰地依然干着自己的活计。

闯入者向前伸出脑袋，身子斜靠着树干，站立在一边。他像一个猎人，好奇而警惕地注视着，也像一个荒废光阴的懒汉，把旁听和旁观视作自己的生活本分，心满意足地在一旁耐心偷听。他很喜欢青年女仆的容貌，这容貌透过玻璃窗看得清清楚楚，同时他又从主妇说话的口音里判断出她不是莱希斯推顿人，她的老家肯定在离此不远的山谷上部。他悄悄地偷听着，嘴里咀嚼着一根芳香的杉树枝条，过了半个小时，过了整整一个小时，直至主妇消失不见，厨房里变得一片寂静为止。

他又等待了片刻，接着小心翼翼往前走去，用一根小树枝敲打着厨房窗户。小姑娘根本没听见，他得再敲一回。于是青年女仆走向半开的窗户边，把窗子完全打开后朝外面观望着。

"啊，您在这里干什么？"她压低嗓门嚷着问道，"简直吓了我一跳。"

"在我面前不必害怕！"克诺尔普边笑边说，"我只是来向您说一声上帝保佑，再向您问好而已。正好今天是星期六，请允许我询问您明天下午是否有空和我一起去散步。"

她望望他，摇了摇头，然而看见他脸上露出一副十分绝望的沮丧表情，心又软了。

"不行，"她友好地说，"明天我没空，上午还要去教堂。"

"噢，噢，"克诺尔普喃喃嘟囔地说，"那么今天晚上您肯定可以和我一起出去了。"

"今天晚上？是的，我有空，但是我要给家乡的亲人写一封信呢。"

"嗯，写信顶多花一个钟点，用不了整整一个夜晚。您瞧，想到我还能和您再聊聊天，我多么高兴。今天晚上，如果天上不下冰雹，我们肯定可以美美地散一阵子步。行了，请放心，您用不着怕我！"

"我没有怕，没有害怕您。不过这不行。倘若让别人看见我和一个陌生男人在一起散步——”

“可是芭贝蕾，这里并没有人认识您。而且这实在也不是罪过，和任何人都毫无关系。您现在已不是小学生啦，是不是？好吧，请别忘记，八点钟我在健身房下面等您，就在牲畜市场的栅栏旁边。或者我早一点儿来接您？我可以提早做好准备的。”

“别，不要，请别提前来。无论如何——您千万不要来，这不行，我不能——”

克诺尔普又露出一副孩子气的悲戚模样。

“好吧，倘若您实在不愿意，那就算了！”他悲哀地说，“我考虑过，您在这里感到陌生和孤独，常常想家，而我也是，因此我们可以稍稍谈谈心，我很愿意听听阿赫特霍生方面的情况，因为我也曾到过那里。当然我不能强迫您，您也千万别生我的气。”

“生您的气！我只是觉得不应该而已。”

“您今天晚上有空的，芭贝蕾。您只是不愿意而已。也许您还想再考虑考虑。现在我该走了，今天晚上我会在健身房那边等候的，如果没有人来，我就一个人散步，我会想着您，想到您正在给阿赫特霍生的亲人写信。那么再见吧，别往坏里想我！”

没等她再说些什么，他就略略点了点头走开了。她目送他消失在云杉树后，脸上露出茫然若失的神情。接着她又开始干活，女主人已经出门去了，她忽然高声而喜悦地唱起歌来。

克诺尔普听得清清楚楚。他又坐在盖尔贝人的小桥上，把一块面包搓成一个个小球，这面包是午餐时藏在身上的。他轻轻地把面包球一个接一个地扔进水里，沉思地凝视着它们如何下沉，如何被水浪驱赶着稍稍移动位置，当它们沉到黝黑的水底后又如何被幽灵般静候着的鱼儿一口吞食了。

“怎么样，”晚饭桌上，盖尔贝人对他说，“今天是周末晚上，你不会懂得一个人辛辛苦苦工作了整整一周后，感到周末晚上何等美妙。”

“噢，我能想象的。”克诺尔普笑着回答，女主人也跟着他一起笑，一面狡黠地望着他的脸。

“今天晚上，”路特福斯用一种果断的声调说，“今天晚上我们一起好好喝一罐啤酒，立刻就喝，怎么样？明天呢，如果天气好，我们三个人一起出去郊游。你意下如何，老朋友？”

克诺尔普用力拍了拍朋友的肩膀。

“我必须说，和你在一起真愉快，我也很高兴出去郊游。今晚我还有件事要料理，我在这地方有个朋友，我一定得去看望他，他就在锻工场那边工作，而且明天就要出门远行。——所以，现在我很抱歉，不过明天我会和你们待一整天，我一定不会答应参加别的活动的。”

“目前你真不该在黑夜里还跑来跑去，你的病还没有痊愈呢。”

“哎，哪能这么娇惯自己，越娇惯越糟糕。我不会回来很晚的。你把钥匙搁在哪儿？我可以自己开门进来。”

“你真顽固，克诺尔普。好吧，去吧，钥匙藏在地下室门下。你知道那个地方的，是不是？”

“是的，知道的。那么我走啦。你应该及时上床才好！晚安，太太。”

他走出房间，当他已经走到大门口时，女主人急匆匆从后面追赶上来。她拿来一把雨伞，硬要克诺尔普带上，克诺尔普很为难，究竟拿不拿呢。

“您要当心自己的身体，克诺尔普，”她说，“现在我带您去看待会儿您去取钥匙的地方。”

她在黑暗中拉着他的手，带领他走到楼房的一个角落，在一扇窗户前突然站定身子，百叶窗关得严严的。

“我们的钥匙就搁在这扇窗户的下面，”她有点儿兴奋地细声说，一边轻轻抚摩着克诺尔普的手，“您顺着缝隙一摸就可以摸到，钥匙就放在檐板上。”

“噢，非常感谢。”克诺尔普窘迫地说，一边抽回自己的手。

“在您回家之前，要我为您留一杯啤酒吗？”她又提议说，身子轻轻贴近克诺尔普。

“不，谢谢，我很少一个人喝酒的。晚安，路特福斯太太，非常感谢。”

“用得着这么紧张吗？”她温柔地细声说，抓住了他的胳臂。她的脸紧紧挨着他的脸，经过一阵子尴尬的沉默后，他觉得自己不能粗暴地推开她，便轻轻用手抚摩着她的头发。

“可是现在我一定得走啦。”他突然高声叫道，并且往后退着。

她张着嘴朝他微笑，在黑暗里可以看见她牙齿在闪光。接着她又十分轻声地说：“我要一直等到你回家。你真是一个可爱的人。”

他急急忙忙走到了漆黑的小路上，胳臂下夹着雨伞，等他拐过下一条街角时，为了显示自己是一个呆头呆脑的绅士先生，他吹起了口哨。这回是另一首歌：

你以为，我会接受你，
这全是痴心妄想，
我为你感到羞惭，
因为我还是社会的一员。

风很和煦，漆黑的天空里不时有星星在闪现。一群年轻人在一家酒馆前喧闹着迎接星期天的来临，在普福恩酒馆，他看见窗下开辟了新的九柱戏球道，一些市民阶层的绅士先生只穿着衬衫拥挤在一起，嘴上含着雪茄烟，手里掂量着球。

克诺尔普在健身房前站住了，环顾着四周。潮湿的风在光秃秃的栗树丛中柔情地唱着歌，幽深的河水在黑暗中无声无息地悄悄流动着，在一些窗户上反射出微光。这温柔的夜晚使流浪汉全身每一根纤维都感到舒适，他贪婪地呼吸着，感受着春天、温暖的气息，乏味的街道和漫游使他回想起过去的浪游：城市、河流、山谷和这一带所有的一切在他非凡的记忆中重现。他熟悉一切，熟悉每一条大街小巷，熟悉每一条河道、每一个乡村、每一个村落和农舍，还熟悉每一家小客栈。他敏捷地思索着，筹划着自己下一阶段的漫游计划，因为在莱希斯推顿这里他已绝不可能久留。他唯一的愿望是不让女主人太难堪，为了照顾友谊，他决定过了星期天再离开。

他想：也许应该给盖尔贝人一个暗示，让他注意自己的妻子。但是他从来不喜欢插手他人的家务事，而且也没有必要让别人更聪明些、更好些而帮一手。发生这种情况真让他难受，他的脑子里一出现这位奥克森饭店过去的女侍者就不痛快。他也略带嘲讽地联想起盖尔贝人关于自己家务情况和幸福婚姻的那番慷慨陈词。他明白，当一个人为自己的幸福或者自己的品德而自诩，甚至是自吹自擂时，大多数情况下，别人是难以给予帮助的。他和裁缝朋友关于“心平气和”的那番谈话便已让他获得一次经验。人们可以冷眼旁观他人的愚蠢，可以对他们加以嘲笑，或者给予同情，但是必须听任他们走自己的路。

他忧心忡忡地长叹一声后便将这些思虑统统搁置一边。他斜倚在小桥对面那棵老栗树的树干凹处，考虑着自己下一步流浪生活。他很想径直穿过黑森林往前走，可是山上气候一定还很冷，很可能仍是满地积雪，会一直没过靴子，再说各个住宿地之间又相距十分遥远。不行，这条路走不过去，他得沿着山谷走，可以在各个小城镇里休息。往前走四小时路程，在河流下游有希尔兴家的磨坊，可以做他第一站稳当的落脚点，那边的人看见气候恶劣会收留他住上两天的。

他站在那里思索，完全忘记了自己正在等候某一个人。这时，有一个瘦小的、行动惊惶的人影迎着呼呼的疾风出现在黑黝黝的桥上，那人影迟疑不决地向他走近。他立即认出了来人，高兴地迎着她跑去，一边感激地挥舞着帽子。

“您来了，真是好极了，芭贝蕾，我还以为您不会来了呢。”

他走到她左边，带她沿着林荫道向前漫步走去。她显得十分拘束、害羞。

“这样实在不合适，”她一再重复说，“要是没人看见我们就好了！”

克诺尔普却有一大堆问题要问，不久姑娘变得平静些了，脚步也跨得均匀而有规律了，最后越来越轻松活泼，像一个老朋友似的在他身旁边走边说个不停，对他的提问和插话也开始感兴趣，热情而又滔滔不绝地讲述着她的故乡、父亲、母亲、兄弟和祖母，讲述着那些鸭子和鸡，讲述着冰雹和病灾，讲述着婚礼和教堂落成纪念典礼。她平凡的经历宝库完全打开了，当她自信这些经历也很重要的时候。最后讲到了她受雇佣离开家乡的故事，讲到了她目前的工作，以及雇主家的家政等。

他们早已远远离开了小城，芭贝蕾却毫无觉察。在喋喋不休的闲谈中，她已经忘记了一周来在陌生人中间所度过的沉默而又忍气吞声的漫长苦日子，她变得十分活泼了。

“我们现在在哪里？”她忽然吃惊地叫道，“我们跑到什么地方啦？”

“如果没有弄错的话，我们现在在盖特奋根，刚刚走到。”

“盖特奋根？我们来这里干什么？还不如回去呢，时间很晚了吧。”

“您什么时候必须得到家，芭贝蕾？”

“十点钟。不能晚过十点钟。这是一次愉快的散步。”

“离十点钟还早着呢，”克诺尔普说，“我一定想着及时送您回家。不过我们今后见面的机会不多了，今天何不冒冒风险一起去跳一场舞呢，您大概不喜欢跳舞吧？”

她紧张地望着他，十分惊讶。

“噢，我一直想跳舞的。可在哪里跳呢？在这一片漆黑的野地里？”

“您知道，我们现在恰好走到盖特奋根，在洛恩正好有舞会。我们可以去，只跳几支舞，随后便赶快回家，这样我们就算度过了一个美丽的周末。”

芭贝蕾犹豫不决地站着。

“大概会很有趣的，”她慢声细气地说道，“不过人们会对我们有什么看法呢？我不愿成为引人注目的目标，也不愿意让别人认为我们是一对。”

突然她又放纵地大笑起来，然后叫道：“当然，倘若要我今后把这次经历看成我的宝贵历史，那么您就不应该是盖尔贝人。我不想伤害您的感情，可是盖尔贝人确实干的都是不干净的手艺。”

“您也许说得对，”克诺尔普和善地说，“您当然不会和我结婚。这里并没有人知道我是盖尔贝人。由于您如此骄傲，我会洗一洗我的双手，如果您愿意和我一起跳几支舞，这双手便会邀请您。否则我们现在就动身回家。”

他们望着黑夜中村边树丛中露出的第一所房子的白色山墙，克诺尔普突然“嘘”地喊了一声，同时伸出一个手指，他们听见了树子里传出的舞蹈音乐，这是一架手风琴和一只小提琴合奏的声音。

“啊，听见了！”姑娘高兴得笑出了声，他们急匆匆地向前赶去。

在洛恩，只有四五对青年人在跳舞，全是克诺尔普不认识的年轻人。这对陌生人进去时没有引起任何骚动，一切都很安静，很有秩序，他们决定跳下一个舞。他们跳了一支农村舞曲和一支波尔卡舞曲，接着演奏的是一首华尔兹舞曲，芭贝蕾不会跳。他们一面啜着啤酒，一面观望着周围，克诺尔普的钱只够喝一杯啤酒。

芭贝蕾出于跳舞而浑身暖和，她用闪闪发亮的眼睛打量着这间小小的舞厅。

“现在该回家了。”九点半的时候，克诺尔普提醒说。

她站起身，表情有点儿悲哀。

“啊，多可惜！”她轻轻地说。

“我们还可以多待一会儿。”

“不行，我得回家了。这样就够美了。”

他们朝外走，在大门口姑娘又忽然想起一件事：“我们还没有为音乐伴奏付钱呢。”

“是的，”克诺尔普有点儿狼狈地应声说，“他们理该获得二十芬尼[①]的报酬，可是十分遗憾，我已经身无分文了。”

她非常热诚地从自己的衣袋里掏出一只绣花小钱包。

“您为什么不早告诉我呢？这里有二十芬尼，给他们吧！”

他把那枚钱交给了音乐家，两个人又往外走，大门口一片漆黑，他们不得不略停片刻，直到能够看清道路为止。风势更大了，开始下雨了。

“要不要撑伞？”克诺尔普问。

“不，在大风里撑伞，我们会迈不开步的。刚才在舞厅里玩得真好。您简直可算是一位舞蹈大师，盖尔贝人。”

她兴高采烈地说个不停。她的朋友却变得沉默无语，也许他疲倦了，也许他对逐渐临近的告别感到恐惧。

忽然她开始放声唱歌：“我忽而在尼加尔，忽而又来到了莱茵。”她的声音又柔和又纯净，等她唱第二段歌词时克诺尔普也加了进去，他唱第二声部，唱得坚定、深沉，十分动听，她非常满意地倾听着。

“怎么样，现在不想家了吧？”最后他问姑娘。

“噢，是的，”她开朗地笑着回答，“我们以后一定再这么散步。”

“真抱歉，”他轻轻回答说，“这恐怕是我们的最后一次散步了。”

她站住了。她并没有听清他说的话，却很喜欢他说话时的忧郁声调。

“出什么事了？”她略为吃惊地问，“您对我有什么意见吗？”

---

① 芬尼：德国旧时使用的货币。从九世纪使用到二〇〇一年十二月三十日为止。1马克=100芬尼。

“不是的，芭贝蕾。我要告诉您，我明天就要离开此地。”

“您为什么不早说！这是真的吗？我真感到遗憾。”

“您不必为我感到遗憾。我不可能久留此地的，我不过是一个盖尔贝人而已。您很快便会有爱人的，一位真正漂亮的人，到那时您就再也不会想家了。您等着瞧吧。”

“千万别这么说话！您知道，我非常喜欢您，尽管您不是我的爱人。”

两个人都沉默无语，风呼呼地吹拂着他们的脸颊。克诺尔普越走越慢。他们已经走近小桥了。他终于停住脚步。

“我现在得向您告别啦，这样更好些，您一个人再往前走几步就行了。”

芭贝蕾以一种真诚的忧伤目光望着他的脸。

“您说的都是实话？那么我也还要谢谢您。我不会忘记今天晚上的。祝您一切顺利。”

他握住她的手把她拉近自己，当她恐惧而惊讶地看着他的眼睛时，他用双手捧住她那被雨水淋湿了辫子的小头，耳语似的说道：“再见了，芭贝蕾。我希望临别时能得到您的一吻，这样您就不会把我完全忘却了。”

她略略颤抖了一下，努力挣脱身子，但是她看到他的目光既善良又悲哀，同时也看清了他有一双极美丽的眼睛。不待她做出决定，他就吻了她一下，她觉得他是认真的，还看见他嘴唇绽出一丝淡淡的笑意，不由得热泪涌上了眼眶，同时用力回吻了他一下。

接着她便匆匆跑开了，刚刚跑过小桥，却又突然转过身子，跑了回来。克诺尔普仍站在原地未动。

“怎么回事，芭贝蕾？”他问，“您该回家了。”

“是的，是的，我就走。请您不要往坏处想我！”

“我肯定不会的。”

“您刚才说的什么，盖尔贝人？您刚才说您已经身无分文了？您动身之前总可以拿到工资的吧？”

“不，我不会拿到工资的。不过这没有关系，我会过得去的，请您不必担心。”

“不行，不行！您口袋里多少得有点儿钱才行。请拿着吧！”

她把一枚沉重的钱币塞到他手里，他发现这是一枚一塔勒[①]的银币。

“您以后可以还给我，或者送我点儿什么，以后会有机会的。”

他把银币送回到她的手里。

“这不行。您不能随便送掉您微薄的一点儿钱财！这是整整一塔勒。把它收起来吧！不行，您必须拿回去！这样才对。人不应该做不理智的事。倘若您身边有数目小的钱币，比如五十芬尼或者诸如此类的小数目，我会乐意收下的，因为我现在确实很困难。银币我绝不能收。”

他们争执了一番。芭贝蕾不得不拿出自己的钱包做证明，她说她身边只有这一枚银币了。可是事实并非如此，钱包里还有一个马克和一枚二十芬尼的小钱币，这都是当时通用的货币。他要那枚小钱币，她认为太少，他说否则便什么都不接受而告别了，但是最后他还是收下了那一个马克，于是她快步小跑着向家里奔去。

半路上她一直在想：为什么他最后不再亲吻她一下。对于这件事她一会儿感到苦恼，一会儿又觉得特别感人，最后她认为这才算是规规矩矩。

一个小时以后克诺尔普才回到那个家。他瞧见楼上起居室里还亮着灯光。显然女主人还坐在那里等候他。他恼怒地吐出一口唾沫，几乎想一走了事，不管现在是不是半夜三更。可是他已十分疲乏，天上又下着雨，而且他也不想让维斯盖尔贝人难堪，此外，他觉得

---

① 塔勒：16世纪初德意志地区开始使用的一种硬币，全名叫作约阿西姆斯塔尔泰勒，后被简称为“塔勒”，19世纪被“马克”取代，不再使用。最初的塔勒含纯银27.2克。

这个晚上说不定还可以开上一个不大不小的玩笑呢。

于是他摸索着拿到了藏着的钥匙，小偷似的小心翼翼打开了大门，咬紧嘴唇不出一声地关好身后的门，又细心地把钥匙搁回原处。随后他提着靴子，只穿着袜子登上了楼梯，他望见起居室虚掩着的房门边漏出灯光，听见因枯坐久待而熟睡在躺椅上的女主人深沉而长长的呼吸声。他悄悄登上自己的小阁楼，从房间里把门紧紧插上，然后便上床睡觉。而第二天，他已经决定启程继续漫游。

回忆克诺尔普

❖

那时正是快乐的青年时代，克诺尔普也还在世。当时我们一起出门漫游，在这鲜花盛开的盛夏季节，他和我无忧无虑地走在肥沃的土地上。白天我们在金黄色的麦田里闲逛，或者躺在阴凉的核桃树下乘凉，或者就躺在树林边休憩，一到晚上我便总是在一旁倾听克诺尔普给农民们讲故事，看他和孩子们表演影子游戏，听他为姑娘们唱着无数首歌曲。我愉快地待在一旁，毫无妒忌之感，只有他和姑娘们待在一起。他那棕色的脸庞闪着光彩，那些姑娘都被他的玩笑逗得哈哈大笑，同时又目不转睛地凝视着他，对此我偶尔有点儿妒意，暗想他真是一只幸福的小鸟，或者想自己真不走运，于是我有时候便走开去，免得成为多余的人。我不是去牧师的小屋和主人进行理性的夜谈，并且求宿一宿，便是回到自己的旅舍里悄悄地哭泣一场。

我清清楚楚地记得，有一天下午我们经过一座教堂的庭园，这是一所小教堂，坐落在田野里，离附近的村庄很远，那些高出墙头的深色灌木使整座教堂充满着神秘宁静的气息，教堂静静地躺在这片火热的田野上。教堂入口处的铁栏杆旁有两棵大栗树，铁门已经上锁，我建议继续向前走。但是克诺尔普不同意，他已经习惯于翻越墙头。

我问："又到下班的时候了？"

"当然，当然，否则我脚底怎么会疼呢。"

"是的，这座教堂恰巧是为你准备的吧？"

“但愿如此，你也来吧。农民们生活简陋，这点我很了解，但是他们到了地下会有好报的。因而他们乐意艰苦劳动，乐意在自己的墓穴及其附近种植一些干净的花草。”

这时我也爬了上去，看到他说得有理，事实证明确实值得翻过这座矮墙。庭园里排列着一行行笔直的和弯弯曲曲的坟墓，大多数都立着白色的本质十字架，这里、那里绿草成茵，鲜花五彩缤纷。风儿和煦地吹着，牻牛儿花摇曳不定，在树荫深处还有迟开的桂竹香花，玫瑰花丛上挂满了玫瑰花，而接骨木树和紫丁香树密密地一棵挨着一棵，枝叶都交错在一起。

我们浏览了一遍庭园里的一切，然后便在草地上坐下来。草地高低错落，长满了野花，我们静静地坐着休息，感觉浑身凉快，心满意足。

克诺尔普读着最近的那个十字架上的名字：“这个人叫安格贝特·奥艾尔，已经六十出头。如今他已长眠在木樨草下，多么美丽的花啊，他现在睡得多么宁静。我希望我到那一天也会有木樨草，目前我暂时先从这里取一枝。”

我说：“别摘，你还是采别的花吧，木樨草枯萎得最快。”

他仍然摘下一枝插在自己的帽子上，帽子搁在他身边的草地上。

“这里安静得出奇！”我说。

他说：“嗯，不错。倘若更静一些，那么我们就可以听见地底下那些人的说话声了。”

“不可能的。你别瞎说。”

“谁说得准呢？人们不是常说，死亡就是睡眠，而人们睡着时是常常说话的，甚至还唱歌呢。”

“你说的也许是对的。”

“当然，为什么不对呢？如果我死了，我便会在地下等候，等待着星期天姑娘们来到这里，站在坟地周围，弯身采摘某座墓穴上的花朵，那时我就要开始轻轻唱歌。”

“嗯，你唱什么歌呢？”

“什么歌？什么歌都行。”

他躺在地上伸直身子，闭上眼睛，立即用一种轻柔的、孩子气的嗓音唱了起来：

因为我过早离开人间，
请您，年轻的姑娘，
为我唱一首告别的歌。
当我重新回来的时候，
当我重新回来的时候，
我就是一个美丽的男孩儿。

我不由得哈哈大笑，我非常喜欢这首歌。他唱得婉转柔和，尽管有时候歌词缺乏完整的意义，但音乐旋律却是无懈可击的，可以说是十分悦耳的。

“克诺尔普，”我说，“你千万别向姑娘们许诺太多，否则她们下回就不来听了。那句‘重新回来’的词很好，可是没有人说得准你恰巧就会是一个漂亮的男孩儿，这可真是说不准的事。”

“当然说不准，这是肯定的。不过我喜欢这样。你总记得，就在昨天，我们曾向他打听路途的那个放牛的男孩儿吧？我非常想再当一次男孩儿。难道你不想？”

“不，我不想。我过去曾经遇见一个老人，年龄肯定已七十开外，他神态平和，鹤发童颜，使我感到他身上只有善良、睿智和安详。从此以后我不论到哪里总是想着自己将来也要成为这样的一个老人。”

“好啊，你只是还欠缺一点儿什么，你知道吧。总而言之，这些愿望实在很可笑。如果现在有人点头，我愿立即变成一个可爱的小男孩儿，而你呢，愿意变成一个和蔼可亲的老头子，然而并没有人对我们点头。因此我们也就乐意保持我们的现状。”

“这也是现实。”

“是的。不过请注意。我常常自己思忖：究竟什么才称得上是最美好、最出色的呢，是不是一个金黄头发的苗条少女。这看法并不准确，因为人们常常会发现，黑姑娘几乎更为艳丽。此外，我脑海里还一再出现这种想法：最美好最出色的首先应当说是那一只自由地翱翔在高空的美丽鸟儿。而另一回我又不动感情地想到了一只蝴蝶，例如一只纯白色的、翅膀上带红点的蝴蝶，有时候又想：这可能是傍晚时分天边云层间放出的一缕霞光，它把一切都照得发亮，却不会照瞎人的眼睛，万物因而显得既愉快又纯洁。”

“说得完全正确，克诺尔普。这才是万物中最美丽的，只要人们在美好的时刻看见这一光景都会这么想。”

“是的。不过我还想到了别的东西。我想，最美好的情况应该永远是：人们在心满意足的时候也还有点儿悲哀，或者有点儿恐惧。”

“那又为什么？”

“我认为：人们也许完全找不到一个绝对美丽的姑娘，因为人们不懂得，她受时间制约，她会衰老、死亡。倘若有一些美好的东西永远长青，永恒地留存世间，我一定会感到极其愉快，但是事实让我寒心，这一点你也一直看得清清楚楚，因为它不可能发生在现实的今天。相反地，我只看到一些终将消逝的、不能永存的东西，于是我不仅高高兴兴予以接受，而且还产生了同情之心。”

“噢，是的。”

“因此不论到什么地方，倘若能在夜里燃起一堆火，我便认为是无可比拟的妙事了。黑暗中会升起蓝色和绿色的光球，正当它们升腾到美的顶点时，就转化为一道小小的弧形而消失不见。人们如果在一旁观看，那么人们既会有欢乐，也会同时产生恐惧：两者是互相协调，同时并存的。倘若火焰能持续较长时间，岂不是美事，是不是？”

“是的，当然。不过也并不适用于一切事情。”

“为什么不适用？”

“我举一个例子。如果有两个人相爱，于是结婚了，或者是两个男子有交情，便建立了亲密的友谊。因此，唯独有持久性的事才算是美事，而美事就不该再有一个离散的结局。”

克诺尔普审视着我，然后忽闪了一下浓黑的睫毛，沉思地说：“你说得也在理。然而这也和其他一切事物一样，总有终结的一天。关于友谊反目成仇，爱人变成敌人这样的情况也屡见不鲜。”

“这是事实，不过在破裂来临之前，人们绝不会想到的。”

“我不知道该怎么说才好。——你瞧，我这一生中曾经有过两次恋爱，我的意思是真正的恋爱，两次恋爱时我都曾断然认定是永恒不变的，除非死亡才能加以中断，可是两次恋爱都以破裂而告终，而我本人却并没有死亡。我也有过一个好朋友，还是我在家乡时结下的生死之交，我从来没有料想到我们两人会在活着的时候绝交。然而我们却断了往来，早就断了往来。”

他静默下来，我也无话可说。人和人之间因某种关系而造成的痛苦，我还从未尝过，同时我也不曾有过这种体验：在两个互相联结得极其紧密的人中间，永远存在着一个裂开着的深沟，唯有爱，唯有一个钟点接着一个钟点用苦难架起桥梁才可能加以沟通。我思考着我的伙伴刚才那番话，我特别喜欢关于火焰光球的那些想法，因为我自己也曾有过几次类似的感受。这些五彩缤纷的微带卷曲的火焰，从黑暗中向上升腾，又急匆匆消失得无影无踪，让我觉得它们是人类一切乐趣的象征，它们在我眼中越是美丽，我便越是感到不满足，便越容易觉得它们熄灭得太匆忙。我把这些想法也告诉了克诺尔普。

可是他不置可否。

“嗯，嗯，”他只是答应着。随后，隔了很长一段时间，他才闷声闷气地说道：“思想和意识其实毫无意义，人们的行动往往不是有意识的，而是完全无意识地迈着自己的每一步路，完全由他的心灵所支配。而这些行动也许都是出于同情心和爱心，我是这么推论的。到末了，每个人总是自己独自行动，不再和任何人有关系，从一个人之死，便可以看清这一点。人们为他啼哭，为他伤心，人们悼念他一天、一个月，甚至一年，然而死者终于还是消失了、离开了，在棺材里人人都一律平等，不论是一个流浪汉，还是一个不知名的手艺人。”

“嗨，克诺尔普，你这番话听着刺耳。我们过去经常讲，每当一个人用善良和友谊取代了邪恶和仇恨时，生活便终于有了意义和价值。而按你现在的说法，一切全都无所谓得很，偷窃和杀人我们都可以放手去干。”

“不，我们不能干这些事，我亲爱的朋友，有胆量的话，你不妨将我们最近碰到的人打死几个试试！或者你干脆要求一只黄色蝴蝶变成蓝色蝴蝶。别人只会耻笑你。”

“其实我不是这个意思。倘若一切全都无所谓得很，那么一个人诚实上进也就没有什么意义了。如果蓝色和黄色没有区别，善良和邪恶也完全相等，那么也就不存在任何道德了。于是每个人就像森林里的一只野兽，按照自己的本性行动，既没有荣誉感，也没有羞耻感。”

克诺尔普深深地长叹了一声。

“是的，我们该怎么说才好呢！也许你说的是实情。人们常常忧心忡忡，人们觉察到自己的愿望并无价值，因为世上万物都各自走着自己的道路，丝毫也不理会人们的愿望。不过，如果一个人尽干坏事，他还是会有羞耻感的。他会感到自己是有罪过的。与之同时，做好事也会有好结果，人们会因而心安理得，心满意足。”

我望着他的脸，发现他对刚才那番言论很得意。他常常是这样的。他和我讨论哲学，提出一些见解，为之辩护，又予以反驳，随后又突然停止论争。过去我曾经认为，他是懒得回答我那些欠缺论据的看法和意见。但是事实并非如此，而是他感到自己所参与的辩论把他带到了一个自己的知识和表达方法都难以达到的领域。因为他虽然读书很多，可以算得上一个托尔斯泰，但是并不总能准确地判断一些正确见解和错误谬论，这一点他自己也感觉到了。他和那种有学问的人谈话就像是一个很有天分的神童和成人在说话。他必须承认，他们比他更有力量、更有手段，可是他轻视他们，因为他们从来不干任何合理的事，而且他们施展了全部技能也未能解答任何人生之谜。

如今他又重新躺在地上，双手枕着脑袋，透过黑压压的接骨木树的叶子凝望着蔚蓝色的炽热天空，嘴里哼着一支古老的莱茵河民谣。我至今还记得最后一节歌词：

我穿旧了我的红裙子，
如今我得穿上黑裙子，
穿上六年，穿上七年，
直至我的爱人腐烂消失。

黄昏以后，我们两个人面对面坐在一片小丛林的边上，各自手里拿着一大块面包和半截香肠，一面吃，一面观望着逐渐降临的暮色。片刻之前，那些山峰上晚霞的金色反光还烁烁生辉，一转眼便溶解为一缕缕雾絮而烟消云散了，此刻天色已经暗下来，树木、田埂和树丛在空间鲜明地勾画出它们漆黑的轮廓，天上还有点儿泛白，但是夜色却已经越来越浓了。

在天色还没有完全黑下来之前，我们两人还一起阅读了一本题为《德国手摇风琴的艺术之声》的小书中的许多滑稽故事。书里刊载着许多极为可笑而有趣的通俗歌曲，还附有小小的木刻画。夜色渐浓，我们的阅读也告终结。等我们吃完晚饭，克诺尔普说他想听点儿音乐，我便从口袋里掏出了口琴，琴上满是面包屑。他把口琴擦干净后便吹起一些我们经常听到的熟悉旋律。我们就这样坐着，过了一段时间后，夜色便完全罩没了我们眼前这片变化多端的土地，天空中一点儿光亮都没有了，星星一颗接着一颗缓缓升起在越来越黑的天空中。口琴奏出的乐声悠扬委婉地飘过原野，消失在远方的空气之中。

“我们现在最好不要立即睡觉，”我对克诺尔普说，“给我讲个故事吧，不一定是真事，童话也行。”

克诺尔普沉思不语。

“好吧，”他回答说，“我讲一个故事，也是一个童话，两种特点兼而有之。其实这只是一个梦。去年秋天我做了这么一个梦，后来又两度梦见了一模一样的情景，我可以给你描述描述。

“梦境发生在某个小城市的一条胡同里，那个城市很像我们的家乡，所有住宅的山墙都筑在小胡同的一边，不过这些山墙比我小时候看见的要略为高些。我走进胡同，觉得似自己经过很长很长时期的流浪后重又回到了故乡；但是我的欢乐只有一半，因为一切东西都不大对头，我简直拿不准自己是不是走错了地方，根本不是在家乡。某些角落很完整，是我记忆中的样子，一点儿不差，我一眼就把它们认了出来，可是有许多房子看着很陌生，完全不认得，同时我找不到熟悉的小桥和通向市场的小路，却在它们该在的地方看见了一座陌生的花园和一个教堂，这座教堂类似科隆和巴塞尔的教堂，有两个高高的钟楼。我们家乡的教堂是没有钟楼的，只有一根被充当屋顶的木桩子，由于营造上的失误，钟楼始终没有建成。

“当然也要讲讲我所见到的人。有些人，我远远看去都是熟悉的人，我叫得出他们的名字，我想和他们打招呼，几乎喊出了声。但是其中一个人径直走进了一幢房子，也许是走入了旁边的一个小胡同，渐渐走远了，如果有一个人向我走近，在他擦过我身边时，他便变了样，成了一个陌生人；然而当他走了过去，重新走远以后，我一边目送着远去的身影，一边想：他就是某某人，我肯定认识他的。我还看见一家商店前并排站着几个妇女，其中一个我觉得是我那已经去世的姑妈；而当我走近她们后，又发现她们全是生人，而且连她们说的话也都是完全陌生的方言，我几乎一点儿也听不懂。

“最后我想：如果我重新离开这座城市，那么它究竟是不是我的家乡呢。于是我接连不断地跑到一座座熟悉的房子跟前，或者跑到一张张熟悉的面孔跟前，连我自己都觉得自己像个小丑。我并没有为此恼火和沮丧，只是十分悲哀和恐惧。我很想背诵一段祷文，竭尽全力想把祈祷文背出来，但是脑海里浮现的只是一些毫无用处的、愚蠢的客套话——例如‘十分尊敬的先生’和‘在目前情况下’之类，我悲哀地、心神迷乱地念着这些话语。

“我觉得自己这样奔跑了好几个钟点，直至我浑身发热，疲乏至极，并且一路走一路不自觉地跌跌撞撞。这时已到黄昏时分，我决定找一个最先走近我的人打听一下附近的客栈，或者问问如何才能走上公路。可是所有的人都不停步地走过我身边，倒像我是空气似的。不久我便由于疲乏和失望而失声哭泣起来。

“有一回我又走到一个巷口，发现自己面前的正是我家所在的那条旧巷子，尽管已经过某些改造和修饰，却丝毫也不能动摇我的信念。我飞也似的奔进胡同，我认出一幢又一幢房子，虽然是梦境，却十分清晰，最后我看见了父亲的老屋。它也同样显得高得出奇，此外便和往年几乎一模一样，快乐和激动一齐向我袭来，使我浑身发颤。

“大门口站着我的第一个爱人，她名叫亨丽艾特。她看着比过去高了些，也多少有些改变，比过去更漂亮了。我走得更近些，发现她简直美得惊人，完全是一个天使模样，与此同时我也注意到她的头发是发亮的金黄色，而亨丽艾特原来是褐色头发。我还看见她神采奕奕，在那里走上走下。

“‘亨丽艾特！’我朝她喊道，一面脱下帽子挥舞着。她的外表如此高雅，因此我拿不准她愿不愿认我。

“她朝我转过身，直盯着我的眼睛。我不由大吃一惊，觉得很羞愧，因为她并非我刚才讲的亨丽艾特，而是丽莎贝丝，我的第二个爱人，我和她的关系也是很久以前的事了。

“‘丽莎贝丝！’我喊叫着，并向她伸出手去。

“她望着我，目光直刺我内心。她看我的那副神情就像上帝在看他的信徒，既不严厉也不高傲，而是十分平静可亲，又那样地富有深思熟虑和宗教气息，不由使我感到自己就像一条迎着她走去的忠犬。她的面容严肃而悲哀，这时她朝我摇摇头，好似我向她提出了什么冒失的问题，也不握我伸给她的手，反而转身走进了屋子，然后又悄悄关上了身后的大门。我还听见她锁门的声音。

“我转过身子走开了，我虽然由于伤心而热泪盈眶，几乎看不清面前的东西，但仍然觉察到城市的面貌又有了变化。现在我看到每一条街道、每一幢房子，所有的一切都和过去一模一样，而那些污秽破烂的地方全不见了。山墙也不再高得出奇，色彩也还是原来的那样，来往的行人也显得很真实，都愉快地有点儿吃惊地望着我，他们认出了我，有的甚至还喊着我的名字同我打招呼。但是我却不能回答，也不能站停身子，反而竭尽全力地沿着熟悉的道路跑开了，跑过了小桥，跑出了城市，由于悲痛我只能用湿润的眼睛望着一切。我自己也不知道为何如此，只是感到，对我来说，这里的一切都已经失去了，我只能在羞耻中走开。

“后来，当我跑到城外，来到白杨树下，稍作休息时，才忽然想起，我方才是到了故乡，到了自己的家门口，但丝毫也没有想到父亲、母亲、兄弟姐妹和朋友们。我内心有一种从未有过的迷惘、痛苦和羞愧感。可是我已不能再倒退回去，没法补救一切，因为我的梦已经做完，我醒了。”

克诺尔普说道：“每一个人都有自己的灵魂，不会和其他人的灵魂相混淆。两个朋友可以一起行走，一道聊天，甚至相互非常亲近。但是他们的灵魂却像花儿一般，每枝花都有自己生根的地方，没有一朵花可以跑到另一朵花的枝条上去，否则它们就得离开自己的根，这是它们办不到的事。花儿传播芳香和种子，因为它们乐意和别人交流；而要让一粒种子到它应该去的地方，花儿本身却无能为力，这就要依赖风力，风儿倒是来去自由，可以到处乱走的。”

后来他又说道：“我刚才给你叙述的梦境也许就是同样的道理。不论对亨丽艾特，还是对丽莎贝丝，我都没有做过亏心事。对于她们两人，我都曾一度爱过，并希望把她们据为己有，于是她们也便成了我梦中的形象。两人看起来十分相像，但其实不然。两个形象都属于我所有，但都不是活生生的。我也常常不由自主地想到我的双亲。他们也都属于我，我是他们的孩子，我也和他们一样。可是尽管我爱他们，但我对他们仍然是一个陌生人，是一个他们不能够了解的人。那些对于我至为重要的事情，也许恰好代表我灵魂的事情，他们看着毫不重要，视为是我一时兴起所至，是青年人的冲动。他们确实很喜欢我，宠爱备至。一个父亲能够把他的鼻子、眼睛，甚至是智力遗传给他的孩子，却不能遗传灵魂。每个人的灵魂都是新的。”

对于他这番话我毫无反应，当时我还没有现在这种思想，至少并不觉得自己需要听进去，于是事情便这么过去了。我舒舒服服地听他想入非非，其实内心并无丝毫触动，因此我揣测克诺尔普一定也把我们的生活视作一场游戏，而不是一场奋斗。尤其由于周围环境如此宁静美丽，就我们两个人躺在干燥的草地上，在黑夜里期待着睡魔光临，等着观察早早升起的群星。

我开口道：“克诺尔普，你是一个思想家。你应该去当教授的。”

他微微一笑，摇了摇头。

“如果让我进救世军[①]，恐怕更为好些。”他若有所思地说。

我觉得他说得太过分。“你啊，”我说，“别逗我了！难道你还想

① 救世军：基督教的一个社会组织。由一个英国牧师于1865年创立，1878年更名为“救世军”。

再当一回圣徒？”

“当然，我还想当的。每个人只要真正地严肃对待自己的思想和行为，他就是一个圣洁的人。凡是人们认为某些事情是合理的，他就必须去做。如果我有一天认为自己进救世军是正确的，我当然会去的。”

“永远当救世军！”

“是的。我愿意给你讲讲原因。我已经和很多人谈过这个问题，也听到了各种各样的意见。我听过牧师、教师、村长、社会民主党人和自由党人的演说，可是没有一个人的话完全诚恳地发自内心，可以使我寄以信任，相信他在非常时刻会根据自己的智慧做出自我牺牲。救世军却不同，我曾在一些音乐会和公众场合见过他们的人和听过救世军的言论，总有三四次吧，我认为他们是认真诚恳的。”

“何以见得呢？”

“你可以亲眼看一看。我给你讲一个救世军成员的例子，他在一个村庄里发表演说，那是一个炎热的星期天，在尘土飞扬的露天里，他很快便热得浑身冒火。总而言之，他显得非常吃力。当他再也吐不出一个字的时候，他吩咐他的三个同伴唱赞美诗，自己偷空喝了一点儿水。半个村庄的人都围在他身边，小孩和大人都有，他们把他看作疯子，议论纷纷。人群后排站着一个青年雇工，手里握着一根鞭子，不时地噼噼啪啪猛抽一阵，企图以此激怒宣讲人，围观的人每次都哈哈大笑着为他帮腔。但是那个可怜的救世军毫不生气，全然不是由于愚蠢，而是出于信念，坚持在一片喧哗声中讲完了道，脸上还露着笑容，换成别人大概早已大声号叫或者逃之夭夭了。你总懂得，这不是一个人为挣几个糊口钱，或者为了娱乐消遣所能够做到的，他必须具备伟大的虔诚和良心。”

“我个人同意你的意见。不过一个人并不能代表所有的人。你这人感情细腻，待人热诚，不会跟着别人一道起哄的。”

“也许会的。如果他多少懂得如何做更为妥当，远远胜过种种细腻和热诚。一个人当然不能代表所有人，但是真理，真理却应该适用于所有的人。”

“啊哈，真理！谁知道恰恰在哈利路亚[①]里有真理呢。”

“说得对，谁也无法证明。不过我刚才讲的意思只是说明：当我有朝一日发现真理就在那里，我也就会心甘情愿地去追随。”

“哼，说得是！那么你每天都会发现一种智慧，而到第二天就彻底加以厌弃了。”

他十分惊异地望着我。

“你讲了一些很糟糕的话。”

我想表示歉意，然而他拒绝了，大家缄默无语。片刻后他轻轻向我道过晚安便静静地躺下了，不过我不相信他会睡得着。当时我还非常兴奋，用双肘支撑着身子，半躺半坐地凝望着村庄的夜景，待了至少一个多钟点。

第二天早晨，我一眼便发现克诺尔普这天气色极好。我告诉了他，他容光焕发地用他那双孩子气的眼睛望着我说：“观察得很正确。你知道一个人气色怎么会好的吗？”

“不知道。怎么会的呢？”

“这是因为这个人夜里睡了一个好觉，并且切切实实做了许多美梦。但是这个人永远不会知道原因的。我今天便是这个情况。我梦见了一系列美好和有趣的事，可是现在已经忘得干干净净。我只记得，我在梦中十分愉快。”

在我们还没有到达下一个村庄，并且给我们的肚子灌一杯牛奶之前，克诺尔普已经用他那柔和、轻快和流畅的声音朝着冷冷清清的早晨唱了三四支崭新的歌曲。也许这些歌曲很少有文字记录，也很少印刷出版。尽管克诺尔普算不上一个大诗人，但至少是一个小诗人，每当演唱自己的作品时，他常常把那些最美丽的歌曲比作自

① 哈利路亚：原为希伯来语（Halleluja），意译是“赞美上帝”。

己美丽的姐妹们。我保存了他的一些诗歌和一部分歌曲，都非常美丽，并且在我看来是十分有价值的。它们都没有文字记载，而它们却诞生过、活过，然后又消逝不见了，它们是善意的，同时也是不负任何责任的，它们像一阵空气，轻轻掠过，但是它们不仅对我和他本人，而且也对其他许多人，包括孩子和老人，在某些短暂时刻制造出美和爱的情感。

星期天假日明亮而迷人，
好似一位小姐走出闺房，
她脸色红润，态度矜持，
姗姗出现在枞树林中。

那天他迎着太阳唱的就是这首歌，女性是他歌曲中几乎永恒存在和歌颂的对象。克诺尔普在日常谈话中很少流露的思想，在他的小诗中却流露得非常自然，这些小诗就像一些穿着浅色夏装的干净儿童在嬉笑跳跃。当然，它们也常常是毫无意义的滑稽逗趣之作，只是用以发泄他那几乎满溢出来的感情。

当年那些日子里，我完全为他的感情所感染。我们一路上朝所有遇见的人打招呼和开玩笑，因此我们走过之后，身后传来的不是笑声就是骂声。我们整天都像是在过节。我们相互叙述自己学生时代的生活趣事和笑话，给过路的农民，甚至连同他们的马和牛都起了绰号，我们躲藏在花园篱笆边一个隐蔽的角落里饱餐偷来的醋栗，我们注意爱惜我们的精力和保养靴子的后跟，因此我们几乎每个钟点都休息一回。

我和克诺尔普童年时就相识了，而我察觉，从那时算起，我还从没有和他进行过如此亲切而细致的谈话，我为此感到庆幸，因为从今天开始，我们两人的共同生活、我们的漫游和娱乐可以有所提高了。

中午时气候燠热，我们在草地上躺了很久，后来我们动身启程了，将近傍晚时天上泛起了暴风雨前的云雾，空气都凝聚不动了，于是我们决定寻找一处有屋顶的地方过夜。

这时克诺尔普渐渐安静下来，稍稍有点儿疲倦了，然而我却没有感觉，因为他仍然笑得很欢，还常常附和我的歌声伴唱，我精力仍然很充沛，感觉有一种快乐的火焰接连不断地从身子里往外涌。也许克诺尔普和我恰恰相反，那种节日的光彩已经开始从他身上泯灭。当年经常发生这种情况，我度过了一个欢乐的白昼后，晚上依然精神旺盛，不想躺下来休息，是的，我经常在入夜后单独一个人自寻消遣，闷头玩一两个小时，这时其他人早已疲惫不堪而睡熟了。

当时，这种黄昏时分的兴奋情绪往往控制我的行动。当我们顺河而下来到一个规模较大的村庄时，我暗暗高兴起来，预计会度过一个有趣的夜晚。我们首先物色了一个地处偏僻、同时又交通便利的谷仓作为我们当夜的宿营地，随后我们便溜进村子，来到一家旅馆的美丽的花园里，因为今天我要把克诺尔普当成我的客人好好招待一番，我想我们应该吃一顿蛋饼，喝几瓶啤酒，以庆祝这快乐的一天。

克诺尔普高兴地接受了我的邀请。然而当我们在花园里一棵华丽的梧桐树下的餐桌旁坐下后，他却犹犹豫豫地说道："喂，我们并不想大喝一通吧？我很乐意喝一瓶啤酒，这会让我感到愉快，但是不能超过一瓶，否则我会受不了的。"

我说随他的便，心里暗想：只要让我们喝得痛快，管他什么多一瓶还是少一瓶的。我们一起吃着热腾腾的蛋饼和一个新鲜的、营养丰富的棕色黑麦面包，不过我很快就要了第二瓶啤酒，这时克诺尔普连半瓶还没有喝完。当时我坐在那张堂皇的桌子前，飘飘然觉得自己又阔绰又华贵，心里非常舒服，我预料当天晚上还能好好乐一阵子。

当克诺尔普喝完他那瓶啤酒后，不管我如何劝说都不肯再喝第二瓶，却要我和他一起再在村子里稍稍溜一溜，随后便按时去休息。这些话完全不合我的想法，而我又不便立即反驳。由于我那瓶酒还没有喝光，因此我说，我不反对他先走一步，过一会儿再碰头。

于是他便走了。我目送他离开，看他悠闲地、迈着周末黄昏散步的轻松步伐向前走去，耳朵后面还戴着一朵翠菊花，他跨下几级台阶后，走上了那条宽阔的大路，慢腾腾地信步朝村庄方向走去。他没有和我再喝一瓶，使我不免觉得遗憾，我一面望着他的背影一面欣喜而又温情地想：这个可爱的伴侣！

太阳已经下山，天气却依旧闷热非凡。我倒是很喜欢在这种气候里独自一人安安静静喝点儿新鲜啤酒，于是又在餐桌旁待了一段时间。这时几乎只剩我一个客人了，女侍者一有空闲便过来和我聊天。她还递给我两支香烟，我想给克诺尔普留一支的，可后来却糊里糊涂地忘记留下，自己抽掉了。

大约过了一个小时，克诺尔普又回来了，想把我接走。而我当时兴致正浓，赖着不想离开，但是他说他疲倦了，想睡觉，于是我们达成协议，让他先回我们预先看好的住处去躺下休息。就这样，他又走了。女招待见他一走便立即向我打听他的情况，他总是招徕姑娘们的注意。对此我并不反对，克诺尔普是我的朋友，她也不是我的爱人，因此我对他的赞誉简直是言过其实，我觉得这样才痛快，因为我觉得这个世上人人都好。

最后我终于动身离去时，天上已开始打雷，微风吹拂着梧桐树。我付了账，给了女招待十芬尼小费，然后不慌不忙上了路。走路时我才觉察自己确实多喝了一瓶啤酒，因为我在最近一段时间里酒喝得非常少。不过有点儿醉意反而让我觉得舒服。知道自己多少还能够承受，我整整唱了一路歌，直至我重又找到我们的宿营地。我轻手轻脚走了进去，看见克诺尔普睡得正香。我望望他，他穿着衬衫躺在他自己那件摊开的棕色外套上，呼吸很均匀，额头、裸露的颈项和一只伸出的手在半明半暗的光线中，闪烁出一种苍白的光泽。

我和衣躺下后心情仍很激动，脑袋里依旧乱纷纷的，此时已是午夜时分。我终于睡着了，睡得很熟，昏昏沉沉。这是一种并非很好的熟睡，我浑身沉重而虚弱，做着模糊不清、折磨人的噩梦。

第二天上午我醒得很晚，醒来时已是大白天，亮光晃得我眼睛发痛。我觉得头脑空虚、混浊，四肢疲乏无力。我打了个长长的呵欠，揉揉眼睛，伸展了一下胳臂，把关节弄得咯咯响。但是，尽管我浑身疲乏酸痛，脑子里却残留着昨日欢乐的余烬和回响，并且想去最近处的清泉里洗净身上那些小小的疼痛。

情况有些异样。我环顾四周，发现克诺尔普不在了。我叫喊，吹口哨，召唤他回来，起初我也并没有感到蹊跷。而当我那一遍遍的呼喊、吹口哨以及搜寻全无效果时，我猛然惊觉，他已抛弃了我。是的，他已远走高飞，他已偷偷离开了我。他不愿再和我待在一起了。也许我昨晚喝酒违背了他的意愿，也许由于他对于昨天的喧闹放荡行为感到了羞耻，也许只是一次小小的玩笑，也许是对与我做伴产生了怀疑，或者干脆就是他突然产生了渴望孤独的念头。无论如何，我昨夜的酗酒显然得承担罪责。

我的欢快彻底消失了，羞愧和悲哀笼罩着我。我的朋友如今在何处呢？我违背了他的意愿，现在看来，我对他内心世界的了解和掌握还是不够的。如今他远走高飞了，剩下我孤零零的一个，心里不免有股若有所失之感。我责备他，但更多的是责备自己。我现在已处于孤独之中，按照克诺尔普的观点，每个人都是生活于孤独之中的，而我从来也不愿意相信这一点，尤其是让自己来品尝。孤独是苦涩的，不仅是在第一天，尽管它同时也确实会给人带来一丝光明，但是自从那天以后，孤独感就从来不曾完全离开过我。

终　点

❖

这是十月里的一个晴朗日子，和煦的清风被一股突变的气流所扰动，秋日的野火燃起了淡蓝色的轻烟，像薄薄的衣带在田野和园圃的上空袅袅飘摇，被烈日烤灼的杂草和树木散发出一股浓郁的香甜气息。在村子的园地里盛开着色彩鲜艳的紫菀花、迟开的浅色玫瑰和天竺牡丹，而在篱笆边，火红的金莲花在那些业已暗淡无光、泛着白色的草丛里还到处燃烧般地开放着。

马霍特医生的单人马车正慢慢行驶在通往布拉哈的乡村大道上。道路缓缓伸向山上，左面是已经收割完毕的田地以及一片尚未收获的土豆地，右面是一大片种得密密的、半枯萎的小松树林，树干和枯干的枝杈交叉在一起，组成了一道褐色的围墙，地上堆积着一层厚厚的松针，也呈现出同样干枯的棕褐色。道路就这么径直伸向秋日的蔚蓝天空，好似往上就到了世界的尽头。

马霍特医生松松地捏着缰绳，让老马自己随意前行。他刚从一个生命垂危的老妇人家里出来，那个女人已病入膏肓，却还在为自己的生命苦苦拼搏，想挣扎到最后一口气。现在他已很疲乏，要静静坐在马车上享受这和煦秋日的乐趣。他的脑子里一片空白，只是迷迷糊糊、不自觉地追随着那田野里的野火所引起的香味的召唤，回忆起学生时代那一次愉快的、早已消逝的秋游，回到了那遥远的充满音响而又难以形容的朦朦胧胧的童年。他从小是在乡下长大的，因而总能本能地领会农村各个季节以及它们活动变化的特征。

马霍特将要睡着时，他的马车猝然停住把他惊醒了。一条排水沟横穿马路，马车前轮被卡住了；老马高兴地站住脚，低下头，享受这短暂的休息时刻。

马霍特因为车轮突然停住而完全清醒过来，他提起缰绳，笑眯眯地朝四周扫视了一下。树林和天空经过这倒霉的几分钟后，在灿烂的阳光下依然如故。他从不喜欢在大白天打瞌睡，为此他坐直了身子，点燃起一支香烟，吹着口哨驱使老马继续前进。马车又慢慢地向前爬去。装满了马铃薯的口袋在田里排成了一长溜，有两个女人从口袋后面的阴影里探出身子向他打招呼。

现在坡顶就在眼前，老马抬起头，精神振奋，满怀希望地期待着奔下熟悉的山坡，下一步便是卸下马鞍。这时从明亮的地平线上出现了一个人，一个流浪者，在蓝天下，他一眼看去显得格外高大，再往下走时那人脸色就变得灰白而身躯瘦小了。流浪者逐渐走近，是一个蓄着小胡子的瘦削的人，显而易见此人正在往家乡赶路，他穿得破破烂烂，显得很疲惫，走路很费力，但是他彬彬有礼地脱下帽子，向医生问了好。

“你好！”马霍特医生回了一礼，目送着走过身边的陌生人，突然他勒住马缰，转过身子，站在嘎吱嘎吱响的皮踏板上朝那人喊道，“喂！喂！请你回来一下！”

风尘仆仆的流浪者站停身子，回过头来。他朝医生微微一笑，便又转过身去，好像要继续往前去，然而他沉思片刻后，终于顺从地转身走回来。

他站在低矮的马车边，手里捏着帽子。

“请问，您去哪儿？”马霍特问。

“沿着大路一直走到贝希托塞格。”

“难道我们不认识么？我只是想不起名字来而已。您肯定知道我是谁吧？”

“您是马霍特医生，我估计没有弄错。”

“嗯，是的，那么您是谁呢？您叫什么？”

“大夫先生早就认识我的。我们曾一起坐在普罗赫尔校长的教室里，先生，您当时曾抄袭过我的拉丁文练习题。”

马霍特急忙走下马车，细细端详着陌生人。接着大笑着拍拍他的肩膀。

“没错，”他说，“你就是大名鼎鼎的克诺尔普，我们是老同学。老伙计，让我们握握手吧！我们总有十年没见面啦。你还一直在浪游吗？”

“一直都在流浪。一个人年纪一大，习惯就难以更改了。”

“你说得对。你这回去哪里？是回家乡去看看吗？”

“你猜得没错。我要去盖尔贝绍，要在那里办一些事情。”

“噢，原来如此。你老家还有人吗？”

“老家没有什么人了。”

“你现在看上去已经不年轻啦，克诺尔普。我们现在刚刚四十岁，我们两人。你想就这么从我身边一走了之，未免太无情义了。——你知道吗，我觉得你似乎需要一个医生。”

“啊，不需要的。我什么毛病也没有，若是我有什么地方不对，那也不是任何医生所能治愈的。”

“那么就以后再说吧。现在到马车上来和我一起走，让我们好好谈谈。”

克诺尔普略略后退几步，把帽子重新戴到头上。当医生要拉他上车时，他面有难色地婉言拒绝着。

“啊，用不着这样。马不会向前走的，只要我们还站在这里。”

这时候克诺尔普的咳嗽发作了，医生立即断定他得的是什么病，便一把抓住他，把他推进马车。

“这样吧，”马车继续行驶时，医生说，“我们往前走，只要跑快点儿，半个钟头我们就能到家了。你正在咳嗽，不要说话了，我们到家后再聊吧。——什么？——不行，你现在这样可不行，病人应该躺在床上，不能在野外露宿。你可知道，当初学拉丁文时，你常常帮我大忙，如今该轮到我来帮你了。”

他们驶上山头，医生又拉紧缰绳让马车慢慢驶下山坡；透过那片果树林梢已经可以看到正对面布拉哈居民住宅的屋顶了。马霍特放松马缰，让车不紧不慢地向前行驶；克诺尔普浑身疲乏，喜怒参半地享受着坐车的乐趣和故人的温情。他想：到了明天，最迟后天，只要我全身的骨头没有散架，我就要继续上路到盖尔贝绍去。他已不再是青春年少，那些日子和年代早已消逝。他如今是一个病弱的老人，已不再有任何希望，只求在生命终结之前再回家乡看看。

到布拉哈后，他的朋友最初把他安置在卧室里，让他喝牛奶，吃火腿面包。他们闲聊着，慢慢地又变得亲密起来。然后医生才开始给他诊治，病人温顺而又带点儿讥讽的模样听任医生摆布。

“你真的不知道自己哪儿有病吗？”马霍特诊断完后询问自己的朋友。他问时很轻松，一副不在乎的样子，克诺尔普很感激他这种态度。

“是的，我知道，马霍特。我得的是肺病，我也知道我活不了多久了。”

“啊，这可说不准！不过无论如何你得了解你必须卧床休息，并且好好调理。你先在我家里住一阵子，我再设法在附近医院给你弄一个床位。亲爱的，鬼附了你的身，你必须当心自己，你要做一次全身检查。”

克诺尔普重新穿好上衣。他向医生转过他那瘦削而灰白的脸，一脸戏谑的表情，然后温顺地说：“多谢你费心，马霍特。当然一切全都为了我。可是你实在是白费力气。”

“让我们看以后的情况再说吧。现在你到外面坐着晒太阳，只要花园里有阳光你就坐着。丽娜会给你安排好床铺的。我们必须细心看护你，小克诺尔普。一个人一辈子都在阳光和空气中过日子，居然得了肺病，这简直是不正常。”

说完这些话后，他便出去了。

女管家丽娜很不高兴，反对让一个流浪汉住在客房里。可是医生大声截断了她的话头。

“您要好好看护他，丽娜。这个人已活不长了，他在我们家一定要得到良好的款待。此外，他一向很爱干净，在他上床休息之前，我们得让他洗一个澡。您去把我的睡衣拿一件给他，也许还要找一双棉拖鞋。请您不要忘记，他是我的朋友。”

克诺尔普足足睡了十一个小时，次日早晨多雾，他在阴霾的天气中醒来，过了很久才逐渐想起自己是住在谁的家里。直至太阳高照时，马霍特才允许他起床，用过早餐后，两个人坐在阳光下的平台上喝红葡萄酒。克诺尔普在好菜好饭和半杯葡萄酒下肚后变得活泼而健谈了，马霍特大夫为了再和这位难得相见的老同学谈谈，特地腾出了一个小时，或许是为了想了解一些这位不寻常人物的生活。

“你真的对自己所过的生活很满足么？”他微笑着说，“这样当然很好。不过我还是要说，对于像你这样的人来说实在太可惜了。你可以做神父或者教师，也许可以当一个自然科学家，或者甚至是一个诗人。我不知道你应该如何利用你的才华，如何发展你的才华，但是你确实白白浪费了自己的才华。难道我说的不对吗？”

克诺尔普用细瘦的手托着自己长着稀疏胡子的下巴，目光凝视着透过酒杯照在桌布上的红色阳光。

“你说得不全对，”他慢吞吞地说，“事实上并没有你所说的那么多才华。我会吹一点儿口哨，会奏手风琴，有时候也写一点儿小诗，我也曾经是一个田径好手，跳舞也跳得不错。这便是一切了。而且我从来也不曾独享这些欢乐，总是和很多人在一起，有时是年轻的姑娘们，有时是孩子们，他们都从中获得了许多乐趣，有时候便向我表示感谢。事情就是这样，我们就此打住吧。”

“噢，”医生回答道，“就这样吧。不过我还要问你一个问题，当年你和我在拉丁学校里一起读到五年级时，我至今记得清清楚楚，你尽管算不上一个模范学生，但至少也是一个好学生。可是有一天你突然离开了，大家都说你进了普通学校。我们就这样分了手，我少了一个拉丁语同学，他上了普通学校。发生了什么事情呢？后来，我听说了有关你的情况，我心里常常想：倘若你当初留在拉丁学校，情况一定会完全不同的。那么，我要问你，为什么会这样呢？也许拉丁语让你觉得兴味索然，也许你家长付不出学费，或者还有其他原因？”

病人用棕黄瘦削的手端起了酒杯，可是他没有喝酒，只是透过晶莹的酒望着翠绿的花园，接着小心地把高脚杯放回桌上。他默默无言地闭上眼睛，陷于沉思之中。

“你不乐意谈这些事情吗？”他的朋友询问说，“一定不是吧。”

克诺尔普睁大眼睛，久久地审视着大夫的脸容。

“是的，”他回答说，虽然有点儿犹豫，“我相信，事情就是这样。这些事我还从来没有告诉过任何人。但是现在让别人听听也许是件好事。其实只是一个儿童故事，但是对于我却非常重要，多年来一直让我为之操心。很奇怪，你恰好问到这个问题！”

“为什么？”

“最近一个时期以来，我也常常想着这些事，因而我决心再度返回家乡盖尔贝绍。”

“好吧，那么你讲吧。”

“请你想一想，马霍特，我们当时一直是好朋友，至少这种友谊一直维持到三年级或者四年级。后来我们便很少在一起，你经常在我家门口徒然地吹着口哨。”

“我的老天爷！这是千真万确的情况！这些事情我至少忘了有二十多年了。我的好人，你的记性真是惊人！后来呢？”

“我现在可以告诉你，究竟是什么原因促使我脱离了常规。完全是由于姑娘们。我早就对她们抱有好奇心，当你还在相信仙鹤和婴儿泉水的故事[①]时，我就已多少懂得小伙子和姑娘们之间的事了。当时我认为这才是重要的事，因而我从来不曾参加过你们的印第安人游戏。”

“你那时十二岁，是不是？”

“将近十三岁，我比你大一岁。有一次我生病躺在床上，有一个表姐来看望我们，她比我年长三四岁，经常陪我一起玩，当我病愈起床后，有一天晚上我走到她的房里去。这是我第一次确切地看清一个女人，我吓得要命，赶紧逃走了。我现在不想谈这位表姐，她让我感到扫兴，我见了她就害怕，可是这一幕却牢牢地停留在我的脑海里，从那时起我有很长时期一直追随姑娘们的左右。红脸的制革匠哈西斯有两个女儿，和我年龄相仿，邻近也有其他女孩子经常到她们那里去，我们便一起玩捉迷藏游戏，常常互相呵痒作嬉，又窃窃暗笑别人。我多半是这个女孩儿群中唯一的男孩儿，有时候我帮助其中的一个姑娘编好发辫，有时候有一个姑娘给我一吻，当时我们都还没有成人，并不真正懂事，不过我对这一切都充满了迷恋之情。我还躲在树丛里偷看她们洗澡。——有一天从郊区新搬来一户人家，他们家有一个小姑娘，她父亲是一个针织工人。她名叫法兰切斯卡，我对她一见钟情。”

医生打断了他的话头，问道：“她父亲叫什么名字？也许我也认得她。”

“很抱歉，我想还是不告诉你为好，马霍特。这和故事没关系，我也不愿意别人知道她这些事。——接着往下讲吧！当时她个儿比我高，身体比我结实，我们两人到处奔跑、斗殴，有时候她抓住我把我弄痛时，我便像喝醉酒似的晕头转向，并且有点儿飘飘然。我是爱上她了，因为她比我大两岁，而且还对我说过，她很快就会需要一个情人，我从此就一心一意想当她的情人。——有一回她独自

---

① 指西方部分国家的“仙鹤送子”的故事。

一人坐在制革厂花园里的小河畔，双脚浸在水里，她刚洗完澡，只穿着内衣。我跑过去，坐在她身边。我突然有了勇气，对她说道，我愿意也必须当她的情人。而她只是用那双棕色眼睛同情地盯着我，说道：‘你只是一个毛孩子，还穿着开裆裤呢，你懂得什么叫情人，什么是爱情吗？’我说，我懂，我什么都知道，倘若她不愿意当我的情人，我就把她推到河里去，然后自己也跳下去一起死。这时她便像一个成年妇女似的细细审视着我，说道：‘让我们试一试吧，你会接吻吗？’我说会的，当即便匆忙地在她唇上吻了一下，自以为做得很好，但是她紧紧抱住了我的头，像一个成年妇女似的真正吻起我来。使我几乎失去了听觉和视觉。然后她用那低沉的声音对我说道：‘你算是和我正式接过吻了，小伙子。不过仍然不行。我可不要在拉丁学校读书的情人，那里没有正经人。我要一个真正的男子汉当情人，一个手艺人或者一个工人，可不要学生。这种人什么也不会干。’她把我拉到她的膝盖上，用两臂紧紧搂着我，她的温暖使我感到如此快活，简直不能想象，自己怎么能舍得离开她。于是我应允法兰切斯卡说，我再也不去拉丁学校上学，而要去当一个手艺人。她只是笑笑，但是我坚持着不肯放松，最后她又吻了我，答应我说，只要我不当拉丁学校的学生，她就做我的情人，我和她在一起会很快活的。”

克诺尔普停住话头，又咳嗽了片刻。他的朋友仔细地打量着他，两人默然对坐了一小会儿。接着克诺尔普又往下说道：“好吧，你现在已经知道了全部经过。事情当然不像我讲的那么简单。当我告诉父亲，我再也不愿意、再也不能去拉丁学校上课的时候，我父亲掴了我好几个耳光。我一筹莫展，想不出妥当的办法，以致常常想放一把火把学校烧掉了事。这当然是小孩子的想法，而我当时却是十分认真的。最后我想出了一个办法：我干脆在学校里耍无赖。难道你对此一无所知吗？”

“说真的，我朦朦胧胧记得一些。有一段时期，你几乎每天下课后都被留校关禁闭。”

“是的。因为我经常旷课，胡乱回答老师的提问，也不做作业，还丢失课本，每天都要闹出一些事情，到了后来，我竟以此为乐，总而言之，我当时简直使老师们大伤脑筋。拉丁文和其他一切东西在我看来全都无关紧要。你也知道，我的嗅觉一向特别敏感，只要闻到什么新奇的东西，我就会不顾一切地去追求。于是，事情就这样发展下去，我先是从事体育运动，然后是去钓鳟鱼，后来又采集标本开始研究植物。而当时正因为我和姑娘们打交道，经受了一些挫折而获得不少经验，我感到没有比姑娘们更为重要的了。当一个人脑子里暗暗地尽想着昨天傍晚如何偷看女孩子们洗澡的事，而表面上却是一个小学生，蹲在硬板凳上练习动词变位，当然觉得无聊了。——喏，事情就是这样！老师们也许早已注意到我的一切变化，但是他们总的来说都很喜欢我，因而尽可能地保护了我一段时期，然而这对我的图谋丝毫都不起作用，不过我那时和法兰切斯卡的弟弟交上了朋友。他在普通学校的最高班学习，而且是一个坏孩子。我从他那儿学了很多东西，可惜没有丝毫好的东西，还吃了他不少苦头。半年后我终于达到了目的，我父亲把我打个半死，因为我被拉丁学校开除了，于是我和法兰切斯卡的弟弟一样进了普通学校。”

“那么她呢？那个姑娘怎么样了？”马霍特问。

“嗯，这正是最糟糕的事。她后来却没有成为我的情人。我有时和她弟弟一起去他们家，她总是对我白眼相待，和过去是大不相同。这时我在普通学校已经上了两个月的学，已经习惯于傍晚时分偷偷溜出家门，因而终于明白了事实真相。有一天夜里，已经很晚了，我还在树林里游荡，那时我常常这么干的。我听到有一对情人坐在长凳上谈话，当我接近他们时，才发现是法兰切斯卡和一个机械厂的小伙子。他们压根儿不把我放在眼里，他用胳臂搂着她的脖子，手指上还夹着一根香烟，而她的衬衫纽扣统统解开着，一句话，那场面非常丑恶。于是我和她的关系便完全结束了。”

马霍特拍拍他朋友的肩膀。

“啊，这对你也许是最好不过的呢。”

可是克诺尔普使劲摇着他那线条分明的头。

“不，完全不是的。倘若事情不是这个样子，那么我今天也许还是个正常人。我不想谈法兰切斯卡了，对于她我什么也不想知道。当时这场恋爱若能正常进行，我就会对爱情具有美丽而幸福的认识，这场恋爱也许会帮助我正确处理好我和普通学校以及父亲的关系。因为——我该怎么说才好呢？——你看，从那以后，我有了许多朋友、熟人和同伴，甚至也有了情人，但是我再也不信赖任何一个人的话，也不受任何言论的束缚，永远也不。我过着适合自己的生活，我并不缺少自由，也不缺少美女，但是我始终保持着孤独。”

他拿起杯子，小心翼翼地喝干了剩下的一点儿酒，便站了起来。

“你允许的话，我就再去躺一会儿，我不想再说话了。你肯定也有很多工作要做。”

大夫点点头。

“噢，还有一件事！我今天要去医院替你登记床位。你也许会觉得不习惯，但是必须这样。你若不立即进医院治疗，很快就会死的。”

“哎哟，”克诺尔普以一种不寻常的态度激烈叫道，“就让我去死好了！你自己也知道，我已病入膏肓，治疗已无济于事。为什么还要把我关起来受罪呢？”

“别这样，克诺尔普，你要理智一些！倘若我还让你到处流浪，那么我就不成其为医生了。我们肯定可以在奥勃斯推顿替你找到一个床位的，你最好带上我给你写的介绍信，一星期后我就来看你。我们这样讲定吧。”

流浪者往后倒在自己的座位上，看样子像要哭出来了，那一双瘦削的手冻僵了似的交错搓着。然后孩子气的、恳求似的望着医生的眼睛。

“我该怎么说才好呢，”他用几乎听不见的声音说道，“事情全是我不对，你为我做了这么多好事，还请我喝红葡萄酒，你对我真是又善良又体贴。请你千万别生我的气，我对你还有一个很大的请求。”

马霍特抚慰地拍拍他的肩膀。

“清醒清醒吧，老朋友！没有人会卡你的脖子的。那么，你还有什么要求呢？”

“你不会生我的气吧？”

“不会的。究竟还有什么事？”

“我请求你，马霍特，你一定要帮我这个大忙。不要把我送到奥勃斯推顿去！假如一定要我进医院，至少得让我进盖尔贝绍的医院，那里的人都认得我，那里是我的家乡。申请贫民救济也可能方便些，因为我是当地出生的人，何况——”

他双眼热烈地望着医生，激动得几乎说不出话来。

他在发烧，马霍特心里暗想。于是平静地对克诺尔普说：“倘若你请求的仅是这一件事——那很快便可办妥。你说的完全正确，我要给盖尔贝绍写封信去。你现在赶紧躺下休息，你已经太累，话也说得太多了。”

他目送克诺尔普拖着步子走进屋里去，突然间想起了那个夏天，想起克诺尔普教他钓鳟鱼的情景，想起克诺尔普和伙伴们交往时那种聪明而有节制的风度，想起那个十二岁的英俊少年曾是多么热情活泼。

“可怜的克诺尔普。”他感慨万千地想着，不禁为朋友难过，随即迅速站起身子，去做自己的事了。

第二天早晨多雾，克诺尔普在床上躺了一天。医生给了他几本书消遣，然而克诺尔普却几乎没有碰它们。他感到厌烦和压抑，自从他受到细心照料和护理，睡舒适的床铺和吃美餐佳肴以来，他比从前更为清楚地认识到自己离末日不远了。

倘若我再躺一阵子，他悲哀地想着，我大概就再也起不来了。他觉得自己对生活已经一无所求，而且，近几年来，乡村道路对他来说也已经大大失去了它们的魅力。在没有重返故乡盖尔贝绍之前，他不愿意死去，他要和家乡的一切告别，那河流和小桥，那集市广场和那曾经属于父亲的花园，甚至还包括法兰切斯卡。而他后来的爱人们则被他遗忘了，就像他经历的多年流浪，如今对于他都变得微不足道、毫不重要了，与此同时，他那充满神秘色彩的童年时代却在他心中获得了新的光辉和魅力。

他细细观察着这间简朴的客房；多年来他还没有住过这么讲究的房子。他不仅切切实实地看，还用手指摸索着亚麻布被褥的质地，抚摸着柔软的本色毛毯和精致的枕套。连那硬木地板也让他产生兴趣，还有那挂在墙上的照片，照的是威尼斯的古老宫殿，装在彩色的玻璃镜框里。

后来他睁着眼睛又躺了很长时间，什么也不看，疲乏得只能倾听自己病体里微弱的脉搏声。但是他突然坐了起来，迅速朝床外探出身子，一把将靴子拖到床边，仔仔细细检查了一番。靴子当然已很破旧，可是现在才是十月，好歹也能挨到第一场大雪。至于以后嘛，那就不行了。他想：他总能向马霍特要到一双旧靴子。但是不行，这会引起他的怀疑，住在医院里是不需要什么靴子的。他小心翼翼地抚摸着皮革上业已碎裂的地方。要是好好擦擦鞋油，至少还可以多穿一个月。不过这种顾虑全都是多余的。倘若他在乡村大道上早早辞别人间，那么这双旧靴子不仅可以完成任务，还会比他自己的寿命更长呢。

他放下靴子，想做一下深呼吸，却觉得胸口疼痛，并且咳嗽了起来。于是他只得悄然躺下了。他呼吸微弱，心里充满了恐惧，生怕自己夙愿未遂而病情恶化。

他想到死亡，似乎已死过多次，后来他想得累了，便昏昏沉沉地睡过去了。一个小时后他醒了，自觉已经睡了一整天，感到头脑清醒，心地宁静。他想到了马霍特，突然想起自己在离去时应该做些什么向他表示谢意才对。他要把自己写的诗送一首给马霍特，因为医生昨天正好问起他的诗歌创作。他搜索枯肠，觉得没有什么诗能够中他的意。他透过窗户凝视着附近浓雾中的树林，久久地苦苦凝视着，直到想出了一首诗歌。他拿起一支铅笔头，那是他昨天在屋里找到并且收藏在身边的，又从床头柜的抽屉里取出一张干净的白纸，写下了一首诗：

大雾降临时，
鲜艳的花朵，
都纷纷枯萎。
世上的人们，
都难逃一死，
被埋进坟墓。
人也像花朵，
春天来临时，
便重又来临。
他们都健康，
获得了宽恕。

他拿着写好的诗念了一遍。这不是一首格律诗，没有押韵，不过其中却包含了他想要说的东西。他用舌头舔湿了铅笔头又继续写道："赠给马霍特大夫先生，祝他健康，感激他的朋友克诺尔普。"

接着他把这张纸放进小抽屉。

第二天早晨雾更浓了，又刮起凛冽的寒风，人们只能指望中午时分会出太阳。医生让克诺尔普起床，告诉他说，已根据克诺尔普的请求为他在盖尔贝绍的医院联系好病床，那边已等待他去住院。

"那么我吃完午饭后就去，"克诺尔普表示说，"我估计要走四个小时，也许需要五个小时。”

“不行啊！”马霍特笑着嚷道，“你现在不能步行。倘若没有其他办法，我就驾车送你去。我派人去问问村长，他也许要派车往城里运水果或者土豆，这样迟一天半天也没有关系。”

客随主便。后来打听到，村长家的雇工第二天要送两头牛犊去盖尔贝绍，便决定让克诺尔普搭乘这辆车子。

“你还需要一件暖和的外套，”马霍特说，“你可以把我的那一件穿去，大概太大了吧？”

他没有表示反对，上衣拿来了，克诺尔普试了一下，很合身。上装的料子很讲究，保存得也很好，克诺尔普任性地发起了童年时代的脾气，一定要把纽扣换掉。医生为了让他高兴，按他的要求换了新纽扣，还另外送了他一个衬衫硬领。

下午，克诺尔普偷偷试穿了全套新服装，他的外表又变得好看了，他心里不免有点儿遗憾，因为最近一个时期没有刮胡子。他不敢向女管家借用马霍特大夫的剃须刀，好在他认识村里的铁匠，便决定去拜访此人。

他很快找到了铁匠家。他走进作坊，朝那个老师傅问好后提出要求道：“我是个手艺生疏的铁匠，想找点活儿干干。”

老师傅冷冷地审视着他。

“你不是铁匠，”他冷静地说，“你骗不了我。”

“是的，”流浪汉笑着承认道，“你的眼力真好，师傅，不过你却没有认出我是谁。你不记得啦，我过去是音乐家，你经常在星期六晚上到海特巴哈去，在我的手风琴伴奏下跳舞。”

铁匠皱起眉头，把锉刀在桌上敲了几下，随即将克诺尔普领到亮处细细打量了一番。

“啊，我想起来了，”他淡淡一笑，“你就是克诺尔普。我们多年不见，你可真老啰，你来布拉哈干什么？我一定要请你抽一包烟，喝一杯果子酒。”

“谢谢你的好意，铁匠，我心领了。不过我要请你帮我办另一件事。你可以把你的剃须刀借给我用一会儿吗？晚上我要去参加一个舞会。”

铁匠师傅用手指做了个威胁的样子。

“你真是个骗子，老家伙。我敢肯定，你绝不会对跳舞有什么兴趣的，瞧你这个样儿。”

克诺尔普愉快地哧哧笑了。

“你真是明察秋毫！可惜，你不是个当官的。是的，我明天要进医院去，马霍特已经给我办妥手续，你应该理解，我不能像一头毛蓬蓬的狗熊闯到医院里去。请把剃须刀给我，半小时后便还给你。”

“原来如此。那么你打算把刀子拿到什么地方去呢？”

“马霍特家，我就住在那里。把刀给我吧，好不好？”

铁匠看来不十分相信他，不无怀疑地站在原地不动。

“我可以借给你。可是你得知道，这不是普通的剃须刀，是道道地地的苏林格牌凹口剃须刀。我可不舍得丢失。”

“请你尽管放心。”

“好，这么办吧。你穿着一件漂亮上装，朋友。剃胡子用不着这么讲究。我和你讲清楚：你把上装脱下放在这里，送回剃须刀时再把衣服穿回去。”

流浪者扮了一个鬼脸。

“一言为定。你真不爽气，铁匠。当然这都是为了我的缘故。”

铁匠拿来了刀具，克诺尔普脱下上装作抵押，心里很不好受，生怕满身煤灰的铁匠把衣服弄脏。半小时后他来归还苏林格牌剃须刀，满脸的蓬松胡子剃得一干二净，看去好似换了一个人。

“你现在耳朵后面插一朵紫丁香，就可以去会女人了。”铁匠十分赞赏地打趣说。

这时克诺尔普可没有开玩笑的兴致，他重新穿上外套，匆匆道过谢后便走了。

回家途中他在家门口碰见了医生，医生吃惊地拦住了他。

“你跑到哪里去了？啊，瞧你这个样子！——哈哈，剃胡子啦！喂，你还真是个漂亮男子呢！”

这真让大夫高兴，于是克诺尔普当天晚上又喝了一杯红葡萄酒。两个老同学互相祝酒惜别，大家都尽可能地表示出高兴的样儿，谁也不愿意让对方感到不快。

次日清晨，村长家的雇工准时驾车来到，车上的栅栏里圈着两头小牛犊，在这寒风凛冽的清晨，它们目光呆滞，膝盖在颤抖。今天草原上第一次降霜。克诺尔普和雇工并排坐在驭者座上，膝上盖着一条毯子，马霍特大夫伸手和他握别，又送了雇工半个马克；马车吱吱嘎嘎朝树林前进，这时雇工点燃了烟斗，克诺尔普在这寒气袭人的清晨，有点儿睡意蒙眬了。

后来太阳出来了，中午时分气候便十分暖和了。两个坐在驭者座上的人谈得非常投机，他们到达盖尔贝绍时，那个雇工建议，连马车带牛犊先绕道送克诺尔普到医院。克诺尔普却坚持立即告别，他们在城门口极其友好地分了手。克诺尔普站在那里目送马车远去，直到车子消失在通往牲畜市场的枫树林后为止。

他微笑着穿过园圃间的一条小道，这条小路只有本地人才知道。他又自由啦！让医院里的人空等一场吧！

返家的浪子又一次品味着家乡的风光和香气，家乡的噪声和气味，以及重返故土的极度激动和满足的亲切感情。牲畜市场上传来农民和市民们吵吵嚷嚷的喧哗声，阳光透过棕色的栗树投下斑驳的阴影，深色秋蝴蝶在城墙附近悲哀地飞舞不停，市场上的四股喷泉发出淙淙声响，从大酒窖的拱形入口处散发出浓郁的酒香和大木桶碰撞的低沉的声音，还有那些非常熟悉的小胡同的名字，一切都把人深深地带入对往事的不平静回忆之中。浪迹异乡的游子全心全意地吞咽着故乡的多彩多姿的魅力，他对每一处街角，每一块铺路石都认识，都熟悉，都充满了信赖和友谊。克诺尔普整整一下午都不知疲倦地穿梭行走在一条条大街小巷之间，倾听着河边磨刀的声响，透过窗户凝视着自己工作过的工场里的车工们，又一块块地读着故乡著名人物家门前的新油漆的名牌。他把手浸在市场喷泉的石槽里，因为他已经在修道院的小泉水边解了渴，那股水泉仍然像过去一样，神秘地流着，它从一座古老住宅的底层往外涌，从一块块石板缝里汩汩地冒着罕见的清澈水流。他在河边站了好久，斜倚在齐腰的木头桥栏杆上，凝望着流动的河水中那些长发似的深色水草以及露着黑黝黝窄背脊的鱼儿，它们正宁静地憩息在颤动的砂石上。他越过小桥，让双膝没进水中，感觉自己就像一个嬉水的顽童，充满了青春的活力。

他不慌不忙地继续向前漫步，眼前的一切是多么熟悉，不论是教堂小草坪上的菩提树，还是磨坊前的防水堤，这些都曾是他最喜欢玩耍和游泳的场所。他走到一幢房子前站住了，这是他父亲生前居住的地方，他轻轻地靠在这所老旧住宅的大门上，休息了一小会儿后又去看了花园，他的目光越过那新安装的讨厌的铁丝网，看见一片新植的树木——但是那些被雨水蚀坏了的石阶以及花园门边那棵浑圆粗壮的榅桲树还都是老样子。

克诺尔普在这里度过了他一生中最好的日子，当他还没有被拉丁学校开除之前，他曾一度在这里享有最完美的幸福，可以随心所欲地满足自己的一切愿望，品尝不带丝毫苦味的纯粹的快乐；夏天的时候偷吃樱桃，醉心于抚弄和欣赏花卉，从中享受园丁才有的那种快乐。他爱那些可爱的桂竹香、有趣的牵牛花、天鹅绒般细腻的蝴蝶花，还有那兔房、工棚以及风筝，联结处用接骨木树制成的水管和那架叶轮也是木制的风磨也颇使他感兴趣。没有哪家屋顶上的猫是他不认识的，没有哪家花园里的果子他不曾尝过，没有一棵树他没有爬过，他曾在它们的顶端做过绿色的梦。这地方是他的世界，是他极深切地热爱和想念的地方，这里的每一棵树、每一块花园的草地对他都是很重要和有意义的，并且和他自己的历史有关系，每逢下雨和下雪，他都在这里和它们谈天，在他的梦幻和希望中，有这儿的天空和大地，他们曾同命运共呼吸。而今天还是这样，克诺尔普心里暗想：也许，这一带地方，无论是房屋的主人还是花园的主人，同他都是不能相比的，他属于这儿的一切，他觉得这儿的一切是那么的有意义，要说的是那么多，要回答的是那么多，要回忆的又是那么多。

附近这一片住宅的屋顶中，有一幢小屋的灰色山墙格外高耸，格外显眼。当年制革匠哈希斯就住在这里，这里是克诺尔普儿童时代游戏的场所，也是他第一次和姑娘有了秘密往来和亲密行动而结束其少年时代的地方。他记得，当初有多少个傍晚，他怀着正在萌芽的对爱情的憧憬，从这儿穿过昏暗的小巷走回家去，他还曾在这里替制革匠的女儿解开发辫，并且让美丽的法兰切斯卡的亲吻弄得昏头昏脑。他打算入夜时去看她，或许明天上午去。如今他很少回忆这些往事，他很乐意把这一切统统作为以往童年时代的一部分封存起来。

他在花园篱笆边整整踱了一个小时，眺望山下草木凋零的熟悉园圃，草莓丛上空空如也，已全部收摘干净，呈现出一派秋天景象。他望着自己父亲的花园，很想看见一座小花坛里他儿童时代种植的花卉，那是复活节后某一个星期天，他亲手种植的报春花和玻璃般的凤仙花，当时他还用小石子堆砌成一座小山，他曾成百次捕捉住蜥蜴放在小山上，不幸的是没有哪一只蜥蜴愿在小山上长住，充当驯养的家畜，然而他仍然怀着期待和希望继续捕捉新的。今天人们能够送给他房屋、花园、花卉、蜥蜴和小鸟，却再也不会具有那种充满魅力的光彩，不会有像当年他种在自己小花园里的那些夏日花卉所具有的光彩，不会有它们在轻柔地绽开蓓蕾时的花瓣上所具有的无比可爱的光彩。当时有一片醋栗树丛，他至今仍然清清楚楚地记得其中每一棵的模样！如今它们不在了，它们不是永恒的，不可摧毁的，不知道什么人把它们连根掘起，把树干、树根连同凋谢的树叶一起烧成了灰，却没有人为它们叹息一声。

是的，他当时常常和马霍特一起到这里来。他现在已经是一个大夫，一个绅士，去看病人时坐一驾马车，而且他确实称得上是一位善良正直的好人；但是即使是他，这位聪明诚实的人，比起从前的他，那个虔诚、腼腆、信赖人而又温顺的孩子来，又怎样呢？克诺尔普曾在这里指点他如何制作鸟笼和收集蝗虫的木板盒，当时他是马霍特的老师，是马霍特的年长、聪明而又值得钦佩的朋友。

有一家邻人的丁香树已经老朽，树干布满苔藓，业已枯死，另一家花园里的木板房也倒塌了，当然，倘若人们愿意，可以在原地再盖一间新房，但再也不会像它过去那么美丽、悦目和合适了。

克诺尔普离开满是野草的花园小径时，天色已开始昏暗，气候也转凉了。教堂的新钟楼改变了城市的外貌，随风飘来一阵清新的钟声。

他悄悄穿过制革匠家的门走进花园，这是一个节日的傍晚，花园里没有人。他无声无息地绕过那个为鞣制皮革而灌满重碱水的水坑，水坑旁边是一些柔软的树皮末鞣料，他一直走到矮墙前，黑乎乎的河水仍在那些布满苔藓的绿石块上淙淙流过。他曾和法兰切斯卡一起坐在这些石块上共度黄昏的良辰，光着双脚在水里拍击。

克诺尔普暗自思忖，假如法兰切斯卡当时没有让我徒然等待，也许一切便会全然不同了。即使我被拉丁语学校开除，耽误了学业，我还是有足够的精力和勇气振作起来有所作为的。当时的生活是何等单纯而痛苦啊！后来他变得自暴自弃，对一切都不愿意去了解，他听任生活的摆布，随波逐流，对一切都不感兴趣了。他站在生活之外，成了一个流浪汉、一个生活的局外人，在美好的少年时代，他受人爱戴，如今年老多病，却是孤独者。

一阵倦怠之感向他袭来，他身不由己地坐在矮墙上，脑子里闪现着潺潺流动的河水。对面有一扇窗户突然亮了，这是警告他，时间已经很晚了，不能在这里久待了。他悄没声儿地潜步走出制革匠的花园，走出大门，扣好上衣的纽扣，想起该找宿处了。他有钱，这是医生临别时送给他的。他稍作沉思后便去找旅馆了。他满可以去“天使”旅馆或者“天鹅”旅馆，那儿他人头熟，会找到许多朋友。但是目前他不能去。

这个小城市变化很大，从前连最细小的地方他都充满了感情，而这一回他既不想见，也不想知道它们，似乎一切都只属于过去的年代。当他听到别人很简单地答复他，法兰切斯卡已经去世时，一切更黯然失色了，此刻他觉得这次重返故里完全是为了法兰切斯卡。那么现在再在这些街道和园圃之间游荡还有什么意义呢？徒然给自己开痛苦的玩笑罢了。当他偶然在狭窄的邮政街遇见县医院的医生时，便忽然想到，医院里的人最终会发现他失踪，并会到处寻找他的。他当即在一家面包店买了两只白面包卷，塞进上装口袋里，他打算在明天中午以前离开市区走上陡峭的山路。

他朝高处的树林尽头看去，在大马路最后一个转弯处，一个满身尘土的人坐在一块大石头上，正在用一把长柄锤敲碎蓝灰色的贝壳石灰石。

克诺尔普打量了他一下，打过招呼后在他身边站住了。

“上帝保佑你。”那个男人回答说，却继续敲着石头，连头也不抬一抬。

“我认为天气不会老是这么好的。”克诺尔普试探地问道。

“恐怕就要变了，”敲石头的人喃喃地说，抬头朝上面望了一眼，中午的阳光把街道照得晶亮，使人眼花缭乱，“你要去哪里？”

“到罗马去朝拜教皇，”克诺尔普说，“路程还远得很吧？”

“今天肯定到不了。像你这样到处停留，打扰别人的工作，就是一年也到不了。”

“啊，你是这样认为的吗？好吧，感谢上帝，我总算不必着急了。你真是一个勤快的人，安德莱斯·夏勃莱先生。”

敲石头的人用手遮在眼睛上，细细打量着流浪汉。

“这么说你是认识我的，”他怀疑地说，“我好像也认识你。就是一下子想不起你的名字来了。”

“你可以去问问虾蟹店的老掌柜，公历九十年代时我们常常一起坐在那里。只怕他已经不在人间了。”

“早就去世了。我现在知道你是谁了，老伙伴。你是克诺尔普。你在这里坐一会儿吧。真要感谢上帝啰！”

克诺尔普坐下来，他登山时走得太快，呼吸有点儿困难了；直到这时他才看清山下这座小城市是多么地美丽，碧波粼粼的河流，红褐色的屋顶，其间点缀着一小片一小片树林组成的绿洲。

“你在这里过得很好吧！”他喘过气后问道。

“还可以，我没有什么可抱怨的。你呢？你从前爬山比较轻松吧，是不是？现在也喘得不行了，克诺尔普。你是回家乡来看看的吧？”

“是的，夏勃莱，这是最后一次了。”

“为什么是最后一次。”

“我的肺坏了。你知道没有办法的吧？”

“你若是留在家乡，亲爱的，努力工作，有妻子和孩子，每晚都睡在自己的床上，也许情况就完全不同了。嗯，我的意思你从前就了解得很清楚。当然现在说了也没用了。情况真的这么严重吗？”

“我也不清楚。——噢，也许很清楚。我的身体好像在走下坡路，一天比一天垮得厉害。如果人们把我看成孤身一人，不会给别人带来任何麻烦，那么我就会非常高兴。”

“人们会怎么看，这是你的事情。我却替你难过。”

“不要这样。人人都难免一死，敲石块的也一样。啊，老伙伴，如今我们两人坐在这里，彼此再也不会有很多幻想了。我记得你有一度脑子里也存在过其他思想的。你当时不是想进铁路局工作吗？”

“噢，那是老话了。”

“孩子们都好吗？”

“我没什么可说的。雅可布现在已经自己赚钱了。”

“噢，我待得太久了。我想我现在应该再往前走一段路。”

“何必着急呢。我们好多年没见面啦！瞧，克诺尔普，我能帮你什么忙呢？我现在身边钱不多，只有半个马克。”

“你留着自己用吧，老伙计。谢谢你的好意。”

他还想说些什么，可是心里一阵难受，便沉默了。那个敲石块的把自己带来的果子酒倒给他喝。他们一起俯视着山下的小城：磨坊的水渠在骄阳下反射出耀眼的亮光，一辆货车正缓缓驶过石桥，堤堰里一群白鹅懒洋洋地游动着。

“我歇得差不多了，得走啦。”克诺尔普又提出告辞。

敲石块的人沉思地坐着不动，只是摇头。

“听我说，克诺尔普，你这个可怜、倒霉的流浪汉应该有所作为的，”他慢吞吞地说，“何必这样受罪呢。克诺尔普，你知道我从来也不是一个教训人的人，可是我深信《圣经》中记载的事情。你也必须考虑的。你一定要对你自己负责，这当然不是那么容易的事。你才华出众，却没能得到施展。我讲这些话，你可千万别生我的气啊。”

这时克诺尔普微笑了，眼睛里闪烁着昔日他那种不伤害人的戏谑的光芒。他亲切地拍了拍老朋友的胳臂，随即站起身来。

“我们以后再看吧，夏勃莱。亲爱的上帝也许永远不会问我：你为什么不当法官？他也许只是对我说：你又回来了，我的孩子？于是他给我安排一件轻松的工作，看护孩子或者诸如此类的事。”

安德莱斯·夏勃莱耸了耸他那穿着蓝白格子衬衫的双肩。

“简直不能和你说正经话。你大概以为，倘若克诺尔普升了天，上帝除了和你开玩笑外便无所事事了吧？”

“噢，不是的。不过也并非没有这个可能，是不是？”

“别这么说话！”

他们握手告别，敲石人从裤袋里掏出一枚钱币塞给他，克诺尔普为了不使朋友扫兴，没有拒绝，收下了这枚钱。

他又朝故乡的山谷望了一眼，回过头去再一次和安德莱斯·夏勃莱点头告别，他又咳嗽起来，于是急忙加快步伐，不一会儿便消失在较高的森林拐角处了。十四天后，连续几天多雾而阴冷，尽管如此，仍不时有阳光温暖着迟开的钟形花和被霜打过的黑莓，后来气候骤然变得让人冷得发抖，三天后起了一阵风，随即降下一场鹅毛大雪。

这段时间内克诺尔普正在流浪途中，他始终盲目地在自己家乡周围徘徊，有两次他已经走得很近，到了森林拐角处，看见了敲石人夏勃莱，并观察了他好一会儿，却没有再跟他打招呼。他已经想了很多，他所走过的那些漫长、艰辛而又无益的道路，使他错误的一生好似被坚韧的荆棘藤蔓越来越紧地缠着，他找不到任何意义，得不到任何慰藉。然而他的病又发作了，感觉很不好，于是他几乎想要不顾一切地再返盖尔贝绍去敲打医院的大门。可是当他经历了接连几天的孤独之后，再眺望山下的小城时，感到一切都是那么陌生而又带着敌意，他顿然醒悟过来，自己永远不会再属于那边了。他不时到村子里购买一点儿面包，比比皆是的榛子也可供他果腹。晚上他就到森林工人的木板房里过夜，或者就睡在田野上的草堆里。

鹅毛大雪使他走出沃尔夫山，朝山谷的磨坊小屋走去，他疲惫不堪，步履维艰，但还是不停地迈动着双腿，好似他必须彻底利用自己所剩不多的日子，他不断地走，不断地走，走过了所有的森林和小道。尽管他有病，又很疲劳，但他的眼睛和鼻子却还像过去那样，灵活而敏捷；可以像一头灵敏的猎犬似的观察和嗅闻；他现在仍和过去一样，即使他已毫无目的，但每一个土坑，每一阵风，每一种兽类的踪迹，他都仔细察看。他的意志已不起作用，而两条腿还本能地往前挪动不停。

几天以来，他的头脑始终不间断的和亲爱的上帝进行着对话。他心里毫无恐惧之感，他知道上帝并不能为人类做任何事。但是他们还是一个劲儿地对话，上帝和克诺尔普，谈论生活的无聊；讨论如何才能建立另外一种不同的生活；讨论为什么事情必须这样或者那样，而不可能另一种样子。

“当时发生了这样的事，”克诺尔普的思想一再固执地回到这儿，“当时，我才十四岁，法兰切斯卡伤害了我。我原先还是一个大有希望的人。从此以后，我内心有什么地方损坏了，搞糟了，从此便一蹶不振。——是啊，唯一的错误就在于你没有让我在十四岁就死亡！倘若如此，我的生活就会像一只成熟的苹果一样美好而圆满。”

亲爱的上帝却只是微笑着，有时候还把脸面全部隐藏在风雪之中。

“嗯，克诺尔普，”上帝警告地说，“想一想你的青年时期，想一想你在奥登瓦尔德[①]度过的夏日，想一想你在莱希斯推顿的日子吧！你难道没有像一头小鹿似的欢蹦乱跳过吗？美好的生活不是使你充满了活力吗？你不是很会唱歌，很会拉手风琴，让姑娘们钦佩不已吗？你还记得在包艾斯维尔度过的那些星期天吗？你还记得你的第一个情人亨丽艾特吗？好了，那么你能说这一切都没有发生过吗？”

克诺尔普只得低下头来沉思，他的青年时代的欢乐像远方的野火一般向他闪烁着朦胧而美丽的光芒，像蜂蜜和甜酒一般散发出浓郁的芬芳，像初春夜晚的暖风低沉地呼啸而过。上帝啊，这一切都是美丽的，欢乐是美丽的，悲哀也是美丽的，缺少了这些，每天的日子将是何等的悲凉！

“啊，是的，”他承认，像一个疲乏的孩子，声调里满含着哭泣和反抗，“当初的日子是美好的。当然其间也难免有不幸和悲伤。不过全都是美丽的年代，这都是事实，也许，像我这般酗酒，这般热衷于跳舞，这般沉溺予爱情的良宵的人，当初是不多的。可是后来，后来就一了百了了！其实那时就已有尖刺潜伏于幸福之中，我早就

① 奥登瓦尔德：德国黑森林州下属的一个县。

确切地知道这一点。如今这样的好日子不会再有了。肯定的，绝不会再有了。”

亲爱的上帝在大风雪中远远地消逝了。于是克诺尔普站停片刻，稍稍歇一口气，并在雪地里咳出几小块血块，这时上帝又出现了，是来给他做出回答的。

“请你说一说，克诺尔普，你是不是有些忘恩负义？你变得如此健忘，简直令人可笑！我们一起来回忆回忆那些日子，当时你曾是跳舞皇帝，想想你的亨丽艾特，你已经不得不承认，当时是美好和幸福的，令人愉快而有意义的。倘若你是这么想着亨丽艾特的，亲爱的，那么你怎么能完全不想到丽莎贝丝呢？哦，难道你真的把她忘得一干二净了吗？”

这时，过去的一部分生活又像远处的一座山峰般耸立在克诺尔普眼前，只是没有像过去那么活泼快乐了，但却闪烁出神秘而真切的光辉，好似妇女含泪微笑，好似已逝的、早已为他忘怀的岁月又从坟墓里爬了出来。丽莎贝丝站在他们中间，还是那么一双美丽而悲哀的眼睛，胸前抱着一个小男孩儿。

“我真是一个坏蛋！”他又开始责备自己，“是的，丽莎贝丝死后，我本来也不应该活下来。”

可是上帝不让他继续往下说。上帝那双明亮的眼睛逼视着他，继续说道：“听着，克诺尔普！你曾经狠狠地伤害了丽莎贝丝，这是事实，当然你也明白，你给予她的温柔体贴超过了那种恶劣行径，而她也从没有一秒钟恨过你。你这个傻瓜，你难道没有看出这一切意味着什么吗？你难道没有看出自己正因此而成为一个轻浮的人，一个流浪汉的吗？你到处施展你那一套孩子气的可笑的勾当，并因而到处受到宠爱，受到嘲笑，受到感谢吗？”

“事实如此，”克诺尔普沉默了几分钟后低声道，“不过这些全是从前的事，那时我还青春年少！为什么我没有从这些坎坷中得到教益，成为一个正常的人？时间应该是充裕的。”

大雪中断了一个时候。克诺尔普又休息了片刻，想把帽子上和衣服上厚厚的雪花抖掉。可是他已经力不从心，浑身像散了架似的。如今上帝已站在他面前，那双明亮的眼睛睁得大大的，射出太阳般的光芒。

“你现在该满足了吧，”上帝警告他说，“抱怨有什么用呢？你真的看不见一切都很好，发展得很正常，不会再有任何改变吗？嗯，是的，你如今想当一位绅士，一个手艺匠，有妻子有孩子，晚上读读报纸，是不是？这样，你就不会再逃之夭夭，在森林里和狐狸同眠，击落飞鸟和驯养蜥蜴，是不是？”

克诺尔普重新迈步向前，由于疲乏而踉踉跄跄，他自己却毫不觉察。他自己感觉好多了，他对于上帝对他讲的话点头表示感谢。

“你瞧，”上帝说，“我并不需要你别的模样，就要你本来的样子。你以我的名义浪游天涯，你始终不间断地把追求自由而产生的些许愁思带给在家里安居乐业的人们。你以我的名义做了许多傻事，受到人们的讥讽；而我本人就活在对你的讥讽中，活在对你的喜爱中。你是我的孩子，我的兄弟和我的一部分，凡是我没有和你共同体验过的经历，对你来说全都是毫无价值、毫无痛苦的。”

“是的，”克诺尔普点了点沉重的头说，“是的，事实如此，我自己也确实常常这么想的。”

他躺在雪地里略事休憩，他那疲劳的四肢感到非常轻松，他那双发烧的眼睛微笑着。

当他闭上眼睛打算睡一会儿时，他还一直听见上帝说话的声音，一直看见上帝那双明亮的眼睛。

“那么你没有什么要抱怨的？”上帝的声音问。

“没有什么。”克诺尔普点点头，腼腆地微笑了。

“那么一切都很好？一切都要照它们应有的模样存在下去了？”

“是的，”他点头认可，“一切都该如此。”

上帝的声音逐渐低下去，一会儿变得像他母亲的声音，一会儿像亨丽艾特的声音，一会儿又像丽莎贝丝善良、温柔的声音。

当克诺尔普再度睁开眼睛时，阳光亮得刺眼，他不得不立即又闭上眼睛。他感到雪花在他手上积得很厚了，他想把它们抹掉，可是睡意已比他的任何其他愿望更为强烈地向他袭来。

悉达多

——一首印度诗

第一部

❖

婆罗门[①]的儿子

悉达多，这个婆罗门人的漂亮男孩儿，是在楼房的阴影里，在阳光下河滩边的小船里，在沙尔瓦德树和无花果树的浓荫下长大的，这只年轻的鹰是和他的好朋友戈文达——另一个婆罗门的儿子，在一起长大的。当他在河岸边沐浴、做神圣的洗礼、做神圣的献祭的时候，阳光晒黑了他光滑的肩膀。当他在芒果树丛里玩儿童游戏时，在倾听母亲唱歌时，在做神圣的献祭时，在聆听自己父亲和教师的教诲时，在和智慧的长者谈话时，他那双乌黑的眼睛里常常会流露出一抹阴影。悉达多早已参加智慧长者们的谈话，他和戈文达一起练习雄辩，练习欣赏艺术，练习沉思潜修。他早已懂得如何无声地念诵“唵”[②]，这是个意义深刻的字，他不出声地吸一口气，说出这个字，又不出声地呼一口气，说出这个字，他是集中了自己全部精神念诵的，额头上闪烁着体现灵魂纯净的光辉。他早已懂得，如何在自己生命内部掌握阿特曼[③]，使自己不可摧毁，使自己和宇宙完全一致。

---

① 婆罗门：婆罗门教和印度教的祭司，也是印度最高级种姓。

② 唵：“唵”（OM）这个音节无实际意义，在印度教象征着精神的认识和力量，是印度教神秘学说的象征。

③ 阿特曼：即（Atman），意为“真我”“神我”等。

因为有这么个儿子，父亲内心充满了欢乐，他眼巴巴地望着他成长，把他视为一个有教养的人，一个渴求知识的人，一个伟大的哲人和僧侣，总而言之，是婆罗门人中的一个贵族。

当母亲看见自己儿子的时候，看着他走路、坐下、站立的时候，她的胸膛里就会跃动着狂喜的情感，悉达多，这个双腿修长的、以无懈可击的仪态向她致意的年轻人，是一个最强壮、最美丽的孩子。

年轻的婆罗门姑娘的心为爱情所搅动扰乱，因为她们看见了悉达多走过城里的大街小巷，看见了他那闪光的额头、帝王似的眼睛和狭窄的髋部。

但是他的朋友戈文达，这个婆罗门的儿子，却比所有一切人都更爱他。他爱悉达多的眼睛和温柔的声音，他爱他的步态和完美无缺的仪容举止，他爱悉达多的一切言行，而他最爱的是他的灵魂，他的高贵的、火一般的思想，他那些炽热的愿望以及他的崇高使命。戈文达明白，这个人将来不会是一个普通的婆罗门教徒，不会是一个腐败的小官员，不会是一个只会念咒语的贪心商人，不会是一个自命不凡、空话连篇的演说家，不会是一个诡计多端的坏僧侣，当然更不会是畜群里一只善良而愚蠢的绵羊。不会的，就连他戈文达，也不愿意成为上述这类人，即或有成千上万个这样的婆罗门人。他愿意追随悉达多，这个最可爱的、最美妙的人。当悉达多有朝一日成了一个神，终于到达光辉灿烂的境界时，戈文达也将自愿追随他而去，做他的朋友、他的伴侣、他的仆人、他的护卫、他的影子。

他热爱悉达多的一切。他乐意为他干一切事，一切都令他兴趣盎然。

但是悉达多却不快活，内心很不满足。他在无花果园的玫瑰色小径上漫步，在小树林的蓝色阴影下小憩，眺望四周，每日对自己的四肢做例行的赎罪洗涤，在芒果树的浓荫下进行献祭，他的举止、体态优美无比，他为所有的人所爱，给所有的人以欢乐，然而他自己内心却没有丝毫欢乐。他做了许多梦，不知疲倦地思索了又思索，从那流逝不停的河水、熠熠闪光的星星、一束束太阳光芒中，获得了许多许多梦；从献祭仪式、《梨俱吠陀》[①] 的诗句、婆罗门老人的教诲中，获得了永不平静的灵魂。

悉达多已经开始以不满足来滋养自己。他开始感觉到，自己父亲的爱，母亲的爱，甚至好朋友戈文达的爱，并非永远，也并非任何时候都能使他幸福、使他平静、使他餍足和满意。他开始预感到，自己可尊敬的父亲和其他教师，这些聪明的婆罗门人已把他们最好的、大量的才智都传给了他，他们已把他们的知识统统注入了他那期待着的容器之内，但是这个容器并没有盛满，这个精神并没有满足，这个灵魂并不安宁，这颗心也并没有获得平静。洗礼当然很好，但它们终究是水，它们不可能洗去罪孽，不可能治愈精神上的渴求，不可能解救心灵的恐惧。献祭仪式和神灵召唤当然是极好的事，但是这能代替一切吗？献祭能不能带来幸福？而神灵又能有什么作为呢？世界果真是生主[②]所创造的吗？阿特曼，它果真是独一无二的吗？真是宇宙之总和吗？难道塑造神灵的形象和塑造你我的形象完全不同，并不受时间的约束，并非是暂时的吗？向神灵做祭献是好事、是正确的事、是一种充满意义而至高无上的行动吗？除去他，除去独一无二的至上的阿特曼，还可以向别的什么做祭献，向别的什么表示崇敬吗？何处可以找到阿特曼呢，它住在哪里，它那永恒的心在何处搏动，在最内在的、最不可摧毁的自我中，还可能存在其他什么，是每个人都具备的吗？但是在何处可以找到这个自我，这个最内在、最后的自我呢？它不是肉和腿，也不是思想或者意识，这就是那些最富有智慧的长者所开导他的。但是智慧在何处，

① 《梨俱吠陀》：婆罗门教、印度教最古老的经典。约公元前二千至前一千年成书。用古梵文写成，主要是对神的赞歌、祭词、咒词等，流传于印度西北部。最古的《吠陀本集》共四部，《梨俱吠陀》是其中的一部，其他三部是：《娑摩吠陀》《夜柔吠陀》《阿闼婆吠陀》。这四本合称为《吠陀》。

② 生主：印度神话中对创造之神的称谓。

究竟在何处呢？它如何才能渗入自我、渗入阿特曼之中呢？——是否存在于另一条道路，值得去探索追寻呢？天哪，没有人可以指点这条道路，没有人能够开导他，不论是父亲、教师、智慧长者，还是祭献时的赞美歌曲！他们什么都知道，这些婆罗门人和他们的神圣书籍，他们知道一切，以便自己能照管一切，甚至还远远超过这些，他们还知道世界的创造过程，知道如何演讲、进餐、吸入空气和呼出空气，知道思想意识的规律以及神道们的事迹——他们所知道的东西简直是无穷无尽的。但是如果人们唯独不知道那独一无二的、那仅有的重要东西，那么知道世界所有一切又有什么价值呢？

的确，许多圣书中记载着无数诗句，尤其是在《娑摩吠陀》里，讲到了这些最内在的、最后的东西，真是些美丽的诗句。里面写着："你的灵魂便是整个世界。"其中还写着，人们睡觉时，在深深入眠时，便进入自己最深的内在之中，便居留于阿特曼之中。在这些诗句中记载着惊人的智慧，世界上最聪明的人的一切知识都收集汇总在这里，成为有魔力的语言，纯粹得好似蜜蜂所收集的蜂蜜。不能小看低估这一代接一代无数聪明的婆罗门人所收集和保存在这里的巨大的知识财富，绝不能小看低估。——但是有没有哪个婆罗门人，哪个僧侣，哪个智者或忏悔者达到了如下目的：不仅懂得这些最深刻的知识，而且是靠它生存？有没有哪个专家精通于将沉湎于阿特曼的人从入魔似的睡眠中呼唤出来，让他清醒，进入生活，举步前进，说话干事？悉达多认识许多可敬的婆罗门人，首先是他的父亲，一个最纯粹、有学问、值得高度尊敬的长者。父亲是令人钦佩的，他的举止沉稳而高贵，他的生活纯洁，他的语言优美，他的头脑里有着无数明智、高贵的思想。——但是即使是他，这位知识如此丰富的人，生活在幸福中的人，他是满足的吗，难道他不也是一个探索者，一个渴求者吗？他不也是要一再重新返回到神圣的源泉边，像一个饥渴已久的人使劲痛饮，从祭献礼中，从书籍中，从婆罗门人那些变化多端的演说中使劲吸取养料？为什么他这个无可非议的人必须每天忏悔，必须每天净身，必须每天让自己成为新人？难道阿特曼不在他身上，难道古老的源泉没有流过他自己的心？人们必须找到它，在自我身上找到古老的源泉，人们必须让它变为自己所有！其他的一切便只是探寻、弯路和歧途而已。

悉达多如此思索不已，这些就是他的渴求，就是他的烦恼。

他常常高声朗读《韵律学·吠陀支》[1]里的名言："毫无疑问，婆罗门这个名字便是萨蒂耶——真理，谁懂得这些，谁就会每天进入一个极美妙的世界。"悉达多常常觉得自己已接近这个极美妙的世界，但是却从不曾真正达到，从未能解决自己的最后渴望。所有的聪明人以及那些最聪明的长者，凡是悉达多所熟识并从他们身上吸取教诲的人，他认为他们中间并无一人完全达到了这个极美妙的境界，这个能彻底解决他们永恒渴望的美妙世界。

"戈文达，"悉达多对他的朋友说，"戈文达，亲爱的，和我一起到榕树下去，我们要好好沉思一下。"

他们一起来到榕树下，坐下身子，悉达多在这边，戈文达距离他二十步远。当他们坐停当一切都准备就绪，便开始念"唵"，悉达多喃喃地重复念着几行诗句：

唵是弓，灵魂是箭，
婆罗门便是箭矢之的，
人们为达目的不折不挠。

当正常的沉思潜修时刻已过时，戈文达站起了身子。黄昏已经降临，正是进行傍晚沐浴的时刻。他呼唤悉达多的名字。悉达多却没有回答。悉达多坐着出了神，他的双目呆呆地凝视着某个非常遥

① 《韵律学·吠陀支》：婆罗门教的一大类文献，被认为是《吠陀》的补充说明。包括：式叉（语音学）；劫波（宗教仪轨）；毗迦罗那（语法学）；尼禄多（词源学）；阐陀（韵律学）；树提（天文学）。

远的目标，他的舌尖略略伸出在两排牙齿的中间，似乎已经停止了呼吸。他坐着，被沉思所笼罩，默诵着“唵”，他的灵魂已成为箭矢射向婆罗门。

曾经有几个沙门[①]途经悉达多所住的城市，他们是去朝拜圣地的苦行僧，一共三个人，他们干枯憔悴，既不老也不年轻，风尘仆仆，肩头流着血，身上几近赤裸，皮肤都被太阳晒得焦黑，他们生活在孤独之中，对世界既陌生又敌视，他们是人类王国中的陌生人和瘦骨嶙峋的豺狼。从他们身后吹来一阵炽热的气味，它们是由沉默的痛苦、受毁的工作、冷酷的自我虐待所形成的气味。

黄昏时，在做过自我审察之后，悉达多对戈文达说：“我的朋友，明天一清早，悉达多便要走上苦行僧的道路。他要成为一个沙门。”

戈文达顿时脸色苍白，他听见了悉达多的话，同时在自己朋友不动声色的脸上看出了一种决心，一种离弦的飞矢似的不可偏转的决心。戈文达一眼就看清：事情开始了，如今悉达多将要走他自己的路，如今悉达多的命运萌发了新芽，而自己却把命运和他联系在一起。于是戈文达的脸色黄得像一只干枯的香蕉皮。

“噢，悉达多，”他叫道，“你父亲会允许吗？”

悉达多如梦初醒似的朝朋友望望。他也一眼便看透了戈文达的灵魂，看出了他的恐惧和懦弱。

“噢，戈文达，”他轻轻说道，“我们不要白费唇舌了。明儿天一亮我就要开始自己的苦行僧生活。请不必再说什么了。”

悉达多走进屋子，他父亲正坐在一张麻织的席子上。他走到父亲身后，站了好一会儿，直到父亲感到有一个人站在背后。这个婆罗门人问道：“是你吗，悉达多？请说吧，你想和我说什么。”

悉达多说道：“我要得到你的允许，我的父亲。我是来告诉你，

---

① 沙门：此处泛指离家苦修的佛教徒。

我想明天早晨离开家，去过苦行僧生活。我要去当一个沙门，这就是我的请求。但愿我的父亲不反对我这么做。”

这个婆罗门人一声不吭，沉默了很久很久，直到小小的玻璃窗上出现了不断变化着的星星，房间里的沉默才告终结。儿子交叉着胳臂一动不动地默默站在那里，而父亲也一动不动地默默坐在席子上，只有星星在天空中移动着位置。这时父亲说道：“婆罗门人是不善于讲那些愤怒激烈的话的。但是我的心很不满意。我不愿意从你嘴里第二次再听见这个请求。”

婆罗门人慢慢站起身来，悉达多仍然交叉着胳臂不声不响地站着。

“你还在等什么？”父亲问。

悉达多回答：“你知道我在等什么。”

父亲怒气冲冲地走出房间，愤愤地摸到自己的床前躺下了。

一个钟点过去了，这个婆罗门人的眼睛仍睁得老大，毫无睡意，他从床上爬起来，在房间里踱来踱去，后来又走出了房子。他透过小房间的小窗户往里看，看见悉达多仍然交叉双臂站在那里，一副不可动摇的模样；浅色的上衣闪烁着苍白的光。父亲心里很不平静，又回到自己的卧室。

又一个钟点过去了，婆罗门人仍是一点儿睡意都没有，他又从床上爬起来，在房间里来回踱步，然后又走出了房子，仰望了一下升起的月亮。他重又透过小房间的窗户朝里看，见悉达多还是双臂交叉地站在那里，月亮照亮了他赤裸的脚胫骨。父亲心里忧虑重重，又摸索着回到自己的卧室。

一个钟点后他又这么重复了一遍，再过了一个钟点又重复一遍。他透过小小的窗户，看见悉达多仍然站着，在月光下，在星光下，在黝黯的夜色里。一个钟点又一个钟点过去了，他沉默无言，望着房间里面，望着那不可动摇地站着的人，心里充满了愤怒，充满了不安，充满了惧怕和痛苦。

在天亮前的最后一小时里，他重又走进房间，看着站在自己面前的年轻人，觉得儿子长高了，变得陌生了。

“悉达多，”他说，“你还在等什么？”

“你知道我在等什么。”

“你想一直站着等到天亮，等到中午，等到晚上？”

“我要一直站着，一直等着。”

“你会累坏的，悉达多。”

“我是会累坏的。”

“你得去睡觉，悉达多。”

“我不去睡觉。”

“你会死的，悉达多。”

“我是会死的。”

“你宁愿去死，也不愿听从父亲的话？”

“悉达多永远是听从父亲的话的。”

“那么你还不想放弃自己的打算吗？”

“悉达多将要按照他父亲告诉他的话去做。”

熹微的晨光照进了房间。婆罗门人看到，悉达多的膝盖在微微颤抖。而悉达多的脸色仍显得那样坚毅，一双眼睛注视着远方。这时父亲意识到悉达多已经不在自己身边，已经不在家乡的土地上，他已经离开父亲和家乡了。

父亲抚摸着悉达多的肩膀。

他说：“你要到树林里去，你想成为一个沙门。如果你在树林里找到了极乐，那么你就回来把极乐传授给我。如果你只是找到了失望，那么你就回家来，让我们再一起向神道献祭。你现在走吧，去和母亲吻别，告诉她，你将到何处去。现在正是我去河边的时候，我要去做今天的第一次沐浴。”

他抽回搁在儿子肩上的手，向外面走去。悉达多身子摇晃了一下，似乎他也要往外走。但是他强忍着不去追随父亲，而是按照父亲的吩咐去向母亲告别。

当他在初照的阳光下，迈动麻木僵硬的双腿慢慢离开这座仍然静寂的城市时，在城外一所茅屋边，有一个蹲着的人影朝他直起身来，他认出这个朝圣者——正是戈文达。

“你来啦。”悉达多说，同时微微一笑。

“我来了。”戈文达回答。

和沙门在一起

当天傍晚时分，他们赶上了那些苦行僧，那些枯瘦的沙门。他们请求允许同行并表示愿意听从沙门的教导。他们被接纳了。

悉达多把自己的漂亮衣服送给了路边一个穷苦的婆罗门人。他只用一条带子遮住自己的私处，身披一件没有缝边的暗褐色大斗篷。他每天只进餐一次，而且是未经烹调的食物。他斋戒十五天。他斋戒二十八天。他脸上和大腿上的肉逐渐瘦下去。从他那双越来越大的眼睛里闪烁出炽热的幻想，从他那些干枯的手指上生长出长长的指甲，下巴上的胡子也显得干枯和蓬乱了。当他遇见女人的时候，他的目光变得冷冰冰的；当他穿过一个市区，看见那些衣着华丽的人时，他的嘴唇轻蔑地一撇。他看见商人们做买卖，贵族们出外狩猎，服丧者为死人大声号哭，妓女奉献色相，医生照看病人，僧侣们为播种选定吉日良辰，情人们相亲相爱，母亲们抚拍自己的小宝宝——然而所有这一切在他眼里都毫无价值，一切都是欺骗，它们臭气熏天，散发出欺骗的恶臭，一切都是假象，而装得却似乎有思想、很幸福、很美好的样子，实际上全都在无可奈何地腐烂变质。世界的味道很苦涩。生活是痛苦的。

悉达多眼前只有一个目的，也是唯一的目的：摆脱一切，摆脱渴望，摆脱追求，摆脱梦想，摆脱欢乐和痛苦。听任自己死亡，心里不再有自我，在摆脱了一切的心里找到宁静，在消失了自我的思想里听任奇迹出现，这便是悉达多的目的。倘若自我在一切中消失不见，倘若自我业已死去，倘若每一种追索和探寻的欲望在心中俱已沉寂，那么这最后的、最内在的本质便会觉醒，这也就不再是自我，而是那个神圣秘密了。

悉达多默默地站在直射的烈日下，忍受着痛苦和干渴的煎熬。他就这样站着，直至自己不再感觉到痛苦和干渴。雨季时，他默默站在雨下，任凭雨水从他的头发上往下滴落到冻僵的肩头，滴落到冻僵的髋部和双腿，但是那个悔罪者却站着不动，直至肩膀和双腿不再感到寒冷，直至它们都变得麻木，直至它们都不再动弹。悉达多默默地蹲在荆棘藤蔓间，灼痛的皮肤里流出了鲜血，溃疡的伤口上流出了脓水，而他神情木然地蹲着，纹丝不动地蹲在原地，直至鲜血不再淌流，直至没有刺伤感，直至没有灼痛感。

悉达多直挺挺地坐着，学习如何节省呼吸，学习如何稍稍呼吸便可维持生命，学习如何停止呼吸。他还学习如何让自己一开始呼吸就使心跳逐渐平息，学习如何尽量降低心跳的次数，减少到极少的程度，直至几乎完全没有声息。

悉达多从这批沙门中的年长者的身上学习如何自我解脱，如何沉思潜修，如何遵循新的沙门法规。一只苍鹭飞过竹林上空，刹那间，悉达多把自己的灵魂和苍鹭合为了一体，他高高飞翔在树林和群山之上，他变成了一只苍鹭，吞食鲜鱼，他具有苍鹭的饥饿感，他发出苍鹭般的叫声，他像苍鹭一样死去。一只已经死了的豺狼躺在沙滩上，悉达多让自己的灵魂潜入了这具尸体之中，于是他成为一只死豺狼，躺卧在沙滩上，逐渐膨胀、发臭、腐烂，被鬣狗撕得粉碎，被兀鹫剥去了外皮，逐渐化为残骸，化为尘土，被风吹散到四处各地。悉达多的灵魂经过死亡、经过腐烂、经过化为尘土后，又转回来了，他已品尝了轮回循环的阴郁滋味，像一个猎手似的怀着新的渴望期待着冲出缺口，以逃脱这种轮回循环，找到事由的结局，开始无痛苦的永恒境界。他杀死自己的意识，他扼死自己的回忆，他让自我潜入上千种陌生的躯体之中，例如：动物、尸体、石块、木头、流水，但是每一回他总是又惊醒过来，时而在阳光下，时而在月光下，仍然还是他自己，在轮回循环中摇摇摆摆，感觉渴望，制服渴望，又重新感觉新的渴望。

悉达多从这些沙门那里学到了很多东西，他学习到如何从自我启程迈步走向无数条道路。他经历了痛苦，经历了自愿受罪，制服了苦恼、饥饿和渴望之后，走上了一条摆脱自我的道路。他通过沉思冥想，通过对一切概念的空洞思维走上了一条摆脱自我的道路。他学会了走这一条道路和另一条道路，他成百上千次脱离了自我，他让自己在非我中停留几个钟点，甚至几天之久。尽管这条道路启程时离开自我，但道路的终点却终究是回到自我。尽管悉达多成千次逃开自我，逗留在虚无之中，逗留在野兽和石块之中，回归仍然是不可避免的，他无法挣脱这一重新寻获自己的时刻，不论是在日光下还是在月光下，不论在树荫里还是在大雨中，他终于仍然是自我，是悉达多，他重又感觉到承受轮回循环的痛苦。

戈文达生活在他身边，是他的影子，和他走着同一条道路，经受着同样的磨难。他们除了谈论自己的责任和实践问题外，很少交谈其他事情。两个人有时候为自己也为他们的教师，一起走街串巷去乞讨食物。

“戈文达，你有什么想法，”有一次他们在乞讨途中，悉达多问他的朋友道，“你是否认为我们已经走得够远了？我们达到了目的吗？”

戈文达回答说：“我们学习了很多，我们还要继续学习。你会成为一个伟大的沙门的，悉达多。你迅速学会了每一种苦修实践，使那位年长的沙门常常惊讶万分。你总有一天会成为一个圣人的，噢，悉达多。”

悉达多回答道："我并不这么认为，我的朋友。这些日子和众沙门待在一起，我是学到了一点儿东西，噢，戈文达，这是因为我有能力学习得如此迅速而利落。如果我待在妓女云集的小酒店里，我的朋友，生活在马车夫和赌棍中间，我也能够学习到很多很多。"

戈文达说："悉达多在和我开玩笑。你是如何沉思潜修的，你是如何屏住呼吸的，你对饥饿和痛苦又是如何无所感觉的，难道能够从这些可怜人那里学会这些？"

悉达多却好像是在说给自己听似的轻声说道："什么是沉思潜修？什么是脱离躯壳？什么是斋戒？什么是屏住呼吸？这是想要逃离自我，这是一种短暂的摆脱自我存在的苦恼，这是一种对抗痛苦和生活的无意义的短暂麻醉。一个牧牛人可以在小客栈里找到同样的摆脱，同样的短暂麻醉，只要他喝上几碗米酒或者发酵过的椰子牛奶，他便不再有自我存在的感觉，不再感觉生活的苦恼，会找到短暂的麻醉。那个牧牛人喝过几碗米酒后在微睡状态中所寻得的东西，正是悉达多和戈文达所找到的同样的东西，而他们则是通过长期的摆脱自己的躯壳的苦修实践，通过逗留在非我状况中才取得的。事实便是如此，噢，戈文达。"

戈文达接着说道："这是你的说法，噢，朋友，但是要知道，悉达多并不是牧牛人，而一个沙门也并不是一个酒鬼。喝醉酒的人可以找到麻醉，可以找到短暂的摆脱和休息，但是当他从幻觉中醒来时，发觉一切都是老样子，他并没有变得更聪明些，并没有积累什么知识，也并没有让自己提高一个等级。"

悉达多微笑着说："我不知道你说的对不对，因为我没有喝醉过。但是我，悉达多，从自己苦行实践和沉思潜修中找到的那些仅仅极短暂的麻醉中知道，自己距离智慧，距离获得拯救也同样十分遥远，就像一个尚未脱离母体的婴儿，我知道的，噢，戈文达，我知道的。"

后来又有一次，悉达多和戈文达一起离开树林走进村子，为他们的兄弟和教师乞讨食物时，悉达多又开始谈到这个问题，说道："怎么样，戈文达，我们的道路是否正确？我们也许已经更接近智慧了？我们也许已经更接近解脱了？或者我们只是在兜圈子——而我们，还自认为正在脱离这种循环？"

戈文达说道："我们已经学到了很多，悉达多，还有很多正等待我们去学习。我们并没有兜圈子，我们正在往上走，这圆圈是螺旋形的，我们已经上升了好几级。"

悉达多回答说："你可知道，我们那位最年长的沙门，我们尊敬的教师，现在高寿多少？"

戈文达说："我们这位老人是六十岁左右吧。"

悉达多说："他已经六十高龄，但还不曾达到涅槃境界。他会活到七十岁，活到八十岁，而你和我，我们也会活到这么老，我们将要不断磨炼，不断斋戒，不断反省。但是我们还远远达不到涅槃境界，他不行，我们也不行。噢，戈文达，我相信，我们这里所有这些沙门中，也许没有一个人，没有一个人会达到涅槃境界。我们探寻慰藉，我们探寻麻醉，我们学习种种修行技巧以求得自我迷醉。然而最根本的是：我们没有找到那条路中之路。"

"请别这样说，"戈文达表示了不同意见，"请别说这种可怕的话语！悉达多！难道在如此众多有学问的长者中，在许许多多婆罗门人中，在这么多严格律己的可敬的沙门中，在许许多多探索者、许许多多努力勤勉的人、许许多多圣洁的人中，就没有一个人会找到这条路中之路？"

但是悉达多只是用一种含有悲哀和嘲讽的声调，轻轻地说道："过不了多久，戈文达，你的朋友就要离开这条和你一起走了很久的沙门的狭路了。我受着渴望的煎熬，噢，戈文达，而在这条漫长的沙门的道路上，我的渴望之感丝毫也没有减少。我始终渴求着新的知识，我心里始终充满了疑问。年复一年，我向婆罗门人求教。年复一年，我向神圣的《吠陀》求教。噢，戈文达，也许我向犀鸟求教，或者向黑猩猩求教，也会获得同样的智慧，同样的教益。噢，戈文达，为了学习，我已经耗费了很多很多时间，却没能到达终点：没能到达无物可学的终点！于是我认为，事实上并不存在那个我们称之为‘学习’的东西。噢，我的朋友，事实上只存在一种知识，它是普遍存在的，它就是阿特曼，它存在于我身上，存在于你身上，存在于一切生物之中。于是我便开始相信：求知欲望和学习愿望恰恰是这种知识的可恨的仇敌。”

戈文达在半路上呆住了，他高高举起双手，说道：“悉达多，请千万别用这种言论使你的朋友惊恐万状！真的，你这番话在我心里引起了恐惧。只要想一想：倘若一切正如你所说的，倘若学习并无意义，那么还谈什么祈祷的神圣性，什么婆罗门人的德高望重，什么沙门僧的虔诚呢？有什么东西，噢，悉达多，世上万物有什么可算是神圣的、有价值的、可尊敬的呢？！”

这时戈文达喃喃地念了一首诗，这是《奥义书》[①]里的一首诗：

谁潜心于阿特曼之中，
沉思默想，灵魂净化。
他的心便神圣高洁，
不需要任何言语形容。

悉达多沉默不语。他思考着戈文达对他说的话，从头到尾琢磨着这些话。

是的，他想，他耷拉着脑袋站着，世上万物中有哪些可称之为圣洁的呢？究竟有哪些呢？有哪些是经得住考验的呢？他摇了摇头。

后来，当这两个年轻人和这批沙门僧共同生活并且分担苦修实践将近三年的时候，他们从各种不同的途径和渠道听见一个消息、

① 《奥义书》：印度古代哲学典籍，是《吠陀》的最后一部分。

一个谣言、一个传闻，说什么：出现了一个名叫乔达摩的圣人，一个活佛，他战胜了世上的一切苦恼，他能使复活的车轮停止转动。他到处讲学，受到青年人的拥戴，他漫游在全国各地，没有财产，没有妻子，没有家乡，他身披苦行主义者的黄色僧衣，但是他的额头是开朗的，他是一个圣人，许许多多婆罗门人和贵族在他面前弯下身子，他们愿意充当他的弟子。

这个传闻、消息、神话到处流传，传到这里，又传到那里。在城市里，婆罗门人互相交谈，在森林里，众沙门议论纷纷，到处回响着乔达摩的名字，到处在谈着这个活佛，传进了这两个青年人的耳朵，有好话也有坏话，有赞美也有诽谤。

就像某个国家流行瘟疫那样，这个消息迅速传播，消息说，有这么一个人物，一个智者，一个有学问的人在全国各地走动，他的话语和他嘘出的气息足以治愈每一个被瘟疫所侵袭的遭难者，当这个消息传遍全国的时候，人人都谈论它，有许多人深信不疑，也有许多人十分怀疑，还有许多人则立即启程去探访这位智者、这位圣人。于是整个国家都传遍了关于乔达摩，这位活佛，这位出身于释迦牟尼家族的智者的种种逸事，种种香气馥郁的趣闻。他的信徒们说，他掌握着那些最高级的知识，他记得自己前生的事，他已达到涅槃境界，可以不再回到轮回中来，他永远不会沉没在造化的污浊波涛之中。人们报道了他的许多惊人的、简直是不可思议的事迹，说他创造了奇迹，说他战胜过魔鬼，说他曾经和诸神对话。而他的反对者和敌人则说，这个乔达摩不过是一个自吹自擂的引诱者，他追求奢侈的生活，他蔑视祭献，他并无渊博的学问，甚至不懂得如何清苦修行。

关于活佛的传闻听着真使人着魔，这些消息都散发出迷人的香味。是的，如今的世界是出了毛病，生活简直难以忍受——因而，瞧吧，这里涌出了一股甘泉，这里鸣响着使者的声音，温和的、抚慰的，充满了高贵的许诺。到处传播着这位圣者的消息，印度全国各地的年轻人都悉心倾听着他的声音，感觉到渴求，感觉到希望。不论城里还是村庄里，年轻的婆罗门人都热烈欢迎每一个朝圣者，每一个外来人，只要他们带来他——那位卓越人物、那位佛陀的消息。

这些传闻逐渐也渗进了树林里，传进了这些沙门的耳中，同样也传进了悉达多和戈文达耳中，缓慢地、一点一滴地渗了进来，每一点都难以相信，每一点也都难以怀疑。他们很少谈论这件事，因为那位最年长的沙门很厌恶这些传闻。他曾听说，那位所谓的活佛从前也当过苦行僧，在森林里苦修过，但是后来又回转到世俗生活里过起了舒适生活，因此他很瞧不起这个乔达摩。

“噢，悉达多，”有一回戈文达对他的朋友说，“我今天在村子里的时候，有一个婆罗门人邀请我去他家中，屋里有一个从麦加特哈来的婆罗门青年，这个年轻人曾亲眼见到乔达摩，聆听他的教诲。说真的，我呼吸时都觉得胸膛作痛，我一直在想：我自己，我们两人，悉达多和我不是也可以去经历经历这种时光，我们应该去听听那位完人的亲口教诲！说话吧，我的朋友，我们要不要也到那里去，也去听听活佛的亲口讲学？”

悉达多回答说：“噢，戈文达，我一直在想，我一直认为戈文达会和沙门僧们始终待在一起，我一直相信这便是他的目的，一直待到六十岁、七十岁，始终不断地锻炼着苦修技艺，这是一个沙门所必须具备的。但是瞧吧，我对戈文达认识得还不够，我对他的心了解得太少了。那么现在你，尊敬的朋友，想要另择道路了，你要去聆听佛陀的教诲了。”

戈文达说：“你在开玩笑吧。悉达多，你总是好嘲讽讥笑！这难道不也是你的期望吗，你难道没有兴趣去听听他的布道？你从前不是告诉过我，这条沙门的道路你不会长久走下去的吗？”

这时悉达多便以自己的方式微微一笑，说话的声调里却带着一重悲哀的情感，一种嘲讽的意味，他说：“是的，戈文达，你说得很对，你记性真好。不过你还得再回忆回忆别的，也是我曾经和你说起的，我对学问确实产生了怀疑和厌倦，也懒得进行学习，我对老师们灌输给我们的那些话语，已经缺乏信仰。不过，亲爱的，我已做好准备，去聆听那个人的教导——虽然我深信，那个人的学说中最优秀的成果，我们早就品尝过了。”

戈文达回答说：“你已准备和我同行，真叫我满心喜欢。但是请你告诉我，你方才的话有何根据？为什么在我们聆听乔达摩的学说之前，就可以推论我们业已品尝过其中最优秀的成果呢？”

悉达多说：“噢，戈文达，还是让我们去品尝品尝这些果实，并且耐心等候今后的发展吧！我们目前就应该向乔达摩表示感谢，因为就是这些果实召唤我们脱离沙门僧的道路！我们不必管乔达摩会不会给我们提供什么意外的、较好的东西，噢，朋友，我们只需要心境宁静地等待着就行。”

同一天，悉达多便向那位最年长的沙门说出了自己的决定，他将要离开他们。他态度极为谦逊有礼，这也是一个后辈和弟子应该有的态度。那个老沙门竟暴跳如雷，因为这两位年轻人居然要离开他们，他高声大叫，还骂了一些粗话。

戈文达十分惊恐，犹豫起来。悉达多却把嘴巴凑到戈文达耳边，小声告诉他说：“现在我正好可以向老人显示显示，我从他那里学到了什么。”

这时他已站在老沙门僧面前，挨得很近，集中全部精神瞪眼对视着老人的目光，悉达多的目光蛊惑了他，使他变得呆滞，变得没有主意，让他屈从了自己的意志，并命令他，让他不声不响去做自己要求他做的事情。这个老人已变得呆滞麻木，两眼发直，意志瘫痪，胳臂往下垂落，在悉达多所施的魔力前完全无能为力。悉达多的思想已经攫住了这个老沙门，他必须完满地执行悉达多的命令。于是老人好几次俯下身子，摆出祈祷的姿势，喃喃说着一些为旅行而祝福的虔诚的话语。而两位年轻人也鞠躬致谢，他们回答了他的祝福后，有礼貌地告辞而去。

半路上戈文达说道："噢，悉达多，你从老沙门处所学到的东西远比我所了解的要多得多。要对一个老沙门僧施加魔力是不容易的，是一件非常难的事情。说真的，如果你还待在那里，我肯定你很快便可学会如何潜入水中的。"

"我并不渴望学会潜入水中，"悉达多说，"但愿这个老沙门自己能如愿以偿实现这种技艺吧。"

乔达摩

在沙瓦梯城[①]，每一个孩子都知道这位不平凡高僧的名字，每一幢住宅都时刻准备着接待拥戴乔达摩的年轻人，接待默默无语的朝圣者，为每一只乞讨的饭碗盛满食物。城市附近坐落着一座叫作哈恩·耶塔华那的别墅，是乔达摩最喜欢住的地方。那是有钱的商人阿那塔比迪卡，乔达摩的忠实崇拜者，赠送给他和他的追随者的礼物。

两个年轻的苦修者根据种种传说的指引追寻着乔达摩的住地，终于来到了圣人居住的地区。他们一到达沙瓦梯城就在第一幢住房大门前站停了，他们乞讨食物，立即得到了食物，悉达多询问赠予他们食物的妇女：

"感谢你，仁慈的人，我们很想知道佛陀住在哪里，就是那位最尊贵的圣人。我们是两个从森林里来的沙门僧，我们来探访他，我们想见见这位完美的人，我们要亲耳聆听他的布道。"

那位妇女回答说："两位来自森林的沙门啊，你们远道而来，真是找对了地方。你们听好，在耶塔华那，在阿那塔比迪卡的花园里，

① 沙瓦梯城：即印度舍卫城，相传为释迦牟尼长年居留讲经说法处。

正住着那位卓越的人。你们二位朝圣者可以到那里去过夜，那里有的是房间，可以容纳许许多多潮水一般涌来聆听圣人讲道的人。”

戈文达大为欢喜，兴奋地大声叫道：“多美啊！我们算是到了目的地，走到头了。朝圣者们的母亲啊，请告诉我们，你认识圣人吗，你亲眼看见过他吗？”

那妇女又说：“我见过他许多许多次，那位杰出的人。我很多次看见他穿着黄袍默默地走过街道，看见他默默地站在一些住宅前伸出乞讨的碗，然后又拿走盛满了食物的饭碗。”

戈文达听得十分兴奋，还想再询问、打听其他许多情况。但是悉达多提醒他继续上路。他们道谢后继续朝前行走，几乎不需要再询问路途，因为沿途有不少来自崇拜乔达摩团体的朝圣者和僧侣正往耶塔华那走去。当他们晚上到达别墅时，听见一批批连续不断的光临者的喊叫声、谈话声，喧哗着请求住房，并且得到了安顿。这两个过惯了森林生活的沙门很快便找到了栖身之处，不声不响地躺了下来，一直睡到次日清晨。

日出时他们环顾四周大吃一惊，昨夜在此地过夜的信徒和崇拜者简直可称是成群结队。美丽的小树丛间的每一条小道上都有披着黄色长袍的僧侣走来走去，他们还东一堆西一堆地坐在大树底下，有的在潜心修行，有的在相互切磋宗教上的问题，他们看见这座树荫覆盖的花园就像是一座城市，挤满了聚集在一起的蜜蜂般喧嚣的人。大多数僧侣这时正端着讨饭碗往外走，他们要进城去乞讨中午饭，这是他们一天的唯一一顿饭食。就连佛陀本人，这位照亮别人的人，每天早晨也总是走这条乞食之路。

悉达多看见了他，并且立即就辨认出了他，好像有一个神道在指点似的。他注视着他，这是一个穿着一身黄色戴头巾僧衣的普通人，手里端着乞食碗，悄没声儿地在往前走。

“快看！”悉达多轻轻地对戈文达说，“这个人就是佛陀。”

戈文达仔细注视着这个穿黄色僧衣的和尚，觉得他和其他几百个和尚毫无区别。但是戈文达很快也辨认出此人正是他。他们便跟在这个人身后，并且细细观察着他。

佛陀谦逊地自顾自地走着，正沉溺于思索中，他那宁静的面容既不快活，也不悲哀，内心深处似乎在轻轻地发出微笑。他就带着这种隐蔽的笑容，又平静、又安稳，简直像一个健康的儿童。这个佛陀就这么走着，穿一身黄僧衣，迈着和其他和尚同样的步伐往前走着。但是他的脸容和他的脚步，他那平静地低垂着的目光，他那不动的耷拉着的双手，甚至还有静静地垂直的双手上的每一根手指都表露出他心神安宁，表露出他的完美无缺，他并不探寻什么，也并不注视什么，只是温和地呼吸着，沉浸在一种永不凋谢的宁静的气氛中，一种永不凋谢的光芒中，一种不可触动的和平的光景中。

乔达摩就这么朝城里漫步走去，去乞求布施。而那两个沙门通过他那独一无二的宁静平和仪态的完美性，认出了他，他的仪态里没有丝毫欲望、追求、仿效和烦恼，只有光明与安宁。

戈文达说：“我们今天可以听到他亲口讲道了。”

悉达多没有回答。他对布道并不怎么好奇，他不相信会学到什么新东西。和戈文达一样，他已经一遍又一遍地听说过这位佛陀布道时所讲的内容，尽管是通过第二者或者是第三者的口。但是当他细细凝视着乔达摩的头，他的肩膀，他的双脚，他那静静地垂着的双手时，他觉得，这双手的每一个指头的关节都有学问，会说话，会呼吸，散发着香气，闪烁着真理的光彩。这个人，这个佛陀全身直至最小的指头的姿势都是诚挚的。这个人是圣洁的。悉达多还从来不曾像尊敬这个人似的尊敬过一个人，像爱这个人似的爱过一个人。

两位年轻人追随佛陀一直到了城外，又默默无言地回转宿营地，因为他们已经考虑好这天进行节食。他们看见乔达摩回转住地，看见他在一群年轻人包围下用午餐——他吃得很少，少得连一只小鸟也喂不饱——他们看见他又回到了芒果树的树荫下。

黄昏时分，炎热已经消退，宿营地里，人人都变得活跃起来，大家聚集在一起，开始听佛陀布道。他们听着佛陀的声音，觉得连这声音也是完美无缺的，充满了优美的平静，充满了和平。乔达摩讲授的是关于苦恼的学问，讲到了苦恼的来源，讲到了解除苦恼的方法。他的话平和流畅，清晰明朗。生活是苦恼的，世界上充满了苦恼，但是可以找到解决苦恼的办法：谁若追随佛陀，就会得到拯救。

这位圣人用一种柔和的，然而却是非常坚定的声音讲述着，他讲授了四个主要句子，讲授了八个方面的途径，他按照一般的教学方法耐心地讲述着，反复举例，反复讲授，他的话语清亮而平静地朝听众袭来，就好似一道光芒，也好似一片繁星晶亮的夜空照亮了人们的心田。

当佛陀结束演说时，已是深夜了，有一些朝圣者当即走上前去，请求接纳他们加入团体，允许他们从学习中寻求庇护。乔达摩接纳了他们，并说道："你们学习得很好，你们的声明也很好。你们来吧，走进圣洁之中，准备好结束一切苦恼。"

瞧，连戈文达这个最腼腆的人也走上前去，说道："我也要求得到佛陀和他的学问的庇护。"戈文达请求加入年轻人的团体，他也被接受了。

正当佛陀转身准备去就寝时，戈文达急忙朝悉达多说道："悉达多，我并不是责怪你。我们俩一起听了佛陀的演讲，我们俩一起接受了他的教导。戈文达已经属于这种学说，他已经要求得到佛陀的庇护。可是你呢，可尊敬的人，你不想走这条获得拯救的新路吗？你还犹豫什么，你还想等待吗？"

悉达多听了戈文达这番话，便好似从梦中猛然醒来一般。他久久凝视着戈文达的脸，随后轻声答复道，语气中毫无嘲弄的意味："戈文达，我的朋友，你终于迈出了第一步，你终于选定了自己的道路。噢，戈文达，你永远是我的朋友，你一直是跟随着我的。我常常想，戈文达会不会有朝一日自己单独向前迈出一步呢，不依靠我，完全根据他自己的灵魂而向前迈出一步呢？瞧，你现在已是一个堂堂男子汉，你选择了自己要走的道路。但愿你沿着这条路走到底，噢，我的朋友！但愿你得到拯救！”

戈文达还没有完全明白他的意思，又用不耐烦的口气催促说：“你说啊，我求求你，我亲爱的朋友！请告诉我，为什么你，我亲爱的朋友不和我一样请求我们可敬的佛陀的庇护，为什么会有别的情况呢！”

悉达多把手放在戈文达的肩上说：“你没有听清我的祝愿，噢，戈文达。我再重复一遍：我祝愿你沿着这条道路走到底！我祝愿你获得拯救！”

一瞬间戈文达明白了，他的朋友就要离开他了，于是便哭了起来。

“悉达多！”他责怪地叫道。

悉达多温和地回答道：“请别忘记，戈文达，你现在已经是佛陀的弟子了！你已经抛弃了祖国和双亲，抛弃了出身和财产，抛弃了你自己的志愿，抛弃了友谊。这是学习的要求，这是那位佛陀的要求。这也是你自己的愿望。明天，噢，戈文达，我明天就要离开你了。”

这一对朋友又在小树林里游荡了很久很久，后来他们躺下休息，还是久久不能入眠。戈文达一再逼问自己的朋友，要他解释清楚，为什么他不愿意求得乔达摩学说的庇护，他究竟在这一学说里发现了什么缺陷。可是悉达多一再回答说：“你应该满足才是！戈文达！这位佛陀的学说十分卓越，为什么非要我从中找出缺陷呢。”

第二天一清早，佛陀的一位门徒，那批最年长和尚中的一个，跑遍了花园各处，通知每一个参加学习的新人集合到自己身边，让他们穿上黄僧衣，并且向他们传授学说的启蒙知识以及弟子的职责。这时戈文达不得不离开自己的朋友，他再一次拥抱了自己青年时代的朋友，然后便加入到新信徒的行列中去了。

悉达多却沉思着在稀疏的小树丛间漫步。

他迎面遇见了乔达摩，那个佛陀，当他满怀敬畏地向对方行礼时，他看见佛陀的目光里充满了安详和善意的神色，使年轻人顿时勇气倍增，敢于请求这位尊贵的人允许和他做一次谈话。佛陀默默地点头表示许可。

悉达多开言道："噢，尊敬的长者，昨天我有幸聆听了你的惊人演讲。我和我的朋友一起专门从远方来聆听你的教诲。如今我的朋友已留在你身边，他在你这里得到了庇护。而我则要开始自己新的朝圣事业。"

"你最喜欢哪些内容。"那位可尊敬的人谦逊地问。

"我的话也许过于狂妄，"悉达多接着说，"但是在我没有向尊敬的佛陀坦率地诉说我的思想之前，我不愿意离开此地。尊敬的长者肯不肯再赠予我片刻光阴呢？"

佛陀默默地点头表示许可。

悉达多便又说道："首先，噢，最尊敬的长者，你的学说使我十分震惊。你的学说中的一切都清清楚楚、十分完美，一切都有根有据；你把世界作为一个完美的整体，作为一条没有任何断裂的链条介绍给大家，把世界当作一条永恒的链条，一条由动机和效果连接成的长链。我觉得一切从来不曾呈现得如此清晰，也从来不曾得到过如此无可争辩的表现；每一个婆罗门的心肯定会更为崇高，只要他通过你的学说学会把世界作为一个互相关联的、没有缝隙的整体来加以观察，看到世界澄清得好似一块水晶，并不依赖任何偶然事件，不依赖于任何神道。不管人们是好是坏，生活是痛苦还是欢乐，一切都是悬而未决的，还都是未定的，因为这些都不是本质的东西——但是世界的和谐统一，一切现象的相互关联，一切伟大和渺小事物的相互依赖关系，根据自身的潮流，根据一切事物产生、发展和死亡的自身规律所形成的关系，都被你的卓越学说照得通明，噢，完美无缺的圣人。但是有一处地方，我根据你的学说，认为在一切事物的统一性和连贯性上恰巧存在着断裂之处，由于这小小的缝隙，和谐统一的世界里便汹涌地流进了若干陌生的东西，若干新奇的东西，若干过去没有的东西以及若干既没有被指明过，也不可能予以证实的东西：这就是你的学说中关于战胜世界，获得拯救的部分。由于这小小的缝隙，这小小的断裂，导致整个永恒而统一的世界规律又重新破裂和解体。请你务必原谅我讲出这番异议来。”

乔达摩静静地倾听着，一动也不动。随后，这位完美无缺的圣人用他那善良、谦逊，又十分清朗的声音说道：“噢，婆罗门人的儿子，你听课很用心，因而你进行了如此深刻的思考。你从中找出了一道裂缝，一个缺陷。你还应继续深思下去。让我向你，好学的青年人，奉劝一言，面对树丛要使用头脑，面对争论要使用语言。一个人怎么思想都是合宜的，不论这种思想是美是丑，是聪明还是愚蠢，每个人都能够对它们加以追随，或者予以摈弃。但是你所听见的我的学说，并不是我的见解，这一学说的宗旨也并非为好学的求知者阐释世界。它的宗旨是另一种东西。它的宗旨是解脱痛苦。这就是乔达摩所讲的内容，而不是任何其他东西。”

“噢，尊敬的圣人，请不要生我的气，”年轻人说，“我的用意并不想和你争论，像你方才对我说的，用语言进行争论。你讲的很有道理，值得商榷的地方很少。不过还请你允许我再说明一点：我就是一分一秒也不曾对你产生怀疑。我连一刹那也没有怀疑过你是一个活佛，你已经达到了目标，达到了成千上万众多的婆罗门人和婆罗门的儿子正为此而不懈奋斗的最高的目标。你已经找到了摆脱死亡的方法。你按照你自己的探索方法，通过思想、通过潜修、通过认识、通过领悟，寻求到了你自己的道路，佛陀就是你自己。而学习是使你成为佛陀的唯一途径！噢——尊敬的圣者，这些便是我的想法——没有人可以通过配给学问而获得拯救。没有人能这样，噢，尊敬的圣者，你能不能用话语，或者通过演讲告诉我，你在领悟时期究竟发生了什么情况？领悟佛陀的学问包括许多内容，你已经讲授了很多，要生活得诚实正直，要避免做坏事。而在你这番极其清晰明白、极其可贵的讲演中却没有包括某一项内容：这就是没有包括可尊敬的圣人自己亲身生活经历的秘密，他曾如何作为一个个人生活在数以万计的人中间。这便是我在倾听讲演时所想到的和认识到的。这也便是我为什么还要继续流浪的原因——并非去寻求另一种更为美好的学问，因为我明白，不存在这种学问，我只是要遗弃一切学问和老师，我要自己单独一人去攀登我的目标，或者去死亡。噢，尊敬的圣者，我会常常想到今天的，想到目前这一时刻的，因为我亲眼看见了一位圣人。”

佛陀的眼睛默默地俯视着土地，他那莫测高深的脸容平静地流露出无可指责的镇定沉着的神色。

“但愿你的思想并无差错，”那位可尊敬的人慢悠悠地说道，“但愿你达到目的！但是请你告诉我：你可曾看见我那一大群弟子，我的无数兄弟，他们要从我所讲的学说中求得庇护？你是否相信，陌生的沙门僧，你是否认为所有这些人如果放弃学习而走向世界，或者回归到欲望中去，其后果会更好些？”

“这离我的想法太远了，”悉达多大声叫道，“但愿他们人人都留下来学习，但愿他们个个能到达自己的目的地！我绝无权利对任何其他人的生活做出判决！我只能对自己，对我个人做出判决，我必须自己选择道路，我必须自己决定取舍。噢，尊敬的圣者，我们沙门僧寻找如何自我解脱的道路。倘若我成为你的一名年轻追随者，噢，圣人啊，我害怕自己会发生这种情况，我只是表面地、虚假地让自己达到平静和获得解脱，而实际上却依然如故，因为我爱戴这一学说，是你的追随者，还因为我爱你，要把这一僧侣集体看成我自己！”

乔达摩微微笑着，用一种十分坚定而友好的目光凝视着陌生青年的眼睛，然后做出一个几乎难以觉察的手势和对方告别。

“噢，沙门僧，你很聪明，”可敬的圣者说，“你懂得如何讲聪明话，我的朋友。你的巨大智慧会保佑你的！”

佛陀转身走了，但是他的目光和那微微而笑的容貌已深深铭刻在悉达多的脑海里了。

他心中暗自思忖，我还从来不曾见过有这般目光和笑容的人，不曾见过如此走路和打坐的长者，我真切希望自己也能具有这种目光和笑容，也能如此走路和打坐，也能像佛陀一样，具有自由自在、可尊可敬、内在含蓄、开朗坦率、和蔼慈祥，同时又充满了神秘气息的仪态。然而，唯有一种人才能够切实具备这种目光和笑容，也就是他已进入自己内心最深之处的人。是的，我也要努力追求，进入我自己内心的最深处。

悉达多暗自思忖，我算是见到了唯一一个我必须在他面前垂下眼睛的人。我以后不会再在任何别人面前垂下眼睛，不会再有第二个人了。绝不会有任何学说再吸引我，因为就连这个人的学说也没能吸引我。

这位活佛夺走了我的心，悉达多想，他是夺走了我的心，然而却也馈赠了我很多很多。他夺走了我的朋友，这个朋友原来崇拜我，如今却改而崇拜他，这个朋友原来是我的影子，如今却成了乔达摩的影子。而他馈赠予我的是悉达多，是我自己。

觉　醒

当悉达多离开树丛，将那位佛陀、那位完美无缺的圣人留在后边，将自己的朋友戈文达留在后边时，他才感到，他也已将自己迄今为止的生活遗留在身后的树丛之中，自己也已和它们相脱离。这一感觉充溢于他全身，他沉思着慢慢向前走去。他沉入深深的潜思之中，仿佛自己已经潜过一条深深的小河，到达了这一感觉的基点，到达了根源的地方，而认识这一根源正是他所寻求的思想，唯有通过思想才可能给感觉以理性认识，而不至于迷失道路，并且还能掌握感觉的本质，开始让自己内在的东西放射光彩。

悉达多一面沉思，一面缓慢地朝前走。他发觉自己不再是年轻人，而已是一个成年男子了。他确信无疑，有一个人真的离开了他，让他感到自己好似一条蜕了一层皮的蛇，那个人如今不再在他身边，而过去，整个青少年时期，总是陪伴着他，而且是属于他的。那个人的愿望是找寻老师，聆听教诲。那位出现在他前进道路上的最后一位老师，那位最高贵、最聪明的长者，最神圣的活佛，他也离弃了，他不得不离开，否则便不能继续自己的学业。

这位思索着的人越走越慢，不断给自己提出问题：“你不断学习，不断从老师处学得知识，有什么用呢？你学得很多很多，然而却不可能学完一切，这又该怎么办呢？”于是他得出结论：“我就是这样一个人，我愿意学习一切的意义和本质。我就是这样一个人，一个愿意制服一切，从而得到解脱的人。但是我没有能力战胜一切，我只能够自己欺骗自己，我只能够远远逃开，我只能够隐蔽躲藏。事实上，世上万物中我头脑里考虑得最多的只有这个自我，这个不解之谜。我活着，我是单独一个人，我远远离开了所有一切人，我是和大家隔绝的，我就是悉达多！而世上万物中，我了解得最少的莫过于对我自己，对这个悉达多！”

当这个想法攫住了他时，这个缓缓朝前边走边想的思索者完全停住了步子。他脑子里倏地又冒出了另一个想法，一个全新的想法，这就是：“我对自己一无所知，悉达多对于我如此陌生，完全缺乏了解，其原因只有一个，这个独一无二的原因便是我自己害怕自己，我是想从自己中脱逃出去！我寻求阿特曼，我寻求婆罗门教，我是自愿地将自己分割解体、剥去皮壳，以便脱尽外皮后找到那最不为人了解的最内在的核心，找到阿特曼，找到生命，找到神道，找到最后的一切。而我自己本人却在这一过程中消失不见了。”

悉达多睁开眼睛环顾四周，脸上露出了笑容，一种极深刻的感觉把他从漫长的睡梦中唤醒，它流经他的全身，从头顶直至脚趾。于是他便重新上路，飞快地跑了起来，好像一个很清楚自己要去干什么的成年男子汉。

“噢，”他一面深呼吸一面想，“如今我要做一个不再逃脱的悉达多了！我已不愿再将我的生活和我的思想每天开始于阿特曼和世上的烦恼。我不愿意再杀戮自己、分割自己，以便从废墟堆里找出一个大秘密来。我再也不学《瑜伽吠陀》①，再也不学《阿闼婆吠陀》②了，我也不再当苦行僧，从事任何一种苦修了。我要从我自身学起，要当一个学生，要认识我自己，认识悉达多的秘密。”

他环顾四周，好似他生平第一回看见世界。世界多美丽，世界多绚烂，世界真是奇妙而又迷人！这里是蓝色的，那边是黄色的，还有绿色的，天空在流动，河水在流逝，树林和山峰停滞不动，一切都美丽，一切都谜一般充满魅力，在一切之中是他，是悉达多，是这个觉醒的人，他正走在认识自己的道路上。所有这一切，所有这些黄色和蓝色，河流和森林，都是第一次进入悉达多的眼帘，如今在他身上已经不再存在魔罗③之类的魔力，不再存在谄④的蒙翳，不再存在毫无意义而又极为偶然的多种情况，对于这位正在进行深刻思考的婆罗门人来说，这些都不值分文，他蔑视多样性，探索统一性。蓝色就是蓝色，河流就是河流，在悉达多眼里，即或统一性和完美性存在于蓝色和河流之中，但这恰恰是形式和内容的完美性，这边是黄色，这边是蓝色，那边是天空，那边是树林，而悉达多就在这里。内容和实质并非总是隐藏在事物后面，它们就在其中，在

---

①《瑜伽吠陀》：即《阿育吠陀》，被视为最古老的医学体系。

②《阿闼婆吠陀》：《吠陀》本集之一。是巫术、咒语的汇集。

③ 魔罗：译为能夺命，障碍，扰乱，破坏等。是欲界之第六天主魔王。

④ 佛教名词，指矫揉造作掩饰自己过错的思想与活动。

一切之中。

“我真是愚蠢之极！”这位急匆匆向前行走的人暗自思忖，“倘若一个人阅读一篇文章，试图探索其中的意义，那么他便不会轻视文章的标志和字体，不会说它们都是谎言、偶然事件和毫无价值的表皮，而是细细阅读，从中学习东西，爱这篇文章，每一个字母都爱。而我自己呢，我要想读一本世界的书，读一本了解我自己本质的书，然而我读一本书的时候，首先偏爱进行一种推测性的思考，我蔑视标志和字体，我称世界的种种现象为欺骗，我称自己的眼睛和舌头为偶然的、毫无价值的幻象。不，如今这一切均已成为过去，我已经觉醒，我确确实实觉醒了，今天便是我的新生。”

悉达多想到这里，又一次打住了脚步，好似有一条毒蛇突然横在他前面的道路上。

正因为他猛然觉醒，所以，他，一个真正的觉醒者或者说一个新生者，必须重新生活，彻底从头开始。当他在那天清晨离开耶塔华那别墅的树丛，离开那个圣人的同时，就已开始觉醒，就已经走上了寻找自己的道路，这一条道路已成为他追求的目的，于是他，在经历了多年苦修生活后，要回故乡去，要回到父亲身边去，这似乎已经是自然而然、不言而喻的事情了。但是，就在这一瞬间，就在他呆呆站着的时候，就在他感到好似一条毒蛇横在他前进道路上的时候，觉醒的他也产生了这种认识：“我已经不再是过去的我，我已经不再是苦行者，我已经不再是祈求者，我已经不再是婆罗门。那么我回到家里和父亲待在一起可以做什么呢？学习？祭祀？沉思潜修？这一切早都已成为过去，所有这些都不会再存在于我的道路上。”

悉达多呆呆地站着一动也不动，在一个短暂的刹那间，他感觉自己的心似乎停止了整整有一次深呼吸那么长的时间。他感觉这颗心在自己胸膛深处像一只小兽，一只小鸟，或者一只小兔子似的凝固了，因为他发现自己是完全孤独的。多年来他无家无室，漫游四方，却从未有这种感受。而眼下他却有这种感觉了。长期以来，甚至在最遥远年代的潜修时刻中，他都是父亲的儿子，是婆罗门人，地位高贵，是一个僧侣。而如今呢，他只是悉达多，一个觉醒的人，此外便什么也不是。他深深吸了一口气，瞬间觉得浑身发冷，打了一个寒战。没有一个人像他这样孤孤单单。世上并无任何一个高贵的人不属于高贵者集团，没有一个手工匠不属于手工匠集团，每个人总是从集团中寻求庇护，参与他们的生活，说他们的语言。没有一个婆罗门人不把自己视为婆罗门人，和自己同种姓的人生活在一起，没有一个僧人不从自己的沙门阶层中寻求庇护，甚至那些与世隔绝的、生活在森林里的隐居者也并非完全孤单的，他们也总是互相归属，每一个人都属于自己的阶层，这个阶层便是他的故乡。戈文达现在当了和尚，那上千个和尚便是他的兄弟，和他穿同样的衣服，有同样的信仰，讲同样的语言。可是他，悉达多，如今属于什么呢？他将参与何种人的生活呢？他将讲什么人的语言呢？

在这一刹那，周围的世界消失了，他像一颗高挂在天空中的孤零零的星星，就在这一瞬间，有一股寒冷和气馁沮丧的感觉在悉达多的心里油然而生，自我存在的感觉胜过以往，他不禁缩成了一团。他意识到这将是觉醒以来的最后一次震颤，是获得新生以来的最后一次痉挛。他很快便又重新上路，迫不及待地急匆匆往前走去，不回老家，不回到父亲身边，不走回头路。

第二部

卡玛拉

悉达多在自己新生的道路上每走一步就学习到许多新的东西，周围的世界起了变化，他的心被这世界迷住了。他凝望着太阳从密布树林的山峰上冉冉升起，又从遥远的棕榈树林的边缘缓缓下沉。他凝望着夜空中星星的队列，凝望着镰刀般的皎月像一艘小船在寥廓的蓝天中飘游。他凝望着树木、星星、动物、云儿、彩虹、岩石、野草、花朵、泉水和河流，凝望着晨光中灌木丛上的露水的闪烁，凝望着远处高山上的蓝色和白色，倾听着鸟儿和蜜蜂的鸣唱，倾听着风儿有节奏地掠过稻田的呼啸。世上万物千变万化、多彩多姿，自古以来从来如此，太阳和月亮每日按时上升，河水永远潺潺流动，蜜蜂永远嗡嗡嗡地喧闹，但是对悉达多说来，从前这一切都是不存在的，在他的眼睛前面好似有一道虚无缥缈的面纱，他用怀疑的目光观察一切，这一切又都由他头脑里的思想确定取舍，因为世上万物都并非本质，因为本质的东西显然只在那边。而如今他那解放了的眼光停留在这边了，他看见并认出了一切清晰可见的东西，他在这世界上找到了家乡，他不再寻找本质，他的目标不再是那边。

只要人们不是带着深究的目光，而是带着孩子般单纯的目光去观察世界，那么世界就是极其美丽的。月亮和星辰是美丽的，泉水和河岸是美丽的，树林和岩石、山羊和金龟子、花朵和蝴蝶都是美丽的。如果随意漫游世界，无忧无虑、清醒开朗、毫无戒心地浏览着大千世界的景色，那是极其称心惬意的。有时候让太阳晒烤着头顶，有时候在树荫下纳凉，有时候品尝泉水和雨水，有时候又吞吃南瓜和香蕉。白天都显得短促，黑夜也显得短促，每一个钟点都飞速流逝，好似大海里的一张风帆，帆下的船只里满载着珍宝、满载着欢乐。悉达多凝视着一只猴子在高高的树林拱顶上戏耍，在枝干之间跳跃，倾听那动物唱着一支粗野的、充满渴望的歌曲。悉达多目睹一只公羊追逐一只母羊，最后终于跑到了一块儿。他在一片芦苇荡里看见梭子鱼因为饥饿而互相追逐，成群的小梭子鱼惊恐万分地跳出水面，水面翻腾着，粼粼闪光，它们在水里拼命地窜来窜去，激起一圈圈水涡，以逃避那迅猛的追捕。

所有这一切从古至今一贯如此，不过他过去不曾看见，他从未来过这里。如今他身临其境，他属于这一切。亮光和阴影从他眼前掠过，星星和月亮从他心里流过。

悉达多在途中还不时回忆起自己在耶塔华那的花园别墅里所经历的一切，他想起自己在那里聆听到神圣佛陀的演说，想起和好朋友戈文达的告别，想起同佛陀的那场谈话。他想起了自己对佛陀讲的那番话，便再度回忆这番话，回忆着每一个句子，他心里越想越惊讶，因为对于自己所讲到的东西，当时确实是一无所知的。他对乔达摩所说的一切：他的生活，活佛的生活，财富和人的秘密等其实并不是学问，而是一些不可言传和无法讲授的东西，仅只是自己在以往某些时刻所体会到的某种启示而已——而这些东西也正是他目前正在竭力汲取并开始体验的东西。现在他必须获得自己亲身经历的体会。正如他很久以来就明白，他得亲身体会阿特曼，亲自获得一个婆罗门人的永恒自我。可是他迄今还未能真正找到这个自我，因为他想用思想这一张罗网加以捕捉。是否可以肯定自我不是肉体，同时也不是头脑里的游戏，更不是思想，不是理智，不是已经学得的知识，不是已经学得的技艺，不是从它们那里获得的结论，不是从已经思考过的念头中编织出新的思想世界。不是的，因为连这整个思想世界也都是属于这一边的，如果人们扼杀了头脑中这个非常偶然的自我，而正是这个偶然出现的自我丰富了人的思想和学说，那么人们也就不可能达到目的。思想和头脑，两者都是可爱的事物，在两者后面潜藏着人的最终的意识，两者都值得倾听，可以和两者嬉戏，两者都不能予以轻视，也不可过高估价，人们可以从两者中窃听到人类内心最深处的秘密声音。没有这个声音的命令，他不愿意致力于任何事情，没有这个声音的建议，他不愿意逗留于任何地方。那时候，当乔达摩坐在芭蕉树下讲学的时候，究竟是什么打动了自己，照亮了自己？他听见了一种声音，一种出自自己内心的声音，这个声音命令他，要在这棵树下寻找安息，于是他便不进行苦修，不做祭祀，不沐浴或者祈祷，不吃不喝，不睡觉不做梦，他服从了这个声音。并没有任何人发出命令，只有这个声音，他便驯服地听从了，随时随地准备着听从这个声音，这是对的，这是必须的，除去必须之外，别的什么都不存在。

当天夜晚，他在河边一个渡船夫的茅屋里宿夜，睡着后做了一个梦：他看见戈文达穿着黄僧衣站在他面前。戈文达的模样很悲哀，他凄惨地责问道：你为什么离开我？于是他便去拥抱戈文达，伸出胳臂将戈文达拉进自己怀里，亲吻他，这时那人竟不再是戈文达，而是一个女人，这个女人解开衣裳，从衣裳里露出一对丰满的乳房，乳房里流出了汩汩乳汁，悉达多仰卧着、吮着乳汁，这个乳房里的乳汁又甜又浓。这乳汁有女人和男人，有太阳和森林，有野兽和花朵，有每一种果实和每一种乐趣的味道。他放怀痛饮，醉得不省人事。——当他从梦中醒来时，透过茅屋的门，看到泛白的河水在黑夜中闪闪发亮，从树林里传来一只黑色猫头鹰深沉而响亮的叫声。

天亮以后，悉达多请房东，那位船夫，把他渡过河去。船夫和他一起登上泊在河面上的竹筏子，广阔的水面上闪烁着红色的晨光。

“这是一条美丽的河流。”他对陪伴自己的人说。

“是的，”船夫回答说，“是一条美极了的河流。我爱它胜过世上的一切。我常常倾听它的声音，我常常望着它的眼睛，我常常从它那里学习东西。人们可以从这条河流学习很多很多东西。”

“感谢你，行善的好人，”悉达多说，一面登上对面的河岸，“我没有任何礼物可赠送给你，亲爱的，我也付不出任何报酬。我是一个无家可归的人，一个婆罗门的儿子，一个沙门僧。”

“我已经看出来了，”船夫回答说，“我并没有期待你付给我报酬，也不想要你的礼物。以后有机会你会给我礼物的。”

“你相信我会还礼？”悉达多饶有兴趣地问。

“当然。连这一点我也是向河流学会的：世上万物都会回来的！你也不例外，沙门，你也会回来的。好了，再见吧！但愿你的友谊就是我的报酬。但愿你向神道祭献时想到我。”

他们互相微笑着告别分手。悉达多由于船夫的友谊和款待而高兴地微笑着。“他多么像戈文达，”他微笑着想道，“所有我在路上遇见的人，都像戈文达。大家都向别人表示谢意，虽然他们自己有权向别人要求感谢。人人都谦虚顺从，表示出善意友好，乐于听从，很少思想。人类全都是孩童。”

中午时分他经过一座村庄。小胡同里有许多孩子在泥土砌的小屋前打滚戏耍，玩着南瓜子和贝壳，他们叫嚷着、扭打着，一看见这个陌生的僧人便都吓得四散逃走了。村庄尽头处有一条穿过一道小溪的路，一个年轻女子正跪在溪水边洗衣服。悉达多向她问好，她抬起头来微微含笑地看了他一眼，这时他看到她眼白在闪光。他按游方僧人惯常的方式对她祝福后问道：到大城市去的路程远不远。她站起身子，走近他身边，她那张年轻的脸上湿润的嘴唇非常美丽。她向他投去一连串玩笑话，向他打听游方僧人吃不吃饭，传闻沙门夜晚都是一个人孤零零独宿在树林里，并且不允许女人在身边，是否都是实情。她边说边把自己的左脚搁在他的右脚上，同时还做了一个动作，这是一个女人通常对自己中意的男人要求他表示抚爱的姿态，那本名为《攀登高树》[①]的教科书中便是这么说的。悉达多感到自己的血液里流过一股暖流，一瞬间，他那场梦境又降临了，他略略朝那个女子弯下身子，吻着她棕色胸部的高耸处。他看见那张对着他的脸庞满怀期待地微笑着，眯缝的眼睛也流露出炽热的欲念。

连悉达多自己也感到了欲望，觉得有一股性欲的泉流在体内翻滚。但是由于他还从来不曾接触过女人，所以便迟疑了片刻，尽管他的双手已做好准备去拥抱她。就在这一瞬间，他毛骨悚然地听见了自己内心的一个声音，这声音说“不”。于是这个青年女子微笑的脸庞上的一切魅力全消退了，他眼中所见的不过只是一只发情雌兽的水汪汪的目光而已。他温和地拍拍她的脸颊，转过身去，脚步轻快地走入竹林里，从这个失望的女人眼前消失了。

就在这天傍晚他到达了一座大城市，他非常高兴自己又和人群在一起。他很长一段时间一直住在树林里，或者住在船夫的茅屋里，这些便是他的宿营地，这些年来他第一次住宿在有屋顶的房子里。

在城外一座围着篱笆的美丽花园旁，这个流浪汉碰见了一小群男女仆人，手里都提着盛满物品的篮子。他们中间有一乘装饰华丽的四人抬的轿子，轿里坐着一位女子，一位贵夫人，只见她端坐在彩色缤纷的遮阳顶篷下的红色坐垫上。悉达多站在花园别墅的入口处，目送着这队人员通过，他逐个儿看着仆从、婢女、篮筐、轿子，最后看见了轿子里的贵夫人。在高高盘起的乌黑头发下的脸十分明朗、细致、聪明，鲜红的嘴唇好似一枚新采摘的无花果，修饰过的眉毛画得高高的，呈一道弧形，乌黑的眼睛也显得聪慧而又机警，细长光滑的颈项高耸在绿金两色相间的外衣上，一双光洁的手又细又长，戴着宽宽的金手镯，静静地放在膝盖上。

悉达多觉得她美极了，心里十分欣喜。当轿子来到跟前时，他深深地弯腰行礼，他直起身子时，重又注视着这张开朗可爱的脸，

---

① 《攀登高树》：即《爱经》，是古印度一本关于性爱的经典书籍。

他朝那双聪明深邃的眼睛看了片刻，呼吸时闻到了一股他过去从未闻到过的香气。美丽的贵夫人微笑着点点头，转瞬间便消失在树丛之间，身后是她的一群仆从。

悉达多想：我总算进城了，一进城就见到了美丽的象征。他正想立即走进树丛时，却沉吟着站停了，这时他忽地想起，在篱笆入口处，那些男仆和婢女在打量他的目光中，似乎都带有一种轻蔑、怀疑，又拒人于千里之外的神色。

我至今还是一个沙门僧人，他暗自思忖，我还仍是一个游方和尚和乞丐。我不能再这么下去了，不能再这样走进树丛里去。想到这里他笑了。

路上又过来一个行人，他便向来人打听这座花园和这位贵夫人的名字。他得知这里是卡玛拉的产业，卡玛拉是城里的名妓，她除了这座花园别墅，在城里还有一幢住宅。

他往城里走去。如今他心里已经有了一个目标。

他要去追踪自己的目标，他吮吸着城里大大小小街巷逸出的气息，他默默地伫立在广场上，他在河边的石台阶上略事休憩。将近黄昏时，他和一个在教堂拱顶的阴影里干活的理发店的帮手闲聊了一会儿，后来他去护持神①庙祈祷时又遇见了这个人，这人向他讲述了护持神和吉祥天女②的故事。当天夜里他在河边的一条空船上睡了一宵，第二天清晨，在第一批顾客尚未光临之际，他让理发店的那个帮手替他刮去胡子，修剪了头发，头发梳理后又抹了香膏。随后他就下河去沐浴。

当天下午美丽的卡玛拉坐着轿子回别墅时，悉达多正伫立在篱笆门前，他向她鞠躬行礼，同时也接受了那个高级妓女对他的问候。他向走在队列末尾的男仆招手示意，请求他报告女主人，有一个年轻的婆罗门人渴望同她谈话。片刻之后，那个仆人回来告诉这位等

① 护持神：即“毗湿奴”，是印度教的三大神之一。

② 吉祥天女：印度教的幸福与财富女神，相传是护持神“毗湿奴”的妻子。

候者，请他随自己进去，他默默跟随仆人走进了一座园亭。卡玛拉躺在一张睡椅上，仆人留下他后便走开了。

“你就是昨天站在门口和我打招呼的人吧？”卡玛拉问。

“是的，我就是昨天见过你，并向你行礼的人。”

“可是你昨天是蓄着大胡子，留着长头发，而且头发上积满尘土的呀？”

“你观察得很仔细，什么都看见了。你看见的人叫悉达多，一个婆罗门人的儿子，他离开自己的家乡，想成为一个游方僧，当了三年的沙门。如今他已离弃这条狭径，他来到了这座城市，而你，你是他还未踏进城里之前所遇到的第一个人。噢，卡玛拉，我来你这里就为了告诉你这一点：你是使悉达多垂下眼皮说话的第一个女人。今后当我再遇见漂亮女人的时候，不会再低垂下眼睛了。”

卡玛拉微微一笑，手里玩弄着一柄孔雀毛扇子。随即问道：“悉达多来见我，就为了对我说这些话吗？”

“为了向你说这些话，也为了感谢你，因为你长得如此美丽。倘若你不嫌弃，卡玛拉，我想请你当我的朋友和教师，因为我对你熟谙的艺术还一无所知。”

卡玛拉放声大笑起来。

“我做梦也没有想到，朋友，竟会有一个从森林里来的苦行僧来我这儿，还愿意跟我学习！我做梦也没有想到，竟会有一个留长发、围一块破破烂烂的遮羞布的游方和尚来我这儿！无数年轻人来到我这里，其中也有婆罗门人的子弟，不过他们个个穿着华丽，脚上是精致的鞋子，头上香气四散，口袋里全是金钱。就这样，沙门，年轻人都获得了他们所求的东西，你想从我这里得到什么呢？”

悉达多回答道：“我已经开始跟你学习了。从昨天就已经开始学习。我已经刮去胡子，梳理过头发，还抹了香膏。你，绝色的人啊，我所缺少的就是漂亮衣服、漂亮鞋子和成袋的金币，你知道吧，悉达多从事于艰巨的苦修，却把这种苦修看得易如反掌，并且达到了目的。我还有什么达不到的呢，我昨天晚上也已考虑过，也下了决心：我要成为你的朋友，跟你学习爱情的欢乐！你会看到我如何勤奋好学的，卡玛拉，我曾学习过十分艰巨的东西，比起你将来要教我的要艰巨得多。嗯，现在怎么样，今天这副模样的悉达多——头发上抹着香膏，却没有好衣裳、好鞋子，口袋里也没有钱，他能让你满意吗？”

卡玛拉笑着回答：“不，尊敬的人，他现在还不能让我满意。他必须有衣服，漂亮的衣服，有鞋子，漂亮的鞋子，他口袋里得有许多许多的钱，并且不断赠送礼物给卡玛拉。现在你懂了吧，来自森林的沙门？你牢牢记住这些话没有？”

“我牢牢记住了，”悉达多叫道，“从这一张嘴里说出的话，我怎能不牢牢记住呢！你的嘴唇多么像一枚刚刚采摘下来的无花果，卡玛拉。我的嘴唇也很红、很新鲜，它们一定很相配，你等着瞧吧。——不过我还得请你告诉我，美丽的卡玛拉，你在这个游方僧人，在这个从森林里来向你学习爱情的沙门面前，丝毫不感到害怕吗？”

“为什么我要在一个沙门面前感到害怕？对一个来自森林的愚蠢和尚，对一个长期生活在豺狼群中，完全不懂得女人的沙门，我为什么要害怕？”

“噢，他是强壮的，这个沙门僧人，而且他毫无所惧。他会伤害你的，美丽的姑娘。他可能会抢劫你。他可能会弄痛你。”

“不，沙门，我不害怕。难道会有一个沙门或者一个婆罗门人会害怕，害怕可能有人会抓住他不放，会抢劫他的渊博学问、他的虔诚以及他的深刻思想么？不，他不会害怕的，因为这些东西只属于他本人，而他只愿意把它们授予自己想授予的人。事情便是这样，卡玛拉也正是这种情况，卡玛拉最擅长于爱情的欢乐。卡玛拉的嘴唇鲜艳美丽，但是请来试试吧，如果你违背卡玛拉的意愿去亲吻它，那么你便不可能从它那里尝到一丝甜味，而它是懂得如何赐予别人许多许多甜味的！你是有学问的悉达多，你也学学这门学问吧：爱情可以祈求，可以收买，可以赠送，可以轻易到手，但是却抢劫不到。你的思想是误入歧途了。是的，真令人遗憾，像你这么一个漂亮小伙子会有这么错误的念头。”

悉达多笑着鞠躬道谢：“这也许是遗憾的，卡玛拉，你说得太好了！这也许是非常令人遗憾的事。不过，我还是不愿意失去你嘴唇上哪怕一点一滴的甜味，这也是远远超过你所想象的！情况就是如此：当悉达多取得了他所缺乏的东西，当他有了衣服、鞋子和金钱之后，他会回来的。不过，可爱的卡玛拉，你能不能再给我提供一个小小的忠告呢？”

“一个忠告？为什么不能呢？难道会有人不愿意替一个来自森林豺狼群中的无知而又可怜的沙门提供忠告吗？”

“那么，亲爱的卡玛拉，请你告诉我，我应该到何处去，才能够尽快获得这三样东西？”

“朋友，这就需要懂得很多东西。你必须会做你学过的事情，人家愿意为此付出金钱、衣服和鞋子。除此以外，一个穷苦人不可能得到金钱的。你究竟会做什么呢？”

“我会思索。我会等待。我会斋戒。”

“不会别的了？”

“是的。噢，我还会作诗。你肯不肯为我的一首诗付出一个亲吻作报酬？”

“我会愿意的，如果你的诗中我的意。这是首什么诗呢？”

悉达多沉思片刻后，吟诵道：

美丽的卡玛拉走进自己树木成荫的花园，
褐色的沙门正站立在篱笆的门边，
当他望见那一朵盛开的荷花，
不由深深鞠躬，她报以微微一笑。

青年人想道，向上天献祭多么美妙，
向美丽的卡玛拉献祭，也同样美妙。

卡玛拉大声鼓掌，臂上的金手镯叮当作响。

“你的诗很美，褐色的沙门，说真话，给你一个亲吻，于我毫无损失。”

她用目示意让他走近自己，他弯身把脸对着她的脸，把嘴唇覆在她那好似新摘的无花果般的红唇上。卡玛拉久久地吻着他，悉达多怀着深深的惊异觉察到她正在开导自己，觉察到她何等聪明，觉察到她控制了他，又拒绝了他，引诱了他，并且感觉到在这一初吻之后还有长长一大串安排得巧妙妥帖的、可供试验的亲吻在等待着他，每一种亲吻都和另一种有所不同，都是他所期待的。他深深吸着气，一动也不动地站着，在这一短暂的时刻！他像一个为知识和学习内容丰富而深深震惊的孩童似的，大大地开阔了眼界。

“你的诗十分美丽，”卡玛拉大声说，“倘若我很富有，我会付你一个金币。但是你想靠诗歌去挣很多钱，挣够你所需要的钱，那是很难的。因为你如果想当卡玛拉的朋友，你得有许多许多钱。”

“你多么善于亲吻哪，卡玛拉！”悉达多结结巴巴地说。

“是的，我擅长于此，因而我从不短缺衣裳、鞋子、手镯以及一切漂亮的玩意儿。可是你会什么呢？除了思索、斋戒和吟诗，你便什么都不会了么？”

“我还会唱祭祀的圣歌，”悉达多回答说，“不过我今后不想再唱了。我会念咒语，不过今后也不想再念了。我还会读经文……”

“够了，”卡玛拉打断他说，“你会阅读？会书写？”

“这些我当然会。有些人擅长于此道。”

“大多数人却不会。连我也不会。非常好，你会阅读和书写，好极了。就是念咒语的本事也会有用处的。”

这时有一个侍女飞跑进来，在女主人耳边悄悄述说着什么事情。

“有客人来看我了，”卡玛拉大声说，“快，快走开，悉达多，你记住，别让任何人看见你在这里！我明天再见你。”

同时她又吩咐侍女拿一件白上衣给这个虔诚的婆罗门青年。悉达多还未弄清自己的处境，便被那个侍女带出门外，弯弯曲曲绕道走进一座花园凉亭，拿到白衣服后，又被带进了灌木林中，侍女还紧紧叮嘱他务必不要让任何人瞧见，立即离开花园。

他心情舒畅地完成了吩咐他做的事情。他在树林里早已惯于此道，他不声不响溜出树丛，又翻过了篱笆。他心满意足地回到城里，臂下挟着那件卷好的白衣裳。在一家旅游者经常光顾的小客栈门口，他停住了，默默地乞讨食物，又默默地接受了一个饭团。他暗暗思忖，也许可以维持到明天了，那么这一天他可以不再乞讨。

他突然昂首挺胸，打起精神来。他已经不是沙门了，他将不再站着向人乞讨。他把饭团扔给一条狗，宁可不进餐。

“人们在这个世界上所过的生活是极其简单的，”悉达多沉思着，“我要过这种生活毫无难处。如果我还当沙门和尚，一切便会困难得多，而结局也定然是又困厄又绝望。而目前一切都很轻松容易，轻松得就像卡玛拉教我的那堂亲吻课。我现在只需要衣服和金钱，此外便别无所求，而这一切全都渺不足道，它们不会搅扰我的睡梦。”

他早已打听到卡玛拉在城里的住所，第二天便找到那里去了。

“好极啦，”她见到他高兴地叫了起来，“卡马斯瓦密是这座城市里最富有的商人，他正等着你去见他。倘若你能使他中意，他就会给你安排工作。要做得聪明些，褐色的沙门。我通过别人向他讲述了你的情况。你要对他友好敬重，他是有很大势力的。但是千万不可低声下气！我不愿意你当他的奴仆，你得和他平等相处，否则我会对你不满意的。卡马斯瓦密已开始迈入老境，希望得到宁静悠闲。他如果喜欢你，他会非常信赖你的。”

悉达多微笑着，并向她道了谢。当她听说他昨天和今天均未进食，就吩咐人送来面包和水果，款待他进餐。

“你运气很好，”他们告别时她对他说，“一扇又一扇大门接连向你敞开。怎么会如此顺利？你是一个魔术师吧？”

悉达多回答说：“昨天我就已经告诉你，我懂得思索、等待和斋戒，而你却认为这一切全都毫无用处。卡玛拉，你以后将会看到这一切都是极有用处的。你将会看到这个来自森林的愚蠢的沙门能够超乎人们想象地学会和擅长于许多美丽的事情。前天我还是一个蓬头垢面的乞丐，昨天我便已亲吻过卡玛拉，不久我便会成为一个商人，非常富有，并且会学会一切在你眼中很了不起的事情。”

“嗯，会的，”她表示同意，“但是没有我的话，你处境如何呢？如果卡玛拉不帮助你，你现在又能如何呢？”

“亲爱的卡玛拉，”悉达多说话时挺直了身子，“我走进别墅来到你身边，便是我迈出的第一步。我已下定决心要从这位最美丽的夫人处学习爱情。从我做出这一决定的瞬间起，我就知道自己会完成它的。我知道你会帮助我。在篱笆入口处你看我第一眼时，我就知道你会帮助我。”

“倘若我不愿意帮助你呢？”

“你会愿意的。瞧，卡玛拉，如果你把一块石子投入水中，它便会按它可能下沉的速度飞快沉入水底。如果悉达多有了目标，下了决心，情况也是这样。悉达多过去无所事事，他只是等待、思索和斋戒，但是他会穿透世上万物达到目的，好似石子穿越水流沉入水底，他不做别的事，什么也不能打动他，他随波逐流，听任自己往下坠落。他的目标牵引着他自己，因为他不允许任何违背他目的的思想存在于自己灵魂里。这就是悉达多跟随沙门云游四方时学会的本事。这便是愚人们称之为魔术的东西，因为他们认为是魔鬼在其中起作用。事实上魔鬼并不起任何作用，压根儿就不存在魔鬼。每个人都可能施展魔术，达到自己的目的，只要他会思索，会等待，会斋戒。”

卡玛拉默默倾听着。她喜欢他的声音，她喜欢他眼睛里的目光。

“事实也许如此，”她轻轻地回答说，“事实也许正如你所说的，朋友。事实也许还由于悉达多是一个漂亮男子，他的目光让妇女们喜欢，因此他总碰到好运气。”

悉达多用一个亲吻作为告别：“但愿如此，我的女教师。但愿我的目光永远讨你喜欢，但愿我从你这里永远得到好运气！”

和儿童似的人在一起

悉达多去拜访商人卡马斯瓦密，别人指点他一座富丽堂皇的房子，侍从带他走过无数昂贵的地毯进入一间居室，他便在那里等候主人。

卡马斯瓦密走进房间，这是一个行动敏捷、机智灵活的男子，头发业已花白，眼睛十分聪明机警，有一张性感的嘴巴。主人和客人亲切地互致问候。

“人家告诉我，”商人先开始说道，“你是一个婆罗门，一个学者，可是你又想从一个商人那里找一份工作。你是否正遭逢经济上的困难，婆罗门人，所以想找工作？”

“不是的，”悉达多说，“我现在并没有什么困难，从来也没有过困难。你知道，我刚刚离开那些游方沙门，我曾跟随他们生活了很长时间。”

“如果你来自游方沙门，怎么能说你没有遭逢困难？游方僧人不都是一无所有的么？”

“我是一无所有，”悉达多回答说，“按照你的看法，我是这样。我确实一无所有。然而我是自愿如此，因而我并不是遭逢困难。”

“你一无所有，但又靠什么生活呢？”

“我从没有想到这个问题，先生。我一无所有地生活已三年有余，还从不曾考虑到这个问题：我依靠什么生活。”

“于是你想过一下另一种有产者的生活。”

“大概是这样。商人除了发财也会想过另一种生活的。”

“说得很好。然而他从不无代价地接受任何人，他要另一人为此付出商品。”

“世上的现实便是这样。有人接受，有人付出，这便是生活。”

“请允许我询问：如果你一无所有，你要给人什么呢？”

“人人都给人以自己拥有的东西。战士付出力量，商人付出货物，学者付出学问，农民付出稻米，渔人付出鲜鱼。”

“说得好。现在的问题是：你付出什么呢？你过去学习了什么，你擅长于什么？”

“我会思索。我会等待。我会斋戒。”

“就这些？”

“我想，就这些了！”

“这些有什么用处呢？例如斋戒——它有什么好处呢？”

“它极有好处，先生。如果一个人无物可吃时，斋戒便是他可干的最明智的事情。举例来说吧，如果悉达多没有学会斋戒，那么他在今天之前早就该找一份差事来做了，不管在你这里，或是在其他地方，因为饥饿将迫使他这样做。但是悉达多却能够静静地等待，他从未不耐烦过，从未感到困难，很久以来他就不知道饥饿为何物，他可以嘲笑饥饿。先生，这就是斋戒的好处。”

“你说得有道理，沙门。请稍候片刻。”

卡马斯瓦密走出房间，拿着一卷纸又走了回来，他把那卷纸递给客人，一面问道：“你能看这个文件么？”

悉达多凝视着纸卷，纸上记载着一份商业合同，于是便开始大声朗读合同的内容。

“读得很好，”卡马斯瓦密称赞说，“你愿不愿在纸上写些什么给我看看？”

他递给悉达多一张纸和一支笔，悉达多一挥而就，把纸递还主人。

卡马斯瓦密朗读着：“书写有益，思索更佳。智慧有益，容忍更佳。”

“你写得真漂亮，”商人赞美说，“我们以后还会再共同切磋一些问题的。今天我邀请你做我的客人，请你留宿在这里。”

悉达多表示感谢后，接受了邀请，从此便居住在商人的家里。有人替他送来了衣服和鞋子，还有一个仆人每日侍候他沐浴。每天都有人端给他两顿丰美的饭菜，但是悉达多每天只进一餐，并且既不吃肉也不饮酒。卡马斯瓦密向他讲述自己买卖上的事，让他去看货物和仓库，指点他如何计算。悉达多认识了许多许多新东西，他注意倾听，很少说话。他牢记卡玛拉的嘱咐，从来不向那个商人低声下气，迫使他和自己平等相处，是的，甚至还超过了平等相处的关系。卡马斯瓦密细心谨慎地经营自己的买卖，常常怀着极大的热情，悉达多却把这一切视同儿戏，他只是努力学习如何精确掌握商业规律，而它们的内容却丝毫不能触动他的内心。

他在卡马斯瓦密家没有住很久就已参与主人的商业事务。但是他每天都按照美丽的卡玛拉指定的时刻去拜访她。他穿着漂亮衣裳、漂亮鞋子，而且不久也开始赠送礼品给她。她那殷红、聪明的嘴教了他许多许多事。她那双细巧、灵活的手也教了他许多许多东西。他在爱情方面还只是一个儿童，盲目而不知餍足地一头跌进了那深不可测的娱乐之中，她指点他一切教育的根本，告诉他，人不能光接受欢娱而不付出欢娱，告诉他，她的每一种姿态，每一次抚摸，每一回接触，每一道目光，她躯体上每一个最细微处的秘密，都是为了唤醒他的求知的幸福。她教导他，一对情人在一次爱情的欢乐后彼此不应当立即分开，如果他们还没有彼此让对方惊叹，还没有像应有的那样互相征服，那么两个情人就谁也不会产生腻味和无聊的感觉，也不会出现自己滥用感情或者被别人滥用感情的恶劣情绪。

他在美丽聪明的女艺术家身边度过了许多极美妙的时刻，他是她的学生、她的情人、她的朋友。如今，他在这里，在卡玛拉身边获得了生活的价值和意义，却不是在卡马斯瓦密的商业事务中。

那位商人委托他起草最重要的信件和贸易合同，并且渐渐习惯于同他商量一切重要的商业事务。他很快发现，悉达多对于谷物和棉花，对于航海和贸易懂得很少，但是他的手很有运气，而且悉达多在平静沉着上胜过了作为商人的自己，还有他默默倾听的本事，以及深入到外国人中去的本领。“这个婆罗门人，”他对自己的一个朋友说，“不是一个地道的商人，将来也永远不会是，他的灵魂对于商业事务毫无热情。但是他具有某种人所具备的秘密本领，他会让成果自动落到他身上，他生来福星高照，好像是一个魔术师，有某种特殊本领，这大概是从游方僧人那里学来的。他从事商业买卖永远好像是在做游戏，它们从来不曾完全进入他的内心，它们根本不能控制他，他从不害怕会失败，从不顾虑会遭受亏损。”

那个朋友向商人建议说：“你把买卖交给他，让他当你的代理人，给他三分之一的红利，如果亏损了，那么他也得付出这同样的份额。这样的话，他一定会勤奋起来的。”

卡马斯瓦密接纳了这个建议。悉达多却仍然漫不经心。买卖赢利了，他平心静气地收下自己的份额；买卖亏损了，他便笑笑说：“啊，你看，这回干得很糟糕呢！”

事实上他对商业事务是漠不关心的。有一次他旅行到某个村庄去，打算购进那里新收获的大批稻谷。当他到达该地时，谷物已被另一个商人收购一空。然而悉达多仍旧在这个村庄里待了一些日子，他款待了该地的农民，送给他们的孩子许多小铜钱，还参加了一个婚礼，最后才心满意足地回去了。由于他没有立即返回，卡马斯瓦密责怪他浪费时间和金钱。悉达多却回答说：“请不要责备吧，亲爱的朋友！我还从来没有见到用责备能办成任何事情的先例。亏损既然已是事实，就让我来承担损失吧。我个人十分满意这次旅行。我认识了很多很多人，有一个婆罗门人还成了我的朋友，儿童们骑在我的膝上嬉戏，农民们带领我观光他们的田地，没有一个人把我当作一个商人看待。”

“你说的这些情况很有趣，”卡马斯瓦密恼怒地大声说，“不过我以为，你事实上只是一个商人！难道你单单是为了消遣娱乐才去那里旅游的吗？”

“当然，”悉达多笑着回答说，“我当然是为了消遣才去那里的。这又怎么样呢？我认识了许多人，熟悉了该地区的情况，我享受到了友谊和信任，我找到了朋友。瞧，亲爱的，倘若我是你卡马斯瓦密，当我看到买卖已遭挫败，就会立即忧心忡忡地急忙赶回来，但是事实上时间和金钱已经丧失了。至于我，却度过了一些好日子，我学到了很多东西，享受到了快乐，我没有因情绪恶劣、办事匆忙而伤害自己和伤害别人。如果我以后某个时候又重去该地，也许就是去采购下一次收获的稻谷，或者是为了其他诸如此类的目的，那么我就会受到友好人们的热情款待，那时我将称赞自己幸而当时没有流露出匆忙和不快。别生气了，朋友，不要由于呵斥而损伤了你自己！如果果真有那么一天，你可以说：这个悉达多给我带来了损害，你就只需要说一个字，悉达多就会马上离开。在那一天来临之前，你我还是互相满意地相处吧。”

不论卡马斯瓦密如何千方百计要悉达多相信，他吃的是卡马斯瓦密的面包，然而，统统徒劳无益。悉达多认为他吃的是自己的面包，更确切地说，他们两人吃的是其他人的面包，一切人的面包。悉达多从来听不进卡马斯瓦密在他耳边诉说的种种忧虑，而卡马斯瓦密却一直是忧心忡忡的。一桩在进行的买卖正受到失败的威胁，一批寄送的货物可能失落，一个债务人可能付不出欠款，卡马斯瓦密从来没能说服自己的合伙人相信这一切考虑都是有益的。一切忧伤和愤怒的话语全属多费唇舌，只是白白地增添了额头上的皱纹和让自己在夜晚失眠而已。后来有一次卡马斯瓦密当面指着他说，悉达多已把他所懂得的一切统统学去了，得到的回答却是："请不要和我开这样的玩笑！我从你那里学到的只是一满筐鱼价值若干，一笔贷款能够收取多少利息。这些是你的学识。我的思索本领却不是跟你学会的，尊敬的卡马斯瓦密，你最好还是找一找，你从我这里学去了什么吧。"

他的灵魂确实不在商业上。做买卖是有好处的，他可以源源不断把钱存放在卡玛拉处，而她储存的远远不止他带去的数目。此外，悉达多有兴趣的只是参与人们的生活，了解他们的事业、手艺、忧虑、娱乐和蠢事，对于这一切他过去完全陌生，就像遥远的月亮。他轻易地达到了可以和一切人交谈，和一切人生活在一起，向一切人学习的目的，如今他深切地感到，究竟是什么东西把他和人们隔离的，那便是他的沙门苦行主义。他看到人们以一种儿童似的或者动物似的方式生活着，他既爱这种生活，却又蔑视这种生活。他看着他们努力奋斗，看着他们因为某些事情而痛苦和烦恼，而这些东西在他眼中完全毫无价值，不过是为了金钱，为了一点点快乐，为了一些微不足道的荣誉而已。他看着他们彼此互相辱骂、互相责备，看着他们互相痛殴，这一切都为沙门所耻笑，因为一个沙门僧不会有感觉物质匮乏的痛苦。

对于人们给予他的一切，他都坦然处之。商人们都热诚欢迎他，因为他购买他们提供的亚麻布，负债者欢迎他，因为可以向他求得贷款，乞丐们欢迎他，因为他能整小时地耐心倾听他们叙述自己的苦难经历，其实和一个沙门相比，乞丐们的穷困只抵得上沙门的一半。他对待那些富有的外国商人和对待一个为他理发的仆人以及那些沿街叫卖的小贩毫无二致，他购买香蕉时总听任他们多要几文小钱。当卡马斯瓦密来看望他，向他诉说自己的苦恼，或者为了一桩买卖上的事来责怪他，悉达多总是好奇而满面笑容地静静倾听着，对这个人感到惊奇，试图去了解他，尽量让他觉得自己有点儿道理，觉得不可以缺少自己，然后便转身离开他，转向另一个人，一个渴望见他的人。每天都有许多人来拜访他，有些人是来和他做买卖的，有些人是来诈骗他的钱财的，有些人是来聆听他教诲的，有些人是来求得他的同情的，还有许多人是来听取忠告的。他向他们提出忠告、建议，他向他们表示同情，他慷慨解囊相助，他让自己稍稍受些欺骗，他认为这一切纯属儿戏，而世上人人都是满怀热情从事这一游戏的，他也热衷于思索，和他少时热衷于信仰神佛和婆罗门一样。

偶尔他感觉在自己胸膛深处有一种微弱的、死亡的声音，这声音轻轻警告着他，轻轻责备着他，轻微得几乎难以听清。后来，在某些时刻，他感到自己过的是一种奇怪的生活，因为他在这里所做的一切诚实的工作，其实只是一种游戏而已，虽然这都是自己乐于去做、并且不时让自己觉得愉快的事情，而真正的生活却从自己身边流逝消失了，他丝毫也没有触及。就像一个打球的人打球一样，他把自己的活动视作游戏，把自己周围的人只看作是在一起游戏，他观察着他们，从他们身上找到乐趣，而他的心，他的生命的源泉却不和他们在一起。这股源泉离他远去，越来越远，渐渐消失不见，和他自己的生活不再有任何关系。某些时候，他很为自己的这种思想吃惊，希望自己能够摆脱这种思想，希望自己也能够满怀热情、全心全意地做一切每日必做的幼稚的事情，希望自己也能够真实地生活，真实地工作，真实地享受，真实地活着，而不是作为一个旁观者只站在生活一边。

他始终不间断地去拜访美丽的卡玛拉，去学习爱情的艺术，去进行爱的祭礼的操练，给予和接受这两者在爱的祭礼中合而为一，这是任何其他地方都没有的。他和她随意闲聊，他向她学习，向她提出忠告，同时也接受她的忠告。她了解他，胜于从前戈文达对他的了解，她是一个和他相似的人。

有一回他对她说：“你是和我一样的人，你和大多数人大不相同。你就是卡玛拉而不是任何其他人，在你内心深处有一块僻静的避难处，某些时刻你就进去避难，让自己觉得像到了家里一般，我也会这样。但是其他人很少有人会这样，虽然人人都能学会的。”

“并非人人都是聪明的。”卡玛拉说。

“不对，”悉达多回答说，“事情并不决定于聪明不聪明。卡马斯瓦密和我一样聪明，然而他内心并没有一个避难处。他会的是另一套，而心智上只是一个幼童而已。大多数普通人，卡玛拉，都像一片片落叶，随风飘舞、旋转、摇摇晃晃，最后掉在地上。另外还有一些人，这些人为数很少，他们好似天上的星星，按照固定的轨道运行，没有任何风能够到达他们身边，他们有自己的生活规律和自己的生活轨道。我认识许多学者和沙门，在所有这些学者和沙门中，我认为其中有一个人便是这种类型的完人，我永远也不能忘记他。他就是乔达摩，这是个活佛，他宣讲自己的学说。成千上万的年轻人每天聆听他授课，每时每刻都依循他的规范行事，可是他们个个都只是飘落的树叶，在他们自己内心里并没有学问和规律。”

卡玛拉脸露笑容注视着他。“你又谈到他了，”她说，“你又回到沙门思想上去了。”

悉达多沉默不语。接着他们又开始爱情游戏，是三十或四十种不同游戏中的一种，全是卡玛拉所熟谙的。她的肉体像一只美洲豹和一张猎人的弓似的柔韧有弹性；不论谁向她学习爱情，都会熟习各式各样的乐趣和许许多多秘密。她长时间地逗弄着悉达多，引诱他，又推开他，压迫他，又紧紧拥抱他，欣慰于他的纯熟技巧，直至他被征服，精疲力竭地躺在她身边为止。

那个艺妓俯身向着他，久久地凝视着他的脸，望着他那双变得疲倦的眼睛。

“你是我最好的爱人，”她沉思地说，“是我见到的最好的爱人。你比其他人更为强壮，富于韧性，更为顺从。你对我的艺术学得很到家，悉达多。到一定的时期，在我年纪再大点儿的时候，我要为你生一个孩子。可是，亲爱的，你仍旧是一个沙门，你仍旧不会爱我，你任何人都不爱的。难道不是这样么？”

“大概是这样，”悉达多疲倦地说，“我和你一模一样。你也不爱任何人——否则你怎么能够把爱情作为一门艺术来经营呢？像我们这种类型的人也许不会爱人的。儿童似的人们却会爱，这是他们的秘密之处。”

僧娑洛[①]

悉达多过了很长时间的世俗生活，品尝到了种种乐趣，却仍然无所归依。他的官能感觉在那些火热的沙门生活年代中曾经遭受扼杀，如今又觉醒了，他享用了财富和权势，淫欲也得到了满足；但是在这段很长的时间中，他的内心深处依旧是一个沙门，卡玛拉，这个聪明的女人一眼就看清了这一点。指引他生活道路的始终是那些思索的本领、等待的本领和斋戒的本领，世界上的人，那些儿童似的人们，对于他始终只是陌生人，正如他在他们眼中是陌生人一样。

一年年安适快乐的日子飞快地流逝，悉达多简直没有感觉到年华的消逝。他已经非常富有，他早已有了一幢自己的住宅，有了自己的事业，在城外的河边还拥有一座花园。人们都很喜欢他，当他们需要金钱或者忠告的时候就跑去找他，但是没有一个人能够接近他，除了卡玛拉。

他成长年代经历过的每一个光辉灿烂的阶段，例如聆听乔达摩传教后的那些日子；和戈文达分别后的那些日子；那一次非常紧张的等待；那种既无理论指点又没有教师传授的令人自豪的独立生存；那种让自己在内心深处听到神道声音的待命状态都逐渐地变成了回

① 僧娑洛：是“轮回”的梵语音译。是印度教中对轮回循环观点的专门称呼。

忆，成了过去。如今，那过去曾一度在他面前流动，甚至还在他体内流动的圣泉，已变得遥远，它的流动声也变得轻微了。然而有许多他从游方僧人处学得的，从乔达摩处学得的，从自己的父亲——这位高贵的婆罗门人处学得的东西，在经过了漫长的岁月以后却仍实实在在地留存在他心里：有节制的生活，乐于思索的习惯，潜修的方法，有关于既不属于肉体也不属于意识的永恒自我的秘密知识。它们中的某些部分仍保留在他身上，某些部分则一个接一个地沉没了，被尘土所淹没了。好似陶工的圆盘，一度开动得很好，转动到一定的程度之后，便逐渐开始磨损，减慢速度，逐渐停止摆动，在悉达多的灵魂中转动着苦行主义者的轮子、思索的轮子、辨别的轮子，它们连续转动了很长时间，始终还在不断震动，但是它们的震动速度逐渐减慢，变得迟疑不定，已渐渐接近静止状态。如同湿气缓缓渗入一棵渐渐枯死的树木残干一样，逐渐使它膨胀腐烂，悉达多的灵魂里渗入了世俗气和懒散习气，这些习气渐渐充塞了他全部灵魂，使他的灵魂变得沉重，疲倦，麻木僵化。与此同时，他的感官却活跃了，学到了很多东西，经历了很多事情。

悉达多学会了做买卖，学会了对人们行使权力，学会了和女人寻欢作乐，也学会了穿着华丽的衣服，使唤奴仆，在香喷喷的热水里沐浴。同时他还学会了享用细致精美的饭食，吃鱼、吃肉、吃禽类、吃调味品和种种甜食，还学会了喝酒，让酒把他带入迟钝迷失的境界。此外他还学会了下棋，掷骰子，坐轿子，观看舞女表演，在柔软的床上睡觉。然而他还是和其他人不同，他感觉自己比他们优越，他永远微带讥笑地冷眼旁观世人，对他们总是带有一点儿嘲讽意味的轻蔑感，这种轻蔑感和他当沙门僧时经常对世人所怀有的那种感觉一模一样。每逢卡马斯瓦密有了病痛，发怒生气，或者自以为受人伤害，或者因为买卖上的烦恼受折磨时，悉达多总是带着讥笑的神色在一旁袖手旁观。随着时间的流逝，随着一个个收获季节和雨季的消逝，悉达多这种讽刺的锋芒渐渐地、不知不觉地变得软弱无力了，他的优越感也渐渐平息静止了。

随着财富的增长，悉达多渐渐地接受了人们儿童似的生活方式的若干东西，他自己也有了若干儿童气和怯懦心情。而且，他还开始羡慕他们，随着时间的推移，他和他们越是相似，这种羡慕心也就越发强烈。他羡慕他们具有自己所缺乏，而他们却具备的东西，那种他们可以把自己的生命寄托其上的东西，那种对于欢乐和恐惧的热情，那种对永恒爱情的又担忧又甜蜜幸福的追求。这些人始终不停地迷恋他们自己，迷恋妇女、儿童、荣誉或者金钱，迷恋于种种规划或者理想。但是他并没有向他们学习这些，恰恰没有向他们学习这种儿童似的欢乐和愚蠢。他向他们学习的只是那些令人不快的、他自己也很轻蔑的东西。后来日益频繁地出现了下列情况：每度过一个社交晚会后，悉达多第二天便睡到很晚才起床，感觉自己又迟钝又疲乏。还出现了这种情况：每当卡马斯瓦密用自己的烦恼来消磨他的时间时，他便生气发怒，变得急躁不安。还出现了如此情况：每逢他掷骰子输了的时候，便过分地高声大笑。他的脸容依然显得比其他人更聪明、更有精神，但是他笑得越来越少，他的脸上接连不断地出现了人们经常在富豪们脸上见到的种种特征，那种不知餍足的、病态的、阴郁的、懒散的、冷酷无情的特征。渐渐地，富豪们的病态灵魂攫住了整个悉达多。

疲乏像一道纱幕，一阵薄薄的烟雾降临在悉达多身上，它们慢慢地变厚，并且一天天、一月月、一年年地变得又浓又沉，好似一件新衣服随着时间的流逝逐渐破旧，它的美丽光彩随着时间而消失不见，出现了斑点，出现了皱纹，边缘也开始破损，这里那里都显露出磨损和破绽的样子。悉达多的新生活也是如此，他和戈文达分手后的新生活也已经变得破旧，脸上业已丧失当年的颜色和光彩，斑点和皱纹逐渐集积，原来隐藏在内心的丑恶，如今一一露了出来，得到的只是失望和厌恶。悉达多对此毫无觉察。他只是觉察到自己内心深处那种响亮而坚定、一度使他觉醒并且在他光辉灿烂的成功年代总是起指导作用的声音，如今却变得沉默了。

世俗世界已经俘虏了他，娱乐、欲望、懒散以及那个他一贯认为是愚蠢透顶，同时又极其蔑视、讥讽的东西：贪婪，最后也压倒了他。连财产、产业和财富也把他俘虏了，它们对他已经不再是游戏和玩具，而成了锁链和重负。通过掷骰子游戏，悉达多终于从一条奇怪而奸诈的道路滑进了他自己最后的、最可鄙的歧途。也就是说，他已有相当长的时间忘了自己是一个沙门，悉达多开始参加攫取金钱和珍宝的赌博，以往他是一贯嘲笑此道，而且把它当作儿戏而随随便便参加的，如今却越来越成了他的癖好并津津乐道了。他是一个令人生畏的赌徒，很少有人敢和他抗衡，敢投入过高的赌注。为缓和心理危机，他从事赌博，挥霍和输光那些可怜的金钱，让自己得到一种发泄怒气的欢乐，他找不出其他任何办法能够更为清楚明了并讽刺挖苦地表明自己对于财富——商人们奉为偶像的财富——的轻蔑藐视了。于是他无情地投入极高的赌注，他自己憎恨自己，自己嘲讽自己，他捞进成千上万，又抛出成千上万，输掉了金钱，输掉了首饰，还输掉了一座别墅，后来又赢了回来，接着又输掉了。那种恐惧，那种令人担心和令人窒息的恐惧，每当他玩这种游戏时就化为乌有了，他心惊胆战地投下极高的赌注时，就觉得快活，他试图使这种游戏不断得以更新，不断予以提高，他赌瘾越来越大，因为唯有在这些游戏中他才多少感到有点儿幸福，有点儿陶醉，觉得在自己那饱和餍足、犹豫不决、单调乏味的生活中多少增加了一些内容。每一次输了大钱后，他便设法积累新的财富，他更热心于买卖，更严厉地强迫自己的负债人偿付欠款，因为他要继续参加这种游戏，他要继续挥霍浪费，他要继续向大家显示自己如何蔑视财富。

悉达多在赌输时已不再冷静镇定，他不允许欠债人拖延付款，对乞丐失去了同情心，对馈赠早已兴趣索然，不再借款给那些苦苦哀求者。他，这个在掷骰子的游戏中挥金如土的豪赌者，在输光后可以付之一笑的人，做起买卖来却越加厉害，越加小气，偶尔夜里做梦还梦到金钱！他常常从这种丑恶的着魔状况中睡醒过来，常常在自己卧室墙上的镜子中照见自己的脸容日益衰老和丑陋。羞愧和恶心之感也常常向他袭来，于是他便继续设法逃避，去追求新的幸福的游戏，逃入肉欲的麻醉之中，沉溺于酒的麻醉之中，随后又回过头来忙于积累财富和赢利。他在这毫无意义的反复循环中奔波，使自己精疲力竭，日益衰老，身患疾病。

有一天一个梦警告了他。那天黄昏时分他和卡玛拉待在一起，在她那美丽的花园里。他们两人坐在树下聊天，卡玛拉讲了一些忧虑重重的话，这些话语后面隐藏着某种悲伤和倦意。她请求他讲述乔达摩的事，并且老是听不够，乔达摩的眼睛如何纯洁，他的嘴唇如何平静美丽，他的笑容如何善良，他行走时的步态如何平稳端庄。他不得不把这位高贵活佛的事迹向她描述了很长时间，接着卡玛拉叹了一口气，说道："到了一定时候，也许不久，我就要去追随这位活佛。我要把我的花园赠送给他，我要从他的学说中寻求庇护。"可是说完这话之后，她又开始挑逗他，在爱情的嬉戏中带着痛苦的热情把他紧紧搂在怀中，唇对着唇，眼中含着泪水，好似她要再度从这种短暂的淫欲中挤出最后一滴甜蜜。悉达多觉得奇怪，他从来不曾意识到，这种淫欲和死亡的距离是何等接近。然后他躺在她的身边，卡玛拉的脸紧挨着他。这时，他比过去任何时候都更清楚地看到，在她眼睛底下和嘴角边上所显出的可怕字迹，一种由细细线条、淡淡纹路所堆成的字迹，一种令人想起秋天和老年的字迹，于是他想到，就连他悉达多本人也已过了四十岁，他那一头黑发里已经到处出现了白发。卡玛拉美丽的脸上明显地记载着劳碌的痕迹，记载着她走过了一条长长的路途，而这条路并没有愉快的终点，因而她开始憔悴和枯萎。她私下里还从没有说起过：她害怕衰老，害怕秋天，害怕必然来临的死亡，也许她还没有不安地意识到这些。他叹着气和她告别，脑子里充满了不愉快，充满了隐秘的恐惧。

晚上，悉达多在自己寓所里和一些舞女饮酒消磨时光，跟那些和他地位相等的人开着玩笑，却已经失去了优越感。他喝了大量的酒，午夜之后才摸索着上了床。他疲倦了，却依然很激动，几乎绝望得想大哭一场。他久久地毫无效果地追寻着睡眠，心里充满了一种他自己也认为难以继续忍受的悲苦，充满了恶心，这味道就像是从胃里泛出的酒气，就像是令人觉得甜腻而迷茫的音乐，就像是那些舞女过分娇柔的笑声，也像是从她们头发上和胸脯上散发出来的刺鼻的香气。而比这一切更令他恶心的是他本人，是他自己头发里的香气，是他自己嘴巴里的臭味，是他自己躯壳里的疲乏和不快。好似某个人吃得太多或者喝得太多而感到难受，希望能通过呕吐而解除痛苦，于是这个失眠的人也是这样，希望自己经历这阵巨大的恶心浪潮后能够获得这种满足，能够摆脱这种日常习俗，摆脱全部毫无意义的生活，摆脱他自己。直至晨曦微露，住宅前面的马路上开始喧闹时，他才有点儿瞌睡懵懂，他迷迷糊糊地打了个盹。就在这片刻中，他做了一个梦：

卡玛拉有一只金色的鸟笼，里面养着一只奇异的鸣鸟。他梦见了这只小鸟。他梦见这只小鸟变哑了，而从前它每天清晨时分总是啁啾鸣啭。他很奇怪，便走近鸟笼，这才发现这小鸟已经死了，直挺挺地躺在笼底。他取出这只死鸟，在自己手里握了一会儿，然后把它扔了出去，丢在马路上，就在这扔出去的一瞬间，他感到很害怕，觉得心里有一阵刺痛，似乎他在扔死鸟时把一切有价值的和美好的东西也一起扔了出去。

醒来后，他觉得自己被一种深深的悲哀所笼罩了。他看到自己以往的生活是无聊的，既无价值又无意义；没有给他留下任何生气勃勃的东西，也没有任何珍贵或者值得保留的东西。他是孤单的，心里很空虚，好似河滩上一艘遭难搁浅的破船。

悉达多情绪阴沉地来到那座属于他自己的花园，关闭好小门后，在一棵芒果树下坐下来，感觉死神已进入他心中，感觉满怀恐惧，他坐着，思索着，觉得有什么在自己体内死亡了，枯萎了，正在走向尽头。他慢慢集中起自己的思绪，一生所走过的全部道路再度在脑海中浮现，首先是最早年的日子，那时他已能够沉思潜修。他曾否经历过幸福、自己认为是真正欢乐的日子呢？噢，有的，他曾经有过好多次这样的经历。少年时代的他就品味过这种欢乐，当他赢得婆罗门人赞扬的时候，当他在背诵圣诗，在和学者们辩论，在担任祭祀仪式的助手时都有过这种感觉，他显得出类拔萃，远远超过自己的长辈们。那时他心里有过这样的感觉：你面前有一条路，你正受到它的召唤，神在期待着你。接着又到了青年时代，他努力赶超一大群和他同样不断追求更高思想目标的青年，他为婆罗门的思想而痛苦过，每一次达到新的知识领域的同时，心里新的求知欲又被点燃了。于是他总又听见同一个声音在呼唤："向前！向前！你正受着召唤！"他接受了这个声音，选择了沙门生活，离开了自己的故乡，他又一次听从这个声音离开那批沙门来到那个完人身边，后来也是这个声音让他离开那个完人走向了捉摸不定之中。

他已有多长时间没有听见这个声音了，他已有多长时间不再攀登高峰了，他这些年走过的道路何等平坦、何等荒芜，许多许多长长的年代，他没有高尚目的，没有心灵欲求，没有任何提高，他满足于小小的娱乐，然而事实上从来不曾满足过！连他自己也并未意识到，他在这些长长的年代中是努力于、渴望于成为所有许多人中的一个人，成为儿童似的人，但是这些年他的生活较之其他人的生活却更为悲惨和困难，因为他们的目标和他的大不相同，还有他们的忧虑，卡马斯瓦密这类人的整个世界对他也仅只是一场游戏而已，只是一场供人观赏的舞蹈、一幕喜剧而已。唯独卡玛拉是他真心所爱的，是他十分看重的——但是她现在怎么样了呢？他还需要她吗，或者她还需要他吗？难道他们要玩一场没有尽头的游戏？为这场游戏而活着是必要的吗？不，这是不必要的！这场游戏的名字叫僧娑洛，一场儿童玩的游戏，这场游戏也许玩起来很迷人，一次，两次，十次——但是可以永远、永远一再地玩下去吗？

悉达多顿时明白，这场游戏已经到达终点，他不能再继续玩下去。一阵寒流朝他身上袭来，侵入了他的内心，于是他觉得自己身上有些东西业已死亡。

那一天他整日坐在芒果树下，思念着父亲，思念着戈文达，思念着乔达摩，为了成为一个卡马斯瓦密式的人而离弃他们是应该的吗？夜幕降临时，他依然坐着不动。他一面抬头仰视着天上的星星，一面想："我现在还坐在自己的芒果树下，还在自己的花园里。"他微微一笑——他本人拥有这么一座花园，拥有这么一棵芒果树是正确的吗？是必要的吗，难道不是一场愚蠢的游戏？

连这一切他也决定做个了结，在他眼中这些东西也已经死去。他站起身来向芒果树告别，向花园告别。由于他整日没有进食，感觉有一阵剧烈的饥饿，他想起了自己在市区里的住宅，想起了自己的卧室和床铺，想起了摆满食物的餐桌。他疲倦地笑着，摇了摇头，也向这一切告了别。

就在这同一天夜晚，悉达多离开了自己的花园，离开了这座城市，之后永远也没有回去。卡马斯瓦密找寻他很长时间，认为他一定是落入强盗手中遭了殃。卡玛拉没有找过他。当她听到悉达多失踪的消息时，丝毫也不惊讶。她不是始终等着这一天的吗？难道他不是一个沙门、一个流浪者、一个苦行僧吗？她想得最多的是他们最后一次相聚时所得的感受，他们从失败的痛楚中寻取欢乐，在这最后一次会面中她还紧紧把他拉近自己的胸怀，并且再一次感受到自己完全为他所占有和征服。

当她第一次听见悉达多失踪的消息时，她走到窗前，走到关着那只奇异鸣鸟的金色鸟笼前，她取出小鸟，让它飞向空中。她久久地目送着那只飞走的鸟儿。从这天开始她不再接待客人，她关闭了自己的住宅。过了一段时间她发现自己和悉达多最后一次相聚时怀了孕。

河　边

悉达多在树林里游荡，离开那座城市已经很远很远，他只有一个想法：决不再回那个城市，已往许多年的生活早已成为过去，他已经尝够了，业已到了憎恶的地步。那只鸣鸟已经死去，这是他梦中所见。事实上是那只小鸟已经在他的心里死去。

他深深沉浸于僧娑洛之中，他已经从一切方面尝够了憎恶和死亡的滋味，好似一块海绵汲够了水，业已达到饱和程度。他对一切都已经厌倦，心里充满了痛苦，充满了死亡之感，世界没有任何东西再能吸引他，让他高兴，让他得到安慰。

他热切地渴望忘记自己，渴望得到安静，渴望死亡。但愿有一个闪电击毙他！但愿有一只猛虎吃掉他！但愿有人给他一杯酒，一杯毒药，这药将使他麻醉、忘却和沉睡，永远不再觉醒！难道还有哪一种污秽是他自己不曾沾染过，哪一种罪孽和蠢事是他不曾做过，哪一种灵魂上的荒芜空虚是他不曾承受过的？难道他还可能生存么？难道他还可能一次又一次重新呼吸，感到饥饿，重新进食，重新去睡觉，重新去躺在女人身边吗？这种不间断的循环往复对他来说难道还不该结束和中断吗？

悉达多来到森林里的一条大河边，这条河正是当年他还是一个青年人时，从乔达摩的城里出来要求一位船夫为他摆渡的河流。他走到河边站住了，犹豫不定地停留在河岸上。疲劳和饥饿已经使他十分虚弱，他为什么还要继续往前走，要往何处去，要达到什么目的呢？不，他已经不再有任何目的，除了这些充满深深痛苦的渴望，除了那场震撼了自己的荒唐梦境，除了呕出自己饮下的这杯苦酒，除了结束这一可怕而又可耻的生活之外，他已经什么也没有了。

有一棵椰子树弯曲着伸向河面，悉达多将肩膀靠在树干上，伸出一条胳臂搂住树干，往下俯视着碧绿的河水，河水在他身下潺潺流动，他俯视着河水，心头涌起一个坚定的愿望，解脱自己，让自已沉没在河水中。倏地他身下的河水仿佛出现了一片可怕的空白，这仿佛正是对他灵魂里那种可怖的空白所做的答复。是的，他是完结了。留给他的道路只有自己消灭自己，只有彻底摧毁自己那毫无作为的一生，把它抛弃，不理会神道的嘲笑。这些正是他热烈向往的巨大突破：死亡，彻底破坏他所憎恨的躯壳！但愿鱼儿把他吞食干净，他悉达多这条狗，这个狂人，这个腐烂败坏的躯体，这个毁坏了的灵魂！但愿鱼儿和鳄鱼将他吞食，但愿恶魔把他撕得粉碎！

他凝视着水中自己那歪曲的脸庞，那脸容时隐时现。他浑身疲软，松开了搂着树干的胳臂，稍稍旋转身子以便让自己垂直地落进水里，最终葬身水底。他要紧闭双眼沉下去，迎接死亡。

这时从他灵魂的一个偏僻角落，从他疲倦一生的遥远的过去传来了一个声音。这是一个字，一个音节，他不费思索便喃喃地念出了声，这是所有婆罗门祈祷书里最初的一个字和最后的一个字，这就是神圣的“唵”，它和“功德圆满”或者“完美无缺”具有同样丰富的意义。就在“唵”的声音传进他耳内的一瞬间，他那已经死去的灵魂猛然苏醒，使他一下子认清了自己行为的愚蠢。

悉达多深感震惊。如今他竟处于这等境地，如此孤独，竟背弃一切知识误入歧途，以致想自寻短见，以致这个死的愿望，这个幼稚的愿望会在他身上变得如此巨大：为寻求平静，竟不惜消灭自己的肉体！所有的一切痛苦，一切醒悟，一切失望，在最近这段时间里都不能影响他，而眼前这一瞬间，这个“唵”却深深进入他的意识，并对他起了影响：促使他认识到了自己的不幸和迷乱。

“唵！”他出声念着，“唵！”于是他想起了婆罗门，想起了不可摧毁的生活，想起了他已经忘却的一切神圣东西。

虽然这一切仅只有一刹那，犹如一道闪电，而悉达多已经倒在椰子树下，他的头枕在树的根部上，沉入了深深的梦乡。

他睡得很熟，一个梦也没有做，他有很长时间都没有睡得这样香甜了。几个钟点后，当他醒来时，感觉好似已经过了十年之久，他听见轻轻的流水声，不明白自己身在何处，是什么人把他搬到了这里，他睁开眼睛，吃惊地看到头上是树木和蓝天，他回想自己在什么地方，为什么会来到此地。然而他还是迷糊了很长一段时间，过去像被一层纱幕所笼罩着，无比遥远，无限宽广，又完全无关紧要。他只知道自己过去的生活（这种生活在他开始沉思的一瞬间重又在他脑海中浮现，它们就像是一个早已消逝的、往日的化身，像是他本人的幼年）——而他业已离弃了这种过去的生活，他满怀厌恶和不幸，宁愿抛弃生命，他在一条河边，在一棵椰子树下，要想回归自我，嘴里念诵着“唵”这个圣字，进入了一个安然死去的境界，此刻醒来却成为一个新人，观望着周围世界。他轻轻地念出“唵”，他曾在默诵这个圣字中入睡，如今他觉得自己那整个过去的年代不过是一次悠长深沉的“唵”的念诵，一次“唵”的思索，一次深入沉思和彻底到达“唵”的境界，到达无可名状的完善境界。

这又是一次何等奇妙的睡眠啊！有生以来还从没有哪次睡眠竟能使他像今天这样：头脑清醒、精神抖擞，也仿佛年轻了许多！也许他真的已经死去，已经消亡，而现在托生在一个新的躯体里？但是事实并非如此，他认识自己，认识这双手和这双脚，认识他所躺的地方，认识这个胸膛里的自我，认识这个悉达多、这个固执而奇怪的人，然而这个悉达多也已经有了变化，他获得了新生，他令人奇怪地沉沉入睡，又奇异地觉醒过来，他心情愉快而好奇。

悉达多坐起身子，看见自己对面坐着一个人，一个陌生人，一个穿黄袈裟的已经剃度的和尚，他正在打坐静修。他凝视着那个既无头发也无胡子的陌生人，片刻后他认出面前这个和尚就是戈文达，他儿时的朋友，那个向可敬的佛陀寻求庇护的戈文达。戈文达老了，他也老了，但脸上的神色却依然如故，仍表现出热切、忠实、探求和慎重的神色。此刻戈文达感觉到了他的目光，便张开眼睛望着他，悉达多看出戈文达并没有认出自己。戈文达见他苏醒过来十分高兴，显然他已在这里坐了很久，期待他苏醒，尽管他并没有认出悉达多。

“我睡着了，”悉达多说，“你到这里来做什么？”

“你是睡着了，”戈文达回答说，“在这种地方睡觉很不好，这里毒蛇成群，又是林中野兽出入的要道。噢，先生，我是尊敬的乔达摩的一个弟子，就是那个活佛、那个释迦牟尼的弟子，我和一群与我同样的弟子去参拜圣地，路过这里看见你躺在水边，正睡在一个危及生命的地方。因此我试图唤醒你，噢，先生，我见你睡得很香，便决定留下来守护你。但是，你瞧，连我自己也睡着了，而我本意是要守护熟睡的你。我玩忽职守，疲倦制服了我，行啦，你现在已经苏醒，我可以去追赶自己的弟兄们了。”

“我感谢你，沙门，你在我熟睡时看护了我，”悉达多道谢说，“你们佛门弟子都待人厚道。你现在可以继续赶路了。”

“我去了，先生，祝愿先生永远健康。”

“谢谢，沙门。”

戈文达行了一个礼，说道：“再见。”

“再见，戈文达，”悉达多回答。

和尚呆住了。

“请允许我问，先生，你怎么会知道我的名字的？”

悉达多微微笑着。

“我认识你，噢，戈文达，从你还住在父亲小屋里的时候，从我们在婆罗门学校里的时候，从我们参加祭祀仪式和共同走上沙门道路的时候，也从你在耶塔华那的树丛里请求佛陀收为弟子的时候就认识你了。”

“你是悉达多！”戈文达大声叫道，“现在我认出你了，我真弄不明白自己怎么会没有立刻认出你。欢迎你，悉达多，能够再见到你，我非常高兴。”

“我也很高兴再见到你。你是我熟睡时的守护者，我得再次表示道谢，虽然我并不需要任何守护者。噢，我的朋友，你要到何处去？”

“不去何处。我们僧人常年云游四方，只要不是雨季，我们总是从一地赶到另一地，按照我们自己的规律生活，向人们宣讲教义，接受布施，然后又动身上路。永远如此。你呢，悉达多，你要到哪里去？”

悉达多说：“我的情况和你一样，朋友，我也不到哪里去。我只是不停地赶路，去参拜圣地。”

戈文达说：“你说你也去参拜圣地，这我相信。但是很遗憾，悉达多，你看上去不像一个朝山进香者。你穿的是有钱人的衣服，脚上是最上等的鞋子，你头发上的香水味芬芳宜人，这可不是一个朝山进香者的头发，不是一个沙门的头发。”

“好，亲爱的，你观察得很精确，你那尖锐的目光看清了一切。然而我并没有对你说，我是一个沙门游方僧。我只是说：我要去参拜圣地。事实便是这样：我正要去参拜圣地。”

“你去朝拜圣地，”戈文达说，“可是很少有朝圣者穿戴这样的衣服、鞋子，有这样的头发。我年年朝圣，还从没有遇到过像你这样的圣地朝拜者。”

“我相信你所说的，亲爱的戈文达。但是现在，今天，你恰巧碰见了一个这般模样的朝圣者，衣服华丽，鞋子高贵。请记住，亲爱的：造化世界是短暂多变的，是暂时性的，而最为不能持久的是我们的外表，我们头发的款式，以及我们的头发和躯体本身。我身上穿着富人的衣服，你清楚地看到了这点。我如此穿戴，因为我曾经是富人，而我的头发修饰得像一般世人和沉湎于酒色的人，因为我曾经是他们中间的一员。”

“那么现在呢，悉达多，你现在怎么样呢？”

“我不知道，我知道的和你一样少。我正走在半途中。我曾是富人，如今不再是了；而我明天将会怎样，我自己也不知道。”

“你失去了你的财产？”

“我失去了财产，或者说是它失去了我。对于我来说，是丢了它。造化的车轮转动何其迅速，戈文达。婆罗门人悉达多于今何在？沙门悉达多于今何在？富商悉达多于今何在？一切暂时之物都是过眼烟云，戈文达，你懂得的吧。”

戈文达久久注视着自己的朋友，眼睛里满是疑虑神情。他还是向他祝福问好，如同人们对待上等人那样，然后就动身上路了。

悉达多微笑着目送他远去。他一直爱着戈文达，这个为人忠实、行为谨慎的人。在当前这个时刻，在经历了为“唵”所渗透的奇异睡眠之后的这一美妙时刻，他怎能不爱任何人，不爱任何事物呢！通过睡眠和“唵”在他身上所发生的情况恰恰就是魔力之所在，使他热爱一切，首先是对自己看见的东西全都充满了欢乐的爱情。对于悉达多，魔力正在于此，过去他曾病得如此严重，以致不能爱任何东西和任何人。

悉达多含笑目送着逐渐远去的游方僧人的身影。睡眠使他精神倍增，但是饥饿也在剧烈地折磨着他，因为他已有两天不曾进食，而他顽强地对抗饥饿也已有相当长的时候了。他忧伤地，同时又含着微笑回想着那些年代。他清楚地记得，当年曾向卡玛拉夸耀自己的三大高贵而不可制胜的本领：斋戒——等待——思索。这些曾经是他所拥有的财富，他的权力和力量，他的坚固的司令部，在他那一系列勤奋而艰苦的青春年代中，他所学习的就是这三大本领，并没有其他任何东西。但是他遗弃了它们，如今这些本领已荡然无存，他已经不再斋戒、等待和思索了。他把自己奉献给了那些最最可鄙的东西，那些昙花一现的东西，那些感官的娱乐，奢侈的生活以及金钱财富！事实上他的境遇何等稀奇古怪。看来，如今他已切切实实成为一个儿童似的世俗人了。

悉达多思考着自己的处境。他对思索曾经毫无兴趣，现在更觉得思索困难了，然而他却强迫自己进行思索。

眼下，他想：我总算又摆脱了所有这一切过眼烟云的短暂事物，我又自由自在地站立在阳光下，就像我过去还是个孩子时那样，没有任何东西属于我，我什么也不会，什么事都做不到，什么东西都没有学习过。这种情况是多么惊人啊！现在，当我已不再年轻，头发已花白，精力也减退衰弱的时候，我却又要从头，像孩子似的从头做一切事！于是他又无奈地笑了笑。是啊，他的命运是何等的奇怪呀！命运还要伴随他继续往前走，因此如今又变得一片空白，赤裸裸而愚蠢地独自站在世界上。但是他对此毫不忧虑，相反，感到有一种巨大的刺激，引得他想大笑，笑自己，也笑这个奇怪而愚蠢的世界。

“它将一直陪我往下走！”他自言自语说，并且为此而发笑，他一边自言自语，一边把目光投向脚下的河水，他看着河水，河水也是往下流淌的，永远不停地往下流，而且一边流一边欢乐地唱着歌。这情况使他很高兴，他亲切地朝河水发出微笑，“这不正是那条我曾一度想淹死自己的河流吗，是在一百年以前，或者是在我的一场梦中？”

事实上我的生活很奇怪，他这么想着，我走着奇怪的弯路。在儿时，我只同神道打交道，做着祭祀的事。青年时代的我只是奉行禁欲主义，进行思索和潜修，我探索婆罗门的道路，我崇敬永恒的阿特曼。作为一个婆罗门青年，我追随忏悔者，我生活在树林里，忍受着暑热和酷寒，我学习忍受饥饿，学习让自己的躯体萎缩。随后，那位伟大佛陀的学说又奇妙地启迪了我，我感到关于世界和谐统一的知识就像是我自己的血液似的在环绕我循环不已。可是即使是活佛和他的伟大知识，我也不得不离开。我走了，我跟随卡玛拉学习爱情，跟随卡马斯瓦密学习做买卖，我积累金钱，又浪费金钱，我学习娇宠自己的肠胃，学习逢迎自己的感官。我为此花费了许多年，我丧失了灵魂，荒疏了思索，我忘却了统一和谐。事实不正是如此么，我慢慢地，绕了一个巨大的弯路后从一个男子汉变成了儿童，从一个思索者变成了一个儿童似的人？然而这条道路也曾经有过极好的时期，而那只鸟还没有在我心中死去。但是这又是一条怎样的道路呢！我不得不经历如此众多的蠢事、罪恶、谬误、丑恶、绝望和不幸，仅仅只是重新变成一个儿童，仅仅只是能够从头开始。然而这是正确的，我的心认为它是对的，我的眼睛为它而欢笑。我必须经历种种失望，必须让自己的思想下降到一切最愚蠢的思想中去，直至想到自杀，为了能够体会神的恩典，为了重新听见"唵"，为了能够得到真正的睡眠和真正的觉醒。我必须为自己建造一个大门，以便在自己心中重新找到阿特曼。为了能够重新生活，我不得不犯下罪孽。我还有什么道路可走呢？这条道路是滑稽可笑的，它弯弯曲曲，也许还在绕圈子。然而只要是路，我就愿意随之前行。

他感到自己胸膛里翻腾着奇异的喜悦感情。

他询问自己的心，这种喜悦来自何处，你为什么如此愉快？它大概来源于这次长长的、美好的睡眠，难道是它促成我如此幸福的吗？或者来源自我所念诵的"唵"字？或者来源于我的逃遁，因为我偏爱逃遁，是它终于让我再度自由自在，好似天空下的一个儿童？噢，这种逃遁何等美好，这种自由何等美好！这里的空气又纯净又新鲜，多么令人舒畅！而那边，我离开的那个地方，那里的一切东西闻着都有一股子油膏味，香料味和酒气，都有一种过分富裕和懒惰闲散的味道。我多么憎恨这个富人的世界，这个饕餮者、赌博者的世界啊！我多么憎恨自己，因为我居然在这个可怕的世界里逗留了如此长久！我竟然这样惩罚自己、毁坏自己、毒害自己、折磨自己，让自己变得又老又坏！不，我将来绝不会再做自己曾一度非常乐意去做的事了，我可以想象其结果的，因为悉达多要变聪明了！聪明会使我善良，愉快，如今我终于结束了那种自己反对自己的可憎生活，那种愚蠢而荒芜的生活，我必须对此表示赞美！我赞美你，悉达多，经过那么多年愚昧之后，你又取得了突破，做出了一点儿行动，你听见了自己胸膛里那只小鸟唱歌的声音，你正随歌声高高飞翔！

他沾沾自喜地自我赞美着，又好奇地倾听着胃肠里因饥饿而发出的咕噜声。于是他感觉有点儿痛苦和悲哀，因为最后一段时期的日子纯属是虚度浪费，直至自己完全被绝望和死亡所吞食。然而这样也是好的。倘若他没有在卡马斯瓦密身边停留如此长久，赚取金钱，又浪费金钱，填饱肚子，却让灵魂枯竭；倘若他没有在这个舒适的、软绵绵的地狱里居住如此长久，他便不可能达到这种完全无法安慰的绝望境界，也就是这个他站在汩汩流动的河水上下定决心消灭自己的非常时刻。由于他尚能感觉这种绝望和深恶痛绝的感情，由于自己并没有向它们屈服，由于那只鸟儿，那欢乐的泉源和声音还生动地活在自己的心里，他为此而深感快乐，为此而放声欢笑，灰白头发下的脸庞因而容光焕发。

"这样很好，"他想道，"把人们认为必须知道的一切都亲自去品尝品尝。世俗的欢娱和财富并不是什么好东西，我从小就已经学过。我知道这一点已经由来已久，而亲身经历却是最近的事。如今我算是真正知道了这些，不仅是在记忆中，而且是亲眼看见，而且用自己的心和自己的胃进行了体会。我很高兴我懂得了这一切！"

他久久地思索着自己这种转变，悉心倾听那只鸟儿和他一样欢乐地歌唱。他不是曾经感到这只鸟儿已在他胸膛里死去吗？不，在他身体内死去的是一些别的东西，是一些早已渴望死去的东西。它们不正是那些他从前在自己激情满怀的忏悔年代中所企图加以扑灭的东西吗？它们不正是那个自我，那个渺小、不安而骄傲的自我，那个他与之战斗了许多年、总是一再把他征服的自我吗？它们经过许多年代的灭绝之后又一再重新出现，它们不总是禁止欢乐，接受恐惧吗？它们不正是那些促使他在眼前这条可爱的河水里自寻死路的东西吗？它们不也正是通过这场死亡使他变为一个儿童，充满信心、无所畏惧、兴高采烈的东西吗？

悉达多直到此刻才知道，当年作为一个青年婆罗门，一个忏悔者在这场和自我进行的斗争中为什么会徒劳无益。由于它们的阻挡，我少学了许多知识，许多诗句，许多祭祀规则，许多清苦修行的本领，少做了许多事，少做了许多努力。他曾经多么傲慢自大，总是自以为最聪明、最勤奋，永远比别人先行一步，永远是最有学问和最高尚的人，永远是僧侣或者是智者。他的自我一直悄悄潜藏在这种傲慢自大、高贵风尚和教士精神里，坚固地在那里生根，成长，而他还自以为在自己斋戒和忏悔时便已将它们消灭干净。现在他看得很清楚，自己胸膛里那秘密的声音是正确的，没有任何教师能够解救他。因而他不得不进入世俗世界，让自己迷失在情欲、权力、女人和金钱中，不得不充当一个商人、掷骰子的赌徒、酒鬼和饕餮者，直至自己身上的僧侣和沙门被杀死为止。因而他不得不继续忍受这种丑恶生活，忍受恶心，忍受一种毫无意义的荒芜迷茫生活的指导，直至完结，直至陷于极度绝望，直至连寻欢作乐的悉达多、贪得无厌的悉达多也灭亡为止。他已经死了，一个全新的悉达多已从睡梦中觉醒。总有一天这个新的悉达多也会衰老的，也会死去的，悉达多是短暂的，世上任何形象都是短暂的。但是他今天是年轻的，是一个儿童，这个新的悉达多，内心里充满了欢乐。

他思索着这些问题，含笑倾听着胃里的响声，感谢地倾听着一种蜜蜂似的嗡嗡嗡的声响。他愉快地望着眼前汩汩流动的河水，没有哪一条河比这条河流更让他满心喜欢，他从没有听见有哪一条流动的河水带有如此强烈而美妙的音响和含义。他觉得河水仿佛在向他述说什么特别的东西，述说某些正在期待着他去领略、而如今他还不懂得的东西。悉达多曾经想在这条河里溺死自己，今天，那个衰老、疲倦、失望的悉达多已经在这里淹死了。新生的悉达多对这条汹涌向前的河流有着深深的爱，他决定不马上离开这条河流。

渡船夫

我要留在这河边，悉达多暗自思忖，当年我走向世俗生活道路时所经过的正是这条河流，当时有一个待人亲切的渡船夫把我渡过河，我要去找他，我曾经一度从他的茅屋里开始自己一种新的生活道路，现在这种生活业已衰老死去——但愿我目前的道路，我目前的新生活能够在那里得到一个好收场！

他温柔地望着翻滚的河水，这一片清澈的碧水，勾画出了富于神秘气息的水晶般透明的线条。他望见从水底深处升起一串串闪闪发光的珍珠，望见一个个安详的气泡在明镜似的水面上游动嬉戏，望见湛蓝的天空映在水面上。这条河流正以自己千万双眼睛望着他，有绿眼睛，也有白色的、天蓝色的眼睛，还有水晶般的眼睛。河水使他心旷神怡，他多么爱这条河，多么感谢它啊！他听见自己心里有个声音在说话，这个新觉醒的声音对他说：爱这条河流吧！留在它身边吧！向它学习吧！噢，是的，他愿意向它学习，愿意倾听它的声音。谁若懂得这条河流以及它的秘密，在他看来，那个人肯定也会懂得许多别的东西，懂得许多许多秘密，懂得一切秘密的。

而他今天只看见了河水的一个秘密，就立即抓住了他的灵魂。他看到：河水滚滚奔流，永不停息地流逝，然而却又像总是停留在原地，不管怎样，河水永远是相同的水，而在每时每刻又都是全新的水！噢，有谁了解它们，懂得它们的感情呢！他并不懂得和了解它们的感情，他只觉得心里正升起一种预感，那遥远的回忆和神道的声音在他脑海中萦绕。

悉达多挺直身体，腹内强烈的饥饿感使他难以忍受。他继续朝前漫步走去，沿着岸边小道，沿着汩汩流水，一面倾听着波涛的拍打声，一面倾听着自己体内饥肠辘辘的咕咕声。

他来到渡口，看见渡船正停泊在原处，而渡船夫也依旧是当年摆渡一个青年沙门过河的那个船夫，这船夫正站在船里，悉达多认出了他，那个人也老了很多。

“你愿意渡我过河吗？”他问。

渡船夫看见一位衣着华丽的绅士孤身一人，又是自己徒步走到河边，感到很吃惊，他请客人登船后，便把船撑开了。

“你选择了一种美丽的生活，”客人对他说，“每天生活在这条河流上，又天天行驶在水面上，肯定是非常美妙的。”

渡船夫一面摇橹一面微笑着回答道：“这种生活是很美，先生，正如你所说的。难道不是每一种生活，每一种工作都很美的吗？”

“但愿如此。可我还是很羡慕你和你的工作。”

“啊，你很快便会失去兴趣的。它可不是一桩适合服饰华丽的人干的工作。”

悉达多哈哈大笑：“由于这身衣服，我今天已经被人考察过一次了，而且是以不信任的目光进行考察的。你愿不愿意，艄公，接受我这身已成为我累赘的衣服？因为应该让你知道，我身无分文，付不出渡船费。”

“先生在开玩笑。”渡船夫笑着回答。

“我没有开玩笑，朋友。你瞧，我过去曾白白搭你的船渡过一次河，愿上天保佑你。我今天同样也身无分文，因此就请收下我的衣服吧。”

“那么先生不就要光着身子赶路了吗？”

“嗨，我但愿不再继续登程。艄公，如果你能够给我一条旧围裙，接受我充当你的助手，更确切地说，是当你的学徒，那真是再好不过的了，因为我首先得学会如何驾驭船只。”

渡船夫久久地注视着陌生人，思索着。

“现在我认出你了，”他终于说道，“你曾在我的茅屋里睡过一夜，打那以后直到今天，总有二十多年了吧，当年我把你渡过河去后，我们就像好朋友一样分手了。记得你那时是一个沙门？你的名字我可想不起来了。”

“我叫悉达多，你上次看见我时我是一个沙门。”

“那么我欢迎你，悉达多。我叫华苏德瓦。我希望你今天依然做我的客人，睡在我的茅屋里，并且告诉我，你从何处来，为什么这身华丽衣服使你感到沉重。”

他们已来到河心，华苏德瓦加紧划着桨，迎着逆流朝对岸前进。他用有力的双臂镇静自若地划着桨，目光直视着船头。悉达多坐着，看着渡船夫，回忆起自己沙门时代的最后一天，当年自己心里也曾激起过对这人的热爱之情。他感激地接受了华苏德瓦的邀请。当他们抵达河岸后，他帮助渡船夫把船固定在木桩上，渡船夫把他让进茅屋，用面包和水款待他，悉达多津津有味地吃着，还津津有味地吃着华苏德瓦端给他的芒果。

太阳落山时分，他们两人一起坐在河岸边一棵大树的树干上，悉达多便开始向渡船夫叙述自己的出身和生平，描述自己在今天，在那些绝望的时刻，眼中所见到的景象。他一直讲到深夜。

华苏德瓦全神贯注地听着。他一字不漏地倾听着悉达多的出身，童年时代，所学习的一切，所探寻的一切以及他的一切欢乐和灾难。这正是渡船夫的伟大德行之一：很少有人能够懂得像他这般倾听。用不着华苏德瓦说一个字，讲述者就觉得渡船夫已经把他的话全都记在心上了，他如此宁静、坦率、耐心地听着，不错过一句话，没有丝毫不耐烦的神色，也不插嘴表示任何赞美或者责备，只是静静倾听着。悉达多感到自己有幸结识这么一位乐于听他讲述的人，真是交了好运，可以把自己的一生，自己的追求和苦恼都深深埋藏在他的心里。

当悉达多的叙述将近尾声时，当他讲到河边的那棵大树，讲到自己的堕落，讲到神圣“唵”的作用，讲到自己在那次睡眠之后对河水所具有的深厚的感情，这时渡船夫比方才更加注意地倾听着，他双目紧闭，全神贯注地倾听着。

后来悉达多沉默了，两人很长一段时间都没有说话，过后华苏德瓦终于说道："情况正如我所想的。河水和你说了话。你也是它的朋友，所以它也和你讲话。这很好，好极了。和我待在一起吧，悉达多，我的朋友。从前我有一个妻子，她的床铺就在我旁边，她已经去世很久很久了，我已经单身生活了很长时间。你现在就和我一起生活吧，这里的房子和食物足够我们两人享用。"

"谢谢你，"悉达多说，"我谢谢你，我接受你的邀请。我还应该谢谢你，华苏德瓦，你如此善意地倾听我说话！很少有人懂得倾听，我没有碰见过像你这么懂得倾听的人。就这方面我也要向你学习。"

"你是要学习这个本领的，"华苏德瓦回答说，"不过不是跟我学习。是河水教会我倾听的，你也将向它学习这一本领。它懂得一切，这条河流，人们能够向它学习一切。你瞧，你已经在向它学习了，这样学习很好，你要不断地努力，沉下去，往深处探索。富裕而高贵的悉达多要当一个船夫的助手，有教养的婆罗门人悉达多要成为一个渡船上的船夫：这也是河水向你说的。你将来也会从它那里学到其他许多东西。"

又过了一段长长的间歇之后，悉达多问道："还有其他的话吗，华苏德瓦？"

华苏德瓦站起身来。"夜深了，"他说，"让我们去睡觉吧。我不能再跟你说'其他的话'了，噢，朋友。你以后会学习到的，也许你现在就已经懂得了。瞧，我不是一个学者，我不善于讲话，我也不擅长思索。我只懂得倾听和待人诚恳，此外便一无所长。倘若我能言善辩，会开导人，我大概已成为一个圣人，然而我只是一个渡船夫，我的任务只是渡行人过河。我已经为许多人摆渡，成千上万的人，我这儿的河流在所有这些人眼中都只是他们旅途中的一个障碍而已，并无任何其他意义。他们为了金钱和买卖外出，也有人是去参加婚礼，或者去朝山进香，这条河流是他们途中必须经过的，而渡船的船夫正是为他们得以迅速越过障碍而存在于此地的。成千上万人中有个别人，很少几个人，四个或者五个吧，他们听见了这河水的声音，他们倾听着，于是它对他们也像对我一样变得神圣起来，这河流在他们眼中也不再是一重障碍。让我们去休息吧，悉达多。”

悉达多和船夫住在一起，向他学习驾驭渡船，无人摆渡时，他就和华苏德瓦一起下稻田干活，收集柴火或者采摘芭蕉果。他学习制作船桨，学习修补船只，学习编篮子，他对自己所学的一切都兴致勃勃，一天天、一月月就这样飞快地流逝。正如华苏德瓦所说的，河水教导他学得了更多的东西。他不停地向河水学习着。首先向它学习倾听，学习它以宁静的心境、有所期待和敞开的心灵，没有痛苦、欲望、评论和见解，静静地倾听的本领。

他和华苏德瓦一起友好和睦地生活着，话语很少，偶尔才互相交换一些话语，而且都是经过长久思索的。华苏德瓦不喜欢多话，悉达多也难得能激起他的谈兴。

“你有没有，”他某一次问华苏德瓦，“你有没有从河水处学到那个秘密：时间究竟存在不存在？”

华苏德瓦的脸上露出开朗的笑容。

“是的，悉达多，”他说，“你的看法正是事实：河水不论流到何处都是同一时间，不论在源头或者在河口，还是在大瀑布、在渡口、在急流中、在海洋里、在群山间，到处都一样，都是同一时间，因为对于河水说来只存在当前，既没有过去的阴影，也没有将来的阴影？”

“是这样的，”悉达多回答说，“当我向河水学习这些的时候，我看见了自己的一生，它也是一条长河，儿童的悉达多成了男子汉的悉达多，又成了老头儿的悉达多，分成各个阶段的只是阴影，而并非真实生活。因而悉达多早年的出生并不是过去，而他的死亡以及返回婆罗门也并非将来。万物无过去，也无将来；世上万物只存在本质和当前。”

悉达多兴奋地说着，为自己这种大彻大悟而深感幸福。噢，某个人有朝一日能够战胜时间，能够把时间置之度外，他岂非就已经克服和扫清了时间所留下的一切痛苦，一切自我折磨和恐惧，克服和扫清了世界上的一切困难和仇恨？悉达多越说越兴奋。华苏德瓦却只是微微含笑，容光焕发地看着他，一边赞许地点着头，一声不吭，随后便轻轻地拍了拍悉达多的肩头，转过身子去做自己的事了。

又有一次，正值河水猛涨、水流急湍的雨季时节，这时悉达多又问道："噢，朋友，河水是不是有很多声音，许多许多种声音？难道它没有一种帝王的声音，一种战士的声音，一种公牛、一种夜鸟，产妇和叹息者的声音，以及成千上万种其他声音吗？"

"事实如此，"华苏德瓦点头承认，"造化的一切声响都存在于它的声音中。"

"你可知道，"悉达多继续问道，"它说的是什么语言，能够让你一下子同时听见它那成千上万种声音？"

华苏德瓦的脸上展现出幸福的笑容，他低头凑近悉达多，在他耳朵边念出了神圣的"唵"。而这恰恰也是悉达多从河水那里听见的声音。

年复一年，悉达多脸上的笑容渐渐地和老渡船夫的有点儿相似了，几乎同样的容光焕发，同样地辉耀着幸福感，脸上那千百条细细的皱纹也同样闪闪发亮，脸上也同样有那种孩子气，也同样地老态龙钟。许多过路人看见这两个船夫都认为他们是一对兄弟。黄昏时分他们常常一起坐在河岸边的树干上，静静地谛听河水的流动声，水声对于他们两人已不是水流的声音，而是生活的声音，是神圣的声音，是永恒的未来的声音。于是偶尔便出现这种情况：他们两人在谛听河水时想到了同一件事情上，想到了前一天的一场谈话，想到了某个过路人，并极力回想这人的脸容和遭遇，他们还同时想到了死亡，想到了他们的童年，每逢河水告诉他们一些美好的事物时，他们的目光就会在瞬息之间不约而同地相遇，两个人思考的恰巧是同一件事，两个人又同时为同一问题的同一答复而感到幸福。

过往行人中有一些人觉察到这条渡船和这对渡船夫有点儿特别。于是偶尔就出现了下列情况：某个行人在凝视两个渡船夫之一的脸容后便开始向他叙述自己的生平，自己的苦恼，忏悔自己的劣迹，恳求安慰和忠告。偶尔还出现下列情况：某个旅客请求和他们共度一个夜晚，以便共同谛听河水。甚至还出现了这等事：某些好奇的人听说这条渡船上生活着两个智慧长者，或者魔术师，或者圣人，就纷纷来到他们身边。这些好奇者向他们提出许多问题，但都没有获得答复，这些人同时发现，他们既不是魔术师，也不是圣贤，只是一对和蔼可亲的小老头儿，他们沉默寡言，看上去有点儿特别，有点儿痴呆。于是好奇者哈哈大笑，互相谈论着传播这一无稽谣言的人是何等愚蠢和易于上当。

许多年过去了，没有人再谈论他们。有一天来了一个朝圣的和尚，他是活佛乔达摩的一名弟子，请他们把他渡过河去，船夫们从他嘴里知道，到处正流传着活佛病危的消息，说活佛为了拯救世人，将要进行最后的涅槃，因此他要十万火急地赶到自己伟大恩师身边去。隔不多久，拥来了一大群朝圣的和尚，接着又来了一大批，于是不仅是和尚，就连大多数过路人和其他游客的话题也离不开乔达摩和他濒临死亡的事情，谁也不谈论别的其他事情。于是就像去参观军队出征或者皇帝加冕，人群从四面八方蜂拥而来，简直是人山人海，他们汹涌集中，简直像蚂蚁聚集一般，他们好似被一种魔力所吸引，纷纷来到伟大活佛将要涅槃的地方，来到将要出现大事的地方，来到一个时代的伟大完人将要达到壮丽境界的地方。

在这段时期里悉达多常常想着这位濒危的圣贤，这位伟大的师长，他曾用他的声音警告他的人民，并且唤醒了几十万的人民，自己也一度聆听过他的声音，也曾满怀敬畏地凝望过他那圣洁的容颜。悉达多愉快地想着他的一切，眼前似乎出现了他走向完善的道路的情景。悉达多含笑回忆起当年年轻时的自己，是怎样向尊敬的长者所陈述的那番言论。那番话现在回想起来都是些既傲慢又少年老成的傻话，他想起它们就不禁发笑。很久以来他就知道自己和乔达摩不会分开太久，虽然自己并没有接受他的学说。不可能的，一个真诚的探索者——一个真诚探索真实的人，不可能接受任何学说的。他却是个过来人，他已经找到了一切，他熟谙一切，熟谙每一种学说、每一条道路、每一个目标，世界上不会再有任何东西可以分隔他和其他千百万人，人人都生活在永恒之中、呼吸着神的气息。

这些日子中的某一天，在络绎不绝前往朝拜临死活佛的人群中，也有那位曾经是全城最美丽的高等妓女卡玛拉。她早已退出往日的繁华生活，她把自己的花园馈赠给了乔达摩的弟子们，她接受了乔达摩的学说，她早已成为一切朝圣者的女施主和好朋友。她一听说乔达摩病危的消息后便带着自己的孩子，悉达多的儿子上了路，身上穿着简陋的衣服，步行朝圣。途中她和自己的小乖乖到了这条河边；那男孩儿早就疲乏不堪了，急着要回家，急着休息，急着吃饭，变得执拗起来，又是哭又是闹。卡玛拉只好不断地让他休息，他已经养成违抗她的意志的习惯，卡玛拉必须经常给他喂食，安慰他，呵斥他。他不明白，他和母亲为什么必须走上这条又艰苦又劳累的朝圣路途，到一个不熟悉的地方去探望一个是圣贤但同时又是一个快要死的陌生男人。他死他的，和小孩又有什么相干呢？

这一对朝圣者已经走到离华苏德瓦渡船不远的地方，这时小悉达多再次请求母亲让他休息。卡玛拉自己也已累乏，趁孩子吃香蕉之际，她也蹲在地上，闭起眼来稍稍休息片刻。突然间，她痛苦地大叫一声，男孩儿惊慌地看着母亲，她的脸由于惊惧而变得苍白，再往下一看，只见一条小黑蛇正从母亲身下往外游走。蛇已经咬伤了卡玛拉。

他们两人赶紧往前跑，想跑到有人居住的地方。当他们来到渡船附近时，卡玛拉倒下了，她已无力继续行走了。那男孩儿尖声喊叫起来，同时不断亲吻和拥抱母亲，她也随着他的大声呼救一起喊叫着，直至这声音传到华苏德瓦耳中，他正站在渡船上。他飞也似的跑了去，抱起妇人，放到船里，那孩子紧紧跟随着，不一会儿他们进了茅屋，悉达多正站在炉灶边生火，他抬起眼睛，首先看见的是男孩儿的脸，这张脸令人惊讶地提醒他回忆起某些已遗忘的东西。然后他望了望卡玛拉，一眼便认出了她，虽然她正毫无知觉地躺在船夫的胳臂里。这时他明白，那男孩儿正是他的亲生儿子，孩子的脸强烈地提醒他想起自己的脸，于是他的心开始在胸膛里剧烈跳动。

卡玛拉的伤口已经清洗干净，但却发黑了，身体也肿胀起来，他们给她服了一剂汤药。她渐渐地恢复了知觉，躺在茅屋里悉达多的床铺上，她过去曾十分热爱的悉达多正弯腰俯身向着她。这一切竟像一场梦境，她微微含笑望着他亲切的脸容，慢慢地才意识到自己目前的情况，想起自己是被蛇咬了一口，接着便惊恐地大声呼唤男孩儿的名字。

“请不要担心，他就在你身边。”悉达多对她说。

卡玛拉望着他的眼睛。由于毒性的麻痹，她说话已口齿不清了。“亲爱的，你老了，”她说，“你的头发已经灰白。不过你仍然是那个年轻的沙门，那个满脚尘土、不穿衣服到我花园里来的游方僧人。你比当年你离开我和卡马斯瓦密而出走的时候更像沙门了。你的眼睛和那时一样，悉达多。啊，我也老了，衰老了——你还能认出我来吗？”

悉达多笑笑回答说：“我一眼就认出了你，卡玛拉，亲爱的。”

卡玛拉指指她的男孩儿说：“你也认出他了吧？他是你的儿子。”

她的眼睛变得呆滞了，又失去了知觉。男孩儿啼哭起来，悉达多把他揽到自己的膝盖上，听任他哭泣，一边抚摸着他的头发，他注视男孩儿的脸容，脑子里闪过一段婆罗门的祈祷文，那还是他小时候学会的。他用一种歌唱似的声调开始缓慢地大声念诵，这些来自过去年代和童年时代的词句飞速地在他眼前浮现。在他的歌声抚慰下，孩子逐渐安静下来，偶尔还抽泣一两声，最后便睡着了。悉达多把他放在华苏德瓦的床铺上。华苏德瓦正站在炉灶边烧饭。悉达多望了他一眼，他便报之以一个微笑。

“她快要死了。”悉达多轻声说。

华苏德瓦点点头，炉灶里的火光在他慈祥的脸上闪烁不定。

卡玛拉又恢复了知觉。痛苦扭曲了她的脸容，悉达多的眼睛从她的嘴上，从她苍白失色的脸颊上看到了这种痛苦。他默默无言地读着它们，专注而又耐心地沉浸于她的痛苦之中。卡玛拉也感觉到了这点，她的目光寻找着他的眼睛。

她望见了他，说道：“现在我看到你的眼睛也有了变化。它们和从前已经完全不同了。我怎么还能辨认出你就是悉达多呢？你是悉达多，又好像不是悉达多。”

悉达多默默不语，他的眼睛平静地望着她的眼睛。

“你已经到达目的地了？”她问，“你已经找到了宁静？”

他笑了一笑，把手放在她的手上。

“我看见了，”她说，“我看见了。我也会找到宁静的。”

“你已经找到它了。”悉达多轻声告诉她。

卡玛拉目不转睛地望着他的眼睛。她想起自己原本是想去朝拜乔达摩的，她要见一见这位圣人的脸，要呼吸一下他身边的宁静的空气，如今却是悉达多替代了他。这样也好，较之她能够见到那个活佛，应该说是同样的好。她想把自己的想法告诉他，但是她的舌头已不再服从她的意志。她默默地凝视着他，他从她的眼睛里看到生命之火正在逐渐熄灭。当她的眼睛里最后一次满含痛苦，当她的四肢做了最后一次震颤之后，他用手指合上了她的眼睑。

他坐了很长很长的时间，眼睛望着她长眠不醒的脸容。他久久地注视着她的嘴，那张衰老、疲倦的嘴，嘴唇因死亡而变得狭小了。他回忆起自己在往日青春年少时曾把这张嘴比喻为一枚新摘下的无花果。他久久地坐着，看着眼前这张苍白的脸庞，这张布满了疲倦的皱纹的脸庞，他看着看着，仿佛觉得自己的脸也躺在那床上了，而且同样苍白，同样毫无生气，与此同时他仿佛还看见了自己和她的年轻脸庞，嘴唇红艳艳的，眼睛也闪闪发亮，当前和昔日的两种感情在他身上并存，充盈了他整个心灵，这是永恒的感情。此刻他深深感到，比以往任何时候都更为深刻地感到，每一种生命都是不可摧毁的，每一瞬间都是永恒的。

华苏德瓦为他盛了饭，这时他才站起身来。然而悉达多并没有吃饭。在他们的羊厩里，两位老人为自己铺好稻草后，华苏德瓦便躺下睡觉。悉达多却走到门外在茅屋前坐了整整一夜，他谛听着河水的声音，回忆着自己的过去，生平每个时期的光景同时触动并包围了他。他偶尔站起身子，走到茅屋大门边倾听男孩儿是否还在熟睡。

次日清早，太阳还不曾露出时，华苏德瓦便已走出羊厩来到自己朋友的身边。

“你整夜没有睡觉？”他问。

“没有，华苏德瓦。我坐在这里听河水的声音。它给我讲了很多很多，它用许多神圣的思想，用和谐统一的思想充实了我，给了我深刻的影响。”

“你经受了痛苦，悉达多，但是我看到，你心里并没有任何悲哀。”

“没有，亲爱的。我为什么要悲哀呢？我，我过去曾经富有和幸福，我现在已更为富有和幸福了。我的儿子已来到我身边。”

“我也欢迎你的儿子。不过现在，悉达多，让我们开始工作吧，有许多事正等待我们去做呢。卡玛拉去世时睡的床铺正是我妻子病故时睡的那张床铺。我们要在从前为我妻子筑过柴堆[①]的小山上同样为卡玛拉搭起一座柴堆。”

当男孩儿还在熟睡时，他们搭起了一座柴堆。

---

① 印度有些地方，人死后放在柴堆上火化。

儿　子

那孩子哭泣着心惊胆战地参加了母亲的葬礼，当他听说悉达多要把他认作儿子，还欢迎他定居在华苏德瓦的茅屋里时，心里十分忧虑和恐惧。他整日脸色苍白地坐在埋葬着母亲的小山上，他拒绝饮食，紧闭双眼，也紧锁着他的心扉，苦苦地抗拒着自己的命运。

悉达多很爱护他、体贴他，并且尊重他的悲哀。悉达多懂得自己的儿子并不了解他，因而不可能像爱父亲般爱自己。他也慢慢地看到并且明白这个十一岁的男孩儿是一个娇生惯养的孩子，是受母亲溺爱的娇子，他在富裕的环境里长大，吃惯了精美食物、睡惯了柔软的床铺，还习惯于对仆人发号施令。悉达多明白，一个娇惯坏的悲伤的孩子是不可能一下子心甘情愿地对陌生而贫穷的环境表示满意的。他不去强迫孩子，千方百计为他设想，把最好吃的东西留给他。他期望用友善和耐心慢慢地赢得孩子的心。

在孩子来临之前，他一直认为自己很幸福和富足。如今随着时光一天天消逝，那孩子却始终对他们很疏远、很冷淡，摆出一副高傲而执拗的姿势，什么活儿都不愿意干，也丝毫不尊敬两位老人，还偷吃华苏德瓦果树上的果子。于是悉达多开始明白，他的儿子并不能给他带来幸福和安宁，带来的只有忧虑和烦恼。但是他爱这孩子，宁愿为他忍受痛苦和烦恼，也不愿意失去孩子而重享往日的幸福和快乐。

自从小悉达多住进茅屋后，两位老人分了工。华苏德瓦又单独一人挑起了摆渡船的担子，而悉达多为了同孩子在一起便负担屋里和田地里的事。

长长的几个月中，悉达多期待着儿子会理解自己，会接受他的爱，也许甚至会有所回报。长长的几个月中，华苏德瓦也一直在旁边观望着、期待着，缄默无语。有一天，当小悉达多又大发脾气折磨他父亲，还摔破了两只饭碗时，华苏德瓦便在当天黄昏时分把自己的朋友拉到一边，对他说出了自己的意见。

“请原谅我，”他说，“我对你说的话完全出于一片好心。我看到你在折磨自己，我也看到你有苦恼。亲爱的，你的儿子苦了你，也让我感到苦恼。这只年轻的小鸟过惯了另一种生活，住惯了另一种窠。他和你不同，你当初出于厌倦和腻味而脱离城市和富裕生活，而让他脱离这一切却完全违背了他的意愿。我已经问过我们的河水，噢，我的朋友，我已经问过它许多遍啦。可河水只是大笑，他笑我，也笑你，它为我们的愚蠢而直摇头。水愿意找水为伴，年轻人愿意找年轻人，因此你儿子不愿意待在这个不适于他生长的地方。你也来问问河水，你也听听他的意见！”

悉达多忧心忡忡地望着那张亲切的脸，这张脸上牢固地刻着许多愉快的皱纹。

“我怎能和他分开呢？”他轻轻地问，很感惭愧，“再给我一点儿时间吧，亲爱的！你瞧，我正在为他而奋斗，我要争取他的心，用我的爱心和忍耐心去捕捉他的心。总有一天，河水也会和他说话的，他也是河水召唤来的啊。”

华苏德瓦笑得更温和了：“哦，是的，他也是河水召唤来的，连他也属于永恒的生命。可是我们，你和我，是否知道他为什么被召唤？要去哪里？要干什么？有什么痛苦？他的痛苦并不轻微，因为他的心又骄傲又坚硬，这样的心会忍受许多痛苦，犯许多错误，做出许多错事，会承担许多罪孽。请告诉我，亲爱的朋友，你会教育你的孩子吗？你会强他所难吗？你会不会打他？你会不会惩罚他？”

“不会的，华苏德瓦，这一切我都不会去做。”

“我明白。你不会让他为难，不会打他，不会命令他，因为你懂得温柔比生硬更强更有力，水比岩石更强大，爱胜过暴力。很好，我得赞扬你。但是我又想到，你既不逼迫他，又不惩罚他，会不会犯错误？你不是把你的爱当作绳索捆绑着他吗？你不是每日每时以你的仁慈和忍耐使他蒙受越来越沉重的耻辱吗？你难道没有强迫这个高傲自大而又娇生惯养的孩子和两个食香蕉为生的老人共住一间茅屋吗？这两个老头把米饭也看成是珍馐美味，他们的思想无法和他合拍，他们的心已衰老而又平静，他们的道路也和他截然不同。难道这一切不是对他的逼迫和惩罚吗？”

悉达多惊惶失措地望着地下。他轻声询问道：“你认为我该怎么办呢？”

华苏德瓦回答说：“你把他带回城市去，带到他母亲的住宅里去，仆人们总还在那里，你就把他交给他们。倘若已经没有人，你就替他找一位老师，不是为了受教育，而是得让他同其他孩子们，同男孩儿和女孩儿在一起，那里是他应该在的世界。你竟然丝毫没有从这方面加以考虑？”

“你看透了我的心，”悉达多悲哀地说，“我常常想到这方面的问题。可是你看，我怎能把这个心肠如此硬的孩子送到世界上去呢？他会不会变得骄矜自大，会不会在欢娱和权势中忘乎所以，他会不会重复他生身父亲曾经犯过的一切过失，他也许会完全彻底地沉沦于僧娑洛之中呢？”

船夫的脸上闪出笑容。他轻轻抚摸着悉达多的胳臂，说道：“朋友，问一问河水吧！听，它正在嘲笑你呢！难道你真的看不出你为了让儿子避免犯错误，自己正在干蠢事吗？你能保护你儿子不陷于僧娑洛之中去吗？你怎么做呢？通过开导、通过祈祷，还是通过告诫的方式？亲爱的朋友，你难道完全忘记了关于婆罗门人的儿子悉达多的有教育意义的故事啦？这个故事就是你坐在这里亲口告诉我的。当时有谁能保护他不坠入僧娑洛，不坠入罪恶、贪欲和愚昧之中？难道他父亲的虔诚，他老师的教诲，他自己的知识以及他个人的探索精神能够保护他吗？有哪一位父亲、哪一位教师能够保护自己的儿子，让他不去经历自己的生活，让他免受生活的玷污，让他避免承担罪恶，让他免于饮啜生活的苦酒，让他不去探寻自己的道路呢？亲爱的朋友，难道你相信也许有什么人可以避免这条道路？

也许你的儿子因为你爱他，因为你愿意他避开一切痛苦、烦恼和失望而可以避免走这条道路？但是你即使为他死去十回，你也不可能改变他丝毫的命运。”

华苏德瓦还从来没有说过这么多话。悉达多客气地向他道谢后，满怀忧虑地回到茅屋里，久久不能入眠。华苏德瓦向他说的这些话，其实他自己早就考虑过，心里早就十分清楚了。可是这仅仅是一种认识，他却做不到，他对于孩子的爱，对于孩子的一片柔情，以及生怕失掉这个孩子的心情都远远胜过这种认识。他过去曾对什么人如此倾心相待过吗？他曾经对哪一个人爱得如此盲目、痛苦、绝望却又如此幸福吗？

悉达多不能遵循朋友的忠告去做，他不能放弃自己的儿子。他听任孩子向他发号施令，忍受对他的轻蔑。他沉默着，期待着，开始每日以亲切友好的方式做沉默的斗争，以忍耐的方式进行无声的战争。而华苏德瓦也默默无语地期待着，十分亲切、谅解和耐心地期待着。他们两人都是忍耐的大师。

有一回，那孩子的脸容让他极其确切地回忆起了卡玛拉，使他不禁突然想起一句话，那是很多年前他们俩都还年轻时，卡玛拉对他说的。

“你不能够爱别人。”她当时这么对他说。他表示赞同，还把自己比作天上的一颗星星，却把别人比作枯落的黄叶，然而他后来还是觉察到她这句话里包含着责备的意思。事实上他从来没有由于爱别人而干下蠢事。他认为自己不可能这么做，而且他当时觉得这就是他和其他一般幼稚人的巨大区别所在。如今呢，自从儿子来到这里后，连他悉达多也完全变成了一个幼稚的人，一个受痛苦折磨的人，一个爱得丧失了理智的人，一个由于爱而变成了傻子的人。终于在他一生的晚年，连他也有了这种最强烈、最罕见的感情，这种感情引导着他，让他痛苦，然而也使他觉得幸福，觉得内心有所更新，更丰富了。

他确实认为对儿子的这份爱，这份盲目的爱是一种狂热，是十分世俗人性的，它就是僧娑洛，一道黯淡的泉水，一股阴暗的水流。尽管如此，他也感觉到，这种感情并非毫无价值，而且是必然的，因为它产生于他的天性。他不得不遍尝一切，乐趣也好、痛苦也好，甚而还有愚蠢。

在这段时期里，儿子尽让他干蠢事，反复为难他，并且整日用发脾气来折磨他。在儿子眼中，这个父亲没有任何吸引力，也没有任何让他害怕的东西。他是一个好人、好父亲，一个温和善良的人，也许是一个极其虔诚的人，甚至是一个圣人——但是所有这一切品德全都不是能够赢得一颗孩子的心的特性。对于孩子来说，这个父亲硬把他留在这座贫困的茅屋里简直太无聊了，他讨厌这个父亲，因为他对自己的一切顽皮无礼总是报以微笑，对一切辱骂报之以亲切，一切粗暴报之以和蔼，他认为这正是一个老伪善者的最可憎恨的狡诈伎俩。这个孩子宁愿受父亲威吓，宁愿受父亲虐待。

小悉达多这种思想有一天终于大爆发，他公然反抗自己的父亲了。这天老人分配给他一点儿工作，吩咐他去拾些柴火。这孩子却不离开茅屋，他直挺挺地站着，满脸怒火，使劲用脚蹬着土地，一边还挥舞着拳头尖声喊叫着，朝他父亲脸上投去憎恨和轻蔑的目光。

“你自己去捡树枝吧！”他口喷白沫，大声叫道，“我不是你的仆人。我知道你不打我，你根本就不敢；你就只会用你的虔诚和宽容来惩罚我，让我觉得自己渺小。你想让我变成像你一样的人，也是那么虔诚，那么温和，那么明智！可我呢，听着，我绝不让你称心，我宁愿变成强盗、杀人犯，去进十八层地狱，也不当你这样的人！我恨你，你不是我的父亲，即使你曾经十次当过我母亲的情人！”

他满腔怒火和悲伤，猛然向他父亲倾泻出一连串狂暴而恶毒的话语。然后那孩子便跑开了，直到夜里很晚的时候才回来睡觉。

第二天早晨孩子不知去向，一只用两种颜色的树皮编织的小篮子也失踪了，篮里盛着两位船夫仅有的一些铜币和银币，都是别人付给他们的摆渡报酬。而且连渡船也失踪了，悉达多遥遥望见船只正停泊在河对岸。那孩子逃走了。

“我要把他追回来，”悉达多说，昨天听了孩子那一番无情无义的话后，他悲痛得心里发颤，“一个小孩子单独一人是穿不过森林的。他会遭逢不幸。我们赶紧扎一只木筏子，华苏德瓦，否则过不了河。”

“我们是该造一只木筏，”华苏德瓦回答说，“才能把孩子弄走的渡船重新划回来。至于那个孩子就让他走吧，朋友，他已经不是小小孩，他懂得如何保护自己的。他会找到回城里去的路的，请你记住，他有权这么做。他现在所做的事恰巧是你自己曾逃避的事。他要自己照顾自己，他要走自己的路。啊，悉达多，我看到你现在很痛苦，可是人们对你这种痛苦只能报以耻笑，不久之后你自己本人也会为此感到可笑的。”

悉达多不回答。他已经拿起斧子开始建造竹筏。华苏德瓦上前帮忙，使劲用草绳把竹竿捆扎在一起。接着他们上了筏子向对岸划去，湍急的河水把他们冲了回来，但他们奋力逆流而进。

“你为什么带着斧子？”悉达多问。

华苏德瓦答道：“我们渡船上的桨可能已经丢失。”

悉达多明白他朋友的心里想的是什么。他考虑到那孩子会扔掉船桨或者干脆把它折断，为了复仇，也为了阻碍他们追踪他。事实上船桨果真失踪了。

华苏德瓦指指渡船底部，望着他朋友微微一笑，好像在说：“你难道没有看见你儿子想向你说什么话吗？你难道没有看见他不愿意被别人追踪吗？”当然，这些话他并没有说出口。他沉默地动手制造新桨。悉达多还是同他道了别，起身去追寻那失踪的人了，华苏德瓦却也未予劝止。

悉达多在树林里搜寻了很久之后才想到自己这么做完全无济于事。他想：这个孩子说不定早已走出树林回到城里，或者他还在半路上，但一看到有人追赶肯定会躲藏起来。悉达多再继续往下想，他发现自己并没有为儿子担心，因为他内心深处感到孩子既没有在林中遭逢不幸，也没有遇到危险。尽管如此，悉达多仍然不停歇地继续往前走去，不再是去拯救他的儿子，而是由于本能的要求，想到也许可以再看一眼他的孩子。他一直朝城市方向走去。

当他来到城外那条宽阔的大路上时，他站住了，望着那座漂亮的花园别墅的入口，这地方从前属于卡玛拉，他就是在这里第一次看见坐在轿子里的她。于是往日的情景又浮现在他脑海中，他看见自己站在那边，一个年轻的、满脸胡子的、赤裸裸的沙门，头发上沾满尘土。悉达多久久伫立不动，从开着的大门口向花园深处望去，他看见穿黄色僧衣的和尚们在浓绿的树荫下走来走去。

他久久伫立着、沉思着，似乎看见了自己往日的生活景象，听见了飘逝的历史的声音。他久久伫立着，望着那些和尚，仿佛觉得，他们变成了那个年轻的悉达多，变成了那个年轻的卡玛拉，他们俩正并肩漫步在大树下。他清晰地看到自己如何接受卡玛拉的款待，接受她的第一次亲吻，她和他如何轻蔑地回顾他的婆罗门生涯，如何自豪而又满怀渴望地开始了他的世俗生活。他又看见了卡马斯瓦密，看见了仆人们，看见了那些盛大的宴会，那些赌徒，那些乐师，他又看见了笼子里卡玛拉那只会唱歌的小鸟，过去的一切又重新经历了一遍，僧娑洛又呼吸了一次，于是他又重新感到衰老和疲倦，重又感到恶心，重又感到那种企求解脱自己的愿望，重又体味到那神圣的“唵”。

在他久久伫立于花园大门口之际，悉达多领悟到，驱使自己来到此处的热望是绝对愚蠢的，因为他不可能帮助自己的儿子，也不可能让儿子依附于他。他深深感到对那个逃走的孩子的衷心热爱，同时却也觉得这份爱的伤口并不会在他内心骚动，而必然很快开花结果，放出光彩。

但是在目前这个时刻，这个伤口尚不能开花结果，也不能放出光彩，只是让他十分悲哀。驱使他赶到此地追寻逃走的儿子的愿望既已消失，他心中便只剩下一片空虚。他悲伤地坐下来，只觉得内心有什么东西正在死去，只觉得一片空虚，他看不到任何欢乐，任何目标。他十分颓丧地坐着、期待着。这是他向河水学会的本领：等待、忍耐、倾听。于是他就坐着，倾听着，在这条尘土飞扬的大路上，倾听自己的心脏如何疲惫而悲哀地跳动，他期待着一个声音。

他蹲在那里倾听着，许多钟点过去了，往日的情景也不见了，他已潜入空虚之中，他听任自己潜没，不再寻求任何道路。当他感到伤口灼痛时，他就无声地念着“唵”，用“唵”来充实自己。花园里的和尚们看见了他，因为他已在那里蹲了许多钟点，灰白的头发上积满了尘土，于是有一个和尚走过来在他身前放下两只香蕉。老人没有抬头看他。

有一只手碰了碰他的肩头，把他惊醒了。他当即认出对自己做这一温柔羞怯一触的是谁了。他抬起身子，向来寻找他的华苏德瓦问好。他看看华苏德瓦那张善良的脸，看着脸上那些充满了纯真笑容的一条条细小的皱纹，看着那一双开朗的眼睛，于是他自己也禁不住笑了。他的目光看见了面前的两只香蕉，便拿起来，递了一只给船夫，自己吃着另外一只。他默默无言地跟着华苏德瓦走进树林，走向渡口的茅屋。他们两人谁也不说话，都不提今天发生的事，谁也没有提到那个孩子的名字，没有人讲到他的逃走，谁也不去碰那个伤口。

悉达多回到茅屋就躺倒在自己的床铺上，片刻后，华苏德瓦走到他身边，想送一杯椰子汁给他喝时，发现他已经睡着了。

唵

伤口很久也不愈合。悉达多有时不得不摆渡一些携带儿子或女儿的旅客过河，没有人发现他羡慕这些人，没有人发现他在想："千千万万的人都拥有这种最温馨的幸福——为什么我却没有？就连那些坏人、窃贼、强盗都有自己的孩子，可以爱他们，同时也为他们所爱，只有我没有。"他就这么简单而毫无理性地想了又想，使自己变得和那种儿童似的人们一模一样。

现在他对别人的态度已经和从前大不相同，不再那样高傲自大和盛气凌人，而较为热情、关切和好奇。当他像往常一样渡行人过河时，形形色色儿童似的人们，买卖人、士兵们、妇女们看来都不像从前那样使他觉得陌生。他理解他们，他并非由于思想和观点与他们相同而理解他们，而是因为在指导生活的动力和愿望上与他们一致，他觉得自己和他们一样。虽然他已接近完美境界，而且正在承受他的最后一个伤口，但他仍然感到这些儿童似的人都是他的兄弟，他们的种种虚荣、贪心和可笑之处在他眼中已不再可笑，而是可以理解的、可爱的，甚至是值得尊敬的。一个母亲对自己孩子的盲目的爱，一个有教养的父亲对自己独生子的愚蠢而盲目的自豪感，一个爱虚荣的青年妇女疯狂地追求装饰品和男人们的欣赏目光，所有这一切欲望，所有这些孩子气，所有这些单纯而愚蠢，然而却极其强大、极富于生命力并掺杂着强烈欲望和贪心的感情，如今在悉达多眼中已不再是儿童行径，他看出人们为它们而活着，看出人们为它们而无休止地忙碌，去旅游，发动战争，忍受无穷尽的烦恼，他因此而爱他们，他看到了他们的生活，那种活生生的、不可摧毁的生活，那种婆罗门人在他们所有感情、所有行动中所表现的生活。这些人所表现的盲目忠诚、盲目强壮和坚韧也是可爱的，令人钦佩的。就觉悟而言，就人类生活和谐统一的觉悟意识而言，他们什么也不欠缺，学者和思想家对他们无可指摘，哪怕是微不足道的小事，哪怕是这件小事的细枝末节。有些时候，悉达多甚至还怀疑，自己是否对学问、对思想估价过高，自己是否也可能是一个儿童气十足的思索者，一个有思想的儿童似的人。总之，凡夫俗子的能力和智者贤人的能力是相等的，甚至还常常超过智者贤人，正如野兽一样，它们为了生存，在某些时刻也会不受迷惑地顽强搏斗，似乎能够超过人类。

有一种认识在悉达多的头脑里逐渐酝酿成熟，那认识就是：他一生为之长期探索的目的是什么，究竟是些什么样的智慧。这个智慧归根结底无非就是一种灵魂形成的准备，一种能力，一种神秘的艺术；它能够在生活中的每一瞬间进行和谐统一的思索，既能感受到和谐统一，也能吸入这种和谐统一。渐渐地，这一思想在悉达多的脑子里日益滋长发展，又在华苏德瓦衰老的孩子似的脸庞上体现出来，这就是和谐，就是对世界、微笑和统一的永恒完美性的认识。

然而悉达多的伤口依旧在燃烧，他苦苦思念着自己的儿子，他卫护着自己对儿子的爱和心里的柔情，听任痛苦咬噬自己的心，干出了一切爱的蠢事。他绝不愿意自己扑灭这场火焰。

有一天，这个伤口灼痛得特别厉害，悉达多匆匆上了渡船，心里只有一个念头，赶紧下船，赶快进城去寻找自己的儿子。河水温和地流着，轻轻地潺潺流着，当时正是旱季，但是他觉得河水的声音响得有点儿特别：她在笑！清清楚楚地在笑。河水在笑，在清脆而明朗地尽情嘲笑着这个年老的船夫。悉达多停住不动了，朝河水弯下身躯，以便听得更清楚些，他看见了在静静流逝的水面上倒映出来的自己的脸，这张倒映在水面上的脸使他回忆起了某些东西，某些业已忘却的东西，于是他便沉思起来，并且找到了它：这张脸和过去自己一度熟识、热爱、又害怕过的另一张脸完全一样。那就是他父亲——婆罗门人的脸。他还回忆起许多许多年前，他，一个年轻人，如何强逼父亲答允他出门苦修，自己如何同父亲告别，如何远走高飞，并且从此没有再回过家乡。难道他父亲没有忍受过他儿子目前忍受的同样的痛苦吗？难道他父亲不是没有再见自己的儿子一面就一个人孤零零地离开人世了吗？难道他就不应该预期有这同样的命运？这种循环重复，这种环绕着人类关系转圈子的循环，是否是某种喜剧，某种奇怪而愚蠢的事情？

河水在微笑。是的，事实正是如此，世界上的人，只要还没有熬到头，没有得到解脱，那么一切都会重复，重复忍受这同样的痛苦。悉达多想到这些便重又坐到了船里，重新回茅屋去了。他怀念父亲，怀念儿子，他被河水所嘲笑，他内心进行着斗争，他要绝望了，然而更想要向自己和整个世界放声大笑。啊，伤口还没有愈合，他的心还在为卫护自己而同命运抗争着，他从痛苦中还没有看见愉快和胜利的光芒。然而他已觉察到了希望，因此他要回茅屋去，他感觉有一种不可制服的愿望，要向华苏德瓦敞开自己的心扉，要向他袒露自己的胸怀，向他这位倾听大师诉说自己的一切。

华苏德瓦正坐在茅屋里编着一只篮子。他已经不再为人摆渡，因为他的视力业已衰退，不仅是眼睛，他的胳臂和手也不行了。永远不变、永远存在的只有他脸上那欢乐而又开朗的善良表情。

悉达多坐到老人身边，慢慢开始述说。他现在说的是过去没有说过的事，说到他当年是如何进城的，说到那灼痛的伤口，说到他看见那些幸福的父亲时的妒忌心情，说到自己的理智如何认识自己的愚蠢，却又徒劳无益地为此而斗争。他把凡是能说的一切统统都说了，连那些最最羞愧难言的事情都没有漏掉，他什么都说，什么都暴露无遗，能说的全都说了。他向华苏德瓦展示自己的伤口，他也坦白了今天的脱逃，讲述自己如何渡河，说这完全是儿童式的脱逃，只是打算进城去溜一圈，又说到河水如何嘲笑了他。

当他讲述着，慢慢地讲述着，而华苏德瓦带着平静的神情默默倾听着的时候，悉达多觉得，华苏德瓦的倾听本领较之当年他所感到的更为强大了，他发现，他向他灌输的种种痛苦、焦虑，还有他那些秘密的希望，全都被对方所接纳了。向这位倾听者披露自己的伤口，完全如同在河水里沐浴，使自己浑身凉快，仿佛和河水融为一体了。当他滔滔不绝地讲述着，不断供认、忏悔着的时候，悉达多越来越强烈地感到，对面已经不再是华苏德瓦，已经不再是一个凡人，这个倾听他说话的人，这个一动不动的倾听者倾听他的忏悔就像一棵大树汲收雨水一般，这个一动不动的人本人就是河流，就是神道，就是永恒。当悉达多停止说话，思考着自己，并抚摩自己的伤口时，华苏德瓦业已改变特征的这一认识便占据了他，他对这一点的感觉越是深刻，也就越加不惊奇，就越加清楚地看到，一切都很正常，很自然，因为华苏德瓦很久以来，几乎可以说始终如此，只是他自己过去没有完全认识到而已，是的，他自己过去确实没有认识到这点。他感觉自己现在看待老华苏德瓦就像普通人看待神道一样，他知道这种情况不可能维持长久；他开始在自己内心向华苏德瓦告别。同时，他仍然不间断地往下述说着。

他讲述完之后，华苏德瓦便用他那亲切的、略略显得黯淡的目光望着他，华苏德瓦没有说话，只是默默向他投射着爱和欢乐，理解和知识。他拉起悉达多的手，带他走到河边的老地方，同他一起坐了下来，然后含笑微微地望着河流。

"你已听见河水的笑声，"他说，"但是你并没有听见一切声音。让我们一起倾听吧，你会听见更多声音的。"

他们倾听着。河水温柔地奏出许多声部的合唱声。悉达多望着河水，在流动的水流上映现出一系列图像：他的父亲出现了，孤孤单单，因思念儿子而满脸悲伤；他自己出现了，孤孤单单，他也被思念远方儿子的感情锁链紧紧捆绑着；他儿子出现了，也是孤孤单单的，那孩子也为自己汹涌翻腾的青春欲望的炽热绳索所约束，每个人都树立起自己的目标，每个人都被自己的目标所控制，每个人都痛苦万分。河水吟唱着一种痛苦的声音，它吟唱着一种渴念之情，它怀着渴念之情朝自己的目标流逝而去，它鸣响着一种悲伤的声音。

"你听见了吗？"华苏德瓦的缄默的目光在询问他。悉达多点点头。

"请更用心倾听！"华苏德瓦喃喃地说。

悉达多努力地更加用心倾听。他父亲的形象，他自己的形象，他儿子的形象，交错流到了一起，连卡玛拉的形象也出现了，但又都破碎消失了，接着是戈文达的形象，还有其他人的形象，统统交错在一起，又统统随着河水而流逝，大家都把河流看成自己的目标，渴望着、祈求着、苦恼着，而河水吟唱的声音里也充满了渴望，充满了火焚似的痛苦，充满了无法餍足的渴求。河水正奋力朝自己的目标奔驰。悉达多朝匆匆流逝的河水瞥了一眼，他目前所见的河流不属于他或其他任何人，而是属于它自己，所有这些浪花和流水急匆匆地、痛苦地流向自己的目标，流向无数的目标，流向瀑布，流向湖泊，流向急流，流向海洋，它们到达了所有的目标，随即又有新的目标接踵而来，于是水变成蒸汽上升到天空，变成雨水又从天空倾泻而下，成为泉水，成为小溪，成为河流，又努力寻求新的目标，又急匆匆流向新的目标。但是河水的声音已经改变。它仍然探索地、充满痛苦地鸣响着，但是已经有另一种声音掺入其中，那是既欢乐又痛苦、既美好又丑陋的声音，那声音既喜笑颜开又低沉悲哀，是上百种声音，上千种声音的混合。

悉达多倾听着。他已完全沉浸于倾听之中，已成为一个全神贯注的倾听者，他心中一片空白，只是向河水吮吸不已，他觉得自己此刻已把倾听的本领学到了。河水中这千万种声音，他过去也常常听见，今天听来显得格外新奇。他已不能再区别这无数种声音，区别不出哭泣声中的欢笑声，成人身上的孩子味儿，它们全都紧密联结在一起，渴求者的责骂声，智慧者的嬉笑声，愤怒的尖叫，濒死者的悲叹，一切都浑然一体，一切都在互相交织，互相联系着，千百次地互相交错结合在一起。客观世界已把一切都统统集合在一起，一切声音、一切目标、一切欲望、一切苦恼、一切娱乐、一切善良和恶毒统统集合在一起。河流上发生的事情集中了一切，这就是生活的音乐。当悉达多全神贯注地谛听河水所唱出的千百种声部的歌曲时，当他既不带烦恼，也不带欢笑地倾听时，当他的灵魂并不同任何一种声音相关联，却让自我溶入其中时，他听见的是一切，是整体，是统一，因为这首由千万种声音组成的伟大歌曲已凝聚成一个独一无二、无比出众的字，它叫“唵”，它就是完美无缺。

“你听见了吗？”华苏德瓦的目光再度提出询问。

华苏德瓦的笑容光辉灿烂，照亮了他那衰老脸庞上的每一道皱纹，正像“唵”字响彻于河水的一切声音之上。他带着光辉灿烂的笑容凝视着自己的朋友，此时悉达多脸上也展现了同样光辉灿烂的笑容。他的伤口开出了花朵，他的痛苦放出了光芒，他的自我已经溶入和谐统一之中。

在这个时刻，悉达多停止了和命运搏斗，也停止了烦恼。他的脸上盛开着知识的欢乐之花，他再也不同任何欲望作对，他已认识完美无缺，他赞同河流上发生的一切情况，他赞同那充满了哀伤和欢乐的生活的滚滚河水，他委身于水流，他属于和谐统一。

当华苏德瓦从岸边自己的座位上站起身子，望望悉达多的眼睛，看见其中辉耀着欢乐的知识之光时，便以自己特有的温柔和谨慎的方式，用手轻轻触一触他的肩膀说道：“我一直在等待这个时刻，亲爱的。这个时刻终于来临了，让我走开吧。我等待这个时刻已经很久很久，如同我很久以来一直是渡船的船夫华苏德瓦一样。现在一切均已足够。再见吧，茅屋，再见吧，河流，再见吧，悉达多。”

悉达多向辞行者深深鞠躬告别。

“我早已知道，”他低声说，“你要到森林里去吗？”

“我进森林去，我进入和谐统一中去。”华苏德瓦容光焕发地回答。

他容光焕发地走了；悉达多目送他远去。悉达多怀着深深的愉快、深深的诚意目送他远去，望见他的步伐充满宁静，望见他的头上光辉灿烂，望见他的整个身躯光芒四射。

戈文达

有一次，戈文达趁休息之际和另外几个游方僧到一座花园别墅逗留过片刻，这正是高等妓女卡玛拉赠送给乔达摩信徒们的那座花园别墅。他听人说起一个年老的渡船船夫，居住在离该地约莫一天路程的河流边，很多人都认为那人是一个圣贤。当戈文达重新启程时，他选择了去渡口的道路，他渴望见到这个船夫。因为他虽然在自己一生中按照法规生活了很长时间，在那批较为年轻的僧侣中，也以他的年老和谦逊而为他们所尊重，然而他内心里那种骚动和探求的渴望依旧没有平息、熄灭。

他来到河边，他请老人为他摆渡，当他们抵达对岸，他要下船时，便对老人说："你为我们僧侣和朝圣者做了许多好事，你为我们许多人渡过河。请问，船公，你是否也是一个寻找得道之路的探索者？"

悉达多的老眼含着笑意回答说："你称自己为一个探索者，噢，尊敬的人，但是你不是年事已高了吗，而且又穿着乔达摩派的僧衣？"

"我确实已经年老，"戈文达说，"但是我并没有中止探寻。我永远也不会停止探索，这看来已成为我的决定。而你呢，看来也曾探寻过。你愿意对我说说吗，尊敬的人？"

悉达多回答："老人家，我能对你说什么呢？还是说说你探索很久的东西？说说你为什么探索不已而无所得？"

"什么意思？"戈文达问。

"当某个人探索的时候，"悉达多回答说，"事情看来很容易，因为他眼睛里只看见这件他所追寻的东西，但是他什么也找不到，什么也都不能进入他的内心，因为他脑子里永远只是想着这件东西，因为他只见到一个目标，因为他被自己的目标所支配了。探索应该称为：我有一个目标。寻找则应该称为：自由自在，独立存在，漫无目的。你，可尊敬的人，也许事实上是一个探索者，因此你努力追求你的目标，而当它就在你近旁时，你瞧着它却又觉得不入眼了。”

“我还不十分明白，”戈文达请求似的问道，“你说的是什么意思？”

悉达多回答：“从前有一次，噢，可尊敬的人，好多年以前你曾来过这里，你在河边找到一个沉睡的人，你就坐在他身边，守卫着这个入眠者。可是你没有认出他，噢，戈文达，你没有认出这个沉睡的人。”

那游方僧惊讶得好似着了魔，瞪目望着船夫的眼睛。

“你是悉达多？”他胆怯地问，“这一次我也没有认出你！我衷心向你问好，悉达多，又能见到你，我真是高兴！你有了很大改变，朋友。——这么说，你现在真是一个渡船的船夫？”

悉达多亲切地笑笑：“一个渡船夫，是的。戈文达，一些人必须大大改变自己，一些人必须穿上形形色色的僧衣，我也是你们中的一个，亲爱的。欢迎你，戈文达，今儿晚上就在我这茅屋里住下吧。”

戈文达当晚便住在茅屋里了，他睡在过去华苏德瓦睡的床铺上。他向青年时代的朋友提出了许多问题，悉达多不得不把自己的许多经历讲给他听。

待到第二天破晓，新的一天即将开始之际，戈文达不无犹豫地开口道：“在我继续登程之前，悉达多，请允许我再提一个问题。你有没有自己的学说？有没有一种你追随它，它指点你生活和正直地行动的信仰或者理论？”

悉达多回答说：“你知道，亲爱的，当我还是一个年轻人，当我们两人还在森林里和那些悔罪者共同生活时，我就已经对种种学说和它们的宣扬者产生怀疑，而且终于离弃了它们。我现在仍然如此。虽然我后来又有过许多指导者。很长一段时期内，一位美丽的高等妓女曾是我的老师，一个富有的商人和几个掷骰子赌徒也是我的老师。有一次一位年轻的游方僧也当过我的老师；他在朝圣途中看见我熟睡在树林里，就坐在我身边守候卫护。我也从他身上学到了东西，我也非常感谢他，非常的感谢。而使我学到得最多的是这条河流，还有我的先行者，那位渡船船夫华苏德瓦。他是一个非常普通的人，这位华苏德瓦并非思想家，但是他懂得一切必要性，他理解得和乔达摩一样好，他是一个完人，一个圣贤。"

戈文达说："你还是老样子，噢，悉达多，我觉得你还是爱开点儿玩笑。我相信你，我知道你并没有追随任何老师。但是如果你没有自己的学说——尽管还谈不上是学说，那么难道就不去找一种思想或者一种认识，用以为你所用并且指点你的生活？如果你就这一方面给我稍作点拨，我要向你衷心道谢。"

悉达多回答说："我曾经有过思想，是的，有时也有过认识。我常常一个钟点或者整整一天，觉得脑子里充满了某种认识，这感觉就像是一个人生活在自己的内心世界里一样。某些思想便是这样，但是我又很难向你表达。你瞧，戈文达，下面就是我所找到的思想之一：智慧是无法表达的。当某个智者试图向人表达智慧时，那智慧听起来总像是愚蠢。"

"你在开玩笑吧？"戈文达问。

"我没有开玩笑。我说的是我所找到的东西。人们能够传授知识，却不能传授智慧。人们能找到它，能生活于其中，能享受它，能因它而造成创伤，但是人们却不能叙述和讲授它。这便是我早在青年时代有时候就已隐约感到，后来又继续向许多老师学到的东西。我找到了一种思想，戈文达，你一定又会说它是笑话或者是愚蠢，而它却是我最好的思想。它就是：每一种真理其对立面也同样真实！也就是说：一种真理如果是片面的，那么就会让人们挂在嘴边说个不停。人们头脑能想到的思想，嘴巴能说出的话语，都是片面的，一切都是片面的，一切都只是不完整的一半，一切都是整体、圆形、统一体中的残缺部分。当乔达摩活佛讲述关于世界的学说时，他便不得不把自己的学说分解为僧娑洛和涅槃，错觉和真实，痛苦和解脱。除此而外，人们别无办法，对于一个愿意学习的人，不存在任何别的道路。但是世界本身，不论是我们周围的客观世界，还是我们的内心世界，全都不是片面的。一个人，或者一件事，绝不可能纯粹属于僧娑洛或者属于涅槃，而一个人也绝不可能绝对圣洁或者绝对邪恶。在我看来，因为我们受到一种错觉的支配，认为时间大概就是现实。其实时间并不是一个真实的东西，戈文达，我对此已有过许多次经验。如果时间确是非真实的，那么，看来存在于自然世界和永恒之间、痛苦和幸福之间、善与恶之间的差距，似乎也只是一种错觉了。”

“什么？”戈文达恐惧地问。

“好好听，亲爱的，好好听着！有罪孽的人，我是，你也是，都是有罪孽的人，但是他将来总有一天又要重新成为婆罗门，他将来总有一天会到达涅槃境界，会成为活佛的——现在你看：这个‘总有一天’是一种错觉，仅仅是一种譬喻而已！这个有罪孽的人并没有走在通向成为活佛的半途中，他没能掌握自己的发展，尽管我们的思想除此之外并不知道想象任何其他东西。错了，在有罪孽的人身上，现在和目前就已存在未来的活佛的影子，他未来的一切已全部具备在他身上，你会崇敬他、崇敬你自己、崇敬每一个未来可能会变成活佛、眼下却隐蔽着的人。亲爱的戈文达，世界是不完善的，或者可以理解为正走在一条通向完善的漫长道路上：不，它在每一瞬间都是完善的，一切罪孽本身便包含着宽宥赦免，所有儿童身上都具备老年的东西，一切婴儿身上带着死亡，而一切死亡者却有永恒的生命。没有一个人能够预测另一个人的道路会有多么长，强盗和掷骰子的赌徒会发展成活佛，而婆罗门会发展成强盗。在深邃的冥思中人们有可能使时间中断，使一切过去的、现存的和未来的生活同时呈现，使一切都美好，一切都完善，一切都属于婆罗门。因此在我眼中什么都是好的，死亡和生存一样，罪孽和圣洁一样，智慧和愚蠢一样，万物原本如此，一切都只需要得到我的认可，我的允诺，我的亲切承认就行，因而它们于我总是美好的，绝不会有任何损害。我从自己肉体和灵魂的经验中知道我十分需要罪恶，需要肉欲欢乐，我追求财富，爱虚荣，需要最卑劣的悲观失望，以便学会放弃抗拒，学会爱世俗世界，不再使任何人对我寄以希望，拿我和假想的世界相比较，把我想象成某种完人，而我自己则对世俗世界只是听其自然，还它的本来面目，我愿意爱这个世界，愿意隶属于它。——这些东西，噢，戈文达，就是进入我意识中的一部分思想。”

悉达多弯下身子，从地上捡起一块石头，放在手中掂量着。

“我捏在手里的，”他像玩耍似的说，“是一块石头，它过了一定的时间也许会变成土地，从这块土地上会生长出植物，动物或者人类。而我从前大概会说：‘这块石头不过是一块石头而已，它毫无价值，它是属于玛雅世界[①]的：但是它经历轮回变化之后也许能够成为人类或者鬼神，所以我也赋予它价值。’我从前大概会如此考虑的。而我今天想的却是：这块石头是一块石头，它同时也是动物，也是神道，也是活佛，就这点来说我并不尊敬它也不爱它，因为它总有一天会成为这个或者那个，而事实上它不论多长时间将永恒如此——恰恰由于这一点，由于它是一块石头，由于它今天和现在以石头面目出现在我眼前，我便爱它，并且看到它的价值和意义，这些价值和意义存在于它的每一道纹路和疤痕里，存在于它的黄色中，存在于它的灰色中，存在于它的硬度中，也存在于我叩击时它所发出的声响中，存在于它表面所呈现的干燥或者潮湿中。有许多石头摸着像油或者肥皂，也有些像树叶，像沙子，每一块都和另一块有所差异，每一块都以自己独特的方式祈祷‘唵’，每一块都是婆罗门，却都同时恰如其分地是石头，是滑溜溜或者油腻腻的石头，而

① 玛雅世界：印度教中的一种构想宇宙。

我恰恰欢喜这一点，让我惊奇不已，让我顶礼膜拜。——不过我再也不可能说得更多了。话语对于隐秘的思想没有好处，每当人们说出什么的时候，那东西立即就会稍稍走样，稍稍被歪曲，稍稍显得愚蠢——是的，就连这一点也极好，也极令我欢喜，我也极表同意，因为在某一个人视作珍宝和智慧的东西，在另一个人听来却往往是很愚蠢的。”

戈文达默默倾听着。

“你为什么给我讲这些关于石头的话？”他迟疑片刻后问道。

“没有什么目的。或者也许由于我们刚刚看见了这石块、这河流以及所有这些东西，使我产生联想，想到我们可能会向它们学习，会爱它们。我会爱一块石头，戈文达，我也会爱一棵树或者一块树皮。这些都是东西，而人是能爱东西的。我却不能爱话语。因而种种学说对我毫无作用，它们没有硬度，没有温暖，没有色彩，没有棱角，没有香气，没有味道，它们除去话语外便一无所有。也许它们便是阻碍你找到和平的东西，也许它们就是那无数的话语。因为连道德和拯救，连僧娑洛和涅槃也仅仅是话语而已，戈文达。世上不存在叫作涅槃的东西，只存在涅槃这个话语。”

戈文达说道：“朋友，涅槃不仅是一个话语。它是一种思想。”

悉达多接着说：“一种思想，可以这么说。我必须向你承认，亲爱的：对思想和话语我区别得并不十分严格。坦率说吧，我也不是很看重思想的。我最看重的是物体。举一个例子，在这条渡船上，从前有一个人是我的前辈和老师，一个圣洁的人，许多年中他单纯地信仰这条河流，此外便什么也不想。他发觉，河水的声音是在同他说话，他便向它学习，河水教导他，指点他，河水在他眼中成了一位神道。许多年来他不知道，每一阵风，每一朵云，每一只鸟，每一只甲虫都完全一样神圣，它们懂得的也同样多，也能像这条可敬的河流一样教导他。但是当这位圣人进入森林之后，他立即就会懂得这一切，比你和我懂得更多，不需要教师，不需要书籍，只因为他过去曾经信仰过河水。”

戈文达说：“你称之为‘物’的，是一些真实和客观实在的东西吧？会不会只是一种玛雅的幻觉，只是一种概念和托词？你的石头、你的树木、你的河流——它们都是真实的东西吗？”

悉达多却回答说：“就连这些我也不十分在意。不管这些东西是不是托词，其实我自己也属于托词，因此它们永远是我的同类。这便是我如此爱它们，如此尊敬它们的原因：它们都是我的同类。我因而能爱它们。这些话现在已是你将加以嘲笑的一种学说：也即是爱的学说，噢，戈文达，爱如今在我眼中是一切事物中最主要的事物。看透世界、阐释世界、蔑视世界，这是一个伟大思想家的事。对于我，唯一可做的事情是：爱这个世界，不蔑视它，不去憎恨它和我自己，能够怀着爱、惊叹和敬畏的感情去观察它、我以及其他一切生物。”

“你讲的我都懂，”戈文达说，“但是活佛恰恰指出这些都是欺骗。他教导我们善良、宽容、同情和忍耐，却没有教我们爱；他禁止我们让尘世的爱束缚住我们的心。”

“我理解的，”悉达多说，脸上的笑容闪烁出金光，“我理解的，戈文达。你瞧，当年我们在丛林里就曾有过口角之争。我不能否认，我这些关于爱的言论存在矛盾，在表面上同乔达摩的言论有矛盾。我正因为对话语言论十分怀疑，所以我懂得，这种矛盾是假象。我懂得，我和乔达摩是一致的。他怎能不承认爱呢。他，认识人类生存中的一切暂时性和虚无性，却仍然如此热爱人类，因而在他独特的漫长而艰难的一生中始终致力于帮助人类，教导他们！就在你伟大的导师身上，在他的身上，我所看重的也是他的事迹远胜于他的话语，他的行为和生活远比他的言论更为重要，他双手的举动也较他的思想更为重要。我看到他的伟大之处，并非是他的言论，他的思想，而是在他的行动上，他的生活里。”

两位老人沉默了很长时间。后来戈文达一面向对方鞠躬辞行，一面说道："我感谢你，悉达多，你向我讲述了你的一些思想。这全都属于一种罕见的奇想，我一下子并不能全部理解。它们很可能都是合乎实际的，我感谢你，我祝愿你生活安宁。"

（他私下里却暗暗想道：这个悉达多可真是一个怪人，说的都是一些古怪的想法，他的学说听着很愚蠢。佛陀乔达摩的纯洁学说听着就完全不同，明朗透彻，容易为人理解，丝毫也不包含任何奇怪、愚蠢或者可笑的东西。但是我觉得悉达多除去他的思想之外，还另有特别之处，他的双手和双脚，他的眼睛，他的额头，他的呼吸，他的微笑，他的问候，还有他的步态，莫不如此。自从我们的佛陀乔达摩涅槃而去之后，我永远没有，永远也不曾再碰见任何一个人，在他面前让我感到：这是一个圣人！唯独他，这个悉达多，让我有这种感觉。他的学说可能很奇怪，他的言论可能听着很愚蠢，但是他的目光、他的双手、他的皮肤和他的头发，统统都闪耀着纯洁，闪耀着宁静，闪耀着开朗、宽容和圣洁的光芒，这些，除了曾在我们尊敬的佛陀弥留之际见过之外，我就没有从任何其他人身上看见过。）

戈文达如此思索着，心里却很矛盾，出于一种爱慕之情，他又朝悉达多鞠了一躬，他向那静静坐着的人深深鞠了一躬。

"悉达多，"他说，"我们都已经是老人。我们两人恐怕很难再看见另一个人活着的躯体了。我看出，亲爱的，你已经寻找到宁静。我承认我自己未能找到它。请告诉我，可敬的人，请再告诉我一句话，告诉我一些我能掌握，我能懂得的话！赠给我一些话，让我带着上路吧。悉达多，我的道路常常很艰难，常常很昏暗。"

悉达多沉默无语，只是含着那永远平静的微笑望着他。戈文达怀着恐惧，怀着渴望瞪目凝视着悉达多的脸。他的目光里明显地露出痛苦和永恒的寻觅，永恒的无所收获。

悉达多看到了这点，于是微微笑了。

"你朝我弯下身来！"他轻轻地在戈文达耳边低语说，"你朝我弯下身子！对，再靠近些！再近些！请吻我的额头，戈文达！”

戈文达十分吃惊，然而一种巨大的爱慕之情吸引他听从悉达多的吩咐，他朝悉达多弯下身去，用嘴唇触了触他的额头，于是他发现自己身上有了一些不可思议的感觉。当他的脑子里还在考虑着悉达多那些奇谈怪论，还在徒劳无益地和这些言论进行着斗争，努力抛开时间观念，努力把涅槃和僧娑洛想象为一体的时候，当他甚而还对自己朋友的言论抱一定的轻蔑感，同自己对朋友的爱和尊敬之情剧烈斗争的时候，便发生了下列情况：

他不再看见自己朋友悉达多的脸，却代之以其他的脸庞，许许多多、长长一大串的脸，像一条汹涌大河似的脸庞，成百张脸，成千张脸，一张张来了又去了，又一下子同时出现在眼前，所有这些脸都不停地变化着，不断更新，然而统统都是悉达多的脸。他看见的是一条鱼的脸，一条鲤鱼的脸，永远痛苦地大张着嘴，是一条死鱼，眼球也已碎裂。他看见一个新生婴儿的脸——红红的，满是皱纹，因啼哭而歪扭着。他看见一张杀人凶手的脸，看见那人将一把刀子插进另一人的身躯内——就在这同一瞬间，他看见这个犯人被捆绑着跪在地上，一个刽子手猛然一下砍掉了他的脑袋。他看见男男女女的赤裸裸的躯体，正做着爱情的剧烈姿势。他看见直挺挺的尸首，它们安宁，冰冷，脸色苍白。他看见无数动物的头，有公猪的，有鳄鱼的，有大象的，有公牛的，也有鸟类的。他看见许多神道的像，看见了克利什那神[1]和阿耆尼神[2]。他看见所有这些躯体和脸庞以千万种方式互相联系在一起，每一个都声援着另一个，他们爱着，他们恨着，他们消亡了，他们又获得了新生，每一个都抱有死的愿望，有一种对于短暂人世的痛苦而热烈的忏悔感，然而却没有一个得以死去，每一个只是自我转化着，连续不断地新生，又连续不断地获得一个新的脸庞，而在这一张脸和另一张脸之间并不存

① 克利什那神：“毗湿奴”的第八化身。

② 阿耆尼神：婆罗门教的火神。

在时代的区别——所有这些躯体和脸庞都静息着、流动着、生产着、漂浮着，又互相汇集在一起，而恒久地在一切之上的仍是某种薄薄的、无实质的，但却是实际存在的东西，好似铺上了一层薄薄的玻璃或者冰层，好似一大片透明的皮肤，好似一个由水所形成的薄壳、模型或者面具，这个面具微微含笑，这个面具正是悉达多含笑的脸庞，这脸庞正是他，正是戈文达在同一瞬间用嘴唇轻轻接触过的。此刻戈文达看到，这个面具，这个和谐统一的面具是高高超越于一切流动的躯体之上的，这个永恒存在的面具是超越于千百万生者和死者之上的，而悉达多脸上的笑容也完全同它一样，同时也和乔达摩活佛脸上的笑容完全一样，活佛的笑容他从前曾满怀崇敬地凝望过上百次，都是同样的平静，细致，不可捉摸，也许还带点儿亲切，带点儿嘲讽和聪慧的神情，是千百种变化多端的笑容的总和。这时候戈文达才明白，这是一个完人的笑容。

戈文达不再知道时间，不再知道这一展现持续了一秒钟还是整整一百年，不再知道对面有一个悉达多还是有一个乔达摩，不再知道自己和他人的存在，好似有一支箭穿透了他的内心最深处，伤口的味道却是甜蜜的，让他内心深处受到迷惑，获得解脱，戈文达又站立了片刻，然后朝刚才他亲吻过的悉达多的平静脸庞躬身致意，这张脸刚才曾经是世上一切形象、一切未来、一切现实活动的舞台。这张脸毫无变化，它表面上的那种深邃的千变万化已重新消失，它平静地微笑着，轻轻地、温柔地微笑着，也许是一种十分亲切的微笑，也许是一种挖苦味十足的微笑，和那位活佛的笑一模一样。

戈文达深深鞠躬行礼，泪水情不自禁地淌满了他那衰老的脸庞，好似一把火点燃了他内心最深处的爱和最恭顺的尊敬的感情。他深深地弯下身去，几乎要触到了地上，向坐在面前的这个一动不动的人敬礼，这人的笑容让他回忆起所有的一切，回忆起自己一生中当年曾经爱过的一切，回忆起自己一生中当年曾经认为有价值和神圣的一切。